KB097589

안중근, 아베를 쏘다

안중근,
아베를
쏘다

김정현 장편소설

열림원

오늘 당하는 이 일이 생시인가, 꿈속인가.
만일 꿈이라면 어서 깨고, 확실히 깨려무나!
더는 말해서 무엇하랴,
차라리 재판관, 네 마음대로 하라!

차례

프롤로그

미리 밝힘

- 이 책은 안중근 의사가 뤼순 감옥에서 쓴 『안중근자서전(원제 : 안응칠 역사)』과 '신문 기록' 및 '공판 기록'을 우선 기준으로 삼았다.
- 항일독립투쟁을 하던 우리 독립투사들은 일본어를 익혔어도 그 표음법을 따르지 않고 우리의 표음법을 따랐을 것이기에, 이 책에서도 일본의 지명 및 인명은 그 예에 따르기로 한다. 다만 일본인의 대사는 일본의 원음으로 표기했다.
- 신문 및 공판 기록 등을 인용함에 있어 지금의 표기 및 법률 용어 등과 다른 부분은 본래의 의미를 왜곡하지 않는 범위에서 이해하기 쉽게 고쳐 썼다. 또한 소설적 구성을 위해 일부 축약과 각색이 있었다.
- 사건 관련자의 이름이 여러 가지로 중복되는 경우가 있다. 이는 망명지에서 각자의 신원을 보호하기 위해 여러 이름을 혼용한 때문이기도 하고, 일제의 조사와 재판 과정에서 동지들을 보호하기 위해 이름을 달리 진술한 까닭도 있다. 이를테면 일제의 신문 및 공판 기록에는 우연준(禹連俊), 류강로(柳江露)로 기록된 이가 각각 우덕순, 유동하인 것과 같다. 이 책에서는 혼란을 피하기 위해 처음부터 하나의 이름으로 통일했다.
- 1897년 10월 12일 '조선'은 '대한제국'이 되었으나 이 책에서는 문맥에 따라 '조선', '대한제국', '한국' '대한국인', '한국인' 등을 혼용했다.
- 일본의 '왕실'과 '왕'은 일본인의 대사에서만 '황실'과 '천황'으로 표기했다.

일본 내각 수상 안배(安培: 아베)는 베이징(北京)에서 하얼빈(哈爾濱)으로 향하는 초고속 특별열차 허시에(和諧) 731호에 몸을 싣고 있었다.

그는 어제 상하이(上海)에서 열린 동아시아 7개국 정상회의에 참가하기 위해 중국을 방문했다. 회담은 대한민국 독도(獨島) 영유권에 관한 일본의 분쟁 유발, 중국명 댜오위다오(釣魚台: 일본명 센카쿠 열도) 영유권과 관련된 분쟁, 집단자위권 행사를 위한 일본 헌법 해석 변경에 대한 내각의 결정과 그에 따른 관련 국가들의 반발, 과거 역사 문제 갈등 등 동아시아에 먹구름을 드리우고 있는 당면 과제에 대한 토의를 위한 것이었다. 회담을 제안한 것은 관련 마찰에서 한 발 떨어져 있는 몽골 대통령이었고. 참가국은 한국, 중국, 일본, 몽골, 베트남, 필리핀, 미얀마 등 7개국이었다.

처음부터 큰 기대를 걸었던 것은 아니지만, 아니 관련국의 우려나 요구에 조금도 동의하거나 양보할 생각이 없었지만, 다른 서방 강국들의 눈길이 있는지라 마지못해 평화를 위한 타협의 제스처라도 보일 요량으로 참가한 것이었다. 그러나 역시 대한민국 대통령이나 중국 주석과는 악수만 나눴을 뿐 각자의 연설로 날 세운 주장만 내세웠다. 그쯤이야 예상한 일이었지만 더욱 유쾌하지 않은 것은 베트남과 필리핀의 반응이었다. 중국과 해상 영유권 마찰을 겪고 있지만 군사력 면에서는 비교도 되지 않는 두 나라에 그동안 경비함 등 적잖은 군사 지원을 하며 우호관계 확립을 위해 노력해왔다. 그런데 베트남과 필리핀이 이번 회의에서 한·일이나 중·일 문제에 관해 공식적으로 중립의 입장임을 밝혔다. 더구나 그 중립이라는 것도 말뿐이었고, 실상은 과거 역사 문제, 특히 성노예(이는 안배가 아주 듣기 싫어하는 단어로, 그는 위안부라는 단어를 사용한다) 문제에 대해서는 일본의 인정과 사과, 보상을 요구하는 나머지 정상들의 요구에 동의했다.

일방적으로 수세에 몰리는 회담이 될 것이라 예상은 했지만 기분이 몹시 더러웠다. 그러나 다음 날 하얼빈에서 열리는 '에너지 포럼'이 있기에 뒤집히는 속을 달랠 수 있었다.

'에너지 포럼'은 점점 고갈되어가는 지구 에너지 문제의 대안을 마련하기 위해 중국과 러시아 석유그룹이 지난해부터 주최하기 시작한 것인데, 올해 제2차 회의가 하얼빈에서 열렸다. 작년 러시아 상트페테르부르크에서 열린 제1차 회의에는 주요국 정상 누구도 참석하지 않았지만, 세계적 에너지 기업의 총수들이 모두 참석하여 신 에너지 개발을 위한 공동투자에 합의했다. 그러나 보다 중요한 쟁점은 그 기업 총수들이 비공식적으로, 사용 가능한 에너지 분배에 관한 협상을 시작했다는 것이다. 그래서 이번에는 한국과 중국,

몽골을 비롯하여 러시아와 서방 주요국 정상들도 참가하기로 결정되었다.

당초 계획은 정상회의가 끝나고 상하이에서 1박한 후 당일 아침 각자의 전용기 편으로 하얼빈으로 가는 것이었다. 그런데 빌어먹을 이상 기후가 때 아닌 초특급 태풍을 몰고 와, 25일 오후부터 중국 중동부 일원의 비행기 이착륙이 전면 금지되고 말았다. 중국 기상 당국은 26일 오후에나 이륙이 가능할 것으로 예상했지만 일본 기상청은 그조차도 어려울 것으로 예측했다. 태풍이라면 이골이 난 일본이 아닌가. 일본 기상청 예보를 더 신뢰하는 안배는 안달이 났다. 그리하여 명색이 수상이라는 자가 정상회의 만찬이고 뭐고 다 팽개치고 하얼빈으로 갈 수 있는 열차 편을 수소문했다. 다른 6개국 정상은 안배의 그 황당한 처신에 기막혀했지만 안배는 조금도 개의치 않았다. 그까짓 아무것도 얻을 것 없는 정상회의에서의 체면보다는 경제의 기반이 되는 에너지가 더 중요하다는 것이 그의 생각이었다.

다행히 중국 국가주석이 귀빈 전용 특별열차를 내주고 철도기관에 최우선 운행을 지시하여 26일 오전 9시경 하얼빈 역에 도착할 수 있게 되었다. 어쨌거나 자국을 방문한 외국 정상이 일반열차를 이용하는 상황을 지켜보기만 하는 것은, 경호상의 문제도 그렇지만 중국의 체면이 손상되는 일이었기 때문이다. 안배는 미룰 수 없는 오전 일정이 있어서라는 구차한 변명과 함께 깊이 감사한다는 인사를 했지만 속으로는 허세를 비웃고 쾌재를 불렀다. '에너지 포럼'에 경쟁국 정상들이 참석하지 못하는 사이 자신은 긴 열차 여행을 감내했다는 성의를 과시하며, 중국 기상청의 예측이 맞아 다른 정상들이 오후에 이륙하더라도 동아시아 정상으로는 온종일 혼자서 설칠 수 있게 되었으니 말이다.

과연 중국 귀빈 전용 특별열차는 장시간 여행에도 조금의 불편을 느낄 수 없을 만큼 쾌적하고 각종 설비도 화려했다. 특히 식당차에는 최고의 요리사가 탑승하여 여느 만찬장 부럽지 않은 음식을 풍성하게 제공해, 저녁 7시에 시작한 만찬이 10시가 다 되어서야 파했다. 그 후 안배는 응접객차에서 내일의 일정에 대한 수행 인사들과의 회의를 열어 11시쯤 마치고 침실객차로 들어와 잠자리에 들었다. 그런데 배 속이 꾸르륵 거리기 시작했다. 평소 장(腸)이 좋지 않아 음식을 조심하는데 오늘은 그만 들뜬 기분에 가리지 않고 먹어댄 탓이었다. 저절로 '아내가 곁에 있었으면 눈치껏 절제시켜 탈이 나지 않았을 텐데' 하는 생각이 들었다.

그새 두 번째 가는 화장실에서는 꽤 오래 시간을 보냈다. 이렇게 밤새 화장실을 들락거리다가 탈진이라도 하게 되는 것은 아닌지 더럭 겁이 났다. 그는 수년 전 처음으로 수상에 선출되었을 때도 장 때문에 1년을 겨우 하루 넘기고 자진 사임했었다. 아무래도 주치의 소산선(小山善: 고야마 요시)을 불러 긴급처방을 받아야겠다고 생각하며 바지춤을 올리는데 객차 문이 열리는 소리가 들렸다.

시속 4백 킬로미터를 넘나드는 고속으로 질주하는 열차에, 객차 양쪽 문밖에는 최고의 무술과 사격술로 중무장한 경호원이 10여 명이나 있으니 침입자일 리는 없고, 눈치 빠른 소산선인가 생각하며 시계를 보았다. 정확하게 10월 26일 0시 0분을 넘겨 초침이 움직이고 있었다.

"어, 고야마인가?"

화장실 문을 열며 기척을 했지만 아무런 답변도 없었다. 안배는 잘못 들은 것인가 생각하며 침대 옆에 놓인 열차 내 인터폰을 향해 걸어갔다.

"설사는 멈췄는가, 안배?"

불쑥 등 뒤에서 들리는 소리에 기함을 해 돌아보니 흰색 한복에 흰색 솜두루마기를 덧입은, 카이젤 수염이 눈에 띄는 사내가 서 있는 것이 아닌가.

"누, 누구야!"

일부러 더욱 고함 소리를 높인 것은 문밖의 경호원에게 들리도록 하기 위함이었다. 그러나 사내는 태연히 웃으며 양손을 펴 보였다. 무기를 들지 않았으니 위해를 가하려는 뜻은 아니라는 듯싶었다.

"당신, 누구요?"

"난 대한국인 안중근(安重根)이다."

"안중근?"

분명 많이, 귀가 닳도록 들은 이름인 것 같은데 선뜻 생각이 떠오르지는 않았다.

"내일 아침이면 저절로 기억이 날 거야. 그러니 이야기나 좀 나누자고."

희한한 일이었다. 상대는 분명 한국어로 말하고 있는데, 한국어를 전혀 하지 못하는 자신이 그 말을 알아듣고 있는 것이었다. 또한 상대도 자신의 일본말을 정확하게 알아듣는 눈치였다.

"어떻게 들어온 것인가?"

안중근은 먼저 오른손으로 자신의 왼쪽 가슴을 가볍게 두드려 보였다. 권총임이 분명한 불룩한 흔적이 또렷이 드러났다.

"널 위해할 생각이었으면 벌써 끝냈어. 그러니 어떻게 들어왔는지는 중요한 일이 아니지 않은가."

부드럽지만 단호한 말투에는 거부할 수 없는 위엄이 서려 있어 안배는 더 이상 잔머리를 쓸 생각은 버리고 체념했다.

"무슨 이야기를 하자는 것이오?"

안중근은 침대 끝에 걸쳐 앉으라는 손짓을 하고 물었다.

"오는 도중에 난징(南京)을 지나왔을 텐데 무슨 생각을 했는가?"

"난징?"

"상하이에서 두 시간 정도 걸리니 아직 해가 있을 때인데, 그것도 몰랐나?"

"그때는 잠깐 휴식을 취하는 중이라 눈을 붙이고 있어서……."

"지난 1937년 12월부터 약 6주에 걸쳐 너희 일본군이 대부분 민간인인 중국인 30만여 명을 도살한 땅인데 아무런 죄의식도 없이 잠을 잤다고?"

"그게 나와 무슨 상관이오? 난 그때 태어나지도 않았소."

안중근은 말문이 막혀 혀를 차며 안배를 노려보았다.

"내가 알기로는 그 숫자도 중국의 과장이오. 또한 민간인 학살이 아니라 전투 중의 살상이었소."

단박에 겁에 질려 변명이라고 늘어놓는 그의 모습에 안중근은 차라리 연민을 느꼈다.

"그럼 이제 곧 베이징을 지나갈 텐데 소회가 없나?"

"베이징은 나도 여러 차례 방문한 적이 있는데 새삼스레 무슨 소회가 있겠소."

"그럼에도 단 한 번도 특별한 소회를 느낀 적이 없다? 허……."

"난 정상의 자격으로 방문했고 중국도 아무런 말이 없었는데 무슨……."

뻔히 알고 있음에도 시치미를 떼자니 입술이 말랐다.

"1937년 7월 7일 루거우차오(蘆溝橋: 노구교)에서 너희의 자작극으로 중국군에게 시비를 건 뒤 협상을 결렬시키고 중일전쟁을 일으키지 않았던가!"

"그건 과거의 일이오. 지나간 역사의 일에 명백한 증거도 없이 서로의 주장이 다른데 제3국인으로 어찌 그렇게 일방적인 말을 하는 것이오?"

"그래? 허허, 그럼 하얼빈에는 처음으로 갈 테니 특별한 감정이 있겠구먼."

"내일 열리는 포럼은 인류의 미래를 위한 에너지 문제를 협의하는 자리이니 세계를 이끌어갈 일본 수상으로서 아주 뿌듯한 감정이 있지요."

"그곳에는 731기념관이 있는데 모르는가?"

"그게 뭐요?"

"너는 항공자위대를 시찰하며 일부러 '731'이라 쓴 비행기 조종석에 앉아 파일럿처럼 폼을 잡지 않았던가! 그런데도 모른다는 말인가!"

"아, 그 731……."

안배는 슬며시 눈길을 피했다.

"그게 인간이 인간에게 할 짓이었나? 사람을, 너희들 말로 마루타라 하는 통나무로 부르며 온갖 생체 실험을 하고 죽어가는 걸 지켜보지 않았던가. 그것도 무기 성능을 실험하고 화학 무기를 개발하기 위해서 말이다."

"그 또한 나와는 상관없는 일이오. 증거도 명확하지 않은 일이오."

"너는 지난 일은 무조건 상관없다는 말로 책임을 회피하고 증거를 변명으로 삼는구나."

"사실이 그러하니까요."

점점 뻔뻔해져가는 안배의 태도에 분노가 일었지만 안중근은 이를 억눌렀다.

지난날 이등박문(伊藤博文: 이토 히로부미)을 사살하며 가장 아쉬웠던 점은 그와 직접 토론하는 기회를 갖지 못한 것이었다. 사람이 처음 죄를 지을 때는 최소한 이 일이 죄가 될지도 모른다는 양심의 가책을 느끼다가도 점점 죄가 커지고, 더구나 그에 호응하는 사람들이 생기면 아예 죄라는 사실 자체를 망각하니, 그런 자는 그 죄로 불쑥 죽음을 맞게 되어도 자신이 억울하다는 생각만 하지 반성은 모르는 것이 일반적이었다. 그럴 경우 그를 추모하는 사람들 앞에서 그 죄를 아무리 논해봐야 수긍하고 반성의 계기로 삼기보다는 자기들에게 유리한 쪽으로 해석하는 태도를 보이기 일쑤였다. 안배도 그런 경우에 해당한다고 할 수 있었다. 그래서 최후의 순간에나마 자신의 죄를 깨우치고 반성하는 태도를 보이도록 하는 것이 그의 영혼은 물론이고 남은 후세의 사람에게도 진정한 교훈이 되며, 징벌한 사람에게는 진정한 징벌의 성공이 되는 것이라고 생각했다.

"네가 그저 보통의 한 개인이라면 너에게 역사의 책임을 거론할 수 없는 것이 맞다. 그러나 너는 일본이라는 나라의 정부를 통솔하는 수장이 아니더냐."

"그렇더라도 후세의 사람이 과거 선조들의 잘못을 모두 책임져야 한다는 것은 일종의 연좌제적 발상이 아닌가 싶습니다."

"이런 무식하고 한심한 종자를 보았나! 사람이 저지른 범죄는 그가 죽음으로써 책임이 끝날 수밖에 없는 노릇이다. 그러니 그 자손에게 연대하는 연좌제는 법이 인정하지 않는 것이다. 그렇지만 국가는 다르다. 혹여 일본이라는 나라가 사라졌다면 누구도 책임을 묻지 않고, 그저 '과거에 그러한 나라가 있었으나 결국은 멸망해 사라졌으니 교훈으로 삼아야 한다' 하고 훈육할 것이다. 실제 역사를 보면, 특히 전쟁의 범죄로 나라가 사라지고 그 영토의 주인이 바뀌는 경우가 허다했고, 그 경우에는 책임이라는 말 자체가 나오지 않았다. 그러나 너희 일본은 지금도 여전히 존재하고 있으니 죄를 지은 사람이 살아 있는 것과 다름없는 것이다. 그런데도 후세의 사람 운운하는 소리가 입 밖으로 나오느냐!"

"그렇더라도 그 책임을 영원히 안고 갈 수는 없는 일이 아닙니까."

안중근의 일갈에 안배는 볼멘소리를 했다.

"이런 뻔뻔한! 너희의 죄가 남의 물건을 훔친 정도이더냐, 술에 취해 주먹질로 약간의 상해를 입힌 정도이더냐. 그 죄로 말하자면 계획하고 준비하여 도적질, 강도질, 강간질에, 멀쩡한 남의 나라를 통째로 먹으려 들고, 공연히 전쟁을 일으켜 수백만의 무고한 생명을 죽인, 사람이라면 그야말로 사형에 처할 중죄가 아니더냐! 그러니 그 죄의 씻음은 피해를 입은 상대국이 그만 빌어도 괜찮다고 허락할 때까지는 영원히 반성과 사과, 보상과 배상이라는 형벌을 수용해야 하는 것이다. 그게 싫다면 너희가 나라를 내놓아 스스로 멸망하면 될 일이다. 그런데도 정부의 수반이라는 놈이 그 정국(靖國: 야스쿠니)인가 뭔가 하는 신사란 곳에 가서 과거 대죄의 주범들에게 대가리를 숙이는 것은 무슨 속셈이냐!"

"아, 그건 어쨌거나 우리의 조상님들이니 추모하는 것이지요. 아무리 아버지가 큰 죄인이라 할지라도 자식으로서 어찌 추모하지 않겠습니까. 그건 동양의 도리가 아니지 않습니까."

"저런, 뚫린 입이라고! 이놈아, 추모라면 각자의 집구석에서 후손되는 놈이 알아서 조용히 하면 될 일이지, 전범이란 전범은 모조리 합사해놓고 특별한 날을 기념하며 찾아가니, 반성이 아니라 그 뜻을 받들겠다는 흉측한 속내가 아니더냐! 그것이 동서양을 구분할 것 없이 인간으로서의 도리더냐! 어찌 그런 네 놈이 도리를 운운하는 것이냐!"

안배는 말문이 막히는지 끙, 하는 신음 소리만 흘리며 눈길을 돌려 딴청을 피웠다.

"이제 너희가 근육을 좀 길렀더냐!"

안배는 대답 대신 어깨를 으쓱하며 여전히 딴청이었다.

"너희는 고대로부터 도적질에 이골이 붙은 족속이 아니더냐. 왜구라는 이름의 해적질에서부터 태평양전쟁에 이르기까지, 가진 힘만큼 이웃을 탐하고 살인을 일삼다가 혼이 나더니, 이제 다시 힘이 좀 생겼다 싶어 그 뼛속의 근성이 고개를 쳐드는 것이냐."

안배는 근육 소리에 저절로 기운이 솟구친 것인지 지금까지의 엉거주춤한 자세를 바로 고쳐 제법 의젓한 태도를 취했다.

"좋습니다. 이제 나도 좀 솔직해지겠습니다. 아까부터 자꾸 범죄 운운하시는데, 세상에 생명 있는 모든 것은 힘으로 생존하고 번영하는 것이 아닙니까. 그건 미물인 벌레에서부터 나라 간의 관계에 이르기까지 변할 수 없는 자연의 법칙이자 진리입니다. 내게 없는 것이 있으면 나가 빼앗아서라도 힘을 길러야 다른 나라가 업신여기지 않아 지킬 수 있는 것인데, 그걸 범죄라고 매도하면 안 되는 일이지요. 말씀하셨듯이 힘이 없어 사라져간 나라가 인류 역사에 얼마나 많았습니까. 그렇게 사라지고 나면 온갖 그럴듯한 대의명분이 무슨 소용입니까."

"이제야 그 시커먼 뱃속을 드러내는구나. 그러니 너희는 양심도 필요 없고, 약속은 언제든지 찢어버릴 수 있는 종이쪽지에 불과하며, 평화는 오직 가면일 뿐이라는 것이구나."

"뭐 꼭 그렇다는 것은 아니지만 일이란 것이 돌아가는 형국에 따라서는 어쩔 수 없이 그리 되는 경우도 있는 것이지 처음부터 계획적으로 도모하기야 하겠습니까. 그래도 최소한의 양심이라는 것이 있는데요."

상대에게 살의가 없다는 것을 확신했는지 안배는 이제 능글거리기까지 했다. 안중근도 어차피 오늘은 토론이나 해 이등 때의 아쉬움을 덜 생각이었기에 안배가 하는 양을 그대로 두고보기로 마음먹었다. 또 그렇게 해야 진짜 속내를 알 수 있을 것이었다.

"뭐, 양심? 허, 그놈, 뚫린 입이라고. 그래서 지난 1905년에 너희 계태랑(桂太郎: 가스라 다로)이라는 총리는 태프트(W.H. Taft)라는 미국 육군 장관과 남몰래 만나 필리핀과 한국을 나눠 먹기로 작당할 만큼 친했다가, 1941년에는 그 미국의 진주만을 선전포고도 없이 새벽에 기습으로 공습하는 뒤통수를 친 것이구나."

"에이, 그런 지나간 얘기는 이제 그만하시고 미래지향적인 이야기를 나눕시다."

"왜, 요즘은 미국의 개가 되고 나니, 그 과거는 차마 자연의 법칙이라고 말하지 못하겠다는 것이냐."

"허, 참, 거……."

"그래, 이번에는 언제 또 미국의 뒤통수를 칠 계획이냐?"

"에이, 자꾸 그렇게 사이좋은 나라를 이간하려 하지 마십시오. 미래라고 너무 멀리 가면 그건 공상이죠. 가까운, 내일이나 모레 일을 생각한다는 마음가짐으로, 헤헤."

"이놈 봐라, 이젠 헤헤거리기까지. 오냐, 좋다. 그럼, 지금 한국의 독도에는 왜 집적거리는 것이냐? 독도는 아주 오래 전 신라 시대에 이사부라는 장군이 울릉도를 정벌하면서부터 한반도에 부속된 섬인데, 느닷없이 죽도(竹島: 다케시마)니 뭐니 하면 그게 너희 것이 된다더냐!"

"거 참 순진하시기는. 나라 간의 일에 옛날부터 어쩌고가 통하는 소립니까. 일단 꼬투리만 있으면 슬쩍 한 다리를 걸쳐놓고 시비를 거는 겁니다. 아, 그러다 보면 어느 날은 진짜로 날름 집어삼키게 되는 수도 있고, 최소한 외교 협상에서 유리한 고지 정도는 점할 수 있는 겁니다. 그게 유능한 외교입니다. 정치이고요."

"정치?"

"예, 생각해보십시오. 백성은 그것이 억지일지라도, 남의 것도 내 것이라며 욕심을 부추기고 거기다가 민족주의라는 기름을 부어주면 으쓱하는 기분에 환장해서, 이 사람이야말로 위대한 지도자다, 뭐 그렇게 대개 넋이 나가지 않습니까."

"그럼 반대로 한국도 몇 차례 대마도를 정벌한 역사가 있고 인연도 깊으니 우리 땅이라고 주장할 수 있다는 것이냐? 그래, 그거야말로 실로 말이 되는 일이지."

"에이, 그게 아무나 되는 일입니까. 한국은 근본적으로 공격적인 근성이 없어요. 그러니 애초부터 불가능한 일이지요."

"이놈이! 한 대 패줘야 말이나마 바로 할 테냐!"

"뭐 보아하니 지금 제게 주먹을 날릴 것 같아 보이지는 않네요. 모름지기 싸움이나 공격은 색깔이 짙은 옷을 입고 하는 것이지, 그렇게 흰색 옷을 입고 싸움에 나서는 사람은 본 적이 없습니다. 아, 백의민족. 맞아요, 한국은 자신들을 그렇게 백의민족이라고 말하며 자랑스러워하더군요. 그래서야 어디……. 그런데 혹시 사형장에 가다가 오신 걸음이 아닙니까? 내가 보기에는 아무래도……."

연신 고개를 갸우뚱갸우뚱 하는 꼴이 천생 망나니였다.

"결국 정리하자면, 과거사 문제는 인류 역사에 흔히 있는 지나간 일이니 반성은 물론 사과할 생각은 애초부터 없었으며, 지금 너로 인해 벌어지고 있는 여러 분쟁은 힘의 법칙을 따를 뿐이지 평화롭게 해결할 생각은 없다. 또 이제 제법 근육이 생겼으니 몸이 근질근질하여 여기저기 집적거리며 기회를 노리다가 한바탕 분탕질을 쳐보겠다. 오늘은 우방일지라도 사정이 변경되면 언제든 뒤통수를 칠 수 있다, 뭐 그리 정리되겠구나."

"민망하게 말씀을 꼭 그리 나쁜 쪽으로만 하실 건 뭐 있습니까. 사는 게 다 그러려니 하십시오."

"그러다가 너희 일본의 백성이 상하는 것은 또 어찌할 것이냐."

"백성이란 본디 나라를 위해서는 언제든지 희생할 수 있는 존재 아닙니까. 나라가 없으면 백성도 없는 것이기에 말입니다. 우리 일본 국민들은 그 점에서는 아주 훌륭합니다. 명령만 내리면 비행기에 몸을 싣고 적의 배를 향해 돌진하는 것도 마다하지 않는 것을 역사가 증명하지 않습니까. 대신 국가는 전쟁터에까지 여자를 공급하여 기본적인 욕망을 충족시켜주는 배려를 하고요."

"이놈이 마침내 제 입으로 자백을 하는구나. 그렇게 국가가 조직적으로 여인들을 납치하여 성노예로 삼았다는 것을 뻔히 알면서도 1993년의 '하야(河野: 고노)담화'에 사설을 붙이는 것이냐!"

"무슨 말씀을, 저는 공급이라고 했지 국가 개입이나 강제라고는 말하지 않았습니다."

"뭐라! 넌 기본적인 양심이라는 것도 없는 놈이냐! 네 딸이 그런 일을 당해도 그리 말할 테냐!"

"어이구, 끔찍하게, 뭘 그런 가정까지……."

"닥치거라. 조상 대대로 물려받은 못된 피 탓에 너라는 놈은 살아서는 영원히 개선이 아니 될 놈이로구나. 예전 이등이라는 놈도 너와 한 치도 다르지 않았는데 그놈은 나와 토론할 기회가 없어 끝내 반성하지 않으니 배 속에 총탄을 담고 간 것이다. 그러나 네 놈은 오늘 내게 여러 말을 들었으니 죽는 순간이 되면 일말의 반성은 하게 될 것이다. 오늘은 그만 자빠져 자거라."

안중근이 등을 돌려 홀연히 사라지니, 안배도 그대로 침대에 누워 잠이 들었다.

1부

안중근,
동양의 적 이등을 쏘다

출전 〔出戰〕

1909년 10월 25일 23시, 청(清)국 동북면의 창춘(長春) 역.

이등박문을 태운 특별열차가 북동쪽에 새롭게 들어선 도시 하얼빈을 향해 긴 기적 소리로 출발의 기척을 했다. 플랫폼을 가득 메워 도열한 창춘의 일본 거류민 환송객은 "이토 공작 만세!"를 열렬히 외치며 일장기를 흔들었다. 이등은 차창 밖을 향해 한 손을 들어 가볍게 흔들며 얼굴 가득 흡족한 미소를 지었다. 러시아 측이 제공한 특별열차의 호화로움도 마음에 들었다. 열차의 귀빈객차 바닥에는 두툼한 양탄자가 깔렸고, 안락의자와 집필용 책상이 비치되어 있었다. 응접객차에는 호화로운 테이블과 소파, 여러 가지 술이 비치된 바(bar)도 있었다. 기관차는 이제 막 운행을 시작한 최신형이었다.

창춘과 하얼빈은 지금은 각각 중국 지린(吉林) 성과 헤이룽장(黑龍江) 성의 성도(省都)이지만 당시에는 역사적으로 만주(滿洲)라 불리는 지역의 도시들이었다. 그중 하얼빈은 한적한 쑹화(松花) 강변의

농촌에서 일약 유동 인구 5만 명이 넘는 북만주의 중심 도시로 탈바꿈한 곳이었다. 러시아의 동진(東進)정책에 따른 동청(東淸)철도회사 설립이 가져온 결과였다.

서세동점(西勢東漸)의 시세(時勢)에 따라 동진정책을 추진하던 러시아에 모스크바와 블라디보스토크를 연결하는 시베리아 철도 부설은 무엇보다 시급한 과제였다. 그러나 9,297킬로미터에 달하는 자국 영토인 시베리아를 횡단하기보다는 블라디보스토크에서 하얼빈을 거치는 노선을 만들면 549킬로미터를 단축할 수 있었다. 이에 러시아는 1896년 6월, 청나라와 러 · 청협정을 체결하여 동청철도회사를 설립하고 공사에 착수, 1903년 7월에 중국 내선을 완공함으로써 시베리아 철도를 완전 개통했다. 이 과정에서 하얼빈은 철도 건설 기지가 되었고, 미국, 독일, 프랑스 등 서구 각국의 사람들이 모여드는 국제도시가 되어 있었다. 1905년 러일전쟁에서의 패전으로 러시아의 영향력이 줄어들기는 했지만 조차권(租借權)은 여전히 유효했다.

특별열차가 창춘을 벗어나 어둠 속을 달리기 시작하자 러시아 측 환영위원인 동청철도 민정(民政)부장 아프나체프 소장이 이등의 객실로 찾아왔다.

"식당차에 조촐한 다과회를 준비했습니다. 밤이 늦었지만 참석해주시면 영광이겠습니다, 공작 각하."

"그럽시다, 하하!"

공손하고 정중한 그의 태도에 이등은 흡족한 웃음을 지었다.

창춘에서 하얼빈까지의 열차 운행은 여섯 시간이면 충분했다. 그러나 명치(明治: 메이지) 왕의 최고자문기구인 추밀원(樞密院) 의장이

자 공작(公爵)의 신분으로, 도둑처럼 한밤중에 열차에서 내릴 수는 없었다. 그래서 열차 운행 속도를 조정, 다음 날인 10월 26일 오전 9시경 하차할 예정이니 어차피 시간도 넉넉했다.

식당차로 옮겨 샴페인 잔을 든 이등은 러시아 말로 건배를 청했다.

"야 루블류 루스키!"

'나는 러시아를 사랑한다'라는 뜻이었다. 감격한 아프나체프는 환호성을 지르며 단숨에 잔을 비웠다.

지난 10월 16일 하관(下關: 시모노세키) 인근의 문사(門司: 모지)항에서 대판(大阪: 오사카)상선회사 소속 선박 철령환(鐵嶺丸: 데쓰레이마루)호를 타고 출발했다. 공식 수행원은 실전의문(室田義文: 무로다 요시후미) 귀족원 의원, 촌전형(村田惇: 무라다 아쓰시) 육군중장, 고곡구강(古谷久綱: 후루타니 히사쓰나) 추밀원 의장 비서관, 삼괴남(森槐南: 모리 카이난) 궁내대신 비서관, 삼태이랑(森泰二郎: 모리 야스지로) 궁내부 비서관, 중촌시공(中村是公: 나카무라 제코) 남만주철도회사(이하 만철滿鐵) 총재, 소산선 주치의 등 10여 명이었다.

18일 청국 다롄(大連)에 도착한 이등은 19일 일본관민 합동환영회에서 연설했다.

"이번 여행은 단지 유람에 불과하다. 어떤 공무 때문에 온 것은 아니다. 다만 만주의 평화는 극동의 평화와 관계가 있고, 일본과도 깊은 관계가 있다고 생각한다. 일본의 방침은 문호개방, 상공업의 기회균등이다. 그 점에서 열국으로부터 다소 의심을 산 것은 사실이지만 제군은 이 방침을 깊이 존중해주기 바란다. 또 일본은 청국의 개혁을 지원해야 하며, 일청 양국과 러시아가 협력해 만주의 발전을 도모하고 극동 평화에 공헌해야 한다."

그러나 동청철도회사의 기관지 『하얼빈 웨스트니크』의 10월 21일
자 기사는 사뭇 다르다.

'요즘 외교가의 화두는 이등박문과 코코프체프 재무상의 회견이
다. …… 톈진(天津)의 프랑스 기자가 취재하러 오고, 영국 기자도
상하이에서 블라디보스토크를 경유하여 온다고 한다. …… 또 펑텐
(奉天: 지금의 셴양瀋陽)에 있는 영국 총영사가 두 사람의 회견 당일 비
공식적으로 하얼빈에 온다는 설도 있다. …… 이등의 만주 여행은
개인적 유람이라 하나, 일본 왕이 준 휴가가 아니다. 정부의 제의에
의한 것이다. 이등은 귀국하면 남만주 대수(大守)에 임명될 가능성
이 있다. 남만주철도회사에 관한 모든 권한을 정부로부터 위임받고
있는 중촌시공 만철 총재가 수행하는 것이 그 증거이다.'

훗날인 1940년 일본에서 간행된 『이등박문 전(傳)』은 이미 각의
(閣議)에서 대한제국 합병이 결정된 만큼 이 국책을 수행하기 위해
서는 대한제국과 근접한 러시아와 청국의 완전한 양해를 얻을 필요
가 있다고 적어, 이등의 여행이 단순한 유람이 아님을 밝히고 있다.

10월 26일 오전 6시 30분. 하얼빈 역 북쪽 부두구 레스나야 가
28호(지금의 썬린森林 가 34호) 러시아식 단층 건물 방 안에서 눈을 뜬
안중근은 간단하게 세수를 하고 검은색 신사복 위에 모직 반코트
를 단정하게 차려입었다. 어젯밤에도 몇 번이나 점검했던 벨기에
제 브라우닝 M1900모델 7연발 권총을 꺼내 탄창 안의 실탄 일곱
발과 약실 속의 한 발을 다시 확인한 뒤 소중하게 왼쪽 품 안에 갈
무리했다. 실탄은 체코산으로 탄두에 십자가 모양의 홈이 파여 있

었으며, 할로우 포인트탄(Hollow Point Bullet)으로 탄환이 몸속에 들어가면 탄두가 터져 치명상을 입히는 효과가 있었다. 의도적으로 그런 실탄을 선택한 것인지는 알 수 없으나 독립투사들이 주로 무기를 구매하던 러시아 카자흐족이 많이 사용하던 것이었고, 벨기에제 브라우닝 권총에도 사용이 가능했다.

크게 한 번 심호흡을 하고 마음을 다잡은 안중근은 무릎을 꿇고 성호(聖號)를 그은 뒤 천주님께 간절한 마음의 기도를 올렸다. 박해받는 민족과 조국을 구하기 위한, 동양의 평화를 위한 전쟁임을 고하였다. 결코 사적인 복수심이 아닌 자유와 평화를 위한 출전이니 용서와 가호를 베풀어주실 것을 기원했다. 비록 천주님의 응답은 들리지 않았으나 약속을 받은 듯 마음은 든든했다.

짧은 기도를 마친 안중근은 납작모자를 눌러쓰고 조금의 망설임도 없이 집을 나서 역으로 향했다. 지난 10월 22일에 도착한 뒤로 묵어왔던 그곳은 '하얼빈 한민회' 회장 김성백(金成白, 안중근 자서전에는 聖伯)의 집이었다.

김성백은 함경북도 종성읍에서 태어나 두 살 때 부모님의 이주로 러시아 연해주 우수리 지방에서 자란 뒤, 1907년부터 하얼빈에 거주하며 건축업과 통역 일을 하고 있었다. 특히 그는 러시아 국적을 취득하고 있었지만 유랑하는 동포에 대한 측은지심과 애국심으로 '한민회' 회장을 수락하고, 항일 지하비밀조직인 '대한국민회 만주리아 지방총회' 회장도 맡고 있는 우국지사로, 그때의 나이 32세였다.

그는 이번 거사에 안중근과 함께 나선 유동하(劉東夏, 안중근 자서전에는 柳東夏)와는 사돈지간이었다. 즉 그의 넷째 동생 김성기와 유동하의 동생 유안나가 약혼한 사이였다. 그렇지만 김성백은 이미 이

전에 수이펀허(綏芬河: 러시아명 포그라니치나야)에서 한의원을 열고 있는 유동하의 부친 유경집(劉敬緝)의 집에서 안중근을 만난 적이 있었고, 그가 독립투사라는 사실도 알고 있었다. 그러한 터에 안중근이 이등박문 사살이라는 거룩한 거사를 위해 찾아오자 진심으로 환영하며 도움을 아끼지 않았다.

닫히는 문소리에 뒤이은 발걸음 소리는 한 발 한 발 규칙적으로 빠르게 멀어져가고 있었다. 서두름이나 망설임, 두려움의 기색 따위는 조금도 느껴지지 않는 당당하고 담담한, 가볍기까지 한 발걸음이었다.

잘 다녀오라고, 아니 잘 가시라고 배웅이라도 해야 하나, 진작부터 자신의 방문 앞을 서성이며 문밖 기척에 귀 기울이고 있었지만 끝내 문고리에서 손을 놓고 말았다. 김성백은 새삼 그를 떠올렸다. 두 살 손아래였지만 풍겨져 나오는 기운은 거대한 산인 양 장중했다. 머무는 내내 섣부른 웃음도 초조한 기색도 없이, 그것이 얼마나 엄청난 일이며, 그 끝에 자신이 감당하게 될 결과가 무엇인지 모르지 않을 것임에도 모든 것을 초월한 듯, 아니 의식조차 하지 않는 듯 너무도 초연하고 담담했다. 참으로 거인이고, 성인의 풍모였다. 다시 돌아오지 못할 길이었음에도 마주하는 배웅이 차라리 구차하다 여긴 까닭이었다.

김성백은 뱃속 깊숙한 곳에서부터 치밀어 오르는 뜨거움과 가슴에서 시작되어 뼛속까지 서늘하게 번지는 기운에 전율하며 두 손을 모아 간절하게 거사의 성공을 빌었다.

오전 7시를 조금 넘은 시각의 하얼빈 역.

차분한 호흡의 걸음으로 광장에 도착한 안중근은 주위를 살폈다. 영하 5도쯤의 제법 쌀쌀한 날씨에 아직 이른 시간임에도 역은 환영단으로 나온 일본인들로 북적거렸다. 하지만 뜻밖에도 러시아군의 검문은 허술했다. 조차권에 의해 하얼빈의 치안을 관장하고 있는 러시아 당국이 귀빈 이등의 안전을 위해 동양인에 대한 검문을 강화하려 했으나, 일본 총영사관은 자국민의 자유로운 출입이 보장되어야 한다며 이를 반대했기 때문이다. 당시 하얼빈에 거주하는 대한국민이 이미 3백여 명을 넘었음에도 그들의 독립 의지를 업신여긴 것인지는 알 수 없지만, 안중근으로서는 하늘이 돕는 천재일우였다.

왼쪽 가슴에 닿는 브라우닝 권총의 차가운 쇠 느낌과 북방 겨울의 매운 기운이 머릿속과 가슴을 냉정하게 했다. 안중근은 태연한 걸음으로 역사 안 찻집으로 들어가 창가에 자리를 잡고 차를 주문했다. 창문 밖으로 이등이 도착할 플랫폼이 한눈에 들어왔다.

그날, 10월 26일

만감이 교차하거나 제법 장중한 북받침이라도 있을 줄 알았는데 마음은 너무도 고요했다. 목구멍을 타고 내려가는 따뜻한 차(茶)의 기운이 팽팽하게 당겨져 있는 전신의 근육을 풀어주는 듯했다. 마음은 잊은 듯 초연해도 거사를 실행할 육신은 긴장하고 있었던 모양이다. 비로소 몸과 마음의 자유를 확인한 안중근의 입가에 옅은 미소가 번졌다. 찻집 안에 있는 일본인 환영객과 러시아 군인들도 그런 그의 모습에 미소로 화답하는 듯했다.

계획은 우연이 아니라 운명으로 시작되었다.

안중근이 조국을 떠난 것은 1907년 8월이었다. 그보다 한 해 전인 1906년에는 일제에 빼앗긴 국권을 회복하기 위해 평안도 진남포(鎭南浦)에서 삼흥(三興)학교를 설립하고, 돈의(敦義)학교를 인수해 교육 사업에 힘썼다. 이듬해에는 우국지사 서상돈(徐相敦), 양기탁

(梁起鐸) 등의 주도로, 2월에 시작되어 요원의 불길처럼 전국 방방곡곡으로 번진 국채보상운동에도 발 벗고 나섰다. 하지만 그런 평화적인 방법으로 국권을 회복하기가 너무 아득하기도 했거니와 당장 일제의 감시가 강화되어 평화적 국권회복운동은 물론 사회 활동마저 자유롭지 못했다. 그가 조국 강토를 떠난 까닭이다.

처음에는 함경도 웅기(雄基)를 거쳐 북간도 룽징(龍井)으로 갔다. 본국과도 가까웠고 만주 지역에서 대한국민이 가장 많이 거주하는 지역이었기 때문이다. 그곳에서 두어 달가량 머물면서 계몽적 민족운동을 하고자 동분서주했다. 그러나 8월 23일, 룽징에 일제 통감부의 임시 간도파출소가 설치되면서 감시와 탄압이 가해져 뜻을 펼칠 수 없게 되자, 안중근은 다시 함경도 종성(鍾城)과 경원(慶原), 북간도 훈춘(琿春)을 거쳐 10월 20일에 연해주로 들어갔다. 처음 도착한 곳은 연해주 남단의 연추(煙秋: 노보키예프스키, 지금의 크라스키노)였지만 곧바로 해삼위(海蔘威: 블라디보스토크)로 향했다. 이때부터 안중근은 의병 세력을 결집해 국내로 진공, 일본을 몰아내는 무장투쟁을 결심했다.

각고의 노력으로 1908년 4월, 최재형(崔在亨)의 집에서 의병 조직인 '동의회(同義會)'를 결의할 수 있었다. 동의회 총장에는 최재형, 부총장에는 이범윤(李範允)이 선임되었고, 안중근은 평의원이었다.

안중근은 최재형 등의 지원과 이범윤의 동의 하에 연해주 한인촌을 돌며 유세를 벌여 의병을 모집했다. 마침내 3백 명에 가까운 의병이 모아지자 총독 김두성(金斗星), 총대장 이범윤을 중심으로 의병부대를 편성하고 안중근은 참모중장(參謀中將)의 직을 맡았다.

1908년 7월, 연해주 의병부대는 안중근의 동의군과 이범윤의 창의군(倡義軍)으로 나누어 국내진공작전을 결행했다. 함경도 두만강 연안의 경흥군 홍의동에서 첫 전투를 승전으로 장식한 이후 신아산 전투에서도 승리하여 7월 18일에는 회령 남방까지 진출했다. 그때까지 치른 전투는 30여 회였고, 일본 군경 50여 명을 사살했다. 그러나 회령군 영산에서 일본군에게 기습을 당한 데다 폭우까지 쏟아져 패퇴하고, 이후 천신만고 끝에 8월이 되어서야 연해주로 돌아올 수 있었다.

의병부대의 국내진공작전 실패는 연해주 교민 사회에 좌절감을 안겨줬다. 의병부대를 지원했던 최재형은 반대 입장으로 돌아섰고, 이범윤은 러시아 당국의 체포 위협으로 더 이상 움직일 수 없었다. 의병 재건을 위해 암중모색하던 안중근은 1909년 10월 19일, 블라디보스토크의 동지들을 만나러 가서 이치권의 집에 머물렀다. 그리고 이때의 일을 옥중에서 쓴 자서전에 다음과 같이 술회했다.

그때 나는 연추 방면에 머무르고 있었는데, 하루는 아무 까닭 없이 갑자기 마음이 울적해지며 초조함을 이길 수 없었다. 아무래도 마음을 진정하기 어려워 친구 몇 사람에게 '나는 지금 해삼위로 가려 하오' 하니, 그 사람들이 '어찌 그런 것이오? 왜 아무런 기약도 없이 졸지에 가려는 것이오?' 했다. 나는 '나도 그 까닭을 모르겠소. 저절로 마음에 번민이 일어나서 도저히 이곳에 더 머물러 있을 생각이 없어 떠나려는 것이오' 하고 대답했다. 그들이 다시 '이제 가면 언제 오는 것이오?'라고 물었다. 나는 무심중에 '다시 안 돌아오겠소' 하고 대답했다. 그들이 무척 괴상히 생각했을 것이요, 나 역시 불각 중에 그런 답을 했던 것이다.

그리고 이등박문에 관한 소문을 들었다. 누구는 블라디보스토크로 온다고 하고, 누구는 하얼빈으로 온다고 하는 소문이었다. 안중근은 다음 날인 10월 20일, 교민 단체의 신문사인 대동공보사(大東共報社)에 들러 마침내 이등의 하얼빈 방문을 확인했다.

　"몇 년 동안 소원하던 목적을 이제야 이루게 되었구나! 늙은 도둑이 내 손에서 끝나는구나!"

　그 순간 안중근이 외쳤던 기쁨의 탄성이자, 굳은 각오였다. 그로부터 10월 26일인 오늘까지 7일 만이었다. 실로 불각 중에 머무는 곳을 떠나 이곳으로 왔다. 당대 동양의 거두가 하얼빈을 방문한다는 소식을 확인하고 불과 7일 만에 이루는 거사라니, 어찌 운명이고 하늘의 뜻이라 하지 않겠는가!

　9시가 가까워오고 있었다. 안중근은 다시 창문 밖 플랫폼으로 눈길을 돌려 동정을 살폈다. 찻집 바로 앞에는 일본인 환영단이 겹겹이 줄지어 늘어서 있었다. 그 앞쪽으로 선로를 바라보며 오른편에는 러시아 의장대와 군악대가, 왼편에는 청국 군인들이, 그 왼편에는 각국 외교사절 대표와 일본 관리 및 상사 대표들이 도열해 있었다. 안중근은 태연히 차를 마시며 하차할 때 사살할지, 마차에 타는 순간 사살할지 생각했다. 그러나 이등이 어느 위치에서 내려 어떻게 움직일지 그 동선(動線)에 대해서는 전혀 아는 바가 없었으니 우선은 돌아가는 상황을 더 지켜봐야 할 일이었다.

　마침내 기적 소리가 가까워지더니 속도를 늦추며 들어온 열차가 플랫폼에 멈춰 섰다. 기관차 한 대에 호화스러운 객차 4량이 달린 특별열차였다. 시각은 오전 9시를 막 넘어서고 있었다.

의자에서 일어서려던 안중근은 멈칫 다시 주저앉았다. 사람들이 내리는 것이 아니라 고위급으로 보이는 러시아 사람 몇이 맨 마지막 객차로 올라타고 있었기 때문이다.

귀빈객차에 오른 코코프체프 러시아 재무상은 함박웃음을 지으며 이등과 악수를 나누고 서로를 포옹했다.

"먼 길을 와주신 데 대해 감사하며, 진심으로 환영하는 바입니다."

코코프체프의 프랑스어를 만철 이사 전중청차랑(田中淸次郎: 다나카 세이지로)이 통역했다.

"이렇게 환영해주시니 고맙소이다. 나는 일본 정부의 뜻을 따라 귀하를 만나기 위해 만주까지 온 것입니다."

그랬다. 이등과 코코프체프 두 사람의 만남은 유람 중의 개인적인 일정이 아니라 일본과 러시아 두 나라가 만주에서의 세력권 협상을 위해 모인 것이었다. 러시아 입장에서는 러일전쟁의 패배로 1905년 9월 5일에 미국 포츠머스에서 맺은 러일강화조약에 따라 약화된 만주지역 지배권을 강화하려는 속내였고, 일본은 그 조약에 따라 승인된 한국에서의 우월권을 내세워 이미 비밀리에 각의에서 결정된 대한제국 병탄에 대한 양해를 얻고, 만철의 관리권을 강화하려는 속셈이었다. 또한 만주 지역뿐만 아니라 몽골에 대한 지배권도 비밀협상의 대상이었다.

두 사람은 20여 분가량 기본적이고 의례적인 대화를 나누었다. 당시 이등은 떠오르는 동양의 신생국인 일본의 최고 실세로, 세계적인 주목을 받는 거물이었다. 160센티미터의 작은 키에 머리는 부자연스럽게 크고, 얼굴 또한 단려(端麗)하다고는 할 수 없는 상대였지만, 코코프체프는 그 위세에 눌려서인지 이등의 강렬한 눈빛과 은근한 미소에 왠지 주눅이 들기까지 했다. 러일전쟁 패배의 여운이 여전히 남아 있는 까닭인지도 몰랐다.

"공작 각하, 플랫폼에 우리 러시아 의장대가 열병해 있습니다. 사열을 부탁드립니다."

이등은 보일 듯 말 듯 잠깐 눈살을 찌푸렸다. 개인 자격의 유람이라 했으니 사열은 합의되지 않은 일정이었다.

"호의는 고맙지만 공식 방문도 아니고, 정장 차림이 아니니 양해 바랍니다."

"각하, 제가 명예사령관으로 있는 국경경비군단 소속 의장병들입니다."

재무상이 명예사령관이라니, 굳이 그 호의를 야박하게 거절할 필요는 없었다.

"허허, 재무상께서 명예사령관이시라니 어쩔 수 없군요. 그렇게 합시다."

"넓은 도량에 감사드립니다, 공작 각하."

코코프체프는 환한 웃음을 머금으며, 이등을 앞서 객차 문으로 걸음을 옮겼다.

마지막 귀빈객차 앞문으로 영접을 위해 들어갔던 코코프체프가 내려서자 러시아 군악대의 밝고 장중한 군악 소리가 요란하게 울리기 시작했다. 곧이어 검은색 프록코트 차림에 중절모를 쓰고, 흰 수염을 길게 기른 이등이 플랫폼으로 내려섰다.

"이토 공작, 반자이(만세)!"

"반자이!"

도열해 있던 일본인 군중은 저마다 손에 든 일장기를 흔들며 열광적으로 환호했다. 이등은 그들을 향해 모자를 벗어 가볍게 흔들며 답례를 표했다. 얼굴 가득한 그의 미소에는 의도된 위엄과 거만한 기색이 뒤섞여 있었다. 안중근은 피가 거꾸로 솟구치는 느낌이었다.

'어찌 세상 일이 이같이 공평하지 못한가! 슬프다! 이웃 나라를 강제로 빼앗고 사람의 목숨을 참혹하게 해치는 자는 이같이 날뛰고 조금도 거리낌이 없는데, 어질고 약한 이는 죄 없이 그처럼 곤경에 빠져야 하다니!'

안중근은 더는 망설일 것도 없이 의자에서 일어나 걸음을 옮겼다. 뚜벅, 뚜벅……..

의장대는 귀빈객차 바로 앞쪽에 도열해 있었고 열차에서 마주 보아 오른쪽으로 청국 군인, 각국 영사(領事)단, 일본 거류민 대표단 순으로 도열해 있었다. 코코프체프는 이등의 오른편에서 반 발쯤 앞서 안내했다.

이등은 그를 따라 오른쪽으로 돌아 걸어간 뒤 먼저 거류민 대표단을 향해 가볍게 손을 들어 보이는 것으로 인사를 대신했다. 그들과는 별도의 간담회가 예정되어 있었다. 코코프체프는 영사단에 도열한 여러 귀빈을 소개했고, 이등은 목례나 악수로 인사를 나눴다. 하얼빈에 주재하는 각국 외교사절 대부분이 나왔으니 이등의 위상을 알 만했다. 하얼빈 시장 베르그와의 인사를 마지막으로 이등은 왼쪽으로 돌아섰다. 이제 코코프체프는 이등의 왼편에서 안내했고, 그 뒤를 중촌 만철 총재, 천상준언(川上俊彦: 가와카미 도시히코) 하얼빈 주재 일본총영사, 실전, 전중, 삼태 등이 따랐다.

도열한 청국 군인들 앞을 지나 러시아 의장대 사열이 막 끝나려는 순간이었다.

일본인 환영 군중 무리의 왼쪽 끝 부분, 러시아 의장대 뒤편에서 기다리고 있던 안중근은 이등과의 거리가 10여 보쯤 되자 품 안에서 브라우닝 권총을 꺼내 방아쇠를 당겼다. 탕! 탕! 탕! 탕!

차가운 공기, 달아오르는 환영의 열기를 깨뜨리며 울려 퍼진 네 발의 총성을 사람들은 처음에는 폭죽 소리로 들었다. 그러나 이내 이등이 술에 취한 듯 비틀거리며 의지할 것을 찾아 두 손을 허우적거렸다.

탕! 탕! 탕! 다시 세 발의 총성이 울렸다. 이등의 뒤를 따르던 천상, 전중, 삼태의 몸뚱이가 휘청거리며 앞으로 숙여졌다.

비명과 아우성에 놀란 러시아 의장병들은 일제히 한 걸음씩 뒤로 물러섰다. 대열이 사라진 그곳에 오직 한 사람만이 상체를 약간 앞으로 굽혀 사격 자세를 취한 그대로 우뚝 서 있었다. 내뻗은 오른손에 들린 브라우닝 총구에서는 아직도 하얀 화약 연기가 피어오르고 있었다. 일말의 두려움도, 물러서려는 기미도 보이지 않는 당당한 그의 모습은 한순간 엄청난 거인처럼 보였다.

뒤늦게 사태를 알아차린 러시아 헌병장교 미치올클로프와 동청철도경찰서의 니기포르포 등이 몸을 던져 안중근을 덮쳤다. 목적한 바를 달성한 안중근은 손에 쥔 권총을 앞으로 던졌다. 권총 약실에는 아직 발사하지 않은 총알 한 발이 남아 있었다. 잠시 후 세 명의 헌병에 이끌려 바닥에서 일어선 안중근은 성호를 그어 천주님께 감사드리고 우렁찬 목소리를 터뜨렸다.

"코레아 우라(대한민국 만세)! 코레아 우라! 코레아 우라!"

하늘을 가를 듯 벅찬 만세 소리는 사방을 향해 퍼져갔다. 1909년 10월 26일 오전 9시 30분경이었다.

영원한 죄인

총탄은 이등의 가슴과 옆구리, 복부에 각각 한 발씩 박혔다. 휘청거리는 그를 먼저 부축한 사람은 코코프체프였다. 뒤이어 실전, 고곡, 중촌이 다가와 그를 부축했다.

"당했다. 세 발가량이 몸 안에 들어간 것 같다."

힘겹게 말한 이등의 낯빛이 파랗게 변해갔다.

"빨리 객차로!"

누군가의 말에 따라 세 사람은 이등을 양쪽에서 부축해 객차로 옮겼다.

응접객차 안 중앙에 있는 큰 테이블 위에 모포를 겹쳐 깔고 임시 침대를 만들어 그 위에 이등을 눕혔다. 이등의 주치의 소산선은 거류민 대표단에 섞여 있던 일본인 의사와 러시아인 의사의 도움을 받아 이등의 상의를 벗겼다. 오른쪽 가슴과 복부에서 뿜어져 나온 선혈로 흰 셔츠가 검붉게 물들어가고 있었다.

벗겨낸 셔츠에는 총알이 들어간 구멍만 또렷했다. 세 발의 총알은 모두 이등의 몸 안에 박혀 있을 것이었다. 소산선은 이등의 통증을 줄여주기 위해 진통제를 주사하고 출혈 부위를 알코올로 닦아낸 뒤 가슴과 복부를 붕대로 감기 시작했다. 당장 할 수 있는 처치는 그것뿐이었다.

누군가 크리스털 잔에 브랜디를 따라 이등의 입안에 흘려 넣어주었다.

"각하, 전에 저도 총에 맞은 적이 있습니다. 이 정도로는 절대 죽지 않습니다."

실전 의원이었다. 그는 덕천가강(德川家康: 도쿠가와 이에야스) 막부(幕府) 말기, 막부와의 전장에서 오른쪽 어깨에 총알을 맞은 적이 있었다. 이등도 그 일을 알고 있었다.

"자네보다 내가 더 많이 맞았네."

의연함을 보이고 싶었지만 더는 말할 기운이 없었다. 이등은 다시 힘겹게 입술을 뗐다.

"누가 쏘았나?"

"아직은 모르겠습니다."

이등의 손을 잡은 실전이 대답했다.

"나는 이미 틀렸네. 총을 맞은 사람이 더는 없나?"

"모리가 맞은 것 같습니다."

"모리가 당했는가……."

말끝이 흐렸다. 이미 생명의 기운이 다해가고 있었다.

"한국인 하나가 저격범으로 체포되었답니다!"

객차 안으로 올라온 러시아 인사의 말을 누군가가 통역했다. 이등은 뭔가 말을 하려 했지만 입 밖으로 나오지는 않았다. 소산선이 다시 브랜디가 담긴 잔을 이등의 입술에 가져갔다.

"각하, 무슨 유언이라도……."

낯빛이 창백해지며 의식을 잃어가는 이등에게 고곡이 비통한 목소리로 물었다.

그러나 이미 이등의 심장은 박동이 잦아들고 있었다. 이등의 손목을 잡고 있던 실전도 맥박이 멈추는 것을 느끼며 고개를 떨어뜨렸다. 1909년 10월 26일 오전 10시경이었고 그의 나이 68세, 한국통감에서 물러난 지 134일 만이었다.

이등박문. 침략의 화신이든 끝없는 탐욕이든, 그가 한 시대의 거목이었음은 인정하지 않을 도리가 없다. 역사를 이야기하며 시대의 엄청난 죄인을 거목으로 인정해야 한다는 사실은 사관(史官), 혹은 이야기꾼의 입장에서는 아주 더럽고 역한 기분이다. 그렇더라도, 아니 그래서 더욱 그가 세상에 태어나 어떻게 성장하고 어떤 죄를 지었는지, 그럼에도 거목이라 할 수밖에 없는 역사의 불공정을 살펴봐야 할 것이다.

1841년의 일본은 덕천가강 막부 시대로 전국에는 약 275개의 번(藩)이 있었고, 번주(藩主)는 대명(大名: 다이묘)이라 불렸다. 그해 10월 16일, 장주(長州: 조슈) 번에 속하는 주방국(周放國: 스호국) 웅모군(雄毛郡: 구마게군) 속하촌(束荷村: 쓰카리촌)에서 한 사내아이가 태어났다. 벽촌의 가난한 농부였던 사내의 아버지 임십장(林十藏: 하야시 주조)은 24세에 본 아들에게 리조(利助: 리스케)라는 이름을 주었다.

리조가 5세가 되던 해, 임십장은 정부에 바쳐야 할 연공미(年貢米)에 손을 댄 것이 발각되어 처와 아들을 처가에 맡기고 장주 번의 성(城)이 있는 추(萩: 하기)라는 도시로 피신했다. 그 후 3년 동안 일용직을 전전하던 그는 중간 계급인 수정무병위(水井武兵衛: 미즈이 다케베)의 머슴이 되어 처와 아들을 불렀다.

80세의 나이에도 아들이 없던 수정은 머슴 임십장을 양자로 삼았다. 그로 인해 리조는 '이등'이라는 성을 얻고 하층민에서 중간 계급으로 신분이 상승된다. 14세가 되어서는 하급무사가 되고, 길전송음(吉田松陰: 요시다 쇼인)이 운영하는 서당(書堂) 송하촌숙(松下村塾: 쇼카손주쿠)과 인연이 닿아 존왕(尊王)파의 정치 노선을 따르게 된다.

당시 일본의 실질적 통치 세력은 막부의 장군(將軍: 쇼군)으로 대부분의 일본인은 왕이 있는지조차 모를 정도였다. 더군다나 흑선(黑船)이라 불린 미국 함선의 내항 이후 서구 열강의 개방 요구가 거세지고 있었지만, 막부는 그에 대한 대처를 제대로 해내지 못하고 있었다. 이에 막부 통치를 그대로 둘 경우 나라가 망하게 될지도 모른다는 위기의식이 고조되면서 왕실 옹위의 목소리가 힘을 얻어가고 있었다. 사실상 막부 타도를 위한 왕실 옹위였다. 어쨌거나 이등은 자세한 앞뒤 사정도 모른 채 인연에 의해 특정 정치 노선을 걷게 된 것이지만 그의 인생으로 보면 일대 행운이었다.

17세가 되던 해, 이등은 스승 길전송음의 눈에 들어 일본 왕이 있던 경도(京都: 교토)로 파견되었다가, 장기(長崎: 나가사키)로 교육을 위한 출장을 가게 되었다. 장기는 1571년의 포르투갈 선박이 기항한 이후 네덜란드를 통해 전래된 서학을 칭하는 소위 '난학(蘭學)'의 중심 도시로, 일본에서 가장 서양화된 도시였다. 이등은 그곳에서 총술, 포술 등 선진 학문을 배우며 새로운 눈을 뜰 수 있었다.

22세가 되어서는 영국으로 밀항에 가까운 유학을 갔고, 그때 익힌 영어로 혼란스럽던 외교 현장에서 입지를 굳혀갔다. 그리 유창하지 않은 영어 실력이었지만, 통역할 만한 사람이 드문 데다 외국인에게 사교적인 성격 또한 크게 한몫한 것이다. 그리고 그는 중앙집권 통일국가 체제로 전환하는 '명치유신(明治維新)'과 그에 따른 최대 반란인 '서남전쟁(西南戰爭: 세이난전쟁)' 정벌 과정에서 주요한 역할을 수행해 불과 37세의 나이에 국내 행정과 치안을 책임지는 내무경(內務卿)에 올랐다. 그 후에도 서구 여러 나라의 제도를 배워 일본 입헌체계 수립을 주도하는 등의 공헌으로 초대 내각 총리대신이 되었고, 작위를 수여받았다.

그러나 밑바닥 신분에서 최고 직위에 오르는 동안 이등은 1863년 1월에 있었던 영국 공사관 방화사건에 가담했고, 같은 해 2월에는 자진하여 유명한 국학자인 각차랑(塙次郎: 하나와 지로)과 문하생 가등갑차랑(加藤甲次郎: 가토 고지로)을 암살하는 등 테러를 저지르기도 했다. 아마 일본 내각의 대신 중 그처럼 전쟁이 아닌 테러로 직접 손에 피를 묻힌 이는 그뿐일 것이니, 길거리 객사는 업보인지도 모를 일이었다.

어쨌거나 일개 평민의 신분으로 태어나 일인지상만인지하(一人之上萬人之下)의 총리대신에까지 올랐으니, 그의 개인적인 출세는 아무리 운이 좋았다고 하더라도 가히 입지전적이라 할 만은 하다. 또한 그가 일본 근대화 과정에서 기여한 공은 그들의 입장에서는 충분히 치하할 만하다. 그러나 권력과 권한이 크면 클수록 역사와 인간에 대한 책임도 그만큼 부가되는 것인데, 그가 저지른 침략의 무수한 죄상은 길거리 객사(客死)로도 씻을 수 없을 만큼 크나큰 것이었다.

　이를 하나하나 따져 밝히는 것은 우선은 역사의 엄중하고 명징한 교훈을 되새기는 일이 될 것이다. 또한 하얼빈의 의거가 정의와 평화를 위한 전쟁이었으며, 테러라는 억지와 폄하가 얼마나 부당하고 무지한 오해인지를 밝히는 길이기도 하니, 그에 대한 공술은 안중근이 직접 하는 편이 옳을 것이다.

음울한 회귀

플랫폼에서 체포된 안중근은 곧바로 하얼빈 역구내 러시아 헌병대 분소로 연행되었다. 러시아 헌병 장교는 탁자를 사이에 두고 안중근을 마주하고도 무엇부터 해야 할지 한동안 정신을 차리지 못했다. 너무도 엄청난 사건이었다. 짜서 맞추기라도 한 듯 그 혼잡한 상황에서 러시아 측 인사는 단 한 명도 다치지 않았고, 일본 측 인사만 네 명이나 총탄을 맞았다. 더구나 오늘의 주빈이자 동양의 거물인 이등박문은 아무래도 절명했을 듯싶었다. 엄청난 외교적 파장이 일 것이고 경비에 대한 책임 또한 엄중할 것이었다. 눈앞이 캄캄했다. 그러나 탁자 맞은편에 앉은 저격범은 아무런 일도 없었다는 듯 너무도 태연했다. 기가 막혔다. 문득 '야포네스, 야폰차……'라고 누군가 더듬거리던 기억이 떠올랐다. '일본인이 일본인을……'이라는 러시아어였다. 만약 저격범이 일본인이라면 사태는 조금 나아질 수 있었다. 헌병 장교는 지푸라기라도 잡는 심정으로 안중근을 바라봤다.

"일본인인가?"

안중근은 러시아어를 할 줄 몰랐지만 '야포네스'가 무슨 뜻인지는 알았다.

"코레안이다."

헌병 장교도 '코레아'는 알고 있었다. 러시아인이 대한국인이나 일본인, 중국인을 생김새만으로 구분하기란 불가능한 일이었다. 현장의 러시아어 넋두리는 그래서 나온 것이었다. 지푸라기마저 끊어진 셈이었다.

그가 낙담할 사이도 없이 한 무리의 사람들이 분소 안으로 들어왔다. 그들을 알아본 장교는 얼른 일어나 거수경례를 했다. 러시아 국경지방재판소 제8구 시심(始審)재판소 스트라조프 판사와 같은 검찰소의 밀레르 검사였다.

헌병 장교가 앉았던 자리에서 안중근을 마주한 밀레르 검사가 신문(訊問)을 시작했다.

"이름이 뭔가?"

대동하고 온 통역이 통역했다.

안중근은 다시 성호를 긋고 '거사를 이루게 해주시어 감사하나이다' 하고 고한 뒤 대답했다.

"안응칠이다."

안응칠(安應七)은 안중근의 자(字)이다. 자는 대개 결혼 후 본명 외에 따로 부르는 이름이다.

"국적은?"

"대한국민이다."

"신앙은 있나?"

"천주교를 신봉한다."

"왜 이등 공작을 저격했나?"

"이등은 대한국민에 가한 압제의 죄가 크다. 또한 나의 동지를 처형했기에 그 죄를 물어 사살한 것이다."

급하게 데려온 통역이 벌써 더듬거리기 시작했다. 그러나 깊은 사정을 이해할 수는 없어도 일본의 침략에 대한 응징이었다는 뜻은 알 수 있었다. 검사는 판사를 돌아봤다.

"제대로 통역이 안 되는 것 같습니다."

"제가 듣기에도 그렇습니다."

"저격범의 국적과 의도를 먼저 일본 측에 알려주는 것이 좋지 않을까요?"

"그럴 것 같습니다. 저 사람에 대한 신문도 제대로 통역할 사람을 찾은 뒤에 다시 하는 게 좋을 것 같고요."

검사는 장교를 손짓으로 불러 코코프체프 재무상이나 하얼빈 역 책임자에게 이를 알려주도록 지시했다. 장교가 나가고 다시 안중근을 마주한 검사는 숙연한 한숨을 내쉬었다. 형형한 눈빛과 초연함인지 당당함인지 알 수 없는 의연한 자세에 왠지 서늘한 기운이 아랫배 깊숙한 곳에서부터 치밀어 오른 까닭이었다.

이등의 죽음을 확인한 특별열차 객실 안은 비통한 기운으로 가득했다. 그러나 무작정 그렇게 슬픔에만 잠겨 있을 일은 아니었다. 먼저 나선 것은 주치의 소산선이었다.

"다른 분들의 상처를 살펴야겠습니다."

"아, 어서 그렇게 하시오."

뒤늦게 생각이 미친 중촌은 부상을 입은 다른 세 사람을 둘러봤다. 모두들 생명에는 지장이 없는 듯했다. 다만 이등의 죽음에 망연자실한 표정이었다. 총상을 입은 사람들도 그렇지만 화를 피한 실전이나 고곡도 귀족원 의원과 의장 비서관의 신분에 불과했으니, 아무래도 자신이 수습에 나서야 할 것 같았다. 중촌은 하얼빈 역 책임자에게 눈길을 돌렸다.

"이 열차를 즉시 창춘으로 출발시켜주시오. 각하께서 운명하셨으니 하얼빈에 더 있을 까닭이 없소."

고압적인 말투이기도 했지만 하얼빈의 각급 러시아 책임자들도 이 화약 덩어리 같은 사체를 붙잡아둘 이유가 없었다.

"즉시 출발하도록 준비하겠습니다."

코코프체프의 눈짓을 받은 역 책임자가 급히 객차 밖으로 나갔다. 그래도 기관차를 옮겨 다는 등 준비를 끝내려면 얼마간의 시간은 걸릴 터였다.

이등은 여전히 객실 테이블에 겹쳐 편 담요 위에 누혀 있었다. 깨끗한 천을 구해 사체를 덮기는 했으나 객사의 초라함을 감출 수는 없었다.

중촌은 만감이 교차했다. 초대 총리대신을 비롯해 한국 통감 등 일본 정부의 주요직을 두루 역임하고, 천황의 가장 신임받는 측근으로서 이제 네 번째로 추밀원 의장이 된, 누구도 부인하지 못할 당대 일본 정계 제일의 거목이었지만 지금 눈앞에 있는 이등의 모습은 너무도 초라했다. 인생의 무상이라고만 할 수 없는 불순한 여운이 느껴지는 것은 어쩌면 미련과 원망으로 평온을 잃어버린 주검의 표정 때문인지도 모르겠다는 생각이 들었다. 중촌은 코코프체프를 돌아봤다.

"이렇게 허망한 화를 당하신 각하에게 재무상께서 마지막 인사라도 하는 게 도리가 아니겠습니까?"

"예, 무슨……?"

그러나 중촌은 어리둥절한 코코프체프를 부릅뜬 두 눈으로 노려볼 뿐이었다. 압박이었다. 그렇게 윽박지르기라도 해 이등의 권위를 지켜주고 치밀어 오르는 화를 달래고 싶은 것이었다.

"아, 예. 물론 그렇게 해야지요."

대답은 했지만 아직도 빠진 얼이 돌아오지 않은 판에 준비도 없이 무슨 말을 어떻게 해야 할지 코코프체프는 당황스러웠다. 아니, 그보다도 장례식의 조사(弔詞)도 아니고 사건 현장에서 시신 이송을 앞두고 무슨 고별인사란 말인가. 더구나 일개 철도회사의 총재에 불과한 자가 거대 제국 러시아의 재무상인 자신에게 이런 억지 주문을 하다니, 그것도 불손하기 이를 데 없는 태도로! 치욕스러움에 얼굴이 달아오르고 울컥 분노가 치밀었지만 어찌하랴, 승전의 기고만장 앞에 패전의 기억은 다시 또렷해지는 것을. 더구나 자신들의 치안 관할 구역에서 사건이 벌어졌고, 국익을 놓고 벌여야 할 협상은 여전히 산재하니.

부상자 세 사람의 총상 부위를 살핀 소산선은 한숨을 놓았다. 천상 총영사는 오른팔에, 전중 이사는 왼쪽 다리에 총상을 입어 큰 부상이 아니었고, 삼태 수행비서는 왼쪽 허리를 관통해 복부에 총알이 박히기는 했으나 생명이 위험한 정도는 아니었다. 소산선이 그들에게 응급 처치를 하는 동안 코코프체프는 다소 장황한 인사의 말을 이어갔다.

"조금 전까지만 해도 유쾌하게 대화를 나누었는데 이렇게 공작 각하와 이별하게 되다니 비통하기 이를 데 없습니다……."

전중 대신 다른 만철 직원이 통역을 하고 있었으나 급작스러운 고별인사에 무슨 깊은 내용이 담겨 귀를 기울일 것인가. 그저 한쪽은 분풀이의 압박에, 위세의 확인이었고, 다른 한쪽은 예측할 수 없는 후과의 두려움에 내몰린 서글픈 굴복이었다.

"베이징에 주재하는 우리 러시아 코로스트웨츠 공사가 회담을 위해 하얼빈에 와 있으니 그와 동청철도 장관 홀버트를 조문 사절로 특별열차에 동승시키겠습니다."

"좋소. 그렇게 하시오."

고별인사를 끝낸 코코프체프의 말에 중촌도 동의했다. 알아서 기겠다는데 굳이 말릴, 아니 당연히 그래야 할 일이었다.

잠시 머뭇거리던 코코프체프가 다시 중촌을 향해 조심스럽게 입술을 뗐다.

"저…… 공작 각하의 유해를 검시할까 합니다."

"뭐라고요!"

중촌의 두 눈에 시뻘건 핏발이 섰다.

"수사와 앞으로의 재판을 위해서는……."

"필요 없소이다! 수사에 관해서는 영사관에서 별도로 연락이 갈 것이오!"

오만, 방자, 독단, 무례……. 코코프체프는 더 이상을 입을 열지 못했다. 그 비루함, 굴복, 치욕이라니…….

11시 40분. 특별열차는 창춘을 출발한 지 12시간 40분 만에 다시 되돌아가기 위해 무거운 기적을 울렸다. 요란한 군악도, 환호성도, 만세 소리도, 한 줌 미소조차 없이 어둡고, 무겁고, 두려운 음울함만 간직한 채.

안중근의 일곱 발 총탄에 의한 그 황급하고 음울한 회귀는 오만과 방자에 대한 경고였지만, 아직 마르지 않은 핏물 앞에서도 그들은 누구 하나 성찰과 반성의 실마리를 잡지 않았다.

비열한 협박

이등 피격에 관한 최초 보고가 일본에 도달한 것은 10월 26일 18시경이었다. 일본 수상 계태랑의 보고를 받은 왕실과 내각이 발칵 뒤집어진 것은 당연한 노릇이었다.

명치 왕 목인(睦仁: 무쓰히토)은 궁내성 어용 담당으로 근무하던 이등의 사위 말송겸징(末松謙澄: 스에마쓰 겐초)과 왕실 주치의를 현지로 보내도록 지시했으나 이미 운명했다는 보고에 취소하고, 말송을 칙사로 삼아 다롄으로 보냈다. 그러나 칙사가 다롄에 도착하려면 아무리 빨라도 이틀은 더 걸리니 그 사이 주검이 부패할 수도 있다는 우려에 그마저 도중에 취소했다. 대신 때마침 군함 '추진주(秋津洲: 아키즈시마)호'가 훈련을 마치고 다롄항으로 들어가니 즉시 운구하는 것으로 결정했다.

내각은 크나큰 비통과 혼란에 빠졌다. 더구나 이제 곧 합병의 형식으로 병탄할 나라 대한제국의 흉한에 의한 피격이라니, 뒤통수를 맞은 것도 같았고 분노도 들끓었다. 아직 깊이 생각해 판단할 틈은 없었지만 그래도 재판권을 확보해야 한다는 것은 쉽게 결론지을 수 있었다.

형량은 나중의 문제이고, 흉한이 러시아나 중국 법정에서 해괴한 주장을 늘어놓고, 그의 주장이 여과 없이 세계에 전파된다면 국제적 위상 추락은 물론 엉뚱한 반발의 기운이 일 수도 있었다. 더구나 이등은 서구 여러 나라에 잘 알려져 있는 명사로서 일본의 얼굴이라 할 수 있었다. 그런 이등의 죽음에는 티끌만 한 오점도 없어야 했다. 당위와 정당성이 아니더라도 흉한의 주장에 동정심으로나마 고개를 끄덕이는 일조차 없어야 했다. 이등은 철저히 무결점의 영웅이 되어야 하고, 흉한은 테러 살인범으로 죽어 마땅하고, 그의 무지는 비난받고 조롱당해야 한다. 그러면 대한제국에 무지가 투영되고, 병탄의 필요와 정당성을 내세우고 인정받는 데 도움이 될 것이었다.

또한 범인을 일본으로 데려와 법정에 세우는 것도 회피할 일이었다. 그 경우 전 국민과 언론이 주목할 것이고 소송 절차를 준수해야 할 것이니 재판이 길어질 것은 명약관화였고, 정부와 생각이 다른 변호사들의 변론 과정에서 무슨 변수가 나올지도 예측할 수 없었다. 더군다나 만약 재판장과 배석 법관들이 영웅 심리에 젖어 양심 운운하며 엉뚱한 판결이라도 내린다면, 생각만 해도 끔찍한 노릇이었다.

이토 공작 살해사건은 일본국 법정에서 재판하여야 하니
러시아 측으로부터 범인의 신병을 반드시 인수받아야 한다.

기밀 전문을 받아든 천상 총영사는 이미 예상하고 있었던 바이지만 밀려드는 긴장감에 욱신거리는 오른팔의 통증까지 잊을 지경이었다. 과연 러시아 측이 순순히 응할지 의문이었다. 러시아뿐만 아니라 청국 측도 문제였다. 엄연히 청국의 영토였고, 러시아의 조차권이 행사되는 땅이 아닌가. 억지를 쓰고 윽박지르는 수밖에 없었다.

천상은 입맛이 썼다. 이등의 죽음을 생각하면 일본이 재판권을 행사하는 것이 응당한 일이지만 외교관의 입장으로 생각하면 부끄러운 노릇이 아닐 수 없었다. 하지만 어쩌랴.

천상은 코코프체프를 러시아 재무상이 아니라 국경군단 명예사령관으로서 마주했다.

"범인을 우리 총영사관으로 넘겨주십시오."

어차피 협박도 불사하리라 작심했으니, 천상은 단도직입으로 말했다. 코코프체프는 어리둥절했다.

"그게 무슨 말씀입니까, 범인을 넘겨달라니요? 이곳 하얼빈은 우리 러시아 조차지로 속지주의(屬地主義) 법원칙에 따라 우리에게 재판권이 있습니다."

"피해자는 우리 일본입니다!"

억지를 쓰자니 천상의 음성이 저절로 높아졌다.

"그럼 일본은 일본 영토에서 우리 러시아 국민이 범죄의 피해자가 되면, 그 범인을 우리에게 넘겨주고 일본에서는 재판권을 포기한다는 것입니까?"

코코프체프의 질문에 천상은 일순 말문이 막혔지만 계속 억지를 썼다.

"이번 사건은 일반적이지 않은 특별한 사안입니다."

"물론 비통하고 분노하는 그 심정은 저도 충분히 이해하고 공감합니다. 저희 러시아 입장에서도 당혹스럽고 분노가 치밉니다. 그렇지만 나라 간에는 명시적인 조약이나 법규가 없다 할지라도 서로가 존중하는 국제관례라는 것이 있지 않습니까? 총영사께서도 그런 관례가 나라 간의 우호와 평화, 외교의 기본적 바탕이라는 것을 잘 아실 테고요. 그러니 이토 각하의 사체 검시와 관련된 자료를 모두 저희에게 넘겨주시기 바랍니다. 공정하게 재판하여 엄중히 처벌할 것을 약속하겠습니다."

설핏 코코프체프의 입가에 옅은 미소가 스쳐간 듯싶었다.

일본인은 기본적 자세가 '본음(本音: 혼네, 속마음)'과 '건전(建前: 다테마에, 겉치레)'의 이중성이라 했던가. 겉으로는 번지르르한 외교적 수사를 구사하며 예의 바른 척하지만, 목적하는 바와 이익을 위해서는 웃음 띤 얼굴로 위협이든 아부든 가리지 않았다. 특히 러일전쟁에서의 승리 이후, 차라리 드러내놓고 기고만장하는 편이 낫지, 예의 바른 자세와 미소의 가면을 쓰고 상대를 어르고 윽박지르는 그 이중성에 욕지기가 치민 적이 한두 번이 아니었다. 그런데 오늘 이 사건의 재판권 문제는 저들이 아무리 억지를 써도 엄연히 법이 있고 국제적 관례가 있으니 이쪽에서 웃음을 머금고도 이길 수 있는 일이었다. 그러나 결코 웃음을 내비치지는 않을 것이었다.

"오늘 이 사건에 대해서는 이미 전 세계가 관심을 집중하고 있습니다. 재판의 공정과 정당성에 대한 어떠한 의혹도 있어서는 안 됩니다. 그러니 사건과 관계된 증거 자료 일체를 서둘러 넘겨주시기 바랍니다."

"그럴 수 없습니다. 일본 추밀원 의장에 대한 위해사건입니다. 일본 법원이 재판해야 합니다."

코코프체프는 더욱 비통한 표정을 지었다.

"그 심정은 잘 압니다. 오죽이나 비통하시면 이처럼 억지 말씀을 하시겠습니까. 우리 러시아는 그 비통함을 고려하여 추호의 인정도 베풀지 않을 것을 약속합니다."

천상도 그것이 비아냥거림임을 알았다. 그렇더라도 감히 억지라는 단어를 입에 올리다니, 속이 들끓었지만 대놓고 반박할 사안은 아니었다. 번뜩 떠오르는 생각이 있었다.

"오늘 사건은 러시아 측에도 책임이 있습니다. 책임에서 자유롭지 못한 나라가 재판권을 행사한다는 것은 더욱 부당합니다."

순간 코코프체프는 허를 찔린 기분이었지만 당황의 빛은 감추고 말했다.

"진심으로 하시는 말씀은 아니겠지만 설령 그런 부분이 있다 하더라도, 여기 하얼빈은 청국의 영토이니 우리 러시아가 할 수 없다면 청국이 재판권을 가진다는 것을 모르시지 않을 겁니다. 그 경우 지금처럼 청국이 혼란한 상황에서 졸속 재판이 이루어질 수 있고, 그 판결에 세계가 고개를 갸우뚱할 수도 있지 않겠습니까?"

"청국에서 재판권에 관한 의견이 있었습니까?"

"아직은 없습니다."

코코프체프는 무심히 대답했지만 천상은 새로운 명분을 찾았다.

"청국과 대한제국 간에는 1899년 9월 11일 한청통상조약을 체결한 바 있습니다. 그 조약 제5관(款)에는 청국 영토 안에 있는 한국인에게는 한국법을 적용한다고 명시되어 있습니다. 그래서 청국의 의견 개진이 없는 것입니다."

'한청통상조약' 제5관의 규정은 사실이었다. 그러나 러시아인으로서 청국과 한국 간의 조약을 자세히 알 리 없는 코코프체프는 느닷없는 조약의 들먹임에 어리둥절할 뿐이었다.

천상은 회심의 미소를 감추며 말을 이었다.

"또한 우리 일본과 한국 간에는 1905년 11월 17일 일한보호조약을 체결한 바 있습니다. 그 조약 제1조는 일본국 정부는 한국의 외국에 대한 관계 및 사무를 금후 도쿄(東京)에 있는 외무성을 통해 감리 및 지휘하고, 일본국의 외교 대표자 및 영사는 외국인에 대하여 한국의 신민과 이익을 보호한다고 규정하고 있습니다. 그에 따라 청국 영토 안에서 죄를 지은 한국인의 재판권은 일본에 있습니다."

천상이 말한 '한일보호조약'은 1904년 8월 22일 체결된 '외국인 용빙협정(外國人傭聘協定):소위 제1차 한일협약'에 이어 1905년 11월 17일 체결한 '한일협상조약(韓日協商條約):소위 제2차 한일협약'으로, '을사늑약(乙巳勒約)'을 말한다. 이는 러일전쟁 승리의 여세를 몰아서 1905년 9월 5일 미국 포츠머스에서 '러일강화조약'을 맺으며, '한국에 대한 우선권'을 승인받아 대한제국의 외교권을 빼앗고 통감부를 설치하기 위한 목적이었다. 또한 그것은 대한제국의 완전한 병탄을 위한 수순이기도 했다. 이등은 이때 특파대사 자격으로 들어와 고종 황제를 다음과 같이 협박했다.

"지금 중요한 것은 폐하의 결심입니다. 이를 수락하든 거부하든 폐하의 자유이지만, 거부한다고 해도 제국 정부가 그렇게 하기로 결정한 사항입니다. 거부할 경우 대한제국의 지위가 곤란해질 수도 있습니다. 한층 불리한 결과를 각오해야 할 것입니다."

그러고도 마침내는 무장 헌병까지 동원하여 대한제국 대신들을 협박해 강제로 체결한 조약이었다. 그렇지만 설령 그 조약을 적용한다 할지라도 외교적 보호권으로 재판권까지 행사하겠다는 것은 억지스러운 확대 해석이었다.

"말씀하신 조약의 해석에도 문제의 여지가 보입니다만, 그 점을 떠나서도 어쨌거나 재판의 권한은 우리 러시아에 있는 것이 명백합니다."

법적 근거라고 내세우는 부분에 허점이 많으니 코코프체프는 속으로 코웃음을 쳤다.

"우리 일본은 이번 사건과 러시아 측의 관련성에 관한 가능성을 여러 관점에서 검토하고 있음을 분명히 말씀드립니다."

"뭐라고요? 도대체 무슨 근거로 그런 말씀을 하시는 겁니까? 러시아에 대한 모욕입니다!"

코코프체프의 강한 반발에도 천상은 오히려 잔인한 비웃음을 내비쳤다.

"그렇지 않고서야 어떻게 대 일본제국 추밀원 의장 각하 영접에 그처럼 경비가 허술할 수 있는 것입니까?"

"그건 총영사께서 우리에게 요청한 바입니다! 자국민의 출입을 자유롭게 해달라고 공식 요청하지 않았던가요?"

"그렇습니다. 하지만 우린 일본 국민에 대한 자유로운 출입을 요청했지 한국인의 자유로운 출입까지 요청하지는 않았습니다."

"……."

코코프체프는 어이가 없었다. 억지도 이런 억지가 없었다.

천상은 다시 말을 이었다.

"더구나 플랫폼에서의 사열은 당초 일정에 없었을 뿐 아니라 우리가 요청한 바도 아닙니다."

"뭐, 뭐라고요? 그건 호의였고, 이토 각하도 동의하신 바입니다."

천상은 다시 비릿한 웃음을 머금었다.

"호의라…… 예, 누구라도 호의라는 말에 고개를 끄덕이겠지요. 그러니 그 같은 호의로 연출된 상황을 과연 누가 거절할 수 있을까요? 우리는 지금 그 어쩔 수 없는 상황에 의심을 갖지 않을 수 없습니다. 벌써 중요한 사실을 잊으신 것은 아니겠지요?"

"잊다니, 뭘 말이오?"

"그 흉한은 러시아 의장대에 섞여 있었습니다. 어떻게 의장대 가운데에서 일반인이 총을 쏠 수 있는 것인지, 세계를 향해 명쾌히 해명해야 할 것입니다."

비열한 협박이었지만 코코프체프는 말문이 막혔다. 다시 한 번 5년 전 러일전쟁 때의 패전의 악몽이 떠올라 그는 무거운 신음을 토해냈다.

"오늘 중으로 범인이 우리 총영사관으로 인도되기를 기대하겠습니다."

일방적인 통보 같은 선언을 끝으로 천상은 자리에서 일어섰다.

거사의 동지들

　안중근은 하얼빈 역 헌병 분소에서 오래지 않아 러시아 국경지방 재판소 제8구 시심검찰소로 이송되었다. 그러나 뜻밖에도 신문은 없었다. 이상하다는 생각이 들기는 했지만 개의치 않았다. 어차피 재판은 물론 자신의 목숨조차 염두에 둔 바 없었다. 전심전력, 오직 거사의 성공, 이등의 죽음만을 천주에게 기원하고 또 기원했을 뿐이었다.

　아직 이등의 죽음을 명확히 확인하지는 못했지만 러시아인들의 움직임으로 보아서는 거사가 성공한 것이 분명해 보였다. 그로써 안중근은 더 바라는 그 무엇도 없었다. 그랬기에 아무런 두려움 없이 초연할 수 있었다. 다만 한 가지 바라는 것이 있다면 거사에 함께한 동지들의 무사함이었다.

　거룩한 이번 거사의 성공을 결코 자신 혼자만의 힘으로 이루어낸 것은 아니었다. 먼저는 2천만 대한국민의 간절한 염원이 있었고, 다음으로는 이등을 사살하겠다는 한마디에 일말의 망설임도 없이 함께 나서준 동지들이 있었기에 가능했다. 그처럼 시작부터 끝까지 그를 지원하며 함께한 동지들이 불의한 적의 포로가 되는 것은 진정으로 원치 않았다. 그것이야말로 참으로 불의(不義)한 일이 될 것이었다.

그중 우덕순(禹德淳)은 경성에서 출생해 동대문에서 잡화상을 하다가 1904년 블라디보스토크로 옮겨왔다. 그곳에서 안중근을 만나 동의회(同義會)에 가입했고, 1908년의 국내진공작전 때는 안중근 휘하에서 활약하다 회령에서 일본 경찰에 체포되어 징역 7년을 선고받았다. 그러나 기어이 적의 감옥에서 탈출해 블라디보스토크로 돌아온 담력 큰 동지였다. 돌아와서는 대동공보(大東共報) 모금인으로 활동 중이었는데, 이등 사살 제안에 순간의 망설임도 없이 기꺼이 함께하겠다며 나섰다.

유진율(兪鎭律)과 이강(李剛) 역시 큰 도움을 주었다. 유진율은 대동공보의 발행인, 이강은 편집장이었는데, 거사에 사용할 권총과 실탄을 구해주고 그 밖의 여러 편의를 제공했다. 안중근과 우덕순이 하얼빈으로 떠날 때 두 사람은 '지금 삼천리강산을 그들이 지고 떠나는구나' 하며 눈물지었다.

그런데 당장이라도 하얼빈으로 떠나야 했지만 여비가 없었다. 궁리를 하던 중 우덕순이 황해도 의병장 이석산(李錫山)이 블라디보스토크에 머물고 있는데, 그에게 돈이 있다고 귀띔했다. 그 즉시 안중근은 그를 찾아가 1백 루블을 꿔달라고 청했지만 거절당했다. 사세는 급한데 달리 다른 방법이 떠오르지 않으니 어쩔 수 없이 위협으로 1백 루블을 빼앗았다.

이석산에 대해서는 독립투사 이진룡(李鎭龍)이라는 설이 유력하다. '을사늑약' 이후 황해도 평산(平山)에서 의병을 일으켜 서해 일원에서 위명을 떨친 그가 무기 구입을 위해 블라디보스토크에 들렀다가 조우한 것이라면, 빼앗긴 것이 아니라 쾌히 내어준 것일 가능성이 더 크다. 다만 안중근은 그를 보호하기 위해 거짓 이름을 대고, 위협으로 돈을 빼앗은 것이라 진술한 것이다. 그것은 지난 국내 진공 때 포로로 잡은 적을 동지들의 반대에도 불구하고 방면해 원망을 산 안중근의 천성을 보아도 알 수 있는 일이다. 이석산의 구체적인 신원이 더 이상 밝혀지지 않은 점에서도 그러하다.

그렇게 10월 21일 오전 8시 30분발 열차 편으로 우덕순과 같이 블라디보스토크를 떠난 안중근은 도중에 자신들이 러시아 말을 모른다는 사실을 깨닫고 걱정에 휩싸였다. 숙고 끝에 두 사람은 중러 국경도시인 수이펀허에서 내려 유경집을 찾아가 그의 아들 유동하를 만났다.

그에게 가족을 맞이하기 위해 하얼빈으로 가는데 러시아 말을 모르니 함께 가서 통역과 여러 가지 일을 주선해주기를 부탁했다. 유동하는 마침 자신도 약을 사러 가려던 참이라며 동행에 응해 그날 밤 10시 34분, 다시 하얼빈으로 향했다. 그러나 그것은 안중근의 옥중 자서전에 기술한 내용일 뿐 실상은 거사의 뜻을 들은 유경집이 아들을 추천했고, 유동하도 기꺼이 응해 나선 것이었다.

다음 날인 10월 22일 저녁, 하얼빈에 도착한 안중근 일행은 김성백의 집을 찾아가 유숙하고 10월 23일의 아침을 맞았다. 마음이 착잡하거나 두려운 것은 아니었지만 숙연함의 무게는 깊었다. 결행할 거사가 지닌 의미와 뒤따를 결과를 모르지 않았으니 당연한 노릇이었다. 그러나 누구 한 사람도 두려움을 입에 담지는 않았다.

"우리 단정하게 이발하고 기념하는 사진을 한 장 찍어두는 것이 어떻겠소?"

안중근의 제안에 우덕순과 유동하도 그러자고 동의했다.

세 사람은 이발관에서 머리를 깎고 중국인이 하는 사진관으로 가서 거사를 기념하는 사진을 찍었다. 우덕순을 가운데 두고 안중근은 왼쪽에 자리했는데, 두 사람 모두 흰색 셔츠에 넥타이를 맸고 짙은 색깔의 양복을 입었다. 입가에는 보일 듯 말 듯 엷은 미소를 머금었고, 굳게 다문 입술에는 결기가 배어 있었다. 오른쪽의 유동하는 넥타이를 매지 않은 차림이었는데, 입술은 굳게 다물었지만 눈가에는 약간의 두려운 기색이 있었다. 안중근은 유동하가 마음에 걸렸다. 두려운 기색 때문이 아니라 열여덟이라는 그의 어린 나이가 마음에 걸린 것이다.

안중근은 이전부터 구국의 뜻을 함께했던 조도선(曺道先)을 떠올렸다. 그는 1879년에 함경도 홍원(洪原)에서 출생하여, 1895년에 러시아로 건너와 이르쿠츠크 등지에 머물다가 지난해 하얼빈으로 옮겨왔는데 러시아 말에 유창했다.

당시 하얼빈에는 3백여 명 가까운 한국인이 거주하고 있어 초등학교인 '동흥소학(東興小學)'이 있었다. 그곳에서 교사로 재직하는 김형재(金衡在)는 『대동공보』 하얼빈 지국장이기도 했다. 안중근은 그를 찾아가 이강으로부터 받아온 소개 편지를 보여주고 조도선을 찾았다. 조도선은 동흥소학 인근에 있는 김성옥(金成玉)의 집에 머물고 있었는데 안중근이 이등 사살의 뜻을 밝히자 역시 쾌히 응했다.

그렇게 함께 거사를 도모한 동지들이었지만 어쨌거나 이등을 사살한 것도, 체포된 것도 혼자이니 이제 그들을 보호해야 할 책임도 온전히 자신의 몫이었다. 안중근은 어떤 가혹한 고초를 겪더라도 동지들을 발설하지는 않으리라 굳게 마음을 다졌다. 하지만 우덕순과 조도선은 안중근이 이등을 저격한 후 얼마 뒤인 11시 55분경, 이미 하얼빈 남쪽 차이자거우(蔡家溝) 역에서 러시아 경비병에 의해 체포되었다. 그들이 그곳에서 체포된 경위는 다음과 같다.

조도선과 결의를 다진 안중근, 우덕순 등은 다시 김성백의 집에서 유숙했다. 다음 날인 10월 24일 아침, 조도선을 만나 하얼빈 역으로 간 안중근 일행 중 유동하는 일단 그곳에 남아 연락을 맡기로 하고, 세 사람만 중간 교행 역인 차이자거우 역으로 향했다.

12시경 도착한 그들은 유숙할 장소를 찾았으나 그럴 만한 곳이 없었다. 조도선은 러시아 헌병 장교인 역장에게 한국에서 오는 안중근의 가족을 맞으러 왔다며 잠잘 곳을 찾았다. 역장은 인근에는 여관이 없다며 역 구내에 있는 방 하나를 내어주고 친절하게 대해 줬다. 조도선은 다시 태연하게 물었다.

"이 역에는 기차가 하루 몇 차례나 내왕합니까?"

역장은 별다른 의심의 기색 없이 대답했다.

"본래는 매일 객차 두 차례, 화차(貨車)가 한두 차례 내왕하는데, 오늘 밤에는 특별열차가 하얼빈에서 창춘으로 가 일본 대신 이등을 영접해 모레 아침 6시쯤에 이 역에 이릅니다."

거사에 나서고 이처럼 확실한 정보를 접한 것은 처음이었다. 세 사람은 머리를 맞댔다.

"모레 아침 6시라면 아직 날이 밝기 전이오."

"이등이 그 새벽에 이 역에서 내릴지도 의문이고요."

"그렇소이다. 설령 하차해 시찰을 한다 해도 어둠 속에서 이등을 알아보는 것이 쉽지 않을 것이오."

"더구나 우리 모두 이등의 얼굴을 확실히 알지 못하니, 비슷한 사람을 보고 섣불리 결행했다가는 이번 일을 완전히 그르칠 수도 있소이다."

"그럼 어떻게 하는 것이 좋겠소?"

"창춘으로 가서 이등이 열차에 오르기 전 결행하는 것도 좋은 방법이나 여비가 없으니 안타깝소이다."

"일단 유동하에게 전보를 쳐 이곳 사정을 알립시다."

안중근의 말에 두 사람도 동의했다.

우리는 차이자거우에 이르러 하차했다.
만일 그곳에 급한 일이 있거든 전보를 쳐 알려주기 바란다.

안중근 일행이 보낸 전보에 대한 유동하의 답변은 황혼 무렵이 되어서야 도착했다.

블라디보스토크에서 손님이 온다고 하니
하얼빈으로 돌아오시기 바랍니다.

조도선은 말에는 능통했으나 글은 잘 알지 못하였다. 더구나 느닷없이 블라디보스토크에서 누가 온다니 그 뜻을 명확히 이해할 수 없어 답답했다. 세 사람은 다시 밤이 늦도록 거사를 논의했다.

"아무래도 이등이 이곳에서 하차할 가능성은 없어 보이오."

"그렇소이다. 이번에 뜻을 이루지 못하면 다시 일을 도모하기가 쉽지 않을 텐데 어쩌면 좋겠소?"

"그럼 우리가 나뉘어서 이곳과 더불어 하얼빈에서도 거사를 대비하는 것이 어떻겠소?"

"좋은 생각이오. 그럼 하얼빈에는 누가 갈 것이오?"

세 사람은 머리를 맞대 우덕순이 하얼빈으로 돌아가는 것으로 결정했다. 그러나 밤을 보내고 25일 아침이 밝자 안중근은 바뀐 생각을 말했다.

"아무래도 하얼빈에는 내가 가야 할 것 같소이다."

"무슨 까닭이오?"

"어제 유동하에게서 온 전보도 심히 의아하니 내가 하얼빈으로 가서 사정을 알아보겠소. 그러니 두 동지는 이곳에 남아 있다가 새벽에 이등이 타고 오는 열차 사정을 보아 거사를 도모하시오. 만일 이곳에서 일이 성사되지 못한다면 내가 하얼빈에서 반드시 성사시키겠소. 혹여 두 곳 모두에서 일이 성사되지 못한다면 그때는 다시 운동비를 마련한 다음, 새로 상의해서 거사를 도모하는 것이 가장 완전한 방책일 것이오."

"그래도 안 동지의 가족을 맞으러 왔다고 했는데, 다시 하얼빈으로 돌아가면 이상하게 생각하지 않겠소?"

"가족이 오자면 며칠 더 걸릴 것이고 노자(路資)도 부족하여, 그걸 마련하러 하얼빈에 간 것이라 말하면 그리 수상하게 여기지는 않을 것이오."

갑자기 생각이 바뀐 것에 의아했으나 우덕순과 조도선은 동의했다. 안중근도 왜 그처럼 자신의 마음이 바뀌었는지 알지 못했으니,

그 또한 운명일 것이었다.

안중근은 12시에 출발하는 열차 편으로 하얼빈에 돌아가고, 오후가 되자 역장이 찾아와 오늘은 러시아 군인들이 많이 오니 지하실로 옮겨줄 것을 요청했다. 지하실로 옮기고 나니 과연 많은 수의 러시아 군인들이 도착해 역 곳곳의 경비에 나섰다.

다시 밤을 보내고 26일 새벽 5시 반쯤, 우덕순과 조도선은 화장실을 핑계로 밖으로 나가려 했지만 경비병들은 그들을 지하실 방으로 몰아넣고 밖에서 문까지 잠가버렸다. 그리고 얼마 뒤 이등이 탄 특별열차가 들어와 정차했다가 2분쯤 뒤 떠나버렸다. 두 사람으로서는 원통하기 이를 데 없었지만 어쩔 수 없이 분루(憤淚)를 삼켜야 했다. 이제 기대할 것은 하얼빈의 안중근뿐. 몸은 그곳에 있어도 마음은 하얼빈을 떠돌았다. 마침내 시계가 9시를 지나 9시 30분을 가리켰다. 두 사람은 거사가 성공했는지 알 수 없어 피가 마르는 심정이었다.

얼마 뒤, 창밖을 내다보니 러시아 경비병들이 분주히 움직이는 것이 심상치 않은 기운이 역력했다. 무엇인가 일이 벌어진 것은 분명한데 그 결과를 알 수 없어 더욱 애를 태우고 있는데, 무장한 군인들이 지하실 밖을 포위하는가 싶더니, 칼을 빼든 병사 몇과 같이 러시아군 장교가 들어와 소지품을 모두 꺼내놓으라고 했다. 우덕순은 품에서 권총을 꺼내놓으며 물었다.

"무슨 이유로 이러는 것이오?"

"안응칠이라는 자가 하얼빈에서 이등을 죽여 수상한 한국인을 잡으라는 지령이 내려왔소."

장교의 대답에 우덕순과 조도선은 희열에 차 '코레아 우레!'를 연거푸 외치며 체포되었다.

북방의 초겨울 해는 일찍 저물어 날이 어두워지고도 꽤 오랜 시간이 흘렀으니 밤 9시는 넘었을 듯싶었다. 떨떠름한 표정의 러시아 헌병 장교가 들어와 안중근에게 수갑을 채우고, 포승으로 묶더니 밖으로 데려가 마차에 태웠다. 어디로 가는 것인지 묻고 싶어도 말이 통하지 않아 그저 묵묵히 있을 뿐이었다. 마차는 한참을 달려 러시아식 3층짜리 건물 앞에 멈춰 서더니 안중근을 내리게 했다. 하얼빈 주재 일본 총영사관이었고 밤 10시 10분이었다.

안중근에 대한 재판권이 일본에 넘겨졌다는 뜻이었다. 청국의 땅이고 러시아의 조차지인데 일본에 재판권을 넘기다니 대국(大國)이라는 두 나라의 위상은 허명이었던 모양이다. 아니, 그만큼 일본의 협박이 악랄했다는 뜻일 것이다.

무릇 아무리 땅덩어리가 커도 국론이 분열되고 지도자가 무능하여 국력이 쇠약하면 주먹만 한 나라에도 핍박받게 되는 것이니 대한제국이 바로 그러했다. 하지만 그것은 국토의 크고 작음과 상관없이 현명한 지도자가 나타나 국민을 단결케 하고, 국론을 통일하여 국력을 기른다면 백성이 어디에서도 핍박받지 않는 나라가 될 수 있다는 뜻이기도 했다. 안중근은 이등 사살을 계기로 대한제국이 그와 같은 길을 걷게 되기를 바라고 기원했다.

이등 사살의 반향

이등 피살 소식을 접한 일본의 전 언론은 즉각 호외를 발행했다.

10월 27일, 미국, 영국, 러시아는 물론 구미(歐美) 각국의 주요 언론들도 이등 피살 소식을 주요 뉴스로 일제히 보도했다.

이등 총마졌다

10월 27일, 민족지 『대한매일신문』은 그렇게 이등의 죽음을 보도했다. 아직 자세한 상보(詳報)는 없었지만 담담한 제하에 기쁜 마음을 감춘 보도였다.

실제 『대한매일신문』의 총무 양기탁과 사원들이 신문사 2층에 태극기를 걸어놓고 축하연을 벌이며 만세를 불렀다는, 친일지 『대한일보』의 기사와 그를 부인하는 공방도 있었으니 그 진심을 짐작할 수 있는 바였다.

그러나 또 다른 친일지 『조선신문』의 제하는 다수의 대한국민을 분노케 했다.

경악하지 않을 수 없는 일대 비보, 이등공 암살되다.

같은 날 이등 피살 소식을 들은 대한제국 황제 순종(純宗)은 총리 대신 이완용을 정부 대표로 보내 이등 태사(太師: 황태자의 사부라는 의 미)를 조문하게 했다.

10월 28일에는 일본 왕에게 조전을 보내고, 이등에게 문충공(文忠 公)의 시호(諡號)를 내렸다. 포은 정몽주(圃隱 鄭夢周), 서애 류성룡(西厓 柳成龍), 학봉 김성일(鶴峰 金誠一), 백사 이항복(白沙 李恒福) 등 문충공 의 시호를 받은 많은 선조들이 무덤 속에서 통탄할 일이지 않은가!

10월 29일에는 황태자 이은(李垠)에게 세 달간 상복을 입어 이등 을 추모토록 했다고 『순종실록』은 전한다.

덕수궁의 태황제(太皇帝) 고종(高宗)은 어땠을까.

10월 27일 이등의 죽음이 알려지자 '이등은 실로 우리나라의 자 비로운 아버지(慈父: 자부)와 같다. 그 자비로운 아버지에게 위해를 가하는 국민이 있다고 하면, 사물의 이치를 잘 이해하지 못하는 것 이다'라며 통탄했다.

10월 28일에는 통감부에서 조문하고 들른 순종에게 '이등을 잃었 다는 것은 우리나라나 일본뿐 아니라 동양의 불행이라고 할 수밖에 없다. 그 흉한이 한국인이라고 하는 것이 단지 부끄러울 뿐이다' 했 다고 통감부 보고서에 기록되어 전해진다.

또 『대한제국 황실비사』에는 '이토 공작이 있기에 한국이 존속할 수 있었다. 지금 공작을 잃었으니 국운이 이미 다하였구나' 하는 순종의 탄식과, '조선의 사직도 여기까지로구나'라는 기록이 남아 있다.

통감부 보고서나 『대한제국 황실비사』 모두 일본인의 기록이기는 하나 다소의 과장은 있을지 몰라도 완전히 거짓이라고 보기는 어려우니…… 참으로 억장이 무너질 노릇이다. 이런 정부였으니 안중근에 대한 재판권은 염두에조차 두지 않았을 것이 뻔하다.

10월 27일, 일본 외무대신 소촌수태랑(小村壽太郎: 고무라 주타로)은 창춘과 뤼순으로 긴급 전문을 타전했다.

이토 공작 살해사건의 관할법원은 뤼순 관동도독부 지방법원으로 한다. 관동도독부 고등법원 검사관 구연효웅(溝淵孝雄: 미조부치 다카오)을 본 사건 담당 검사로 명한다.

관동도독부(關東都督府)는 러일전쟁 승리를 기화로 러시아로부터 계승한 조차지 다롄, 뤼순 지역을 관동주(關東州)라 칭하고, 그를 관리하기 위해 설치한 식민행정기관이었다.

구연 검사는 외무대신 소촌의 지시에 따라 10월 28일 하얼빈으로 향했다.

10월 31일에는 일본 외무성 정무국장 창지철길(倉知鐵吉: 구라치 데쓰키치)이 수사 상황을 파악하고 현지의 여론을 살피는 한편, 관동도독부와의 업무 협의를 위해 다롄으로 급파되었다.

하얼빈에서 창춘으로 향했던 이등의 주검은 그곳을 거쳐 27일 다롄에 도착해 군함 '추진주호'의 입항을 기다렸다.

주검이 도착하자 만철 병원장은 소산선과 같이 상흔을 살폈다. 위로부터 가슴 오른쪽 윗부분 중앙 바깥에서 일곱 번째 갈비뼈 사이를 향해 수평으로 파고든 한 발은 왼쪽 가슴에 박혀 있었다. 다른 한 발은 오른쪽 팔꿈치 바깥에서 팔꿈치 관절을 뚫고 아홉 번째 갈비뼈 사이로 파고들어가 왼쪽 늑골 아래에 박혀 있었다. 또 다른 한 발은 배 윗부분의 중앙에서 오른쪽으로 들어가 왼쪽 복근 가운데 박혀 있으니 세 발 모두 다량의 출혈을 일으킨 치명상이었다. 사격 거리가 가깝기도 했지만 상흔만 보아도 범인의 사격술과 담력이 어느 정도인지 짐작할 수 있었다.

몸속에 박혀 있는 총알을 빼내는 것은 큰 문제가 아니었다. 다만 그러려면 상처 부위를 크게 넓혀야 했기에 총알을 그대로 둔 채 봉합했다. 그런 뒤에 주검의 부패를 막기 위해 포르말린액을 주입하자 이등의 일그러진 얼굴이 조금 평온하게 돌아왔다.

10월 26일 밤, 하얼빈 일본 총영사관으로 인도된 안중근은 이틀 동안 그곳 관리에게 두 차례 신문을 받았다. 두 번 모두 인적 사항과 살해 이유 등을 묻는 간략한 조사였다. 안중근은 안응칠이라는 본인의 자 이외의 다른 인적 사항은 동지와 가족들을 보호하기 위해 거짓을 말했다. 그런데 '의심'이라는 협박에 눌려 재판권을 포기하고, 안중근의 신병을 일본에 넘겨준 러시아는 자신들의 결백을 보여주기라도 하려는 듯 대대적인 검거 선풍을 일으키고 있었다.

검거된 이들은 앞서 차이자거우에서 체포된 우덕순, 조도선을 필두로, 김성백의 집에서 체포된 유동하, 정대호(鄭大鎬, 34세), 정서우(鄭瑞雨, 20세), 그 밖에 김형재, 김성엽, 김성옥, 탁공규(卓公奎, 34세), 김려수(金麗水, 29세), 홍청담(洪晴澹, 37세), 방사첨(方士瞻, 34세), 장수명(張首明, 32세), 김택신(金澤信, 42세), 이진옥(李珍玉, 39세) 등 무려 15명에 달했다. 이들은 모두 천상 총영사에게 인계되었다.

정대호는 안중근의 친구로 수이펀허 세관에서 서기로 일하고 있었는데, 이등 사살에 나서기 전 그로부터 고향집 소식을 들은 바 있었다. 그때 안중근은 그에게 가족들을 블라디보스토크로 데려와달라고 부탁했었는데, 마침 그날 정대호가 식솔들을 데리고 하얼빈까지 왔다가 체포된 것이었다. 이것이 유동하가 10월 24일 하얼빈에서 차이자거우로 보냈던 전보 내용에 해당하는데, 보낸 사람이나 받는 사람이나 모두 정확한 사정은 이해하지 못한 것이었다. 그 외 정서우는 정대호의 사촌 동생이었고, 탁공규는 동흥학교 교원이었다. 김려수와 홍청담은 하얼빈 한인회 회계원이었고, 방사첨, 장수명, 김택신, 이진옥 등은 교민 중에서도 민족 활동이 두드러진 이들이었다. 그러나 정작 안중근을 자신의 집에 유숙하게 했던 김성백은 검거되지 않았다. 러시아 국적이기도 했지만 하얼빈에서 상당한 영향력이 있었기에 검거를 피할 수 있었던 것이다. 이처럼 러시아 측의 사건 관련자 검거는 혐의와는 상관없이 일본의 비위를 맞춰 의심을 피하기 위한 마구잡이였다.

이등의 죄악 15개조

담당 검사 구연효웅은 1874년 9월생으로 1879년 9월생인 안중근보다는 다섯 살 위였다. 일본 고지(高知: 고치) 현에서 태어나 1899년 동경제국대학 법학과를 졸업하고, 동경지방재판소 검사국 사법관시보가 되었다. 1908년 9월, '관동주 재판령'이 제정되고 뤼순에 관동도독부 법원이 설치되자 고등법원 검사관으로 부임했다. 만 35세의 나이, 불과 10년의 경력으로 세계적 대사건의 주임 검사가 된 것은 그에게 개인적으로는 행운이라 할 수 있었지만, 법조인으로서는 깊은 갈등과 고뇌를 겪게 했다.

10월 29일 하얼빈에 도착한 구연은 천상 총영사로부터 이등 피살사건과 관련된 안중근 외 15인의 신병과 수사 기록 일체를 인계받았다. 러시아 관계자 및 목격자의 진술 조서, 안중근이 사용했던 권총 및 남은 실탄 한 발, 우덕순, 조도선의 소지품, 김형재, 김성옥, 정대호, 김려수 등의 소지품과 각종 서류 들이었다.

구연은 먼저 각 진술 조서를 꼼꼼히 읽고 압수된 각종 서류들을 검토하며 사건의 실체를 개략적으로나마 파악해나갔다. 안중근이라는 자가 이등 공작을 살해한 것에는 의심의 여지가 없어 보였다. 또한 우덕순, 조도선, 유동하의 범행 공모도 상당한 신빙성이 있어 보였다. 그러나 나머지 피검자들의 공모 여부는 의심스러운 부분이 많았다.

사건의 대강을 파악한 구연은 10월 30일, 제1차 신문을 하고자 총영사관 지하실에 구금되어 있는 안중근을 사무실로 데려오도록 했다. 입회할 서기는 안전애문(岸田愛文: 기시다 아이분)이었고, 통역으로는 원목말희(園木末喜: 소노키 스에키)가 한국에서 촉탁으로 와 있었다.

원목은 일본 웅본(熊本: 구마모토) 현의 농가 출신으로 26세였다. 15세 때 웅본 현 장학생으로 선발되어 줄곧 한국 경성에서 공부하고 통감부에서 근무하고 있었다. 한국말을 한국인처럼 구사하였기에 이등 피살사건이 발생한 즉시 통역으로 촉탁되어 하얼빈으로 온 것이었다. 조사에 들어가기 전 잠시 그와 가벼운 한담을 나눈 안중근도 그의 한국어 실력을 칭찬했다.

마침내 구연과 안중근이 마주 앉았다. 첫 대면이었다. 안중근은 반듯한 외모에 맑고 선한 눈빛임에도 그 안에 굳은 의지가 서려 있어 구연의 가슴 한편에서 서늘한 기운이 일었다. 안중근도 구연을 뚫어질 듯 마주 보았다. 눈매가 날카로우면서 지식인의 풍모가 배어나왔고 검사로서의 사명감을 품고 있음을 느낄 수 있었다.

"이름과 나이, 신분, 직업, 출생지 및 본적지를 말하라."

"이름은 안응칠이고 나이는 서른한 살, 직업은 사냥꾼이며 평안도 평양성 밖에서 태어났다."

구연이 묻고 안전 서기가 조서를 작성했다.

"그대는 한국의 신민인가?"

"그렇다."

"병적과 종교를 말하라."

"병적에는 올라 있지 않고 천주교 신앙자이다."

"부모처자, 거소, 토지와 가옥은 있는가?"

"부모와 처자는 없고, 사냥꾼으로 여러 산을 떠돌아 일정한 거소는 없으며 토지와 가옥도 없다."

"한국에서 관리나 다른 공직에 취직한 일이 있나?"

"없다."

"학문을 배웠는가?"

"별로 배우지 않았다. 다만 신문 등을 보고 자연히 알게 되었다."

"정치상 당파 관계는 있는가?"

"전연 없다."

"교제하고 있는 자에 대해 말하라."

"사냥꾼들이 있을 뿐이다."

"평소에 존경하는 사람이 있는가?"

"별로 없다."

"평소 적대시하는 사람은 누구인가?"

"이전에는 별로 없었는데 요즘에 와서 하나 생겼다."

"그게 누구인가?"

"이등박문이다."

"이토 공작을 왜 적대시하는가?"

"적대시하게 된 원인은 많다. 곧 다음의 까닭이다.

첫째, 지금으로부터 10여 년 전 이등은 대한제국 황비 살해를 지휘했다.

둘째, 지금으로부터 5년 전 이등은 무력으로 5개조 조약을 체결하였는데 그것은 모두 한국에 매우 불이익한 조항이다.

셋째, 지금으로부터 3년 전 이등이 체결한 12개조의 조약은 모두 한국에 군사상 대단히 불이익한 것이다.

넷째, 이등은 기어이 한국 황제의 폐위를 도모하였다.

다섯째, 이등은 한국 군대를 해산했다.

여섯째, 조약 체결에 한국민이 분노하여 의병이 일어났는데, 이등은 이들 한국 양민 다수를 죽였다.

일곱째, 이등은 한국의 정치, 기타의 권리를 약탈하였다.

여덟째, 한국의 학교에서 사용하는 좋은 교과서를 이등의 지휘 아래 소각하였다.

아홉째, 한국 인민의 신문 구독을 금지시켰다.

열째, 전혀 충당할 만한 돈이 없는데도 불구하고 성품이 바르지 못한 한국 관리에게 돈을 주어, 한국민에게 아무것도 알리지 않고 제일은행권(第一銀行券)을 발행하였다.

열한째, 한국민의 부담으로 돌아갈 국채 2천3백만 원을 모집하여, 이를 한국민에게 알리지 않고 그 돈을 관리들이 제 멋대로 분배하였다고도 하고, 또는 토지를 약탈하기 위하여 사용하였다고도 하는데, 이는 한국에 대단히 불이익한 일이다.

열두째, 이등은 동양의 평화를 깨뜨렸다. 러일전쟁 당시부터 '동양평화를 유지하기 위해서'라고 말하고서도 한국 황제를 폐위하고, 당초의 선언과는 모조리 반대되는 결과를 보기에 이르러 한국민 2천만이 모두 분개하고 있다.

열셋째, 한국이 원하지 않음에도 불구하고 이등은 한국 보호의 명분으로 한국 정부의 일부 인사와 결탁하여 한국에 불이익한 시정을 펼치고 있다.

열넷째, 지금으로부터 42년 전 현 일본 왕의 부군(父君)을 이등이 살해했다. 그 사실은 한국민 모두가 알고 있다.

열다섯째, 이등은 한국민이 분개하고 있음에도 불구하고 일본 왕이나 기타 세계 각국에 한국이 무사하다고 전하며, 사실을 숨기고 있다.

이상의 죄목에 의해 이등을 사살한 것이다.”

마치 외우고 있었던 것처럼 거침없이 나열하는 열다섯 개의 죄목은 구연을 내심 놀라게 했다.

첫째 이유는 명성황후 시해사건을 말함이었고, 둘째는 ‘을사늑약’, 셋째는 1907년 11월, 이등이 전권대사로 체결한 ‘한일신협약(정미丁未7조약)’과 ‘을사늑약’ 5개조를 합해 ‘12개조’라 말한 것이었다. 그리고 넷째는 헤이그 밀사사건을 빌미로 고종이 퇴위된 것, 다섯째는 순종의 이름으로 실행된 한국군 해산, 열넷째는 1867년 1월 현 명치 왕의 아버지 효명(孝明: 고메이) 왕이 죽었을 때 나온 독살설과 관련해 그 범인이 이등이라는 것이었다. 그 밖의 9개조는 이등이 한국통감 또는 그 배후에서 저지른 시책의 부당함을 말하는 것이었다.

처음부터도 범상치 않은 기운은 느꼈지만 그는 특별히 교육받거나 정치 활동을 한 바 없음에도 역사의 흐름과 사건의 본질을 꿰뚫고 있었다. 더하여 피의자로 신문을 받고 있음에도 조금의 두려운 기색이나 의도된 과장 없이 담담히 진술하는 태도가 가히 지사(志

士)의 풍모였다. 구연은 '사살'이라는 단어가 거슬렸지만 무시하고 신문을 이어갔다.

"한국에 기차가 개통되고, 수도 공사 등 위생이 완비되었고, 대한 병원이 설치되었으며, 식산 공업은 점차 왕성해지고 있다. 특히 한국 황태자는 일본 황실의 우대로 문명의 학문을 닦고 있는데 이에 대해서는 어찌 생각하는가?"

"한국 황태자에 대한 우대로 그가 문명의 학문을 닦는 것은 일본에 감사한다. 그러나 기타의 것은 한국의 진보 또는 편리라 생각하지 않는다. 총명하신 전 한국 황제를 폐하고 젊은 황제를 세워서 양호한 성적을 올리지 못하니 한국에는 결코 진보가 아니다."

"그대는 한국의 장래가 어찌 되리라 생각하는가?"

"만약 이등이 생존한다면 한국뿐 아니라 일본도 마침내는 멸망하리라 생각한다. 이제 이등이 죽은 이상 앞으로 일본은 충분히 한국의 독립을 보호하여 실로 한국은 크게 행복해지고, 이후에는 동양 기타 각국의 평화를 보존하리라 생각한다."

"진술을 들으니 그대는 한국을 위하여 충군애국(忠君愛國)하는 선비인데, 그대와 같은 생각을 하는 누구와 교제하는가?"

"그러한 지사는 많다. 그 중에서 나는 가장 지위가 낮고, 다른 분들은 학식과 재산도 있으나 교제하는 바는 없다. 그저 이름만 들을 뿐인데 민영환(閔泳煥), 최익현(崔益鉉), 조병세(趙秉世) 같은 이들이다. 특히 한국의 의병은 다 같은 생각을 갖고 있다."

"이범윤이라는 자를 아는가?"

"이름은 듣고 있으나 만난 적은 없다."

"그대는 한국의 과거, 현재, 미래에 관한 정치사상을 갖고 있는 것 같은데 그것은 다른 사람에게서 들은 것인가, 또는 신문을 보고 안 것인가?"

"다른 사람에게서 들은 것은 아니다. 한국에서 발행되는『대한매일신문』,『황성신문』,『제국신문』, 미국에서 발행되는『공립신문』, 해삼위에서 발행되는『대동공보』등의 논설을 읽고 생각한 것이다."

"그 신문은 어디서 어떠한 기회에 읽었는가?"

"계속 열독하지는 않고 그때그때 신문이 손에 잡히면 본다."

이어서 이전의 행적과 천주교 세례, 가족 관계 등에 관한 신문이 이어졌으나 안중근은 꼬리를 끊기 위한 거짓 답변으로 일관했다.

"전명운(田明雲)이라는 자를 알고 있는가?"

"신문에서 그 사람의 이름을 보았는데 지금은 미국에 수감되어 있다고 들었다."

"무슨 일로 수감되었는지 알고 있는가?"

"그것은 전명운과 장인환(張仁煥) 두 사람이 스티븐슨을 사살했기 때문이다. 신문에서 본 바에 의하면 스티븐슨이 '한국이 일본의 보호를 받게 된 것은 한국민의 의사'라는 논설을 신문에 썼는데 그것이 저격 이유가 된 것으로 알고 있다."

1908년 3월 21일, 대한제국 외교 고문이었던 미국인 D.W. 스티븐슨은 샌프란시스코에서 가진 기자회견에서 '한국 황실과 정부는 부패하고 타락했다. 관리들은 인민의 재산을 약탈하고 있다. 게다가 한국민은 우매해 독립할 자격이 없다. 일본이 통치하지 않으면 러시아의 식민지가 될 것이다. 이등의 통치는 한국 인민에게 유익하다'는 요지의 발언을 했다.

이 발언에 미국에 거주하는 교민 단체는 격렬히 반발하며 발언 취소를 요구했으나 스티븐슨은 거절했다. 이에 전명운, 장인환 등이 워싱턴으로 가려던 그를 사살한 사건이 그것이었다.

"그대는 장인환을 만난 적이 있는가?"

"없다."

장인환이 평양 출신의 감리교인이기에 한 질문이었으나 안중근은 실제 그를 만난 적이 없었다.

"이토 공작은 생전에 한국 통감을 사임했다. 알고 있는가?"

"들어 알고 있다."

"통감의 후임자는 알고 있는가?"

"부통감인 증니황조(曾禰荒助: 소네 아라스케)가 통감이 되었다고 들었다."

"그대는 소네 통감의 시정에 대해서 어떻게 생각하고 있는가?"

"어떤 방침을 채택하고 있는지 나는 아직 모른다. 그러나 만약 증니도 이등과 동일한 시정을 한다면 그 역시 사살당할 사람이다."

"이달 26일 아침, 이토 공작이 하얼빈 역에 도착했을 때 그대는 권총으로 공작을 저격하였나?"

"그렇다."

"그것을 혼자서 실행하였는가?"

"그렇다."

"어떤 총기인가?"

"검은색의 7연발 권총이다."

구연은 압수한 권총을 안중근에게 제시해 보였다.

"이것이 그대가 사용한 권총인가?"

"그렇다."

"이 권총은 그대의 것인가?"

"그렇다."

"어디서 입수했는가?"

"올해 5월경 의병에 가입했을 때 의병들이 어딘가에서 사다줬다."

"그대는 전부터 이토 공작을 한국 또는 동양의 적이라고 여겨 죽이려고 결심하였고, 저격하였는가?"

"그렇다. 나는 3년 전부터 이등 사살을 결심했다. 나는 처음에는 일본을 신뢰하였다. 그런데 한국이 이등으로 인하여 점점 불리해지므로 마음이 변해 그를 적으로 여기게 된 것이다. 그것은 나뿐만 아니라 한국 2천만 동포 모두가 같은 마음이다."

"그대는 3년 전부터 끊임없이 이토 공을 죽이려 하였는가?"

"그렇다. 그러나 내가 힘이 없었으므로 기회가 없었다."

이어서 구연은 하얼빈으로 오기까지의 행적과 숙박지 등을 물었고, 안중근은 열차 정거장에서 밤을 지새웠다는 등 단독 행위임을 주장하기 위한 거짓 답변을 했다.

"그대는 하얼빈에서 한국인이 출입하는 집에서 숙박하지 않았는가?"

"다른 사람의 집에서 숙박한 적이 없다."

"프리스타니 육도가(六道街)의 김려수라는 자의 집에서 숙박한 적은 없는가?"

"그 사람은 이름도 들은 적이 없다."

"팔도가(八道街)의 방사첨을 아는가?"

"모른다."

"이도가(二道街)의 이진옥을 아는가?"

"모른다."

"우덕순을 아는가?"

"모른다."

안중근은 이때 거론되는 이들이 이미 검거되어 하얼빈 총영사관에 구금되어 있는 사실을 모르고 있었다.

구연은 이어 사살 당시 상황을 신문했다.

"이토 공이 그대의 앞을 통과할 때 쏘았는가? 또 그 거리는 어느 정도였는가?"

"내 앞을 조금 지날 때 두 간 반 정도 떨어져 있는 곳에서 팔꿈치 윗부분을 겨누고 서너 발을 쏘았다."

"발사할 때 그대는 어떤 자세였는가?"

"선 채로 쏘았다."

"권총으로 사람을 쏠 때 머리를 겨누지 않고 팔꿈치 윗부분을 겨누어 쏘면 가슴에 명중한다는 것을 그대는 연구하였는가?"

"나는 사냥꾼이라 평소 총을 쏘므로 경험상 알고 있었다."

"사람을 쏘는데 정면에서 겨누면 발각되므로 약간 지난 뒤에 발사하면 더욱 유리하다는 것을 평소부터 생각하고 있었는가?"

"특별히 익힌 것은 아니다. 내 앞을 약간 통과하였을 때 발사할 기회를 얻었던 것이다."

"그대가 발사한 총알이 이토 공에게 명중하였는가?"

"나는 모른다."

"이토 공이 쓰러지거나 또는 부축을 받는 현장을 못 보았는가?"

"못 보았다. 그 즉시 러시아 장교가 총을 갖고 있는 손을 붙잡아 바닥에 깔아 눕혔다."

"깔아 눕혀질 때 그대는 또 발사하였는가?"

"체포될 때 총을 땅 위에 던져버렸다."

"그대가 발사한 결과 이토 공작은 어떻게 되었는지 알고 있는가?"

"전혀 모른다. 또 그 결과는 아무에게서도 듣지 못하였다."

"그대가 이토 공의 목숨을 잃게 한다면 그대 자신은 어떻게 할 생각이었는가?"

"나는 나 자신에 대해서는 깊이 생각한 적이 없다. 이등의 목숨을 빼앗으면 법정에 끌려 나갈 테니, 그때 이등의 죄악을 하나하나 진술하고 나 자신은 관헌에게 일임할 생각이었다."

일단 신문을 마치며 구연은 간담이 서늘해지는 기분이었다. 피의자 신문의 가장 큰 목적은 자백으로 범죄 사실을 소명하는 것이고, 대부분의 피의자는 자신을 보호하기 위해 무엇인가를 감추려 하는 것이 상례인데, 안중근은 범죄 사실에 대해 감춤도 망설임도 없이 담담히 답변할 뿐이었다. 물론 자신의 신분이나 공범 등에 대해서는 거짓을 말하고 있었지만 그것은 동료를 보호하기 위함이고, 결코 털어놓지 않을 기세이니 수사로 밝혀낼 일이었다.

구연은 통역 원목 촉탁을 통해 신문 내용을 확인하고 조서에 서명하는 안중근을 무연히 바라보았다. 자국의 원로 정치인을 살해한 흉한임에도 기이할 만큼 검사로서의 적의는커녕 인간적인 미움조차 느껴지지 않았다.

"그대의 진술하는 바를 들으니 참으로 동양의 의사(義士)라 하겠다. 그대는 의사이니 결코 사형을 받지는 않을 것이다. 걱정하지 마라."

조심스러운 그의 말에 안중근은 의연히 대답했다.

"내가 죽고 사는 것은 논할 것이 없다. 다만 내 뜻을 속히 일본 왕

에게 아뢰어라. 그래서 이등의 옳지 못한 정략을 속히 고쳐, 동양의
위급한 대세를 바로잡기를 간절히 바란다.”

구연은 또 가슴이 서늘해져 더 이상 말을 꺼내지 못했다. 사건도
세계적인 사건이었지만, 법정에서 펼칠 그의 주장이 어떤 엄청난
반향을 일으킬지 벌써 두렵기까지 한 것이었다.

이등, 형벌을 배 속에 담고 가다

    10월 31일, 구연은 우덕순, 조도선, 유동하, 정대호 등 러시아 측이 인계한 피검자들을 신문했지만 모두 범행에 가담한 사실을 부인하고 진술도 제각각 달랐다. 안중근과 마찬가지로 그들 역시 서로의 연결 고리를 끊으려는 것으로 짐작되었다. 그렇지만 안중근, 우덕순, 조도선, 유동하 등 4인의 공모에 대해서는 어느 정도 심증을 굳힐 수 있었다. 다만 정대호는 신문했지만 진술이 자연스럽고 앞뒤가 맞아 직접 가담을 의심하기 어려웠다. 그렇더라도 범행 시점에 안중근의 처자를 하얼빈까지 데려온 만큼 추가적인 조사는 더 필요했다. 그 밖의 피검자들에 대해서는 일단 러시아 측 신문 기록으로 혐의를 살폈다. 수이펀허에서 체포된 김성엽이나 동흥학교 관계자인 김형재, 김성옥, 탁공규 등은 일단 혐의를 두고 수사를 계속할 필요가 있었다. 김려수도 그의 집에서 안중근의 이름이 적힌 수첩이 압수된 이상 더 조사해볼 필요가 있었다.

구연은 안중근과 그들 아홉 명을 구속하고 즉시 관동도독부 헌병대로 넘겨 뤼순 감옥에 수감하기로 결정했다. 무엇보다 살인죄의 혐의를 받고 있는 그들을 일본의 직접적 무력이 미치지 않고, 공범이 더 있을지도 모르는 하얼빈의 총영사관 지하 보호실에 장시간 억류하는 것은 위험하다는 판단에서였다. 방사첨 등 나머지 여섯 명에 대해서는 일단 총영사관에 억류한 채 자신이 하얼빈에 남아서 더 수사한 뒤 최종 결정할 일이었다.

10월 28일 오전, 이등의 주검을 실은 군함 '추진주호'는 18노트(시속 약 33킬로미터)의 속력으로 3일 반 동안 운항하여, 31일 밤늦게 횡수하(橫須賀: 요코스카) 군항에 입항했다. 그곳에서 하룻밤을 묵은 주검은 11월 1일 오전 11시, 6량으로 편성된 특별열차 편으로 이동하여 오후 1시가 조금 지나 동경 신교(新橋: 신바시) 역에 도착했다. 역에는 황족, 원로, 대신, 육해군장성 등 2천여 명이 운집해 있었다.

주검은 다시 운구차에 실려 령남판(靈南坂: 레이난자카) 추밀원 의장 관저로 옮겨져 안치됐다. 운구차가 지나가는 길가는 인산인해를 이루어 지붕 위나 가로수 위에 올라간 사람도 있었다.

이등은 지난 10월 14일 오후 5시 20분, 자신의 별장 '창랑각(滄浪閣: 소로카쿠)'이 있는 신내천(神奈川: 가나카와) 현 대기(大磯: 오이소) 역에서 하얼빈을 향해 출발했었다. 그때 이등은 한국 병탄을 양해받고 만주와 몽고에 대한 지배권을 넓힐 것이라는 꿈에 부풀었을 것이다. 그러나 그는 별장을 나선지 18일 만에 싸늘한 주검이 되어 허망하게 돌아오고 말았다.

"오늘부터는 뤼순으로 가 그곳에 수감될 것이오."

11월 1일 아침, 안중근이 구금되어 있는 총영사관 지하실로 내려온 구연의 통보였다. 안중근은 묵묵히 고개를 끄덕였다.

얼마쯤 뒤 지하실로 내려온 일본 헌병들은 안중근의 양손을 뒤로 하여 수갑을 채운 후 다시 포승으로 묶어 총영사관 밖으로 데려갔다. 마차를 타고 얼마간 가서 내리니 하얼빈 역이었는데, 우덕순, 조도선, 유동하, 정대호를 비롯하여 얼굴을 알지 못하는 사람까지 아홉 명쯤이 수갑과 포승에 묶여 있는 것이 아닌가. 안중근은 비로소 그들도 검거되었음을 알고 낙심했으나 여전히 알지 못하는 척 말을 건네지는 않았다.

열차를 타러 플랫폼으로 들어가려는데 뒤쪽에서 소란이 일어났다. 돌아보니 큰 체격의 젊은 러시아 여인이 일본 헌병을 향해 격하게 항의하고 있었다.

"내 남편이 도대체 무엇을 했다고 잡아가는 거냐? 동양의 원숭이 새끼들에게 말해두겠는데, 내 남편을 무사히 하얼빈으로 돌려보내지 않으면 너희들 섬나라를 발틱 함대로 산산이 부숴 바다의 쓰레기로 만들어줄 테다!"

그녀의 이름은 모제로, 24세였고 38세였던 조도선의 아내였다. 모제는 다시 조도선을 향해 눈물지으며 소리쳤다.

"당신, 절대로 져서는 안 돼요! 나는 하얼빈에서 세탁일을 하면서 당신이 돌아올 때까지 언제까지고 기다릴 거예요!"

각진 얼굴에 단단한 체격의 조도선은 애틋한 미소로 아내에게 화답하며 늠름하게 플랫폼으로 향했다.

오전 11시 25분, 일본 헌병 열두 명의 호송 하에 하얼빈을 출발한 안중근 일행은 그날 저녁 무렵 창춘 역에 도착해 헌병대 수용실에서 하룻밤을 묵었다. 다음 날 다시 뤼순으로 향하던 중 열차가 어떤 역에 잠시 정차하자, 일본 순사 하나가 올라와서 다짜고짜 안중근의 뺨을 후려쳤다. 안중근은 손과 팔이 묶여 대항하지는 못했지만 자리를 박차고 일어섰다.

"이 버러지 같은 놈, 무슨 짓이냐!"

안중근의 벽력 같은 호통에 옆에 있던 헌병이 벌떡 일어나 순사를 열차에서 끌어내린 뒤에 돌아와서 말했다.

"일본, 한국 간에 이같이 좋지 못한 사람들이 있으니 너무 성내지 마시오."

그로서는 자국의 대신이 죽었으니 분한 마음이 들기도 하겠지만 그렇다고 포박당한 사람에게 손찌검을 하는 것은 미개한 족속이 하는 비열한 짓이 아닌가. 더구나 도둑이나 강도와 같이 사익을 위해 이등을 죽인 것이 아니라 동양의 평화를 위한 거사였고, 한국의 독립을 위한 전쟁의 사살이었는데⋯⋯. 안중근은 한참 동안 치밀어 오르는 화를 삭이지 못했다.

다음 날인 11월 3일, 안중근 일행이 뤼순 감옥에 수감될 때 일본 외무성 정무국장 창지도 뤼순에 도착했다. 그는 즉시 관동도독부 경찰서에서 안중근을 신문했다. 주로 사건에 이른 경로와 우덕순, 조도선 등과의 공범 관계에 대한 신문이었지만, 안중근은 공모를 부인하며 거짓 진술로 대응했다.

11월 4일 오전 10시 30분, 동경(東京: 도쿄) 도심의 일비곡(日比谷: 히비야) 공원에서 이등의 국장이 열렸다. 일본 왕 명치는 시종을 통해 총리 관저에 이등의 죽음을 슬퍼하는 뇌사(誄詞: 죽은 사람이 생전에 이루었던 업적이나 공덕을 기리며 애도하는 마음을 표현한 글)를 내려보낸 뒤 이날은 정무를 보지 않았다.

장례식장에는 유족 및 일가친척, 원로, 대신 전원, 귀족원과 중의원의 의원, 각국 공사, 보도진 등 5천여 명이 모여들었다. 가장 절친했던 정상형(井上馨: 이노우에 가오루) 후작은 이등의 관 옆에서 "내가 먼저 죽고, 이토가 이 세상에 더 남길 바랐다"라는 조사를 읽으며 눈물을 지었다.

정상형은 이등의 명성에는 미치지 못했지만 그 역시 한국과 악연이 깊기는 마찬가지였다. 그는 1876년 '운양(雲揚: 운요)호사건'을 계기로 체결된 '강화도조약'의 특명전권대사로 불평등조약을 주도했고, '청일전쟁'이 발발하자 주한특명공사를 자원하여 조선 정부에 일본군 지원을 강요하고, 동학혁명군이 반일 봉기에 나서자 증파된 일본군을 지휘하여 학살을 주도했다. 특히, 명성황후 시해사건이 일어나자 즉시 특명대사로 한국에 와서 가담자 전원을 일본으로 귀국시켜 처벌을 막은 자였다.

장례식이 끝난 뒤 오후 2시 30분, 이등의 유해는 자신의 사저 '은사관(恩賜館: 온시칸)'에서 가까운 대정촌(大井村: 오이무라) 묘지에 묻혔다. 기이한 것은 배 속에 박힌 실탄 세 발을 누구도 꺼내려 하지 않았다는 것이다. 그러니 아무리 많은 사람의 추모를 받고 성대한 장례식을 치렀더라도, 그 검은 배 속에는 안중근이 박아 넣은 체코산 실탄 세 발이 고스란히 남아 있으니 캄캄한 땅속은 감옥이 될 것이고, 싸늘한 냉기의 쇠 총탄은 그의 죄악에 대한 영원한 형벌이 될 것이었다.

의사의 아내

안중근의 처 김아려(金亞麗)와 장남 분도, 차남 준생이 정대호를 따라 진남포를 출발한 것은 10월 23일이었다. 4박 5일의 긴 여정으로, 27일 오후 4시 부렵 하얼빈에 도착해 김성백의 집으로 찾아갔으니 이등이 사살된 다음 날이었다. 그때 정대호는 안중근의 가족뿐 아니라 자신의 어머니와 처, 두 아들과 사촌 정서우를 동행해 일행이 무려 아홉 명이었다. 그러나 이미 검거 선풍이 분 터라 그들이 김성백의 집에 들어서자 곧이어 러시아 헌병들이 들이닥쳤다.

"당신들은 무슨 일로 이 집을 찾아왔소?"

"나는 청국세관 관리로 근무하는 정대호요. 휴가를 받아 한국에 가서 가족을 데리고 수이펀허로 가는 길에 잠시 들른 것이오."

"김성백과는 이전부터 아는 사이요?"

"그렇소만?"

"안응칠과도 아는 사이요?"

아직 사건을 모르고 있는 정대호는 어안이 벙벙해 물었다.

"도대체 무슨 일이오?"

"어제 하얼빈 역에서 안응칠이 이등박문을 살해해 그 자리에서 체포되었소."

"예에?"

정대호는 놀라 입이 딱 벌어졌으나 더 놀란 것은 김아려였다. 그녀는 얼른 고개를 돌려 러시아 헌병의 눈길을 피했다.

"데리고 온 사람들은 누구요?"

러시아 헌병의 질문에 정대호는 경황 중에도 기지를 발휘했다.

"내 어머니와 처, 두 아들, 누나와 두 아들, 그리고 사촌 동생이오."

그럴듯한 설명에 러시아 헌병은 별다른 의심을 품지 않았다.

"그럼 남자 두 사람은 잠깐 우리와 같이 갑시다. 여자와 아이들은 이 집에 남아도 좋소."

그렇게 정대호와 정서우는 연행되었고, 여인과 아이들은 김성백의 집에서 보살핌을 받게 되었다.

김아려는 무엇을 어찌해야 할지 종잡을 수 없었다. 지난 1894년 갑오년에 열일곱이라는 꽃 같은 나이로 한 살 아래의 헌헌장부 안중근과 혼인해 2남 1녀의 자식을 두었다. 그녀는 남편을 따라 천주교에 귀의했고, 그의 뜻을 존중하며 집안을 건사하는 일에만 전념해왔다.

위로는 시부모님 봉양에서 아래로는 자식을 양육하기까지, 가장 기본적인 일임에도 결코 쉽지 않은 노릇이었기에, 살가운 아내는 되지 못했다. 남편도 속정은 깊었으나 겉으로 드러내지는 않았다. 밖으로 나도는 일이 많았지만 일신(一身)보다는 나라와 대의를 먼저 생각하는 이였기에 마음 깊이 존경했다. 늠름하게 총을 들고 나서 거나, 다수의 사람 앞에서 의젓하게 대의를 설할 때는 그이가 내 남편이라는 사실이 더없이 자랑스러웠다. 아버님과 더불어 집안의 재산을 거의 축냈지만 한 번도 원망하는 마음을 품은 적이 없었다. 재물은 모두 나라와 대의를 위해 쓰였다. 또한 그 모든 일의 바탕에는 깊은 신심도 함께했기에 자신 역시 천주님께 더욱 귀의했다. 더구나 아직은 식구들 입이 마르지도 않은 형편이었다. 항상 무슨 일이 있을지라도 담담히 대응하리라 마음을 다졌지만, 오직 늙으신 시어머니를 어찌 봉양할지가 걱정이었다.

남편이 행한 일은 지극한 대의였고, 뜻을 가진 이라면 응당 해야 할 일이었다. 이 집에 들어서자마자 곧바로 러시아 헌병으로부터 안응칠이라는 이름과 이등의 죽음을 듣게 되니 가슴이 철렁하면서도 그 장한 거사에 전율이 일었다. 그리고 언젠가 겪게 되리라 막연히 짐작해왔던 큰일이 바로 이것이었으며, 이제부터 걸어가야 할 길은 살아가는 것이 아니라 살아내야 할 고난의 길이라는 것을 알수 있었다. 담담히 대응하리라 다진 마음은 어디로 갔는지, 벌써 며칠이 흘렀음에도 여전히 두 다리는 후들거리고 눈앞은 노랬으며 머릿속은 하얀 채였다. 그러나 눈물을 터뜨리면 그대로 무너질 것 같아 이를 악물어 참고 있었다.

하얼빈에 남은 구연은 구금되어 있는 김성엽 등을 조사하는 한편 뤼순으로 압송된 안중근의 실체와 다른 아홉 명의 공모 여부에 대한 수사를 계속했다.

하얼빈 총영사관의 정보 조직이 총동원된 것은 물론이고, 기왕에 재판권을 포기하고 수사에 협조하기로 한 러시아 측도 정보 조직을 모두 가동해 협조했다. 하얼빈은 러시아의 조차지여서 다수의 군대와 경찰이 주둔하는 데다 러시아 교민 관리를 위한 정보망도 조밀했기에 성과가 빨랐다. 또 범행에 관련된 한국인들은 러시아 국적 한인들과 연계되어 있었기에 안중근을 비롯한 관련자의 신상과 하얼빈 도착 이후의 동선도 대부분 파악되었다.

블라디보스토크를 비롯한 연해주 곳곳에서 정보 활동 중인 일본 첩보망의 보고서도 속속 들어오고 있었다. 안중근이 황해도 명문가의 후손으로 다른 동지들과 함께 손가락을 잘라 단지(斷指) 동맹까지 한 의병활동가라는 사실도 밝혀졌다. 또한 이번 사건에는 블라디보스토크 소재의 대동공보사가 깊숙이 관련된 정황이 있었다. 우덕순이 그 신문사의 수금원으로 안중근과 함께 하얼빈으로 출발했다는 사실이 유력한 근거였다.

11월 8일에는 안중근에게 일본 형법을 적용하라는 소촌 외무대신의 지시가 암호 전문으로 하달되었다. 구연은 곤혹스러웠다. '일한 보호조약'에 근거해 한국인에 대한 재판권을 관할한다는 것은 법조인의 양심으로 판단하자면 명백한 억지였고, 정부의 지시를 거부할 수 없는 일본국 검사의 입장에서 백번을 양보해도 무리한 확대해석이었다. 설사 그 해석을 받아들인다 하더라도 최소한 관할 법정은 한국으로, 적용 법률은 한국의 형법에 따라야 했다. 그런데도 관동도독부 법정에서, 일본 형법 적용이라니⋯⋯. 양심의 가책으로 마음이 무거웠지만 피살된 이토 공작의 위상을 생각하면 어쩔 수 없는 일이라 스스로 자위했다.

구연은 김성백도 불러 조사했다. 그는 이미 러시아 국적을 취득한 자였지만 한국인으로서의 민족적 의식이 강했고 하얼빈에 거주하는 한인들의 정신적 지주였다. 또한 그에 대한 러시아 측의 수사 협조도 부실했기에 애초부터 혐의를 입증해 구속하기는 어려울 것이라고 예상했다. 과연 그는 가족을 만나러 왔다기에 동포로서의 측은지심으로 유숙하게 했을 뿐이라며 공모를 완강히 부인했다. 오히려 그는 자신의 동생 김성엽과 러시아 교민들에 대한 감금을 계속하는 근거가 무엇이냐며 따지고 들었다.

한국인 안응칠 소회

하늘이 사람을 내어 세상이 모두 형제가 되었다. 각각 자유를 지켜 삶을 좋아하고 죽음을 싫어하는 것은 누구나 가진 떳떳한 정이다. 오늘날 세상 사람들은 으레 문명한 시대라 일컫지마는, 나는 홀로 그렇지 않은 것을 탄식한다. 무릇 문명이란 동서양 잘난 이, 못난 이, 남녀노소를 물을 것 없이, 각각 천부의 성품을 지키고 도덕을 숭상하여, 서로 다투는 마음이 없이 제 땅에서 편안한 생업을 즐기면서, 같이 태평을 누리는 것이다.

이제 동양 대세를 말하면 비참한 현실이 더욱 심하여 참으로 기록하기 어렵다. 이른바 이등박문이 천하대세를 깊이 헤아려 알지 못하고, 함부로 잔혹한 정책을 써서 동양 전체가 장차 멸망을 면하지 못하게 되었다.

슬프다! 천하대세를 멀리 걱정하는 청년들이 어찌 팔짱만 끼고 아무런 방책도 없이, 앉아서 죽기를 기다리는 것이 옳을까보냐. 그러므로 나는 생각하다 못하여, 하얼빈에서 총 한 방으로 만인이 보는 눈 앞에서 늙은 도적 이등의 죄악을 성토하여, 뜻 있는 동양 청년들의 정신을 일깨운 것이다.

뤼순 감옥에 수감된 안중근은 창지 국장의 신문 이후 별다른 조사가 없자 위와 같이 「한국인 안응칠 소회」를 작성하여 11월 6일 오후 3시 30분에 관헌에게 제출했다. 소회문은 즉시 관동도독부 고등법원장을 비롯하여 창지 국장 등의 관리들에게 전파되었고 모두 그 기개에 가슴이 서늘했다.

그 뒤로도 안중근은 별다른 일 없이 감옥 안에서 시간을 보내고 있었다. 담당 검사 구연이 아직 하얼빈에서 돌아오지 않은 까닭이었다.

한동안 안중근은 오직 의연히 대처하며 동지들을 보호해야 한다는 생각만 했다. 그런데 하루, 이틀 구연이 돌아오는 시간이 늦어지자 점차 불안감이 밀려들기 시작했다. 수사에 성과가 없다면 서둘러 돌아와 자신에 대한 신문 강도를 높이는 것이 이치인데 벌써 일주일을 넘기고 있었다. 또 뤼순으로 오면서 알게 된 일이지만 우덕순, 조도선, 유동하 등 많은 사람들이 구속되었는데 그들은 무슨 신문을 받고 어떤 진술을 했는지, 김성백은 어찌 되었는지, 대동공보사 이강 편집장에게까지 손길이 미친 것은 아닌지……. 특히 우덕순 등이 가혹한 고문을 당하고 있는 것은 아닌가 하는 생각이 들면서 불안감은 더했다.

그런데 한 가지 기이한 일이 있었다. 뤼순 감옥에 수감된 이후 전옥(典獄: 교도소장)과 경수계장(警守係長), 그 밖의 옥리(獄吏)들까지 안중근에게 적의를 보이지 않는다는 것이었다. 적의는커녕 경외하거나 호의를 감추지 않은 눈빛으로 말투는 공손했고 음식을 비롯한 수감 생활의 편의에도 많은 신경을 써주었다. 정치범으로 여겨 그런가 싶은 생각이 들었지만 아무래도 그것만은 아닌 듯싶었다.

"뭘 하나 물어봐도 되겠소?"

안중근은 감방 안을 둘러보고 나가려는 경수계장을 붙잡아 말을 걸었다.

"말씀하시지요."

"뤼순으로 올 때 보니 다른 사람들도 많이 잡혀왔던데 그들은 무슨 죄요?"

"안 선생과 공모 혐의로 구속된 사람들입니다."

경수계장은 웃음을 머금은 얼굴로 선선히 대꾸했다.

안중근은 순간 그들의 혐의를 부인할 마음부터 들었으나 경수계장을 상대로는 의미 없는 일이라는 것을 깨달았다.

"그 사람들은 누구에게 조사를 받고 있습니까?"

"미조부치 검사께서 아직 하얼빈에서 오시지 않아 아무런 조사도 받지 않고 있습니다."

안중근은 비로소 불안감을 덜어냈다. 안도의 빛을 띠는 안중근에게 경수계장이 덧붙였다.

"선생이 걱정하는 고문 같은 일은 없을 테니 마음 놓으십시오."

뜻밖의 말에 안중근은 두 눈이 휘둥그레졌다.

"그게 무슨 말이오?"

"괜찮습니다. 큰 뜻을 품은 분이 동지들을 염려하고 보호하려는 마음이야 인지상정 아니겠습니까, 허허. 혹시 불편한 점이나 필요하신 것이 있으면 언제든 말씀하십시오, 감옥이라 제한되는 것이 많기는 하지만 최대한 편의를 봐드리겠습니다."

경수계장은 깍듯이 고개를 숙여 인사하고 감방을 나갔다.

안중근은 이것이 참인지 꿈인지 의심스러울 지경이었다. 같은 일본인인데 어찌 한국에 와 있는 그들과는 이처럼 다른 것인지. 뤼순에 와 있는 일본인은 이처럼 어질고 후한데 한국에 있는 그들은 난폭하기 이를 데 없으니. 종자가 달라서도 아니고 기후나 풍토가 달라서도 아닐 텐데. 어쩌면 한국에 있는 일본인들은 권세를 맡은 이 등이 악(惡)하기에 그 마음을 본떠서 그러한 것이고, 뤼순의 일본인들은 그 도독(都督)이 인자하여 그 덕에 감화된 것이 아닐까 싶었다.

한국 땅에 살고 있는 백성들의 가여움을 생각하니 저절로 어머니와 아내, 자식들이 떠올랐다. 자식으로서도 지아비로서도 아버지로서도, 무엇 하나 제대로 된 도리를 하지 못한 삶이었다. 지난 을사년에는 일제 총칼의 위협 속에 '을사늑약'을 체결하는 수모를 당하는 것을 보고 아버지와 상의한 끝에, 항일운동의 거점을 찾기 위해 중국 산둥(山東)과 상하이 일대를 돌았지만, 그 사이 아버지가 운명해 임종마저 지키지 못하는 불효의 죄를 지었다. 장녀 현생과 장남 분도의 출생은 곁에서 지켜보았지만, 막내 준생은 태어난 사실조차 정대호를 통해 알았으니 지아비와 아비로서 염치마저 잃었다. 그나마 여태까지는 내 나라 땅에서 함께 모여 얼마 남지 않은 재산으로 호구지책은 할 수 있었지만, 앞으로는 그 삶이 어떠할지 짐작조차 할 수 없게 되었으니 참으로 면목 없고, 특히 어머니를 생각하면 눈물을 금할 수 없었다.

정대호가 체포된 것으로 보아 필경 아내와 자식들이 하얼빈에 도달했을 터였다. 마지막이 되기 십상인 처지라 얼굴이라도 마주하고, 위로의 말과 아이들 교육의 말미라도 잡아주려는 생각이었는데 외려 큰 놀람만 주고 고생만 시키게 된 꼴이었다. 그래도 김성백은 검거되지 않았으니 낯선 객지에서 길거리를 헤매지는 않을 것 같지만 아내의 마음이 어떠할지 짐작하면 미안함과 안타까움에 가슴이 아렸다. 더구나 큰아이인 현생이 아직 일곱 살이니 다들 핏덩이나 다름없었다. 그들이 앞으로 어떤 고난 속에서 세상을 살아가게 될지 생각하면 저절로 목이 멨다.

그러나 후회의 마음은 눈곱만큼도 없었다. 사람에게 나라가 없으면 그것은 바로 노예의 길이며 개돼지에 다름 아니었다. 아비로서나 지아비로서나, 그런 노예와 개돼지의 길을 가는 것을 지켜보고만 있을 수는 없는 노릇이 아닌가. 도적이 담을 넘는데 우두커니 지켜만 봐서야 어찌 아비이고 지아비라 할 수 있겠는가. 아무리 배를 곯고 홑겹의 의복으로 눈보라를 맞아도 내 나라와 그 땅이 있으면 열심히 일구고 가꿔 내일을 도모할 수 있지만, 나라가 없고서는 배가 불러도 개돼지요, 의복이 따뜻해도 몸을 파는 매춘부에 불과한 것이었다. 그래서 내 나라 대한국을 삼키고 동양의 평화를 해치려는 적의 수괴를 사살한 것이니 훗날 자식들이 자라서도 아비를 의롭게 여겨 본받고 또한 나라의 기둥이 될 것이었다. 아내 역시 따로 말하지 않아도 그런 자신의 뜻을 알아 자식들에게 민족의 혼을 심어줄 사람이니 크게 걱정하고 안타까워할 일만은 아니었다.

안중근은 쓸쓸한 마음을 그렇게 달래며 차라리 다시는 아내와 자식의 일은 생각하지 말자고 마음을 다잡았다.

구연은 뒤늦게 김성백의 집에 머물고 있는 여인 중 한 명이 정대호의 누이가 아니라 안중근의 처임을 알아내 김아려를 참고인으로 불렀다. 지금까지의 조사 결과로 보아 그녀가 남편의 범행을 미리 알았을 가능성은 없었지만, 안중근의 신상 확인과 성장 과정, 성품 등을 파악해둘 필요가 있었기 때문이다.

김아려는 작은 키에 왜소한 여인이었지만 눈빛은 맑고 강했다. 구연의 신문에 가족 사항 등 자신이 알고 있는 내용은 또렷하게 대답했지만, 안중근의 활동에 대해서는 아녀자로서 지아비의 바깥일에는 관여하지 않아 아는 바가 없다고 딱 잘라 말했다. 여인의 몸으로 이국땅에서 사법 관리의 신문을 받으면서도 조금도 위축되는 기색 없이 당당하고 의연한 자세가 자못 인상적이었다. 과연 그 남편에 그 아내인가, 구연은 내심 숙연하여 조사가 끝난 뒤 지체 없이 김아려를 김성백의 집으로 돌려보냈다.

11월 8일, 구연은 총영사관 지하실에 구금하고 있던 여섯 명 중 방사첨, 이진옥을 먼저 석방하고, 이틀 뒤인 10일에는 다른 네 명도 모두 무혐의로 석방했다. 처음부터 무리한 마구잡이 검거이기도 했지만 설령 혐의가 있다 해도 당장은 그것을 입증할 만한 아무런 증거가 없었다. 11월 11일에는 구연도 하얼빈을 떠나 뤼순을 향했다.

영웅의 고뇌

11월 12일, 뤼순에 도착한 구연은 아연 긴장했다. 안중근의 배후를 반드시 밝혀내라는 전문이 구연을 기다리고 있었기 때문이다. 배후에 대한 철저한 수사 지시야 당연한 것이었지만 문제는 그 지시의 배경이었다. 수행원으로 현장을 목격하고, 안중근의 총탄에 직접 상해를 입기도 한 실전 귀족원 의원이 '이토 공작을 저격한 범인은 현장에서 체포된 자가 아니라 다른 사람일 수 있다'는 의혹을 제기한 것이었다.

실전이 제기한 의혹은 이러했다. 폭죽 소리와 함께 사격하는 안중근의 자세를 목격했는데 러시아 의장대 사이에서 몸을 내밀 듯한 상태로 총을 발사하고 있었다. 그러나 이등의 몸에 박힌 실탄은 모두 약간 위쪽에서 들어와 비스듬하게 아래쪽으로 내려가 박혔다. 또 자신에게도 외투 아랫부분에만 세 발의 탄환이 지나간 흔적이 있고, 오른쪽 다리 무릎 아랫부분 바지에도 한 발이 스쳐간 흔적이 있으며, 왼쪽 새끼손가락에 한 발이 스쳐 찰과상을 입었다. 이로써 자신에게 쏜 실탄만도 다섯 발에 이르는데 현장에서 압수된 범인의 권총은 7연발에 불과하니 공범이 있다는 것이었다. 심지어는 그 공범이 하얼빈 역사 2층 식당에서 이등을 쏘았다고 구체적으로 주장하기도 했다.

의혹에는 주치의 소산선도 가담했다. 그는 당초의 보고와는 달리 일본으로 귀국해 수사기관에 제출한 보고서에 총알이 모두 약간 위쪽에서 아래쪽으로 향했다고 기록했다. 심지어는 조금 뒷날의 일이지만 이등의 몸속에 박힌 세 발의 총알은 브라우닝 권총용이 아니라 러시아 병사들이 사용하는 프랑스 기병총 탄환이었다고 주장하기도 했다.

그러나 결론부터 말해 이런 의혹은 모두 억지일 뿐이었다. 무엇보다 하얼빈 역사 2층에서 다른 공범이 총을 쏘았다면 이등의 피탄 각도는 훨씬 더 위에서 아래쪽으로 향해 최초 검시에서 이미 심각한 의문이 제기되었을 터였다. 또한 당시 현장에서 안중근이 쏜 일곱 발 외에 다른 위치에서의 사격까지 더해졌다면 현장에 도열한 그 많은 러시아와 청국 병사, 일본인 환영객들 중 다수가 총성과 피탄 흔적을 즉시 감지할 수 있었을 것이다. 더구나 소산선이 제기한 프랑스 기병총 탄환을 운운하는 것은 이등의 몸에 박힌 할로우 포인트탄의 특성조차 모르는 무지한 거짓임을 스스로 증명하는 헛소리였다. 이등의 몸속에 박혀 무덤 속으로 들어간 실탄 외에 수거된 다른 실탄 세 발도 모두 같은 할로우 포인트탄이었다.

까닭은 여러 가지로 짐작할 수 있다. 우선은 일본 정계 최고의 거두와 수행원 세 사람이 한국인 한 사람에게 당했다는 사실에 몹시 자존심이 상했을 수 있다. 더군다나 여러 명의 수행원이 주위를 에워싼 상태에서 첫 총성이 들리고도 누구 하나 이등에게 몸을 던져 다음 탄환을 막은 사람이 없었으니, 뒤늦게 그것이 얼마나 수치스러웠을 텐가. 실전은 바로 곁에 있었기에 더욱 그러했을 것이니 배후와 공범의 의혹을 억지로나마 주장하고 싶었을 것이다. 또한 일곱 발의 실탄 중 세 발을 이등에게 정확하게 명중시켜 절명케 하고, 연이어 다른 세 사람에게도 각각 한 발씩 명중시킨 뛰어난 사격술과 담력은 한국인의 위상과 자긍심에 크게 기여할 것이니 역시 마땅치 않았을 것이다. 어쩌면 뒤늦게 소산선이 총탄의 방향과 기병총을 운운하고 나선 것은 실전의 뜻에 동조해 러시아까지 엮어보려는 속셈이었는지 모를 일이었다.

실전은 이등 피살사건의 재판이 진행되는 중에도 자신의 주장을 내세우며 재조사를 신청했지만 받아들여지지 않았다. 심지어는 해군대신 산본권병위(山本權兵衛: 야마모토 곤베)가 진범이 잡힐 리 없으니 시끄럽게 하지 말라며 말렸다는 기록이 있을 정도이다.

어쨌거나 구연은 배후와 공범에 대한 수사를 더욱 철저하게 하지 않을 수 없게 되었다. 그런 처지의 그가 특히 혐의를 두고 있는 곳은 블라디보스토크의 대동공보사였다.

11월 13일, 구연은 나이 어린 유동하를 불러 하얼빈에서의 1차 조사 이후 2차로 그를 신문했다. 그러나 여전히 자신의 인적 사항 이외에는 모두 모른다고 부인해 아무런 소득이 없었다.

14일, 구연은 안중근을 신문실로 불러 마주했다.

"그동안 잘 지냈소?"

"여러 관리들이 잘 대해줘서 큰 불편함 없이 지냈소."

옅은 미소까지 머금은 구연의 인사에 안중근은 의아한 마음이 들었으나 선선히 대답했다.

"조사에 앞서 미리 말해두겠소만 그동안 하얼빈에서 블라디보스토크를 비롯한 여러 곳에서 안 선생의 일을 조사했소. 물론 안 선생 입장에서는 혼자서 모든 것을 감당하고 싶겠지만 많은 것이 드러나고 있소. 그러니 거짓으로 서로의 낯을 붉히지 않았으면 하오."

"좋소. 거짓을 말하지 않겠소."

안중근의 선선한 대답에 구연은 신문을 시작했다. 이번에도 통역은 원목이었고, 서기는 안전이었다.

"그대의 조부는 진해(鎭海) 군수를 지냈는가?"

"그렇다."

"아버지는 진사(進士)로 이름은 태훈(泰勳)이라 하고 5년 전에 사망하였다는데 그러한가?"

"그렇다. 어머니는 조씨(趙氏)이다."

"동생은 정근(定根), 공근(恭根)이라는데 그러한가?"

"그렇다."

"정근은 경성에서 공부하고 있고, 공근은 진남포에서 교사를 하고 있는가?"

"그것은 잘 모른다."

"그대의 처는 김홍섭(金鴻燮)이라는 자의 딸인가?"

"그렇다."

"7세, 5세와 2세의 아이가 있는가?"

"7세, 5세의 아이는 있어도 나는 3년 전에 집을 나와 2세의 아이는 모른다."

"그대의 처자가 지금 하얼빈에 있는데 알고 있는가?"

안중근은 순간 마음이 서늘했지만 내색하지 않고 담담하게 대답
했다.

"모른다."

"하얼빈에서 신문하였을 때 처자가 없다고 했는데, 그것은 거짓
인가?"

"나는 동양을 위하여 3년 전부터 온 힘을 다하고 있었으므로 분명
히 처자는 없는 셈이기에 그리 말했는데 실제로는 처자가 있다."

"사서오경(四書伍經)과 통감(通鑑)을 모두 읽었다고 하는데 과연 그
러한가?"

"경서를 다소 읽고 통감도 읽었다."

"그 밖에 어떤 책을 읽었는가?"

"『만국역사』 또는 『조선역사』를 읽었다."

이어서 구연은 안중근의 이전 상해 등지의 여행 행적과 서북학회
(西北學會)의 안창호(安昌浩), 이갑(李甲), 류동열(柳東說) 등 여러 사람
의 이름을 들먹이며 관계를 물었다. 안중근은 그것이 공범의 범위
를 확장해 그것을 빌미로 독립운동의 싹을 자르려는 속셈임을 알았
기에 안창호 등 몇 사람과 안면이 있다는 정도만 밝히고 대부분 모
르는 것으로 대답했다. 또 국내에서의 행적과 천주교 선교사 등에
관한 신문도 있었다.

"북간도에서는 이범윤의 집에도 갔었는가?"

"그곳에 두세 달간 있었으나 그를 만나지는 못했다."

"그간 최재형, 최봉준, 이상설, 이위종, 전명운, 이춘삼, 류인석,

홍범도, 차도선 등을 만난 적은 없는가?"

"홍범도(洪範圖)만 만났다."

"홍범도는 무슨 일을 하는가?"

"함경도 의병대장이다."

"그대는 최도헌과 이범윤의 아래에 있는 창의회가 전쟁에 나온 일은 알고 있는가?"

지난해 함경도 일원에서 벌였던 국내진공작전을 말하는 것이었다.

"나는 그들이 전쟁에 가담한 일은 모른다. 그 사람들은 전쟁에 나갈 사람들이 아니다. 그들의 부하가 전쟁에 나갔다고 들었다."

안중근은 특히 최도헌이라고 불린 최재형은 무슨 거짓을 말하더라도 반드시 보호할 작정이었다.

최재형은 함경도 경원에서 태어나 어린 시절 부모를 따라 연해주로 이주해 러시아로 귀화했다. 10대의 젊은 시절에는 러시아 상선 선원과 상사 직원으로 세상 문물을 익히고 상업에 눈을 떴다. 가족이 있는 연추로 돌아와 1893년에 도헌(都憲)에 선출되었는데, 그 직은 요즘의 지방자치 단체장에 해당하는 행정 수장이었다. 그동안 러시아인이 도헌을 맡아왔던 한인 마을 연추에서 최초의 한국인 출신 행정 수장이 된 것이니 주민과 러시아 정부의 두터운 신임을 받았다는 뜻이었다. 1904년 러일전쟁이 일어났던 시기에는 러시아 해군 소위로 경무관 부속 통역관 등을 역임했고, 러시아 황제로부터 훈장을 수여받기도 했다.

그의 아버지는 가난한 소작인이었고 어머니는 기생 출신으로 극심한 기근을 피해 이주하여 러시아 국적을 취득했지만, 최재형의 조국 사랑은 지극했다. 연봉 3천 루블을 은행에 예금하여 그 이자로 매년 한인 후예 한 명을 선발하여 당시 러시아의 수도였던 페테르부르크로 유학을 보낸 것은 장기적 안목의 인재양성이었다. 간도관리사(間島管理使)를 역임한 이범윤과는 결의형제한 사이로 일제를 피해 간도로 넘어온 대한제국 군인들을 규합하여 1908년에 벌인 국내진공작전을 지원한 실질적 주도자였다. 그 밖에도 상업으로 일군 부를 바탕으로 동포들의 교육과 인재양성에 힘썼으며, 훗날인 1910년 2월에는 재정난으로 폐간되는 『대동공보』를 인수하여 항일독립정신 고취에 진력을 다한 이였다.

구연은 그 밖에도 여러 사람의 이름을 거론하며 거사에 필요한 자금의 조달 등에 대해 물었고 안중근은 대부분 부인하며 동지들을 보호했다.

"그대는 작년에 동지 네 명과 의논하여 이토 공작 제거를 맹서하고 손가락을 자른 적이 있는가?"

"그곳에 모여 한국의 독립을 도모할 상의를 하였으나 이등만을 살해한다는 의논은 하지 않았다. 또 손가락은 그때 자른 것이 아니라 올봄에 맹서했을 때 잘랐다."

"손가락을 자른 동지는 누구누구인가?"

"나 혼자 결심하고 잘랐다."

어느새 단지 동맹의 일까지 조사한 것인지 안중근은 내심 놀랐다. 그러나 동지들의 보호를 위해 모두 자신 혼자의 일이라는 주장을 고수했다.

다시 정대호와의 관계 및 가족들을 하얼빈으로 데려온 경위와 유동하, 우덕순, 조도선과의 관계 및 공모 여부, 하얼빈에서의 행적 등에 관한 긴 신문과 이에 맞서 동지를 보호하기 위한 안중근의 부인 및 주장이 이어졌다.

"러시아 관리의 진술에 따르면 그대는 도열해 있는 병대(兵隊) 앞으로 나와 한 발을 내딛고 허리를 굽혀 총알을 발사했다고 하는데 어떠한가?"

"그렇지 않다. 병대 앞으로 나올 까닭이 없다. 틀린 말이다."

"그대는 발사할 때 오른손 팔꿈치를 왼손으로 받치고 장단을 맞추어 발사하였는가?"

"아니다, 왼손으로 받치지 않고 한 손으로 쏘았다. 더욱이 나는 총을 쏜 후에 병대의 앞으로 나온 것이 아니다. 병대가 발사 소리를 듣고 대열을 흩뜨려 후방으로 물러섰기 때문에 그리 보인 것이다."

"우선은 이토 공을 겨누어 쏘았는가?"

"그렇다. 이등을 겨눴다."

"몇 발 정도 발사하였는가?"

"네 발이라고 생각한다."

"그때 이토 공과 같이 있던 가와카미 총영사에게도 총알이 명중하였는데 그것은 이토 공을 쏜 후에 쏜 것인가?"

"그것은 모른다. 그러나 나는 이등을 첫 번째로 쏘고, 다음으로 조금 옆을 향해 쏘았다."

"나중에 옆쪽을 향해 몇 발을 쏘았는가?"

"두세 발 정도라고 생각한다."

"총알은 모두 발사하였는가?"

"다 쏘았는지 한 발 정도 남았는지 정확하지 않다."

"그대가 체포되었을 때 러시아 장교와 함께 쓰러졌는가?"

"그렇다."

"그때 그대는 주머니에서 해군 나이프를 꺼냈는가?"

"나이프를 갖고 있었으나 꺼내지 않았다."

"체포되었을 때 이토 공이 죽었다는 것을 듣고, 그대는 신에게 감사한다며 가슴에 십자가를 그었는가?"

"그렇다. 그 후 나는 대한 만세를 불렀다."

안전 서기가 작성한 기록을 안중근이 확인하는 동안 구연은 그의 답변에 대해 생각했다. 역시 공범 관계에 대해서는 쉽사리 자백을 듣기 어려울 것 같았다. 그것은 자신이 그의 입장에서 거사를 행했더라도 마찬가지일 것이었다. 그러나 범행 자체에 대한 진술은 정확하고 거짓이 없었다. 실전 의원이 제기한 것과 같은 저격의 공범은 존재하지 않는 것이 분명했다. 처음 이등을 향해 쏜 네 발 중 한 발은 빗나간 것이고, 나머지 세 발이 각각의 수행원들에 명중된 것이었다. 또한 안중근이 선 자세에서 팔을 뻗어 총을 발사했으니 그보다 키가 작은 이등의 복부에는 위에서 아래로 비스듬히 총알이 박히는 것도 정상이었다. 구연은 실전 의원이 왜 그런 터무니없는 주장을 하는 것인지 씁쓸했다.

안중근이 신문조서에 서명을 하고 나자 구연은 담배를 꺼냈다.

"담배를 피웁니까?"

"그렇소."

"이집트 담배인데 제법 맛이 좋소이다, 피우시지요."

"고맙소이다."

궐련을 받아 태연히 연기를 내뿜는 안중근의 모습을 물끄러미 지켜보자니 구연은 저절로 숙연한 마음이 들었다.

아무리 담력이 큰 사내라도 자신의 거사에 적이 되는 러시아와 청국, 일본 관헌뿐인 무리 속에서 단신(單身)으로, 그처럼 정확하게 총을 발사하고 상황을 명료하게 기억하기란 쉽지 않은 일이었다. 더구나 상대는 시대의 거물이고, 사건이 자신에게 엄청난 결과를 가져올 것이고 현장에서 체포를 피할 수 없을 것임도 모르지 않았을 터인데……

과연 그는 자신이 말한 '사살' 그대로, 군인의 자격으로 전장에서 전투를 한 것인지도 모른다는 생각이 들었다.

"부인과 아이들을 만나보았소이다."

"……."

안중근은 문득 담배를 쥔 손끝이 떨리는가 싶더니 이내 한숨 같은 연기를 길게 뿜어냈다.

"내가 만났을 때는 이미 마음을 정한 듯 담담했고 건강도 나쁘지 않아 보였소. 김성백이라는 자의 집에 그대로 머물고 있었는데, 그 가족들이 잘 보살펴주는 것 같았소이다."

"고맙소이다."

애써 태연하려는 기색이 역력했다. 구연은 한 인간으로서, 같은 사내로서 그의 고뇌에 공감이 갔다.

장부가에 거의가로 답하다

중국 대륙 동북부에 해당하는 만주 지역은 위도가 높아 겨울이 길기는 하지만 한반도 면적에 버금가는 기름진 평원이 대홍안령(大興安嶺), 소홍안령산맥과 장백(長白)산맥 사이에 펼쳐져 있다. 이른바 둥베이평원(東北平原)으로, 고대로부터 한민족과 인연이 깊은 땅이었다. 조선 후기부터 기근에 쫓긴 이주민이 늘기 시작해 그 평원에서 농사를 일궜으니, 쌀은 기름지고 콩이나 옥수수 등의 곡물도 풍성했다.

뤼순 감옥의 안중근에게는 그 평원에서 생산된 기름진 쌀밥이 날마다 급식으로 나왔는데, 이제는 우유 한 병과 담배도 함께 제공되었다. 일본이 문명한 나라라더니 감옥의 수감자도 이처럼 후대하는 것인지 안중근은 의아했다.

"밤에 꽤 추우시지요?"

밥을 들여준 옥리가 정을 담은 낯빛으로 물었다.

"견딜 만합니다."

"오후에는 솜이불과 내복을 넣어드리겠습니다."

"일본 감옥에서는 본디 이리 수감자를 후대하는 것이오?"

안중근의 물음에 옥리는 사람 좋은 웃음을 머금었다.

"그럴 리가요. 다만 우리 전옥께서 선생은 특별히 우대하라 하여 상등품 쌀밥과 반찬을 급식하는 것입니다. 오늘도 특별히 추위를 보살피라는 지시가 있었고, 사과, 배, 밀감 같은 과일도 부족하지 않게 넣어드리라 했습니다."

"참으로 고맙기는 하오만, 어찌 내게 이러는 것이오?"

"전옥 님과 경수계장을 비롯한 뤼순 감옥 관리 대부분이 선생을 존경하는 까닭입니다. 그리고 우유는 소노키 촉탁 님이, 담배는 미조부치 검사님이 구입한 것으로 매일 넣어드리라 했습니다."

그렇지 않아도 뤼순에 온 뒤로 매주 한 차례 따뜻한 물에 목욕을 할 수 있게 했고, 얼마 전부터는 오전과 오후 두 차례 사무실로 불러내 서양과자와 차도 제공하여 회유책인가 의심하기도 했다. 그런데 이제 원목과 구연까지 이처럼 후의를 베푸니 회유책으로만 의심할 일은 아닌 듯싶었다. 그렇지만 신문은 날마다 계속되었다.

11월 15일, 안중근에 대한 3차 신문은 '장부가(丈夫歌)'에 대한 질문으로 시작됐다.

丈夫處世兮 其志大矣(장부처세혜 기지대의)
장부가 세상에 처함이여, 그 뜻이 크도다
時造英雄兮 英雄造時(시조영웅혜 영웅조시)
시대가 영웅을 만듦이며, 영웅이 시대를 만들리니

雄視天下兮 何日成業(웅시천하혜 하일성업)

천하를 웅시함이여, 어느 날에 업을 이룰꼬

東風漸寒兮 壯士義烈(동풍점한혜 장사의열)

동풍이 점차 차가운데, 장사의 의기는 뜨겁도다

念慨一去兮 必成目的(념개일거혜 필성목적)

분개하여 한 번 감이여, 반드시 목적을 이루리로다

鼠竊伊藤兮 豈肯比命(서절이등혜 개긍비명)

쥐 같은 도적 이등이여, 어찌 살기를 바랄 수 있으리오

豈度至此兮 事勢固然(개도지차혜 사세고연)

어찌 이리 될 줄 알았으리요만, 사세 이미 돌이킬 수 없노라

同胞同胞兮 速成大業(동포동포혜 속성대업)

동포여 동포여, 어서 빨리 대업을 이룰지어다

萬歲萬歲兮 大韓獨立(만세만세혜 대한독립)

만세, 만세, 대한독립이로다

萬歲萬萬歲 大韓同胞(만세만만세 대한동포)

만세, 만만세, 대한동포로다

10월 23일 기념사진을 찍고 조도선을 찾아가 거사를 논의한 후 김성백의 집으로 돌아와 지은 것이었는데, 안중근이 직접 쓴 원문에는 '쥐도적 이등' 부분이 '쥐도적 ○○'으로 되어 있었다. 구연은 그 '○○' 부분이 '이등'이냐 물었고 안중근은 그렇다고 대답했다.

그날 안중근의 '장부가'에 우덕순은 '거의가(擧義歌)'로 답했으니 두 사람의 비장함이 생생했다. '거의가'에는 '우 의사 덕순 씨가 하얼빈에서 안 의사와 함께 읊노라'라는 문장이 달려 있다.

만나도다 만나도다   원수 너를 만나도다

너를 한 번 만나려고   일평생을 원했건만

항상 언제 만나련고   수륙으로 기천리를

혹은 윤선 혹은 기차   로청양지(露淸兩地) 지날 때에

앉을 때나 섰을 때나   앙천(仰天)하고 기도할 때

주 예수여 살피소서   동반도의 대한제국을

내 원대로 살피소서   오호 가는 이 도적아

금수강산 삼천리를   소리 없이 뺏으려고

궁흉(窮凶) 극악 저 수단을   갑오독립 시켜놓고

을사조약 한 연후에   오늘 네가 이곳 올 줄

나도 또한 몰랐구나   오늘 네 명 끊어지니

너도 또한 불쌍하다   너뿐인 줄 알지 마라

오늘부터 시작하면   너의 동포 오천만을

내 손으로 다 죽이고   대한독립 시키리라

만세 만세 만만세는   대한독립 만만세라

　구연은 여전히 대동공보사와의 관계를 집중 신문했다. 물론 사건의 배후로 대동공보사를 엮어 연해주 독립 세력의 뿌리를 자르려는 목적이었지만 안중근이 이강에게 쓴 편지가 빌미가 되었으니 의심할 만했다. 아니, 안중근을 비롯한 관계자 모두가 부인하기는 했지만 실제 권총을 구한 것도 대동공보사였으니 이강을 비롯한 최재형 등 연해주 독립 인사들의 조직적인 물심양면의 지원이 있었다고 보는 것이 옳을 것이다. 그것은 편지 내용 중 김성백에게 차용한 금전을 이강에게 갚아달라 한 부분으로도 확연해지는 일이다.

삼가 말씀드립니다.

이번 달 9일(양력 10월 22일에 해당) 오후 8시 이곳에 안착해 김성백 집에 숙박하고 있습니다. 원동보(遠東報)를 보니 9월 12일(10월 25일) 이가(伊哥)는 관성자(寬城子: 남창춘의 역명)를 출발하여 13일(26일) 오전 11시 하얼빈에 도착할 예정이라 합니다. 우리는 조도선과 같이 가족을 맞이하기 위해 관성자로 간다고 하고, 함께 관성자 역으로 가는 몇십 리에 못 미처 어느 역에 가서 거사할 예정이니 그리 알아주시기 바랍니다. 일의 성패는 하늘에 달려 있으니 다행히 동포의 기도와 도움으로 성공하기를 바랄 뿐입니다. 그리고 이곳에서 김성백 씨로부터 50루블의 돈을 차용하였으니 속히 갚아주시기를 천만번 부탁드립니다.

대한독립만세.

9월 11일 오전 8시. 안중근(인) 우덕순(인)

대동공보사 이강 귀하

이때 찍은 도장에는 영문자로 '토마스 안'이라 새겨져 있었는데 안중근의 세례명이었다. 그러나 이 편지는 실제 발송되지 못한 채 유동하의 손에 있다가 러시아 관헌에게 체포되며 압수되었다.

구연은 유동하를 대질시키며 끈질기게 추궁했지만 안중근은 우덕순의 도장도 자신이 찍은 것이라며 공범 관계를 끝내 부인했다. 그날 구연은 마지막 질문으로 하얼빈 역에서 이등을 쏘고 방향을 바꿔 다른 사람들에게 다시 총을 쏜 이유를 물었다.

"이등이 사진에서 보았던 것과 좀 다르다는 생각이 들었는데, 앞에 가고 있었으므로 이등이라 생각하고 발사했다. 그러나 만약 그가 이등이 아니라면 거사를 그르치는 것이기에 다시 뒤를 따르던 인사들도 쏜 것이다."

"권총을 조사해보니 실탄이 한 발 남아 있던데 무슨 까닭인가?"

"나는 목표하는 사람을 쏘았기에 그 후는 발사할 필요가 없어 멈춘 것이다."

안중근에 대한 신문을 마친 구연은 유동하를 다시 불러 3차 신문을 했다. 가장 중요한 조사 사항은 이강에게 보내는 편지와 관련된 사실이었으나 유동하는 그것이 단순한 심부름이었고, 이등 사살 계획도 듣기는 했지만 안중근의 위협 때문에 신고하지 못했다며 공모를 부인했다. 그날 유동하는 지금껏 자신을 류강로라 한 것은 체포된 후 겁이 나서 이름을 바꾼 것이며 유동하가 실제 이름이라고 자백했다.

16일에도 안중근을 불러 4차 신문을 했지만 구연은 특별한 성과를 얻지 못하고 우덕순에 대한 2차 신문에 들어가 유동하와 대질했다.

"그대는 대장부인가 속담에서 말하는 겁쟁이인가, 우선 그것부터 물어보자."

"나는 품팔이다."

구연의 첫 질문과 그에 대한 우덕순의 답변이었다.

남자의 자존심을 찔러 자백을 유도하려는 구연에 눙친 셈이었으니 안중근조차 모른다는 전면 부인은 당연한 노릇이었다. 그러나 대질한 유동하가 안중근과 그의 동행을 진술하자, 우덕순은 태도를 바꿔 '거의가'의 작성 등 개인적인 부분은 시인했으나 안중근과의 공모는 여전히 부인했다. 특히 대동공보사나 이강과의 관계에 대해서는 모르쇠로 일관했다.

17일에는 유동하에 대한 4차 신문과 조도선에 대한 2차 신문을 하며 안중근, 유동하를 각각 대질하였으나 여전히 특별한 성과는 없었다.

18일에도 구연은 안중근을 불러 5차 신문을 하며 우덕순, 유동하와 대질하고, 유동하에 대한 5차 신문을 했다. 주요 신문 사항은 대동공보사에 보내는 편지에 관한 것이었지만 여전히 진술이 엇갈리거나 이를 부인하여서, 구연이 원하는 성과는 얻을 수 없었다.

이날 구연은 다시 총알의 십자가에 대해 물었는데, 안중근은 구입할 때부터 그리 되어 있었다고 진술했고 사실이었다. 안중근이나 구연 모두 체코제 총알의 특성을 몰랐던 것이다.

19일에는 조도선이 먼저 진술할 것이 있다 하여 3차 신문을 했다. 조도선은 자신의 공모를 부인하기 위한 진술을 했고, 구연은 유동하와 대질하며 안중근의 계획을 미리 알고 있었다는 사실로 추궁했지만 명확한 결론은 없었다.

도적들의 갈등

이 무렵 안중근의 동생 정근과 공근이 뤼순에 도착했다. 구속된 형을 면회하고 옥바라지를 하려는 뜻에서였다. 그러나 구연은 일단 면회를 금지하고 11월 19일에 두 사람을 불러 참고인으로 신문했다.

구연은 두 사람 역시 공범 관계에 있을지도 모른다는 의심이 있었으나 진술은 사건 발생 직후 통감부에서 두 사람을 신문해 보내온 조서와 별반 다르지 않았다. 그들 형제는 벌써 3년째 안중근을 만나지 못한 처지였고, 통감부 산하 경시청 비밀 보고서도 평소 그들을 의심할 만한 동향은 없는 것으로 파악하고 있었다.

안정근은 성격이 온순하고 후덕했으며, 독실한 천주교인으로 세례명은 시릴로이였다. 황해도 신천(信川) 만석꾼 집안의 고명딸 이정서와 결혼한 후 신학문을 배우고자 양정의숙(養正義塾)에 입학했고, 법률학에 전념하며 2학년을 다니던 중 형의 의거 소식을 듣자 학교를 자퇴하고 뤼순으로 온 것이었다.

10여 년 전인 1895년, 그들 형제의 아버지 안 진사를 찾아와 한동 안 머물렀던 백범(白凡) 김구(金九) 선생은 훗날 『백범일지(白凡逸志)』에서 '맏아들 안중근은 사격술이 제일이었으며, 둘째 안정근은 붉은 두루마기를 입고 머리를 땋아 늘인 글 잘 읽는 도련님이었다'라고 기록한 바 있다.

안공근은 안중근이 세운 삼흥학교에 입학해 영어를 익혔고, 일어학교에 들어가 일어를 공부했는데, 구연의 참고인 신문에 통역이 필요 없을 만큼 실력이 뛰어났다. 그는 1907년 경성으로 올라가 초등학교 교원을 양성하는 경성사범학교 속성과에 입학해 6개월 과정을 마친 뒤, 1908년 8월에 판임관 4등에 임용되어 진남포공립보통학교 부훈도(부교사)로 발령받아 학생들을 가르쳤다. 그러던 중 안중근의 거사 공범 혐의로 한 달 남짓 경시청의 신문을 받았고, 석방된 뒤 정근과 같이 뤼순으로 온 것이었다.

한편 하얼빈 김성백의 집에 머물고 있던 김아려는 뤼순 감옥 소식에 두 귀를 곤두세우고 있었지만 들려오는 이야기는 아무것도 없었다. 오히려 하얼빈 일본 총영사관의 감시 탓에 그 어떤 자유도 없는 생활이 감옥 안과 다를 바 없었다. 그래도 지아비가 감옥에 수감되어 있는 것을 생각하면 자신이야 어떤 불편도 참을 수 있었지만, 집주인인 김성백과 그 가족을 마주하기에는 여간 염치없고 미안한 노릇이 아니었다. 또한 정대호도 여태 뤼순 감옥에 수감되어 있기는 하지만, 자신으로 인해 그의 노모와 여러 가족들도 기약 없는 기다림과 감시에 지쳐가고 있었으니, 그 또한 자신의 탓으로 여겨져 난처하기 이를 데 없었다.

"정 선생님은 수이펀허에 집이 있지 않습니까?"

죄인처럼 조용하기만 하던 김아려의 물음에 정대호의 처는 어리둥절했다.

"예, 그래서 이번에 식구들을 다 데려가는 길이었지요. 그런데 그건 왜……?"

"죄송하고 주제넘은 말이지만 아무래도 이번 사건이 워낙 엄중하니, 정 선생님께서는 아무런 죄가 없어도 하루 이틀 사이에 나올 일이 아닌 듯싶습니다. 그러니 식구분들이 이렇게 객지에서 무작정 고생하실 것이 아니라 먼저 집으로 가셔서 차분하게 기다리는 것이 어떨까 싶습니다."

"부인께서는 어쩌시고요?"

"저희도 더 이상 이 댁에 폐를 끼칠 염치가 없으니 집으로 돌아갈까 합니다."

정대호의 처는 황급히 손사래를 쳤다.

"그건 아니 될 말입니다. 사건이 이렇게 엄중한데 부인께서 한국에 돌아가시면 일제 놈들의 핍박이 여간하지 않을 것입니다. 제가 아무리 세상 물정에 어두워도 안 의사님 가족분들도 머지않아 망명길에 나서게 되리라는 건 짐작할 수 있습니다. 그런데 굳이 돌아가시려는 까닭이 무엇입니까?"

"그렇지만 한국에는 시어머님도 계시니 제가 이렇게 무작정 집을 비울 일은 아닙니다."

"우선은 시동생분들과 손아래 동서가 있지 않습니까."

"그렇기는 합니다만 저 때문에 여기 김 선생님 댁도 여간 피해가 아닌데 어떻게 더 머물 수 있겠습니까."

"그럼 차라리 저희와 함께 수이펀허로 가시지요."

"무슨 그런……, 말씀은 고맙지만 그것 또한 폐가 되는 일인 것을 요."

"아닙니다. 저희 바깥분도 저리 되었으니 우리는 같은 처지가 아닙니까. 함께 있으면 위로도 될 것이고, 혹시 옥바라지를 하게 되면 서로 도울 수도 있을 테니, 그게 나을 겁니다."

"아닙니다. 정 선생님은 아무런 관련이 없으시니 곧 풀려나실 겁니다."

"벌써 한 달이 다 되어가는데, 순순히 풀어줄 놈들이었으면 진작 풀어줬겠지요. 그렇지만 면회는 아마 머지않아 허락될 겁니다. 그때까지라도 저희 집에서 머물다가 안 의사님의 뜻을 들어보고 결정하시지요."

그르지 않은 말이었다. 한국에서 뤼순으로 면회를 가기보다는 같은 청국 땅에서 움직이는 것이 훨씬 수월하고 빠를 터였다. 또 시어머니도 성품이 올곧고 강직해서 장남의 거사에 놀라기는 해도 의연히 대처하실 텐데, 처라는 자가 옥바라지에 무심한 채 집으로 돌아간다면 기꺼워하지는 않을 것이 뻔했다.

김아려가 고개를 끄덕이자 곧 시어머니와 상의한 그녀는 김성백에게 뜻을 밝혔다.

김성백은 자신의 집에 머무는 것에 조금도 개의할 것이 없다며 말렸지만 나이 든 시어머니와 아녀자에 아이들까지 모두 타가에 유숙하는 것이 불편하고, 수이펀허가 그리 멀지도 않으니 수시로 연락하겠다는 말에 수긍했다.

11월 22일, 3년 만에 남편을 만나러 왔다가 얼굴 한 번 마주하지 못한 채 다시 객지의 타가로 몸을 옮기니, 김아려의 그 비감이야 이루 말할 수 없었다. 그러나 이를 악물어 눈물을 내비치지는 않았다. 장부로서 나라를 위해 거룩한 거사를 이룬 지아비를 생각하면, 아무리 아녀자라고 해도 일신의 감정으로 나약한 모습을 보이는 것은 도리가 아니라는 생각에서였다. 하지만 어찌 알았으랴. 그 길로 다시는 지아비의 얼굴을 보지도, 고향으로의 발걸음도 할 수 없는 그리움과 고난의 길을 걷게 될 줄이야.

구연은 11월 19일의 조도선 신문 이후 벌써 며칠째 안중근 등 4인에 대한 조사를 중단하고 있었다. 그렇다고 재판에 회부할 만큼 수사가 종결된 것은 아니었다. 그간 공범으로 구속한 정대호, 김성옥, 김형재, 탁공규, 김려수, 정서우 등도 조사했지만 모두가 부인으로 일관하는 지라 안중근 등 4인의 조사에서 자백이나 혐의를 입증할 만한 진술이 나오지 않으면 재판에 회부하기가 어려웠다. 그러나 구연이 고민하는 것은 그것만이 아니었다.

일본은 이등이 죽기 전 이미 한국 병탄을 결정하고 그 시기를 조율하고 있는 중이었다. 이등의 하얼빈 방문 역시 한국 병탄에 대한 러시아의 양해가 가장 큰 목적이었음은 앞에서도 밝혔다. 사정이 그러하니 한국의 통감부가 가만히 있을 리 없었다. 특히 이등의 뒤를 이은 증니 통감은 한국 병탄을 급히 서둘렀다. 그는 안중근에 대한 재판을 경성에서 열어 그의 우매함과 무지함을 밝힘으로써 병탄의 당위성을 만천하에 알리고 싶어했다. 이에 통감부 경희명(境喜明: 사카이 요시아키) 경시(警視)를 뤼순으로 파견해 직접 안중근을 조사하게 했으니 관동도독부 검찰이나 재판소와의 갈등은 필연적이었다.

더구나 11월 22일 뤼순에 도착한 경희명은 한국어에 유창한 통감부 경찰로, 조선의 역사와 문화에도 해박하여 여간 신경 쓰이는 것이 아니었다.

구연은 정대호를 다시 불러냈다.

정대호는 본디 민족의식이나 독립 의지에는 크게 관심 없는 일상의 생활인이었다. 언젠가 안중근에게 '돈벌이나 하면서 편안하게 집에서 살면 되지, 뭣하러 그렇게 이국을 떠돌며 고생하느냐' 하며 폭도에 가담해서는 안 된다는 권고를 한 적도 있었다. 그렇지만 안중근에 대한 우의는 깊어 수이펀허 세관에서 근무하며 몇 차례 안중근을 초청해 많은 대화를 나눴기에 그의 일을 대부분 알고 있었다. 그런 이가 실제로는 아무런 관련도 없는 이등 피살이라는 엄청난 사건에 휘말려 느닷없이 구속까지 되고 나니, 두려움만 깊을 뿐 앞뒤를 가릴 계제가 아니었다.

구연은 그런 정대호를 어르고 달래 안중근을 압박할 진술을 하나씩 받아내기 시작했다.

기이한 신문

11월 24일, 구연은 지금까지와는 마음을 달리하여 안중근에 대한 6차 신문을 시작했다. 그날의 신문은 주로 정대호의 진술을 근거로 한 추궁이었다.

"정대호는 그대로부터 단지 동맹으로 손가락을 잘랐다는 이야기를 들었다는데 어떠한가?"

"정이 그렇게 들었다면 내가 말했을지 모르나 나는 기억이 없다."

"그때 정대호에게 손가락을 자른 사람이 열한 명이었다고 하였다는데, 그러한가?"

"그런 이야기를 한 기억이 없다."

"정에게 이야기하지 않았다고 하더라도 이상설, 엄인섭(嚴仁燮) 등과 함께 자른 것이 아닌가?"

"당치 않다. 이상설은 평화회의로 헤이그에 갔고 엄인섭은 몇천 리나 떨어진 곳에 있는 사람이다."

"손가락을 자른 것은 3년 이내에 이토 공을 죽이겠다는 각오로 그리한 것이며, 달성하지 못하면 자살하겠다는 취지가 아니었나?"

"나 혼자 맹서하고 자른 것이지 누구에게 말한 적은 없다."

이른바 단지 동맹(정천동맹正天同盟)에 관한 신문이었다. 이어서 구연은 최재형 및 이범윤과의 관계를 캐물었다.

"최재형은 배일사상이 강한 사람으로, 대동공보 등에 매월 150루블가량 제공한 사실이 있는가?"

"러시아인과 한국인에게 배일사상이 있는 것은 물론이다. 그리고 러시아로 귀화한 사람들은 대동공보 등에 기부금을 내는 사실이 있다. 그러나 최가 얼마를 내는지 나는 모른다."

"그대는 이범윤 등과 의병을 일으켜 회령 등지에서 3, 4회 교전하고, 이범윤의 부하로 있었으나 그 사람이 기부금을 소비하는 등의 일로 휘하에서 이탈하였다는 말을 정에게 한 적이 있는가?"

이른바 국내진공작전을 말하는 것이었다. 그러나 안중근은 부인했다.

"나는 그런 말을 한 기억도, 사실도 없다. 엄인섭 등의 의병이 일본군과 교전했다는 이야기는 들었다. 이범윤과는 본디 친밀한 사이가 아니기에 절교한 일도 없다."

"그대는 일본의 근세사를 읽었는가?"

생뚱맞은 질문이라는 생각이 들었지만 안중근은 담담하게 대답했다.

"대개 읽어 알고 있다."

"그렇다면 이토 공작이 어떠한 일을 하였는지도 알고 있는가?"

"잘한 일도 잘못한 일도 다 알고 있다."

"이토 공도 일찍이 그대와 비슷한 배외사상을 가졌으나 서양에 가서 그 문명을 보고 생각을 바꾸었다. 알고 있는가?"

"모두 알고 있다."

그 밖의 이등의 공적에 대한 질문이 이어진 뒤 구연은 다시 물었다.

"일본이 일청전쟁이나 일러전쟁이 동양평화를 위한 것임을 선언한 것은 알고 있는가?"

"동양평화를 유지하고 한국의 독립을 꾀한다는 것이었다."

"'일한협약(을사늑약)'도 한국의 독립을 도모하기 위한 선언인 것을 알고 있는가?"

"그 선언이라는 것은 알고 있으나 그것을 믿지 않는다."

"그대는 국제공법(國際公法)을 알고 있는가?"

"다는 모르나 대개는 알고 있다."

"그렇다면 일본이 동양평화를 주창하고 한국을 멸망시키거나 병탄한다 해도 여러 나라가 감시해 그리 되지 못할 것이라는 것도 그대는 아는가?"

"나는 일본이 한국을 병탄하고자 하는 야심이 있음에도 불구하고 열국이 묵과하고 있는 이유도 알고 있다."

"일청전쟁에서 일본이 승리를 얻어 타이완(臺灣) 외에 랴오둥반도 (遼東半島)를 점령하려 했을 때 프랑스, 독일, 러시아 3국동맹의 이의로 청국에 환부한 일은 알고 있는가?"

"그 때문에 러일전쟁이 일어나지 않았는가."

"조선도 수백 년의 역사를 가진 독립국이다. 그런 나라를 일본이 열국의 감시가 있음에도 불구하고 병탄한다는 것이 불가능하다는 것은 조금만 생각하면 알 수 있지 않은가?"

"병탄은 될 수 없을 것이다. 그럼에도 이등은 미쳐서 병탄을 하려 했다."

구연은 청국의 출병에 한국이 독자적으로 맞설 수 없어 일본이 출병하였다. 랴오둥반도 환부 후 러시아가 뤼순에 함대를 주둔시키고 한국 출병을 위협해 러일전쟁이 일어난 것이다. 한국은 자력으로 청국이나 러시아를 상대할 수 없는데 그들이 한국을 점령하면 일본이 매우 불리하게 되므로 한국을 보호하는 것이다. 통감제도를 만든 것은 한국을 자주독립의 문명국으로 만들어 일본의 안전을 도모할 필요 때문이다. 즉 부모와 떨어진 어린아이의 후견인과 같은 것이다 등의 궤변으로 안중근의 무지와 오해를 자인받으려 했다.

"그러니 통감정치에 분개할 이유가 없고, 자국민의 무능함을 반성해야 하는 것이 아닌가?"

"나는 일본이 한국에 야심이 있건 없건 그러한 일에는 착안하고 있지 않다. 다만 동양평화라는 것을 안중에 두고, 잘못된 이등의 정책을 미워하는 것이다. 한국은 오늘날까지 진보하고 있으며 다만 독립 자위가 되지 않는 것은 군주국이었던 까닭이며, 그 책임이 위에 있는지 밑에 있는지는 의문이다."

"독립 자위가 되지 않으니 일본이 한국을 보호하는 것은 당연하지 않은가?"

"이완용(李完用), 이지용(李址鎔), 송병준(宋秉畯), 권중현(權重顯), 이근택(李根澤), 신기선(申箕善), 조중응(趙重應), 이병무(李秉武) 따위는 전혀 쓸모없는 자들이다. 그들의 내각을 타파하지 않으면 아무런 소용이 없다."

"그대는 동양평화라고 말하는데 동양이란 어디를 말하는가?"

"아세아주를 말한다."

"그대가 말하는 동양평화란 어떠한 의미인가?"

"모두가 자주독립하여 갈 수 있는 평화이다."

"일본은 세계에 동양평화를 위해 한국을 보호하는 것이라 했는데, 병탄한다면 그것을 열국이 묵인하리라 보는가?"

이에 대해 안중근은 청국, 한국, 일본을 세 형제의 서열로 비교하여 다음과 같이 질책했다.

"형은 자산이 제일 많고, 둘째는 가난하며, 셋째는 다소 자산을 갖고 있다. 어느 날 가난한 둘째 집에서 가족끼리 싸움이 났는데 첫째 형이 와서 이를 말렸다. 그런데 셋째는 첫째가 싸움을 말린 것이 아니라 폭행한 것으로 오해했다. 마침내 첫째와 셋째의 싸움이 벌어졌고, 이웃이 이를 말렸다. 이에 첫째가 말린 이웃에 농토를 사례로 내주자 셋째는 시기하여 사치와 싸움을 일삼았다. 그리고 둘째의 자산을 탐내 후견인이라는 간책을 냈는데, 이웃은 그 복잡한 싸움에 말려들지 않으려 방관한다. 그러니 셋째 가족 전부가 나쁜 것이 아니라 오직 이등 놈만이 나쁘다."

"그럼 이토 공이 죽으면 일본의 통감정치가 폐지될 것으로 생각하는가?"

"그렇게 생각한다."

"그렇지 않다. 세계 열국과의 약속이기에 이를 파기하지 않는 이상 보호협약은 소멸되지 않는다."

"그 협약은 이등이 병력으로 황제를 협박하여 강제로 승낙받은 것이다."

"조약은 강박에 의해 체결되는 경우가 많지만 그것은 결코 불법이 아니다."

"그것은 이등이 한국 인민의 **희망이라고** 일본 왕과 인민을 기만
했기 때문이다. 따라서 이등을 **죽이면 일본이** 자각할 것으로 생각
하고 이등을 사살한 것이다."

구연도 제국주의의 속성을 여지없이 드러낸 것이었다. 무슨 생각
이 들었는지 구연은 신문의 방향을 바꿨다.

"손가락을 잘랐을 때 함께 자른 사람들이 그 피로 '대한독립만만
세'라는 글을 써 대동공보사에 두었다고 하는데 그러한가?"

"그러한 일은 더욱이 없다."

안중근의 부인에 구연은 정대호와 대질시켜 신문을 했다. 안중근
은 그제야 혼자서 동지들 앞에서 손가락을 잘라 태극기에 혈서는
썼지만 어디에 두었는지는 모른다고 일부를 시인했다. 그 밖의 신
문에 대해서는 대부분 기억이 나지 않는다는 말로 피해갔다.

"블라디보스토크 방면에서 조사하면 곧 알 수 있는 일이니 사실
을 진술하라. 지금도 그대는 정대호와 대면시키자 비로소 시인했
다. 지금까지도 사실을 숨기고 있는 일이 많을 것이니 숨기지 말고
진술하라."

"다소 거짓말을 한다 해도 이등의 거짓말에 비하면 아무것도 아
니라고 생각한다. 그러나 내 일신상에 관해서는 결코 거짓을 말하
지 않았다. 다만 타인과의 관계에 대해서는 다소 거짓을 진술한 것
이 맞다."

그날 신문의 마지막 질문과 대답이었다. 이전과는 다른 긴장과 더
불어 앞으로의 갈등이 예고되고 있었다. 특히 이날의 신문에서는
구연의 질문이 대부분 장황해 어떻게든 안중근의 후회나 오해의 자

인을 받으려 애쓰고 있음이 역력했다. 놀라운 것은 안중근은 이등의 개인적 역사와 행적은 물론, 일본, 청, 동아시아 등 당시의 국제 정세와 국내 정치의 실상까지 정확히 꿰뚫어 구연의 장황한 궤변을 짧은 대답으로 무색하게 했다는 것이었다.

구연은 다음 날인 11월 25일에 우덕순에 대한 3차 신문에서 그가 수금원이었던 사실을 들어 대동공보, 특히 편집장 이강의 가담을 추궁했지만 자백을 받아내지 못했다. 하지만 안중근과의 공모, '거의가'에 대한 진술이 오락가락하자 술수로 감정을 자극했다.

"그대는 미련한 말을 하지 말고 멋지게 진술하는 것이 어떤가. 그대의 말은 일본의 신문과 한국의 신문 또는 다른 나라의 신문에도 실릴 것인데, 만약 그대의 미련한 말을 한국의 의사들이 들으면 그대는 마침내 한국에도 돌아갈 수 없는 처지가 되지 않겠는가."

우직한 우덕순은 그 말에 넘어가 이등에 대한 살해 의사로 '거의가'를 지은 것과 일부 행적을 사실대로 자백했다.

앞서 우덕순은 이등 처단의 이유로 '강제로 조약을 체결하여 한국의 특권을 빼앗고, 한국민 2천만이 반대하고 있음에도 일본 왕과 국민에게 일본이 한국민의 희망이라고 속이고 있으며, 동양 3국은 서로 제휴하지 않으면 안 되는데 이등이 중간에서 너무 서둘러 한국의 내정을 어지럽혔다' 등을 들었다. 하지만 그의 국제 정세에 대한 시각이나 그 밖의 지식이 안중근과 달리 깊지 않은 것을 간파한 구연은 여러 궤변으로 우덕순의 마음을 흔들어 자신의 착오를 시인하는 진술을 받아내고 말았다.

"조선은 문명이 부진하고 병력도 적다. 동양평화를 유지하는 데 있어 한국이 독립하지 않으면 안 된다는 점에서, 일본이 한국을 보호하여 교통의 발달을 기하고 위생을 완비하고 식산 공업의 발달을 도모하고 있는 것을 그대는 아는가."

"그러한 일은 모른다. 그 일을 알고 있었다면 나는 이번과 같은 기도는 하지 않았을 것이다."

"이번 이토 공 피살에 대해 일부 배일사상을 가진 신문을 제외하고는 각국의 신문 또는 정치가들 모두가 애석해한다. 어떻게 생각하는가."

"그러한 결과를 불러올 줄 알았더라면 이등을 죽일 생각을 할 까닭이 없었을 것인데, 그런 것은 몰랐다."

그의 진술이 오늘 우리가 눈살 찌푸릴 일은 아닐 것이다. 언어조차 자유롭지 않은 남의 나라에서 습득할 수 있는 지식은 한계가 있을 수밖에 없는 노릇이니, 구연의 교묘한 말에 엉켜들었거나, 조서를 작성한 서기의 문상술일 수도 있는 일이었다. 특히 그날의 마지막 질문과 답변이 의미심장하다.

"그대는 완전히 이토 공을 오해하고 있는 것으로, 실로 이토 공의 묘 앞에서 회개하고 죽어야 할 것이다."

결코 형사사건에서의 신문이 아닌 이 일방적인 훈계와 유도에 대한 대답은, '이때 피고인은 묵묵부답이다'로 기록되어 있다.

아무튼 구연의 태도는 이제까지와는 사뭇 달라져 있었다. 모름지기 형사사건의 신문 기록은 신문자의 물음은 짧고 피의자의 답변은 상세해야 그 신빙성이 높은 법이거늘, 전날의 안중근의 6차 신문 이후부터 질문은 길고 답변은 짧은, 유도성 신문이 계속되고 있었다.

인심결합론

1908년 3월 21일자 『해조신문(海潮新聞)』 3면에 안응칠이라는 이름으로 실린 안중근의 '인심결합론(人心結合論)'을 먼저 보자.

귀 신문 논설에 인심이 단합해야 국권을 흥복(興復)하겠다는 구절을 읽고 깊이 감복하여 천견박식하나 한 줄 부친다.

대저 사람이 천지만물 중에 가장 귀한 것은 다름 아닌 삼강오륜을 아는 까닭이다. 사람이 세상에 처함에 제일은 자기가 자기를 단합하는 것이다. 둘째는 자기 집을 단합하는 것이다. 셋째는 국가를 단합하는 것이니, 사람마다 마음과 육신이 연합하여야 한다. 집으로 말하자면 부모처자가 화합해야 하고, 국가는 국민 상하가 화합하여야 보전할 수 있다.

슬프다. 우리나라가 오늘날 이 참혹한 지경에 이른 것은 불합병(不合病)이 깊이 든 연고이다. 불합병의 근원은 교오병(驕傲病: 교만하고 거만한 병)이니 교만은 만악(萬惡)의 뿌리이다.

도적놈도 몇이 합심해야 타인의 재산을 탈취하고, 잡기꾼도 동류가 있어야 남의 돈을 빼앗는다. 그러나 교만한 사람은 그러지 못하여 자기보다 나은 자는 시기하고, 약한 자는 능멸하고, 같으면 다투니 어찌 합할 수 있으리오. 교오병의 약은 겸손이다. 개개인이 자기를 낮추고 타인을 존경하며, 책망함을 찾아서 받고 잘못한 이를 용서하고, 자기의 공을 타인에게 돌리면 금수가 아닌 이상 어찌 서로 감화치 않으리.

옛날에 어떤 국왕이 죽을 때에 그 자손을 불러 모아, 회초리 나무 한 묶음을 나누어주면서 각각 한 개씩 꺾게 하니 하나하나가 잘 부러지는지라, 다시 합하여 묶어놓고 꺾으려고 하니 아무도 능히 꺾지 못하였다. 왕이 말하기를, 그것을 보아라, 너희가 나 죽은 후에 형제가 흩어지면 남에게 쉽게 꺾일 것이요, 합심하면 어찌 꺾이겠는가 하였다. 어찌 우리 동포는 이 말을 깊이 생각하지 않으리오.

오늘날 우리 동포가 불합한 탓에 삼천리강산을 왜놈에게 빼앗기고 이 지경이 되었도다. 그런데 어떤 동포는 무엇이 부족하고 무슨 심정이기에 오히려 내정을 정탐하여 왜적에게 주며, 충의한 동포의 머리를 베어 왜적에게 바치는가. 통재라, 통재라. 분함이 철천(徹天: 하늘을 뚫어)하여 공중에 솟아 고국산천 바라보니, 애매한 동포의 죽는 것과 무죄한 조선의 백골 파는 소리를 차마 듣고 볼 수 없네.

여보, 강동 계신 우리 동포. 잠을 깨고 정신 차려 본국 소식 들어보오. 당신의 일가친척 대한 땅에 다 계시고, 당신의 조상 백골 본국 강산에 아니 있소. 나무뿌리 끊어지면 가지를 잃게 되며, 조상

친척 욕을 보니 이내 몸이 영화될까 비나이다.

　여보시오, 우리 동포. 지금 이후 시작하여 불합 두 자 파괴하고 단합 두 자 급성(急成)하여 유치자질(幼稚子姪: 어린 아들 조카) 교육하고, 노인들은 뒷배 보며 청년 형제 결사하여, 우리 국권 어서 빨리 회복하고 태극 국기를 높이 단 후 처자권속 거느리고 독립관에 재회하여 대한제국 만만세를 육대부주 흔동하게 일심단체 불러보세.

　『해조신문』은 1908년 2월 26일, 블라디보스토크에 본사를 두고 창간된 교민 신문으로, 그해 5월 26일까지 71호를 발행하고 재정난으로 폐간되었다. 논설 '시일야방성대곡(是日也放聲大哭)'으로 『황성신문(皇城新聞)』 사장직에서 물러난 위암(韋菴) 장지연(張志淵)을 초빙하여 항일애국논설을 집필했으며, 국외에서 발행된 최초의 순우리말 신문이었다.

　11월 26일의 안중근 7차 신문은 '인심결합론'으로 시작되었다.
　구연은 투고 사실을 확인하며 사례로 든 회초리 이야기가 일본의 것이냐고 묻는 유치한 행태를 보였지만 안중근은 로마사에 있는 것이라고 답변했다. 그리고 우덕순이 대동공보의 사원이었는지를 묻는 질문에는 모른다는 대답으로 일관했다. 그것은 어떻게든 우덕순과 대동공보, 안중근을 한데 묶어 수사 범위를 확대하려는 의도였지만 성과는 없었다. 이어서 이상설, 이준(李儁), 헐버트 등이 헤이그 평화회의에서 통감정치 폐지를 요구하였으나 열국이 허용하지 않았다며, 안중근의 견해를 물었다.
　물론 피의자의 범행 동기를 파악하기 위해 그의 정치적 견해 등에 대한 조사가 필요할 수는 있다. 그러나 안중근에 대한 구연의 그것은 동기 파악을 위한 수사의 선을 넘은, 양심에 대한 전향의 유인이며, 거사 의도에 대한 폄훼이자 분노를 담은 치졸한 야유였다.

"평화회의에서 이위종(李瑋鍾)이 한국의 일에 대해 연설하자, 영국 사신은 이에 '이집트에서는 식사할 때 그 식탁에 해골을 올려놓는 예가 있다. 그것은 인간이 지금 이같이 음식을 먹고 있어도 언젠가는 해골처럼 되므로 평소 그러한 각오가 없으면 안 된다는 의미다. 즉 미래를 잊지 않기 위함이다. 이번 한국의 일은 우리도 본받지 않으면 안 된다'라고 답하였다. 이에 프랑스 사신도 찬성하여 함께 군함을 파견해 한국을 구하자고 했으나, 다른 두세 나라의 사신이 평화회의 석상에서 그러한 전쟁 이야기를 해서는 안 된다고 하고, 그 동안 회의가 폐회되었던 연유로 그만두게 되었던 것이다."

안중근의 조리 있는 답변에, 구연은 평화회의 2년 후인 지금껏 열국의 이의가 없음과 이등을 동양평화의 주창자로 인정했던 세계 각국의 군주와 정치가, 언론이 오늘 그의 죽음에 깊이 애도함을 내세웠다. 즉 그것이 바로 열국이 이등에게는 사심이 없었다는 증거라는 이야기였다.

"내가 지금 이 같은 신세가 되어 각국의 상황은 전혀 모르나 각국이 지금 들려준 대로 말하고 있다 해도 실제 이등을 위해 슬퍼하는 것이 아니다. 원래 이등은 동양의 평화를 문란케 한 사람이므로, 열국은 그것을 기화로 분란이 생기는 일이 있으면 그 기회에 편승하여 얻는 바가 있을 것으로 기대하고 있었다. 그런데 이등이 죽었으니 그 기회를 얻을 수가 없게 되어 슬퍼하는 것이다."

안중근의 통렬한 질타에 당황한 건지, 마음이 크게 상한 건지 구연은 느닷없이 사진 한 장을 내밀었다. 바로 김아려와 두 아들의 사진이었다.

"이 사진의 사람은 그대의 처자인가?"

안중근은 태연하게 대답했다.

"그러하다. 그러나 이 작은 아이는 내가 집에 있었을 때 아직 태어나지 않았으므로 알 수 없다."

"그러면 현재의 처지가 되어 이 사진을 보고 어떻게 느끼는가?"

"아무렇지도 않게 느낀다."

안중근은 무심하고 의연한 척 대답했다. 하지만 일국의 검사라기에는 너무도 부끄럽고 치졸한 행동이었다. 죽음을 각오한 이에게, 더구나 스스로 그를 의사라 높여 부르고서도, 처와 자식의 사진을 들이미는 행동은 사내로서 할 짓이 아니었다. 무슨 일인가 벌어지고 있는 것이었다.

그날 구연은 조도선에 대한 4차 신문과 유동하에 대한 6차 신문도 했다. 모두 기존의 수사 사항에 대한 확인으로, 이날의 조사는 안중근을 포함하여 모두 짧게 끝냈다. 까닭이 있었다. 바로 그날부터 통감부에서 파견된 경희명 경시의 조사가 시작된 것이었다.

경희명은 11월 26일 1차 신문에서 망명 이유, 블라디보스토크까지 간 경로, 이범윤, 최재형, 대동공보 이강, 서북학회 안창호 등과의 관계를 물었다. 그리고 이후 기소(起訴) 후는 물론 재판 전날인 1910년 2월 6일까지 무려 14차에 걸친 집요한 조사가 계속됐다.

11차에 걸친 구연 검사의 신문보다 더 여러 차례였지만, 질문 사항은 이등 사살보다는 안중근의 전반적인 활동과 교류 인물에 대한 것이었다. 아마도 본국 외무성의 조정으로 재판 법원을 바꿀 수는

없었으나, 향후 진행될 병탄 이후 한층 거세질 독립 세력에 대한 기
본 자료를 파악하기 위한 조사였을 것이다.

문명한 일본?

이미 보았듯이 일본 외무성 정무국장 창지철길이 뤼순으로 급파된 것은 이등 피살사건의 수사 상황 파악과 관동도독부와의 업무협의, 만주 지역의 여론 동향 파악을 위한 것이었다. 그중 관동도독부와의 업무 협의란 다름 아닌 재판 및 형량에 관한 조율이었다. 또 여론 동향 파악은 '한국병탄안'을 기안하고 주도한 소촌 외무대신의 뜻을 염두에 두고 움직이라는 것이었다.

창지 국장은 11월 3일 뤼순 도착 이후, 거의 한 달이 지난 30일에 소촌에게 암호 전문을 보냈다.

1. 안중근이 이번 범행에 이르게 된 까닭은 개인적인 원한(私利: 사리)에 의한 것이 아님이 분명하므로 '무기징역에 처해야 한다'는 의견이 나올 수 있다.
2. 우덕순은 범행을 단념한 증거가 확실하여 '처벌할 이유가 없다'

는 결론을 내릴 가능성이 높다.

3. 이들 사항은 형벌 적용의 문제이므로 행정부에서 사법부를 간섭하는 형식은 피하는 것이 좋을 것이다.

4. 안중근, 우덕순 두 사람의 죄형이 확정되기 전에 본관을 통해 의견을 법원에 전달할 수 있으니 지시(내시內示)를 바란다.

아직은 검찰의 수사가 진행되는 과정으로 재판에 회부되지는 않았지만 법원 쪽에 수사 내용이 흘러 들어가지 않을 리 없었다. 그 밖에 각 신문의 보도나 청국인을 포함한 일반인들의 생각도 풍문으로 접할 수 있었으니 아무리 일본의 법관이라 할지라도 온전히 분노의 마음만 가질 수는 없었던 것이다. 더구나 법관은 양심에 따라 심판한다는 법원칙을 가장 큰 긍지로 삼는 사람들이었다. 그들의 입장에서 보자면 이미 재판권 관할부터 부당하다는 것을 알고 있는 데다, 비록 살인이기는 하나 자국의 독립을 위한 거사였으니 피살된 자의 직분을 고려한 극형은 결코 옳지 않다는 것이 중론이었다. 아니, 오히려 이등의 신분 때문에 그 당위성이 인정되어 사형에 처해서는 안 된다는 것이었다. 또한 들려오는 소문에 의하면 피의자가 얼마나 당당하고 의연한지, 전옥을 비롯한 감옥의 관리들이 그에게 깊은 존경심을 품기까지 한다니, 어서 그를 대면하고 싶다는 법관들까지 있을 정도였다.

12월 1일, 안중근은 불쑥 자신을 찾아온 외국인 두 사람을 마주했다.

"안녕하십니까? 이쪽은 현재 상하이에 주재하고 있는 영국인 변호사 더글러스(J.E. Douglas) 씨고 옆에 계신 분은 블라디보스토크에서 활동하고 있는 러시아 변호사 미하일로프(C.P. Mihailov) 씨입니다. 저는 이 두 분의 통역입니다."

"영국과 러시아 변호사가 무슨 일로⋯⋯?"

안중근의 어리둥절한 표정에 미하일로프가 웃음을 머금고 나섰다.

"나는 미하일로프라고 합니다. 전에 대동공보사 사장을 지내기도 했습니다."

대동공보라는 소리에 안중근은 반색했다.

"반갑습니다. 모두들 무고한지요?"

"예, 다들 거룩한 의거에 통쾌해하며 안 의사님의 뜻을 받들고자 독립 의지를 불태우고 있습니다."

"동지들에게 감사의 말과 안부를 전해주시기 바랍니다. 지금까지 나는, 동지들이 나를 잊어버린 것으로 생각했소이다."

"그럴 리가요. 일본이 이 사건을 확대하기 위해 눈에 불을 켜고 마구 설치니 잠시 그 하는 양과 결과를 지켜본 뒤에 대책을 마련하려는 것이었습니다. 모두들 안 의사의 앞일을 걱정하고 있습니다."

"거사가 성공한 것으로 만족합니다. 저는 저의 앞날 같은 것은 조금도 염려하지 않습니다. 다만 이번 의거를 계기로 일제가 반성하여 하루빨리 한국의 독립을 보장하고 동양평화의 길로 나아가길 바랄 뿐입니다."

"옳은 말씀입니다. 그러나 블라디보스토크의 많은 한국인과 러시아인들은 안 의사가 부당한 재판을 받지 않기를 바라며 저에게 변호인으로 나서줄 것을 간곡히 부탁했습니다. 그래서 제가 여기 더글러스 변호사에게도 함께할 것을 권해서 이렇게 온 것입니다. 사건이 발생한 장소가 러시아 조차지라서 저 혼자보다는 다른 제3국인도 함께하는 게 좋을 것 같았습니다. 특히 더글러스 변호사의 부친은 영국의 유명한 해군 제독 아치발드 더글러스 경이니 일본도 조심스러울 것입니다."

영국과 일본은 1902년 러시아의 극동 진출을 견제하기 위해 동맹 조약을 체결하고, 1905년에는 공수동맹으로 발전시켰다. 미하일로프는 그런 동맹국의 변호사이자 저명인사의 아들이라는 것에 기대를 걸고 그를 동참시킨 것이었다.

"일본이 두 분의 변호를 허락했습니까?"

"물론입니다. 저희가 변호를 하겠다고 하자 안 의사의 동의가 있어야 하니 신고서에 서명과 날인을 받아 제출하라고 했습니다."

안중근은 일본의 처사가 믿기지 않았다. 반신반의하는 그의 표정에 더글러스 변호사가 웃음을 지었다.

"그것은 당연한 일입니다. 모든 피고인은 변호인의 도움을 받을 권리가 있고, 자신이 원하는 변호인을 선임할 수 있습니다. 그것은 인간의 기본적인 권리이지 법원이나 검찰의 은혜가 아닙니다."

"그렇습니다. 저희가 변호에 최선을 다할 테니 여기 변호신고서에 서명하고 날인해주십시오."

안중근은 미하일로프가 건네는 변호신고서를 보고서도 믿기지 않았지만 일단 서명날인을 했다.

"조사를 받기는 어떻습니까?"

"거의 매일 조사를 받지만 힘들지는 않습니다. 감옥의 관리들은 물론 검사도 매우 친절하게 대해줍니다."

"그건 다행한 일입니다. 신고서는 내일 저희들이 제출하고, 재판에 회부되면 그때 다시 뵙겠습니다."

변호신고

재 상하이 변호사
영국인 더글러스
재 블라디보스토크 변호사
러시아인 미하일로프

위의 자를 이번 본인의 살인피고사건에 대한 공판이 개정되면 변
호인으로 선정하므로 연서하여 이에 신고합니다.

관동도독부 감옥서
명치 42년〔1909년〕 12월 1일
더글러스 서명   미하일로프 서명
안중근 서명

관동도독 지방법원장 진과십장〔眞鍋十藏: 마나베 주조〕 앞
대련 가하정〔加賀町〕 40번지
미하일로프
더글러스

전기처〔前記處: 앞에 기록한 곳〕에 졸명〔拙名〕의 가주소를 정해 두었으
므로 이에 신고합니다.

더글러스 서명
미하일로프 서명
안중근 서명
명치 42년〔1909년〕 12월 2일
진과십장 앞

안중근은 틀림없이 최재형과 대동공보사. 사람들이 주축이 되어 변호사를 보낸 것이라고 생각했다. 참으로 고마운 동지들이었고 그들의 독립 의지와 의리가 저토록 강한 이상 설령 오늘 당장이 아니더라도 대한제국은 반드시 독립될 것임을 확신할 수 있었다. 참으로 가슴 벅차고 든든한 순간이었다.

이들 변호사를 고용한 이는 당시 상하이에 살던 부호 민영익(閔泳翊)이라는 말도 있고, 고종 황제가 내탕금을 주어 보낸 밀사였다는 이야기도 있다.

그러나 1905년 안중근이 상하이에 갔을 때 민영익(안중근 자서전에는 閔泳翼)의 집을 두세 차례 찾아갔으나 '대감은 한국인은 만나지 아니한다'라는 하인의 말을 듣고 돌아와야 했던 적이 있었다.

'공은 한국인이 되어가지고 한국 사람을 안 만난다면 어느 나라 사람을 보는 것인가! 더욱이 공은 한국에서 여러 대로 국록(國祿)을 먹은 신하로서, 이같이 어려운 때를 만나 사람 사랑하는 마음 없이, 베개를 높이고 편안히 누워 조국의 흥망을 잊어버리고 있으니, 세상에 어찌 이 같은 도리가 있을 것인가! 오늘날 나라가 위급해진 것은 그 죄가 공들과 같은 대관(大官)들한테 있는 것이요, 민족의 허물에 달린 것이 전혀 아니기 때문에 얼굴이 부끄러워서 만나지 않는 것인가!'

안중근은 이렇게 한참 동안 욕을 퍼붓고 돌아와 다시는 민영익을 찾아가지 않았다고 자서전에 기록하고 있다.

또 이등 사살 소식이 국내에 전해진 후 고종과 순종이 행한 일련의 행보를 보면 두 가지 설 모두 신용하기 어렵다. 다만 대동공보사 사람들이나 최재형은 사건 이후의 행적을 보아도 초지일관 독립 의지를 꺾지 않았으니 그들이 보냈으리라 짐작할 수 있을 것이다.

변호사들이 다녀간 뒤 안중근은 한편으로는 '일본의 문명한 정도가 여기까지 온 것인가. 내가 전일에는 거기까지 생각이 미치지 못했구나. 오늘 나에게 영국과 러시아 변호사들을 능히 허용해주는 것을 보니 과연 세계 1등의 국가다운 행동이라 할 만하다. 그러면 내가 오해했던 것인가? 이 같은 과격한 수단을 쓴 것이 망동이었던가?' 하는 생각이 들어 한동안 혼란스러웠다.

경희명의 11차 신문이 같은 날 있었다. 경희명은 단지 동맹과 이등 살해, 의병 활동의 연유를 물었다. 이에 안중근은 이등을 사살한 것은 동양평화를 위함이었고, 의병 활동은 이등의 정책에 복종하지 않음을 알리기 위한 수단이라고 당당하게 대답했다.

조사를 마친 뒤 안중근은 경희명에게 물었다.

"영국과 러시아 두 나라 변호사가 여기 왔었는데 이는 법원 관리가 공평한 진심으로 허가해준 것이오?"

"그렇고말고요, 진심이오."

"과연 그러하다면 동양의 특색을 드러내는 미덕이라 할 수 있소. 그러나 만일 그렇지 않고 거짓이나 변동이 있다면 결코 일본에 해로울 뿐, 이롭지는 않을 것이오."

다짐처럼, 또 경고처럼 말하는 안중근의 표정이 조금은 들뜬 듯 보였다. 경희명은 안중근의 그런 순박함에 더욱 깊은 정과 우의를 느꼈다. 비록 자국의 최고 원로 정치인을 죽인 흉한(兇漢)과 그를 조사하기 위한 경찰의 신분으로 만났지만 날이 지날수록 그에 대한 존경심으로 머리가 숙여지고, 그가 피를 나눈 동기간처럼, 아주 오래도록 사귄 친구처럼 여겨지는 것이었다. 안중근 또한 그에 대한 마음이 다르지 않았다.

'한국인 내부 경시 일본인 노인 경(境) 씨가 왔는데, 한국말을 너무도 잘하는 사람으로서 날마다 만나 이야기를 나누었다. 한국, 일본 두 나라 사람이 상대해서 서로의 의견을 주고받으니, 정략 기관은 서로 크게 다를망정 개인 인정으로 말하면 차츰 친근해져서 정다운 옛 친구와 서로 다를 것이 없었다.'

안중근이 자서전에 적은 경희명에 관한 소회이다.

외무성과 내각의 재판

12월 2일, 이틀 전에 보낸 창지 국장의 전문에 대한 소촌 외무대
신의 답변이 도달했다.

안중근의 범행은 지극히 중대하므로 권선징악 정신에 따라 극형
에 처해야만 하리라고 생각한다. 또한 우덕순에 대해서는 모살(謀
殺: 계획한 살인) 미수죄를 적용토록 해야 한다. 조도선과 유동하에게
는 특별히 주문할 것이 없다. 하지만 분위기가 그처럼 좋지 않다면
재판을 될 수 있는 대로 연기시키도록 하라.

안중근은 사형, 우덕순은 계획된 살인의 공범으로 기소하고, 뤼순
과 만주의 여론, 특히 뤼순 법원의 분위기를 고려하여 적절한 시기
에 재판하라는 지시였다. 이는 소촌이 단독으로 결정한 사안이 아
닐 것이었다. 창지는 즉시 관동도독부 고등법원장 평석의인(平石義

人: 히라이시 요시토)을 찾아갔다.

관동도독부 법원은 단독 판관이 판결하는 1심의 지방법원과 3인의 판관이 합의제로 판결하는 2심 고등법원으로만 구성되어, 본국에서와 같은 3심제(三審制)가 아닌 2심제였다. 그러므로 고등법원장은 관동도독부 법원의 최고 수장으로 그 영향력은 실로 막강했다. 또한 조차지라는 특수성을 감안하여 내각과 의사소통이 가능하고, 정부의 시정 방침에 적극 호응할 수 있는 정치적 성향이 강한 인물로 보임했다.

평석 법원장과 협의를 마친 창지 국장은 12월 3일, 그 결과를 소촌에게 타전했다.

1. 고등법원장은 '안중근은 사형에 처해야 한다'는 지론을 갖고 있다. 혹시라도 지방법원에서 무기징역의 판결을 내린다면 검찰관에게 항소하도록 하여 고등법원에서 사형을 선고토록 하겠다는 의지를 밝혔다.
2. 우덕순에 대한 정부의 의사가 확실한 만큼 앞으로의 신문 과정에서 '범행을 단념했다'는 진술을 하지 못하도록 힘쓰겠다.
3. 법원 측은 재판에 관한 모든 준비를 마쳤다. 담당자들은 하루라도 빨리 재판에 회부해주기를 열망하고 있다. 일부 젊은 판관과 서기들은 사법권 독립에 대한 열망이 강해 법원이 정부의 지휘를 받는 모양새를 싫어하고 있다. 일부에서는 이에 따라 재판에 대한 간섭을 저지하려는 기미가 나타나 고등법원장이 매우 난처해하고 있다.
4. 그러나 고등법원장은 정부의 요망을 충분히 고려하여 일단 재판

개정을 당분간 연기하기로 승낙했다.

창지 국장은 구연에게도 그 같은 사실을 알렸다. 구연 역시 내각
의 결정을 기다리고 있었기에 즉시 그에 따른 조치를 실행했다. 우
선은 기소할 대상이 안중근, 우덕순, 조도선, 유동하로 한정되었으
니 다른 다섯 명의 신병 처리가 문제였다. 마땅히 모두 석방해야 할
일이나 안중근에게 사형이 선고되게 하기 위해서는 그의 범행을 의
거가 아닌 오해나 착오에 의한 흉행(兇行)으로 몰아야 했다. 당연히
그를 압박할 무엇이 필요했는데, 그것은 인간의 본성상 가족일 것
이었다.

12월 4일, 구연은 김성옥, 김형재, 탁공규, 김려수는 석방하면서
정대호는 그대로 구속 상태에 두었다. 또한 경희명이 거의 날마다
안중근을 신문하고 있기도 했지만 재판을 연기하라는 지시가 있었
으니 기소할 네 명에 대한 추가 조사도 일단은 미뤘다.

안중근에 대한 경희명의 신문은 11월 26일 이후 거의 날마다 계속
되고 있었다. 그 신문 날짜는 11월 27일, 29일, 12월 1일, 2일, 3일,
4일, 5일, 6일, 9일(이날은 유동하와 대질 신문), 10일, 11일 등이었다.

어느 날 신문을 마친 경희명이 안중근에게 은근히 권했다.

"안 선생, 수감되어 있는 중에 틈틈이 자서전을 써보는 것이 어떻
겠소?"

느닷없는 제안에 안중근은 헛웃음을 흘렸다.

"감옥에 있는 사람이 자서전은 무슨 자서전이오. 더구나 내가 무
슨 큰 인물이나 된다고요."

그러나 경희명은 정색을 지었다.

"그렇지 않소. 이토 공의 피살은 누구의 잘잘못을 떠나 동양, 아니 인류 역사에 크나큰 자취로 영원히 남을 것이오. 더구나 내가 그동안 안 선생과 이야기를 나누어보니 선생의 식견이 넓고 바르며, 의거의 뜻이 사뭇 장중하니 가히 의사라 할 만하오. 그러니 선생이 그러한 뜻을 품게 된 과정, 즉 태어나 성장한 과정에서부터 겪어온 질곡과 거사의 일, 그에 대한 심경 등을 자세히 기록한다면 후세 사람들에게 커다란 교훈이 될 것이오."

일리가 있기는 했다. 그러나 그가 왜 그런 권유를 하는 것인지 안중근은 의아함을 떨치지 못했다.

경희명은 이번에는 두 손을 맞잡은 공손한 자세로 정중하게 다시 말했다.

"비록 우리는 다른 입장에서 만났고, 나는 안 선생을 신문하는 입장이오만 진자부터 마음속으로 선생을 존경해왔소. 그러니 부디 가벼이 여기지 마시고 심사숙고하시기 바라오."

안중근은 그의 진심을 읽을 수 있었다.

"혹여 시간이 되면 평소 생각하는 동양평화에 대해서는 내 뜻을 글로나마 남겨두고 싶었소만……."

"내가 생각하건대 선생이 극형을 받을 것 같지는 않으니 그 또한 시간이 있을 것이오. 그러니 우선은 자서전부터 집필하는 것이 좋을 듯싶소이다."

안중근은 묵묵히 생각에 잠겼다.

『안응칠 역사』

안중근은 어제 하루 아무런 신문이 없는 동안 몇 가지 문제에 대해 깊이 생각하였다.

먼저는 이제 겨우 30년을 조금 더 살아온 짧은 생애에 자서전이 가당한 것인지의 문제였다. 구연은 물론 경희명 등 여러 사람이 좋은 말을 해주고는 있으나 10중의 9할 이상은 사형이 선고될 터였다. 더구나 자신은 법정에서 대의를 당당히 밝히는 것이 목적이니 목숨을 구하기 위해 판관이나 검사에게 고개를 숙일 생각은 추호도 없었다. 혹여 재판의 결과, 생명을 연장할 수 있게 된다 하더라도 필경은 평생토록 감옥 안에서의 삶이 될 터이니 크게 의미를 두는 일은 없을 것이었다. 그렇다면 이쯤에서 스스로 삶을 되돌아보는 것도 의미는 있을 듯싶었다.

다음으로는 쓴다면 어떻게 쓰느냐 하는 것인데, 우선은 과연 거짓이나 과장, 축소와 왜곡 없이 사실 그대로 쓸 수 있을 것이냐 하는 양심의 문제였다. 그 문제는 비록 기억이 명료하지 않아 다소 앞뒤가 맞지 않을 수는 있어도 양심을 속이지 않을 자신은 있었다. 그렇다면 기억을 더듬을 수 있는 한 솔직담백하게 쓰면 될 것이었다. 또한 그러할 때 인생에서 큰 전환이 있었다면 그 당위를 주장하기 위해 취사선택해야 하는 고민이 생길 수 있지만, 아무리 생각해도 자신의 행적은 처음부터 꾸준했기에 편안할 수 있을 듯싶었다.

그 다음의 문제는 자신의 정직으로 인해 다른 여러 사람이 피해를 입지 않을까 하는 두려움이었다. 아무리 좋은 뜻으로 기록을 남긴다 할지라도 무고한 이들이, 특히 조국의 독립과 평화를 위해 자신의 인생을 내던지고 목숨을 초개와 같이 여기며 고난의 길을 걷는 이들이 죄인이 되어서는 아니 될 일이었다. 물론 그 죄라는 것이 일제의 관점에서나 죄이지, 한국인으로서나 한 인간으로서는 오히려 자랑스러운 일이지만 생명을 위협받고, 특히 그로 인해 독립의 불씨가 꺼져서는 아니 되기 때문이었다. 그러나 그 문제는 자신의 행적만 담담히 밝히고, 함께했던 동지들의 이름은 거론하지 않음으로써 보호될 수 있을 것이었다. 다만 속 좁은 혹자들은 혼자서 공(功)을 과시한 것이라 오해할 수 있겠지만, 눈 밝은 이들도 있으니 그 또한 언젠가는 해소될 수 있을 듯싶었다.

마지막으로는 과연 무엇을 위해 쓸 것이냐 하는 문제인데, 이것이 참으로 난감했다. 사람이 글을 씀에 있어서는 반드시 생각하는 목적이 있고, 또 있어야 하는 법인데, 목적을 생각하자 그 목적에 맞는 틀이 저절로 떠올랐고, 틀이 떠오르자 저절로 그 틀에 맞도록 뺄 것과 강조할 것이 구분되니 그것이 곧 왜곡이 되었다. 이로 인해 밤을 새워 고심한 끝에 비로소 '아무런 목적하는 바 없이, 그때의 생각과 행동을 담담히 쓰는 것으로 일관하면 과오를 저지르지 않겠구나' 하고 깨달았다.

이에 용기를 내어 감옥 안 책상 앞에 자세를 바르게 하고 앉아 공책을 펴고 연필을 드니, 12월 3일이었다.

'안응칠 역사'

안중근은 우선 그렇게 제목을 쓰고 다시 한 번 깊이 심호흡을 하여 마음을 다잡고 기억을 더듬었다.

1879년 기묘(己卯) 7월 16일, 대한민국 황해도 해주부(海州府) 수양산(首陽山) 아래에서 한 남아가 태어나니 성은 안이요, 이름은 중근, 자는 응칠이다. 이름과 자를 그리한 까닭은 성질이 가볍고 급한 데가 있어 진중하라는 뜻에서 중근이라 하였고, 배와 가슴에 일곱 개의 점이 있어 응칠이라 한 것이다.

할아버지의 이름은 인수(仁壽)인데, 성품이 어질고 무거웠으며, 살림은 넉넉했을뿐더러, 자선가로서도 도내에 이름이 들렸다. 일찍 진해현감(鎭海縣監)을 지낸 이로서 6남 3녀를 두었다.

나의 아버지 태훈은 셋째로, 재주와 지혜가 뛰어났다. 중년에 과거에 올라 진사가 되고, 조 씨에게 장가들어 배필을 삼아 3남 1녀를 낳았다.

1884년 갑신(甲申)에 박영효(朴泳孝) 씨가 나라의 형세가 위험하고 어지러운 것을 깊이 걱정하여, 정부를 혁신하고 국민들을 개명시키고자 준수한 청년 70명을 선정하여 외국으로 보내 유학시키려

했는데, 아버지도 거기에 뽑혔다.

슬프다! 정부의 간신배들이 박 씨를 모함하여 그가 반역을 하려는 것이라 무고하여 병정을 보내 잡으려 하자, 박 씨는 일본으로 도망하고, 동지들과 학생들은 혹 살육도 당하고, 혹은 붙잡혀 멀리 귀양을 가기도 했다.

내 아버지는 몸을 피하여 고향집으로 돌아와 숨어 살며 조부와 서로 의논할 때, '국사가 날로 틀어져가니 부귀공명은 바랄 것이 못 됩니다' 하였다.

이에 집안 살림을 모두 팔고, 재정을 정리하고, 마차를 준비하여 가족을 이끌고서 무릇 7,80명이 신천군 청계동(淸溪洞) 산중으로 이사했다. 그곳은 지형이 험준하나 논밭이 갖추어졌고 산수경치가 아름다워 그야말로 별유천지라 할 만했는데, 그때 내 나이 6,7세였다.

조부모의 사랑을 받으며 한문학교에 들어가 8,9년 동안에 겨우 보통학문을 익혔다. 14세가 되던 해에는 조부께서 돌아가시어 그 애통함으로 병을 얻어 반년이나 지나서야 나았다.

어려서부터 사냥을 즐겨, 언제나 사냥꾼을 따라다니며 산과 들을 누볐다. 이로 인해 학문에 소홀해지자 부모와 교사들이 꾸짖었으나 끝내 복종하지 않았다.

"너의 부친은 문자로써 세상에 이름을 알렸는데 너는 어찌 장차 무식한 하등인이 되려고 자처하는가?"

친구가 그리 탓하기에 나는 대답했다.

"네 말도 옳다. 그러나 옛날 초패왕(楚霸王) 항우(項羽)가 이르기를, '글은 이름이나 적을 줄 알면 그만이다' 했는데 만고영웅으로 그 이름이 천추에 남아 전한다. 나도 학문으로 세상에 이름을 드러내고 싶지 않다. 그이도 장부요, 나도 장부다. 그러니 너희들은 다시 내게 학문을 권하지 마라."

거기까지 쓰고 나니 새삼 감회가 깊어 조부모와 아버지의 얼굴이 아련히 떠올랐다.

이때 안중근이 누락한 한 사람이 있으니 고능선(高能善)이다. 그는 화서학파에 속하는 성리학자로 안태훈의 초청으로 청계동으로 가서 안중근의 어린 시절 독선생을 맡았다. 고능선은 그 시절 청계동 안태훈의 집에 잠시 머물렀던 김구에게 '사람의 처세는 마땅히 의리에 근본을 두어야 한다. 또 일을 할 때에는 판단, 실행, 계속의 세 단계로 사업을 성취해야 한다'고 가르쳤는데, 그러한 가르침은 어린 안중근의 의식에도 크게 영향을 끼쳤을 것으로 짐작할 수 있는 바이다.

안중근은 다시 필을 들었다.

1894년 아내에게 장가들 무렵 각 지방에서는 동학당이 일어났으나 관군의 힘만으로는 진압할 수 없었다. 이에 청국과 일본의 병정이 건너와 서로 충돌하니 큰 전쟁이 되었다.

그때 아버지는 동학당의 약탈을 견디다 못해 포수를 모집하고 처자까지 항오(行伍)군에 편입하니 정병이 70명이나 되었다. 어느 날 동학당의 괴수 원용일(元容日)이 2만 명의 도당을 이끌고 쳐들어오니 깃발은 하늘을 가리고 북소리, 호각 소리는 천지를 뒤흔들었다. 그러나 때마침 12월의 겨울 동풍이 불고 큰비가 쏟아져 그들의 갑옷이 모두 젖어 어쩌할 길이 없으니 10리쯤 떨어진 마을로 물러나 진을 쳤다.

아버지는 장수들과 의논해 밤중에 기습공격을 명하였는데 그때 나는 자원해 선봉에 섰다. 개중에 적의 기세에 두려워하는 이들이 있어 나는 말하였다.

"병법에 이르기를 적을 알고 나를 알면 백전백승이라 했다. 지금 저들을 보니 질서 없는 군중에 불과하다. 아직 날이 밝지 않았으니 뜻밖에 쳐들어가면 파죽지세가 될 것이다."

과연 약간의 어려움은 있었으나 모두가 힘을 합쳐 아무도 상하지 않고 그들을 물리쳤다. 그때 전리품으로 얻은 군기와 탄약이 수십 바리(駄)요, 말도 그 수를 헤아릴 수 없었으며, 군량은 천여 포(包)나 되었다. 모두가 하느님 은혜에 감사하는 만세를 세 번 부르고 청계동으로 돌아와 관찰부(觀察府)에 급히 승첩 보고를 하였다.

그런데 토사구팽(兎死狗烹)이라더니 이듬해인 을미년에 모르는 사람이 찾아와 말하였다.

"작년 전쟁 때 실어온 천여 포의 곡식은 본시 동학당의 물건이 아니라, 절반은 탁지부대신(度支部大臣) 어윤중(魚允中) 씨가 사두었던 것이요, 나머지 반은 전 선혜청(宣惠廳) 당상(堂上) 민영준(閔泳駿) 씨의 농장에서 추수해 들인 곡식이니 지체하지 말고 그 수량대로 돌려드리시오."

아버지는 동학당의 진중에서 얻은 것이니 무리한 말을 하지 말라며 그를 돌려보냈다. 얼마 뒤, 경성에서 전 판결사(判決事) 김종한(金宗漢) 씨가 급히 편지를 보내왔다.

"지금 어윤중, 민영준 양 씨가 잃어버린 곡식을 찾을 욕심으로 황제 폐하께, '안태훈이 막중한 국고금과 무역해 들인 쌀 천여 포를 도둑질해먹었기에 알아보니, 그 쌀로 병정 수천 명을 길러 음모

를 꾸미고 있습니다. 즉시 군대를 보내 진압하지 않으면 큰 환란이
있을 것입니다' 하고 무고하여 군대 파견을 준비하는 중이니 빨리
선후방침을 세우라"는 내용이었다.

아버지는 급히 경성으로 가서 법관에 호소하였으나 소용이 없었다.

김종한이 다시 나서서 "안태훈은 본시 도적의 유(類)가 아닐뿐더
러 의병을 일으켜 도적을 물리쳤으니 국가의 큰 공신입니다. 마땅
히 표창해야 하거늘 어찌 당치도 않은 모함입니까"라고 하소연하
였으나 소용이 없었다.

다행히 어윤중은 개인적인 원한으로 피살당해 그의 모략은 끝났
다. 그러나 민영준이 권세를 이용해 다시 일을 벌여 해치려 들기에
프랑스 사람의 천주교당(당시 종현성당, 현재는 명동성당)에 몸을 피했
다가 그들의 도움으로 해결을 보았다.

높은 명성에 가려져 흔히 알지 못하는, 당시 권세가의 생생한 이
면으로, 차마 믿고 싶지 않은 행태였다. 안중근이 결코 거짓을 쓰지
는 않았을 것이니 망국의 근원은 백성이 아닌 권력의 탐욕에 있음
이 새삼 실감되는 바다.

'안응칠 역사'는 계속되었다.

아버지는 교당에 머무는 동안 강론을 듣고 성서를 읽어 진리를
깨닫고, 몸을 허락하여 압교했다. 그런 뒤 앞으로 복음을 전파하고
자 박학사(博學士) 이보록(李保祿)과 함께 많은 경서(經書)를 싣고 고
향으로 돌아왔다.

그때 내 나이 17, 8세쯤이라, 나이는 젊고 힘은 세고 기골이 빼어

나 남에게 뒤지지 않았다.

　내가 평생 특성으로 즐겨하던 일이 네 가지 있다.

　첫째는 친구와 의를 맺는 것이요(親友結義),

　둘째는 술 마시고 노래하고 춤추는 것이요(飮酒歌舞),

　셋째는 총으로 사냥하는 것이요(銃砲狩獵),

　넷째는 날랜 말을 타고 달리는 것이다(騎馳駿馬).

　그래서 멀고 가까운 것을 가리지 않고, 의협심 있는 사내다운 사람이 있다는 말만 들으면 언제나 총을 지니고 말을 달려 찾아갔다. 그리하여 그가 동지가 될 만하면 감개한 이야기로 토론하고 유쾌하게 술을 마시고, 취한 뒤에는 노래도 하고 춤도 추고, 혹은 기생방에서 놀기도 했다.

　어느 날 기생에게 일렀다.

　"너의 절묘한 자색으로 호걸남자와 짝을 지어 같이 늙어간다면 얼마나 좋은 일이겠느냐. 너희들이 그렇지 못하고 돈 소리만 들으면 침을 흘리고 정신을 잃어, 염치를 불구하고 오늘은 장가(張哥), 내일 이가(李哥)로 금수의 행동을 하니 그것이 과연 사람의 도리더냐."

　그러나 내말을 공손히 듣지 않거나, 미워하는 기색을 보이는 계집이 있으면 나는 욕을 퍼붓기도 하고 매질도 했기 때문에 친구들은 나의 별호를 '번개입(電口)'이라 했다.

　그의 성품이 생생하게 드러나는 대목이다. 자서전을 쓸 그때에는 이미 풍찬노숙도 겪을 만큼 겪었고, 나이도 들어 성숙했음에도 젊은 시절의 치기 서린 행동조차 거리낌 없이 밝히고 있다. 그렇지만 한편 그것은 의협과 호연지기를 사내의 기본적인 자세로 여긴 것이며, 사내건 여인이건 의로써 살아야 한다는 확고한 신념을 주창한 것으로 보아야 한다. 아무튼 이로써 그가 얼마나 솔직 담백하게 '안응칠 역사'를 써간 것인지 확연히 알 수 있게 되었다.

안도마의 천주교

안태훈의 전도로 그의 가족은 물론 청계동 주민 대부분이 천주교를 수용했다. 안중근도 홍석구(洪錫九, 빌헬름Wilhelm의 한국명, 세례명 요셉) 신부에게서 영세를 받으니 도마(토마스)라 했다.

자신의 순수한 신앙적 열망으로 천주교를 수용한 것은 아니지만 교리를 공부하며 점차 신앙심이 깊어진 안중근은 전도 활동에 적극 나섰다. 그가 대중을 상대로 한 전도 연설 중 한 대목을 보자.

지금 세계 문명국의 박사, 학사, 신사들로 천주 예수 그리스도를 믿지 않는 사람이 없소이다. 그러나 지금 세상에는 위선(僞善)의 교도도 많은데 이것은 예수께서 미리 제자들에게 예언했으되,

'뒷날 반드시 위선하는 자가 있어 내 이름으로 민중을 감화시킨다 할 것이니, 너희들은 삼가서 그런 잘못에 빠져들지 말라. 천국으로 들어가는 문은 다만 천주교회의 문 하나밖에 없다' 하였소이다.

원컨대 우리 대한의 모든 동포 형제자매들은 크게 깨닫고 용기를 내어 지난날의 허물을 깊이 참회함으로써 천주님의 아들이 되어, 현세를 도덕 시대로 만들어 다 같이 태평을 누리다가, 죽은 뒤에 천당에 올라가 상을 받아 무궁한 영복을 함께 누리기를 천만번 바라오.

안중근의 초기 종교관은 신앙심과 더불어 천주교를 수용하면 현세를 도덕 시대로 만들어 태평 시대를 누릴 수 있다고 생각한 듯싶다. 아마 인간을 존중하는 평등사상과 천주교를 통해 알게 된 서구 근대사상, 선진 지식 등의 영향일 것이다.

교회는 차츰 확장되어 교인이 수만 명에 이르니 선교사 여덟 분이 황해도 안에 머무를 정도였다. 그때 나는 홍 신부에게서 프랑스말을 몇 달째 배우고 있었는데, 어느 날 그와 상의했다.

"오늘날 한국 교인들이 학문에 어두워 교리를 전도하는 데에도 어려움이 있는데, 하물며 앞날 국가 대세이겠습니까. 민 주교님에게 말씀드려 서양 수사회(修士會) 가운데서 박학한 선비 몇 사람을 청해 대학교를 설립하고, 재주 있는 자제들을 교육한다면 몇십 년이 안 가서 큰 효과가 있을 것입니다."

홍 신부도 좋다 하여 함께 경성으로 가 민덕효(閔德孝, 뮈텔Mutel의 한국명. 세례명 구스타프) 주교를 만나 의견을 제출했으나 그의 생각은 달랐다.

"만일 한국에 대학교가 생기면 교를 믿는 일에 좋지 않을 것이니 다시는 그런 의논을 꺼내지 마시오."

나는 다시 두 번, 세 번 권고했지만 끝내 들어주지 않으므로 어쩔 수 없이 본향으로 돌아왔으나, 그로부터 분개함을 참지 못해 마음 속으로 맹서했다.

"교의 진리는 믿을지언정 외국인의 심정은 믿을 것이 못 된다."

그리고 프랑스 말을 배우던 것도 폐하고 말았다.

"무엇 때문에 배움을 중단했는가?"

어느 벗의 물음에 나는 대답했다.

"일본 말 배우는 자는 일본의 종놈이고, 영어를 배우는 자는 영국의 종놈이 된다. 내가 만일 프랑스 말을 배우다가는 프랑스 종놈을 면치 못할 것이라 폐한 것이다. 만일 우리 한국이 세계에 위력을 떨친다면 세계 사람들이 한국말을 통용할 것이니 그대는 조금도 걱정 말게."

민 주교의 반응에 안중근은 그처럼 크게 충격받고 분노한 것이었다. 그러나 당시 한국에서 활동하던 프랑스 선교사 대부분은 전통 신학파에 속하는 이들이었다. 정교분리를 원칙으로 하느님과 세상의 나라를 엄격히 구분하는 교리에 따르는 전통신학파는 경건하게 신앙에만 충실하고 교회가 현실의 문제에 참여하는 것은 허용하지 않았던 것이다.

이후 안중근은 개별적인 전도 활동을 계속하며 향리와 인근의 여러 사건에 개입하여 동분서주했다. 이를테면 경성에 거주하는 전 참판 김중환(金仲煥)이 옹진 군민의 돈 5천 냥을 빼앗아 간 사건이나 해주부 지방대병영(地方隊兵營) 위관(尉官) 한원교(韓元校)가 옹진 군민 이경주(李景周)의 집과 재산, 아내를 빼앗은 사건에 나서 경성까지 가서 따지고 소송하는 일 등이었다. 다소 무모하기도 해 좌충우

돌로 보이는 부분도 있지만, 그것은 관리나 토호 세력의 탐학에 대한 안중근의 절제되지 않는 분노의 발현이자 투쟁이었고, 그 뿌리는 천주교에서 눈뜬 민권의식이었다.

당시 각 지방에 있는 관리들은 학정으로 백성의 피와 기름을 빨아, 관리와 백성 사이에 서로 원수처럼 보고 도둑처럼 대했다.

다만 천주교인들은 포악한 명령에 항거하고 토색질을 받지 않았기 때문에 관리들이 교인을 미워하기를 외적과 다름없이 하였다. 그런데 좋은 일에는 마가 끼고 미꾸라지 한 마리가 개울물을 흐리듯, 저들은 옳고 우리가 잘못되어 어찌할 도리가 없는 일도 있었다.

그 무렵 난동 부리는 패들 중에는 교인인 양 청탁하고 협잡하는 이들도 있었는데, 관리들은 이를 기화로 정부 대관과 은밀히 의논하여 교인들을 싸잡아 모함했다. 황해도에서는 교인들의 행패로 행정 사법이 제대로 시행되지 못한다는 모함이었다.

정부에서 사핵사(査覈使) 이응익(李應翼)을 특파하니, 해주부에 이르러서 순검과 병정들을 각 고을로 파송하여 천주교의 우두머리 되는 이들을 잡아들이라 명했다. 옳고 그름의 가림도 없는 무차별적 검거에 교회 안은 크게 어지러워졌다.

내 아버지도 잡으려고 순검과 병정들이 두세 차례나 찾아왔지만 몸을 피해 면할 수 있었다.

이른바 해서교안(海西敎案) 사건이었다. 1900년에서 1903년 사이에 벌어진 이 사건은 부패한 지방 관리들의 착취, 토지제도의 문란, 천주교인에 대한 박해, 선교사들의 치외법권적인 오만한 처사, 개

신교의 교세 확장에 따른 마찰 등이 뒤엉켜 벌어진 민관의 소송 및 외교 분쟁이었다. 이에 정부는 이응익을 사핵사로 보냈으나 그는 보부상을 동원해 행패를 부리며 사건을 일방적으로 처리해 오히려 분쟁을 키웠다.

이 사건은 1904년에 프랑스 공사와 외부 대신이 선교조약을 체결하고 나서야 진정되기 시작했다.

결국 지방 관리의 탐학도 그랬지만 선교사들 역시 자국의 힘을 믿고 제국주의적인 태도를 보여 마찰이 심화된 것인데, 안중근은 천주교의 행태에 관해서는 정확한 실상을 파악하지 못하고 있었다.

1905년 을사년에 인천항에서 일본과 러시아 두 나라의 대포 소리가 크게 울리니 러일전쟁이었다.

"한국이 장차 위태롭게 되었구나."

홍 신부의 탄식에 내가 물었다.

"어찌 그렇습니까?"

"러시아가 이기면 러시아가 한국을 주장하게 될 것이요, 일본이 이기면 일본이 한국을 관할하려 들 것이니 어찌 위태롭지 않겠느냐."

나는 날마다 신문과 잡지를 읽으며 각국의 역사를 상고하고 어제와 오늘, 내일의 일을 생각했다.

러일전쟁이 강화(講和)로 끝나자 과연 이등이 한국으로 건너와서 정부를 위협하여 '을사늑약'을 맺었다. 삼천리강산과 2천만 국민이 모두 바늘방석에 앉은 꼴이 된 것이다.

그 울분으로 병이 더욱 깊어진 아버지와 상의했다.

"일본과 러시아가 개전했을 때, 일본은 동양의 평화를 유지하고

한국의 독립을 굳건히 한다고 했지만, 이제 일본은 대의를 지키지
않고 야심적인 책략을 자행하고 있는데 이는 모두 이등의 정략입
니다. 만일 속히 계획을 세우지 않으면 큰 화를 면하기 어려울 것
인데, 이제 의거를 일으켜 이등의 정책에 반대한다 해도 힘이 약하
니 부질없이 죽을 뿐 아무런 이익이 없을 것입니다. 현재 듣자 하
니 청국 산둥과 상하이 등지에 우리 국민이 많이 살고 있다고 하는
데, 우리 집안도 모두 그곳으로 옮겨 살며 선후방책을 도모하는 것
이 어떻겠습니까?"

아버지께서 그리하라 허락하셨다.

"그럼 제가 먼저 그곳으로 가서 살펴본 뒤에 돌아오겠습니다. 아
버님은 그동안 비밀리에 짐을 꾸려 식구들을 데리고 진남포로 가
서 기다리십시오."

그렇게 길을 떠나 먼저 상하이로 가 민영익을 찾았지만 실망하
고, 다시 서상근(徐相根)이라는 이를 찾아가서 물었다.

"지금 한국의 형세가 위태하기 조석지간이니 어찌하면 좋겠소?
무슨 좋은 계책이 없겠소?"

"공은 한국의 일을 내게는 말하지 마소. 나는 일개 장사치로 몇
십만 원의 재정을 정부 대관에게 빼앗기고 이렇게 몸을 피한 처지
인데, 더구나 국가 정치가 백성과 무슨 상관이겠소."

그의 대답이 하도 기가 막혀 나는 웃으며 말하였다.

"그건 하나만 알고 둘은 모르는 이야기요. 만일 백성이 없다면
나라가 어디 있을 것이오. 더구나 나라란 몇몇 대관들의 나라가 아
니라 당당한 2천만 민족의 나라요. 다만 국민이 국민 된 의무를 행
하지 아니하고서 어찌 민권과 자유를 얻을 수 있을 것이오. 그리고

지금은 민족 세계인데 어찌 홀로 한국 민족만 남의 밥이 되어 앉아서 멸망하기를 기다리겠소."

"공의 말이 옳기는 하나, 나는 장사치로서 입에 풀칠만 하면 그만이오."

나는 두세 번 더 의논했지만 소귀에 경 읽기로 요지부동이라 하늘을 우러러 탄식했다.

"우리 한국 사람들의 뜻이 모두 이와 같으면 나라의 앞날은 말하지 않아도 알 수 있겠구나."

어느 날 아침 천주교당에서 한참 동안 기도드린 뒤 밖으로 나오니 뜻밖에 곽(郭: 르각) 신부가 있는 것이 아닌가. 그는 황해도에서 오랫동안 전도 활동을 했기에 나와는 절친한 사이였다.

"신부님! 여긴 어쩐 일이십니까?"

"오, 안도마! 난 홍콩으로 휴가를 갔다가 한국으로 돌아가는 길일세."

서로가 반가워 한참 동안 손을 맞잡고 안부를 나누다가 함께 묵고 있는 여관으로 갔다.

"네가 여기를 왜 왔느냐?"

곽 신부의 물음에 내가 대답했다.

"신부님께서는 지금 한국의 비참한 꼴을 듣지 못했습니까?"

"이미 오래 전에 들었지."

"형세가 그와 같으니 어찌할 도리가 없어 부득이 가족을 외국으로 옮겨와 살게 해놓고, 먼저는 동포들과 연락해 여러 나라를 돌아다니며 지금 한국의 억울한 정상을 호소해 공감을 얻으려 하고 있습니다. 그리고 때를 기다렸다가 한번 의거를 일으키면 목적을 이루지 못하겠습니까."

곽 신부는 한참을 생각한 뒤 대답했다.

"나는 종교인으로 정치에 관계가 없기는 하다만, 네 말을 들으니 느꺼운 정을 이길 수 없구나. 너를 위해 한 가지 방법을 일러줄 테니 이치에 맞거든 그리하고, 그렇지 못하면 네 뜻대로 해라."

"말씀해주십시오."

"네 말도 그럴듯하다만, 내 생각엔 가족을 외국으로 옮긴다는 것은 틀린 계획이지 싶다. 만일 2천만 민족이 모두 너같이 한다면 나라 안은 온통 빌 것이니 그것은 곧 원수가 바라는 바이다. 우리 프랑스가 독일과 싸울 적에 알자스와 로렌 두 지방을 비워준 것은 너도 아는 바이다. 지금껏 40여 년 동안 그 땅을 회복할 기회가 두 번이나 있었지만, 거기에 살던 뜻 있는 사람들이 온통 외국으로 피해 갔기에 여태 그 목적을 달성하지 못하고 있다. 우선은 그것을 본보기로 삼아야 할 것이다.

해외 동포들로 말하면 국내 동포에 비해 그 사상이 곱절은 굳어서 서로 모의하지 않아도 같이 일할 수 있을 테니 걱정하지 않아도 될 것이다. 또 열강 여러 나라들의 움직임을 볼 때 네가 말하는 억울한 설명을 들으면 모두 가엾다고는 할 것이다. 그러나 반드시 한국을 위해 군사를 일으키지는 않을 것이다. 이미 각국이 모두 한국의 실상을 알고 있지만 모두 제 나라 일에 바빠 남의 나라를 돌보아줄 겨를이 없기 때문이다. 그러니 뒷날 운이 닿으면 혹시 일본의 불법을 성토할 기회가 있을 것이나 오늘 네가 하려는 설명은 별 효과가 없을 것이다. 옛말에 이르기를 하늘은 스스로 돕는 자를 돕는다 했다. 너는 속히 본국으로 돌아가 먼저 네가 할 일을 하거라."

"그게 어떤 일입니까?"

나는 귀를 세워 다음 말을 기다렸다.

"첫째는 교육의 발달이다. 아는 것이 힘이라 하지 않았느냐. 가르쳐서 이치를 깨우치고 지식을 얻어야 무엇이건 도모할 수 있는 것이다. 둘째는 사회의 확장이다. 흩어져 있는 개인은 아무런 힘이 없다. 뭉쳐야 열 배 백 배 큰일을 할 수 있는 법이니 조직을 만들고 단체를 구성하는 것이 그 길이다. 셋째는 민심의 단합이다. 백성의 마음이 흩어져서는 아무런 일도 할 수 없는 법이니 서로 시기하는 것을 삼가고 마음을 합하도록 설득하고 구심점을 만드는 것이다. 넷째는 실력의 양성이다. 지식의 습득은 정신의 실력을 기르는 일이고, 기술의 습득은 육체의 실력을 가르는 길이다. 그렇게 실력을 양성하면 농업, 공업, 상업 등 사회 전반이 두루 발전할 수 있다. 이 네 가지를 확실히 성취시키기만 하면 2천만의 정신이 반석과 같아 1천만 문의 대포로서도 능히 공격해 깨뜨릴 수 없을 것이다.

그것이 이른바 필부(匹夫) 한 사람의 마음도 빼앗지 못한다는 것이니 하물며 2천만 민족의 정신이겠느냐. 그렇게 되면 강토를 빼앗겼다는 것도 형식상으로 된 것일 뿐이요, 조약을 강제로 맺었다는 것도 종이 위에 적힌 빈 문서일 뿐이라 허사로 돌아가고 말 것이다. 그같이 하는 날에라야 정확히 사업을 이루고 목적을 달성할 수 있을 것이니, 만국에 두루 통하는 방책이다. 잘 헤아려보아라."

나는 귀가 번쩍 뜨이고 가슴이 뻥 뚫리는 것 같아 곧바로 행장을 꾸려 진남포로 돌아왔다. 을사년 12월이었다.

치졸한 신문, 분노의 호통

'안응칠 역사' 집필에 몰두하고 있던 12월 어느 날, 간수부장 전중 (田中: 다나카)과 간수 청목(靑木)이 안중근을 불러냈다. 또 신문이 계속되는 모양이라고 생각하며 뒤를 따르는데 평소 신문실로 가던 길이 아니었다. 안중근은 의아한 눈빛을 했으나 두 사람은 알 수 없는 미소를 머금은 채 묵묵히 발걸음을 내디딜 뿐이었다. 그래도 안중근은 다른 의심은 품지 않았다. 두 사람은 평소 안중근의 일동일정을 보살펴주는 데다 전중 부장은 성질이 온순하고 공평했으며, 청목은 한국말을 잘해서 친하게 지내다 보니 이제는 그 정이 깊어져 형제와 같은 이였다.

어느 방 앞에서 걸음을 멈춘 두 사람이 밝은 미소를 감추지 않은 채 문을 열고 안으로 들어가라는 눈짓을 했다. 무슨 일로 저러는가 하면서도 담담하게 문 안으로 들어서던 안중근은 아연 걸음을 멈추었다.

"형님!"

누가 먼저랄 것도 없이 소리치며 의자를 박차고 일어나 달려드는 두 사람은 아우 정근과 공근이었던 것이다.

"정근아, 공근아……!"

이게 꿈인가 생시인가. 더는 말이 나오지 않았다.

"형님, 얼마나 고생이 크십니까……."

흐느끼는 동생들을 마주 안은 안중근의 눈가에도 눈물이 그렁했다. 실로 3년 만의 해후였다. 그러나 이렇듯 이국의 감옥 안에서 만나니 서글픈 감회가 드는 것도 어쩔 수 없었다.

얼마쯤 시간이 흘러 정근과 공근의 흐느낌이 잦아들자 청목이 나서서 세 사람을 의자에 앉게 했다. 안중근이 먼저 입을 열었다.

"어머님은 어떠시냐?"

"염려 마십시오. 소식을 듣고 처음에는 크게 놀라셨으나 이내 의연함을 되찾으셨습니다. 어머님께서는 형님이 가족이나 일신을 염려하여 뜻을 굽히는 일이 없도록 전하라 하셨습니다."

"실로 다행한 일이고 고마운 말씀이구나. 그래, 어찌 내가 뜻을 굽히겠느냐. 그런 의지라면 일을 도모하지도 않았을 것이다."

"형님, 고초는 어떠십니까?"

"아니다. 여기 전옥부터 검찰관, 간수에 이르기까지 모두 공평하게 대해주고 가족처럼 보살펴주니 아무런 어려움은 없다. 너희 형수 소식은 들었느냐?"

"예. 정대호 씨를 따라 집을 떠나신 뒤로 아직 만나보지는 못했지만 큰 탈 없이 잘 지내시는 듯합니다."

"처음 하얼빈에서는 김성백 씨의 집에 기거하셨는데 일본과 러시아 경찰의 감시에 시달리다가 정대호 씨의 부인을 따라 수이펀허에 있는 그분의 집으로 옮겨 지내신다 합니다."

"그런가, 참으로 고마운 분들이구나."

"어머님께서는 형수님이 집을 떠나실 그때 이미 돌아올 생각보다는 형님과 함께하며 보살펴드릴 궁리를 하라 하셨습니다. 그래서 현생은 두고 분도와 준생만 딸려 보낸 겁니다. 여차하면 어머님도 뒤를 따를 생각이셨던 듯합니다."

아버지는 물론이고 그처럼 의지가 굳고 속 깊은 어머니가 있었기에 자신이 지금껏 뜻을 굽히지 않고 살아올 수 있었음을 깨우치니 훈육의 도와 부모의 은혜가 새삼스러웠다. 문득 분도가 떠올랐다. 3년 전, 네 살 어린아이로 품에 안아보고 떠난 뒤 오늘에 이르렀으나 그 귀여운 조막손, 맑은 눈, 뽀송한 살결을 어찌 잊은 날이 있으랴. 불현듯 애틋한 그리움과 함께 눈자위가 시려와 안중근은 얼른 말문을 돌렸다.

"홍 신부님은 잘 계시더냐?"

안중근의 물음에 두 동생은 낯빛부터 어두워졌다.

"예, 잘 계십니다만 무슨 일로……?"

"내가 종부성사를 청했으면 하는데, 왜, 무슨 일이라도 있는 것이냐?"

정근이 안중근의 눈길을 피하며 더듬더듬 말했다.

"뮈텔 주교께서 사건의 범인이 천주교 신자라는 소식에 절대 그렇지 않다고 먼저 부인부터 하더니, 그 사람이 형님임이 밝혀지자 여간 낙담하고 불쾌해하지 않았습니다."

"뮈텔 주교야 한국에 대학을 세우자는 건의에도 한마디로 반대한

분이니 그럴 수 있다만, 홍 신부님까지 돌아서신 것은 아닐 테지?"

안중근의 기대에 정근은 깊은 한숨부터 내쉰 뒤 말을 이었다.

"홍 신부님은 형님의 소식을 듣고, 어느 강론에서 애국심이든 무엇이든 살인은 용납되지 않는다는 취지의 말씀을 하셨으니…… 아무래도 종부성사는 청국에 나와계신 다른 신부님들에게 청해보는 것이 나을 듯싶습니다."

낙담하는 표정을 감추지 못하는 안중근을 보고 공근이 나섰다.

"아무리 그런 말씀까지 하셨더라도 사제가 교자의 성사를 거절하지는 못할 겁니다. 그 또한 교리에 어긋나는 일이 아닙니까. 제가 나서볼 테니 형님은 크게 근심하지 마십시오."

공근의 말에 안중근이 고개를 끄덕이자 정근이 말문을 돌렸다.

"변호사는 어찌할까요?"

"영국과 러시아 변호사가 찾아왔기에 신고서를 내기는 했다만 한국인 변호사가 있었으면 하는구나."

"그렇게 알아보겠습니다."

이로부터 정근과 공근이 짧게는 4, 5일, 길게는 열흘에 한 번씩 면회를 와 안중근을 수발했다.

12월 20일, 구연이 오랜만에 안중근을 불렀다. 11월 26일 이후 처음이니 거의 한 달 만이었다. 그러나 반가운 기색의 안중근과 달리 구연의 낯빛은 매우 굳어 있었다.

입회 서기도 안전애문에서 죽내정위(竹內靜衛: 다케우치 시즈에)로 바뀌었다.

구연은 진남포로 이주한 경위와 아버지의 사망, 천주교 세례 과정등을 먼저 묻고 이어서 한국과 일본 간에 체결된 여러 조약에 대해 아는지를 하나씩 물었다.

"이토 공이 작년 2월 한국 원로들을 모은 자리에서 한 연설의 대요를 보면, 자신은 한국의 유도(誘導) 부액(扶掖), 즉 이끌고 부축하는 것을 목적으로 하고 있고 한국의 멸망을 바라는 것이 아니다. 저 폭도의 진의 진정에는 진심으로 다대한 동정을 표한다. 그러나 그들은 다만 나라의 멸망을 생각하는 점에만 머물고 여전히 한국을 구할 방도를 모른다. 만약 저 폭도들이 오늘날의 뜻을 이해하지 못한다면 그 결과는 한국의 멸망을 초래하는 데 불과하다. 곧 한국을 생각하고 한국을 진충(盡忠)하는 점에서 말하자면 자신의 뜻도 폭도들의 뜻과 조금도 다를 바가 없다. 다만 그 수단을 달리할 뿐이다. 한국의 대신 중 단발의 추진을 권유한 사람도 있으나 한국에는 습속을 지킴으로써 직업을 얻어 살아가는 사람이 심히 많다. 하루아침에 단발을 행하면 관직을 잃고 굶주림에 빠질 자가 많을 것이다. 따라서 자신은 단발의 추인을 찬성하는 바가 아니다. 지사(志士) 인인(仁人)은 자신을 희생하여 인(仁)을 이룬다고 한다. 자신은 한국을 위해 지사 인인으로 자임하고 있다. 옛날 정(鄭)나라에 자산(子産)이라는 사람이 나라를 다스렸는데 처음에는 이에 반항하는 자가 다수였으나 그 뒤는 정나라의 인민이 자산을 이해하였다고 하며, 우리에게 옷과 음식을 주는 자는 자산이라고 말했다. 자신은 자산의 마음으로 한국에 임하고 있다. 나의 정책에 대해서 오늘날 이것저것 논하는 자가 있을지 모른다. 언젠가 분명하게 그 잘못을 깨달을 것이라고 하였는데, 그대는 그래도 이를 한바탕의 겉치레 말로 생각하는가?"

또 예의 장광설로 이등을 대변하며 반성의 답을 요구하는 것이었으나, 안중근은 오히려 가소로워 단호하게 답했다.

"그것은 모두 거짓말을 한 것이다. 만약 내가 현장에 있었다면 반대 연설을 했을 것이다."

"올 1월 대구에서 한 이토 공의 연설에, 만약 다른 나라를 망하게 하려는 정책을 감추고 그 나라에 가서 도와주려는 자가 있다면, 어찌 그 국민의 교육을 진보시키고 산업을 발전시키고, 그리고 특히 그 나라 임금으로 하여금 그 덕을 닦도록 하고 국민의 마음을 안도시키는 수단을 취할 까닭이 있겠는가. 제군이 여러 번 숙고해도 사적(事蹟)이 있을 까닭이 없다. 오늘날 일본이 한국에 요구하는 바는, 한국 종래의 형세를 일변하여 인민을 지식으로 이끌고 산업으로 인도하여 일본과 같은 은택을 입게 하고, 이와 힘을 합하면 동양을 지키는 데에 한층 강함을 더할 것은 불문가지라고 말하였는데, 그것도 그대는 거짓말이라고 하는가?"

"실제 그대로의 진의라면 한국 관민에 현실적으로 힘써 행해야 할 것인데 단지 구실에만 그칠 뿐이다. 그러한 연유로 한국민의 반감을 사는 것이다."

"올 1월 이토 공이 평양에서 한 연설에, 옛날 신라가 흥성하였을 때 일본은 실로 한국에서 배웠다. 그 당시 일본에 수입된 물질 문명은 역연히 일본에 남아 있다. 제군은 허심(虛心)으로 들어주기 바란다. 일본이 한국을 보호 원조하고 한국의 문화와 물질적 진화를 꾀하는 것은 곧 국력 소장(消長: 쇠하여 줄어감과 성하여 늘어감) 문제에 기인하는 것이다. 배일사상이 생겨도 반대의 의론이 일어나도, 한국이 국력을 기르지 않고 헛되이 말만 한다면 아무것도 할 수 없는 것이 아닌가. 한국에서는 종래 동포 2천만이라고 하나, 실제 각지 경찰이 조사한 인구는 약 970만, 개괄하여 1천만이며, 광무 9년 (1905년)의 조세 총액은 347만여 원, 광무 10년 즉 통감부가 만들어 졌을 때는 그 총액이 647만여 원, 융희 원년(1907년)의 조세 총액은 1,103만여 원, 작년은 948만여 원이고, 올해의 세입 회계는 2,143만 여 원이다. 그 주된 세입은 일본 정부로부터 빌린 돈이다. 많은 한 국인들은 한국의 관리를 일본으로부터 채용하여 한국을 먹어치우 는 것이라고 생각하나, 그 관리들에게 일본에서 차입한 돈으로 급 여를 주고, 한국 개발을 위해 그만큼 큰 자본을 투입하고 있는 것을 어찌 알겠는가. 또 이 같은 차입금은 무이자로 사용하고 있는 것이 다, 라고 했다. 이에 대해서는 어떻게 생각하는가?"

피의자 신문이 아니라 일제 통감정치에 대한 당위성 강조였다. 지 난 신문에서보다 더 장황하고, 조목조목 수치까지 들먹이는 것으로 보아 한 달여 동안 많은 준비를 한 듯했다.

"말로는 그렇게 했는지 모르나, 실제로는 그대로 하지 않았다. 심 히 개탄하여 견딜 수 없다. 세계의 독립국 중에서 법부와 외부의 권 한이 없는 나라는 없다!"

쏘아붙이는 안중근의 답변에 구연은 이제 역사 문제를 꺼냈다.

"한국은 초기 신라 때는 당(唐), 고려 때는 원·명을 섬기어 원·명 의 정삭(正朔)을 받들고 있었던 것이 아닌가?"

"그렇다."

"이조에 이르러서도 그 국왕이 계승될 때마다 명·청의 책봉을 받 고 그 정삭을 받들어 조공하였던 것이 아닌가?"

"그렇다."

"한국에서는 늘 왕의 호를 제(帝)라 하지 않고, 왕이 죽어도 붕(崩)

하였다고 하지 않고 훙(薨)하였다고 하며, 군주의 관계를 표시하는 문자를 폐하(陛下)라 하지 않고 전하(殿下)라 하고, 조선 왕의 대우는 중국의 병부상서에 해당했는데, 어떻게 생각하는가?"

"그렇다."

비열하게도 피의자 신문에서 역사를 들먹이며 능욕하고 있는 것이었다. 안중근은 치욕스러웠지만 사실임을 부인하지 않았다.

청일전쟁의 결과로 조선이 대한제국으로 자주독립한 사실 등 역사에 관한 몇 가지 질문을 더 한 후 구연은 자신이 역사의 승자라도 된 듯 한껏 조롱하는 웃음을 머금었다.

"그렇다면 한국은 독립할 실력이 없으므로 그러한 일을 당한 것이 아닌가?"

후끈 낯이 달아올랐지만 안중근은 또 인정했다.

"그렇다. 실력이 없으면 그러한 일이 생긴다."

실력을 양성하라던 곽 신부의 계책이 새삼스러웠다.

"조선에는 당화(黨禍)라는 것이 있다. 서인(西人)의 당파가 정치에 관여하면 동인(東人)을 박해하고, 동인이 관여하면 서인을 박해한다. 또 동인 중에는 남인(南人), 북인(北人) 등의 당파가 생겨 서로 싸우고, 이씨 치세 3백 년 동안 분요가 대단히 극심하여 인민의 지능 개발을 등한히 했다. 또 그 후는 외척이 권력을 장악한다든가, 혹은 환관 무녀 등 부인의 세력에 정치가 늘 좌우되어 내치가 크게 문란하였으므로 조선의 국력이 성장하지 못한 것을 그대는 알고 있는가?"

과도하게 폄하하는 부분도 있었으나 대체적인 맥락은 그르다 할 수 없었다. 어찌하여 5백 년, 아니 3천 년 이상의 역사를 이어오고서도 이처럼 적국의 일개 검사에게 능욕을 당해야 하는 것인지, '자주'와 '독립'이라는 말이 뼈에 사무쳤다.

"상세히 알고 있다. 한국 인민은 뇌리에 새기고 있는 바이다."

구연은 속으로 쾌재를 불렀다. 이대로라면 자신의 범행이 무지와 오해에 의한 것임을 시인하게 될 것 같았다. 지난 한 달여 동안의 준비가 헛되지 않았다고 구연은 생각했다.

"현재 일본 제국의 한국정책은 한국의 자주독립을 유지해야 한다는 근래의 우의적인 국시에 따라 통감부를 설치하여 그 부액을 실현하고 있는 것인데, 그대는 그것을 알지 못하는가?"

"알고 있다. 그러나 일본의 목적은 다른 데 있음도 알고 있다."

"내정 개정의 첫 번째 일로서는 궁중(宮中)과 부중(府中)의 구별을 분명히 하여 부인과 환관이 정치에 간섭할 기회를 없애고, 또 당화를 이용하여 관여할 수 없게 하고, 사법과 행정의 혼란을 막기 위해서는 그 구별을 하고, 문교를 밝게 하기 위해서는 문명의 학문을 배운 교사를 초빙하여 경성을 비롯한 곳곳에 학교를 개설하고, 자본의 운용을 용이하게 하기 위해서는 금융기관을 만들고, 위생을 위해서는 병원을 설치하고, 음료수와 하수도의 개량을 꾀하고, 교통기관으로서는 우편 철도를 설계하고, 일반 관리에게는 청렴 강직으로써 계칙하여 착착 그 효과를 얻고 있다. 기타 특히 필요한 병마(兵馬: 국방)와 외교의 사항에 대해서는 종래의 경험상 한국에 독립 운용의 능력이 없으므로 일본 제국이 질서정연하게 대행하고 있다. 그대는 이 점에 대해 잘 알고 있지 않은가?"

"갖가지로 말하자면 그렇지만, 나에게는 그 이상의 반대 주장이 있다."

반대의 주장이란 겉으로는 그러한 것 같지만 내면을 들여다보면 모두 일본의 이익을 도모하는 것이고, 궁극적으로는 한국을 점령하여 병탄하려는 수단이라는 것이었다.

금방 자신의 무지와 오해를 자인할 것 같던 안중근의 부인에 구연은 화가 치밀었다.

"그대는 자기의 생각만이 유일한 진리라고 생각하는 것인가?"

"그렇지 않다. 의견을 토론해보면 알 것이다."

"그대가 사회의 상황, 자국의 역사도 모르고 단지 신문만을 보고 생각하는 것은 사실에 반하는 것이다!"

모욕이었다. 아니, 짧게 원하는 지식만을 습득하여 자신이 그 한계와 오류에 빠져 경망하고 있다는 것을, 그래서 스스로를 욕되게 하고 있다는 것을 구연은 알지 못했다.

"신문만이 아니다. 사람의 말도 듣고 역사와 현실에 대한 사실도 관찰한 뒤 생각한다."

"그대는 3년 이전에 블라디보스토크에 있었으므로 실제 자국 상황을 알지 못할 것이다!"

"외국인의 의견도 들어보고 신문도 보아 잘 알고 있다."

"그렇다면 그것 역시 그대만의 생각에 기초한 것이 아닌가!"

"그렇지 않다. 확실한 증거에 의해 생각이 형성된 것이다."

"10월 26일, 그대가 이토 공을 암살하였다는 보도가 경성에 이르자, 한국 황제는 흉패의 무리가 세계 형세에 어두워 왕왕 일본의 돈의(敦誼)를 능멸하여 드디어 전에 없는 변괴를 저질렀다. 짐의 국가와 사직을 해치는 자이다, 라는 조칙을 냈는데, 그대는 그래도 국가에 충의를 하였다는 것인가!"

"조칙은 나왔을 것이나 내가 나쁜지 어떤지는 재판한 뒤가 아니면 모른다."

"한국 황제는 그대의 행동은 전국의 안위에 관한 것이라고 가슴 아파하고 위와 같은 조칙을 낸 것인데 그래도 그 잘못을 깨닫지 못하느냐!"

"나의 행동이 죄악이냐 혹은 국가의 공로를 다했느냐는 후일 분명해질 것이다. 나라에 싸움이 없으면 그 나라는 망하고, 일가에 싸움이 없으면 그 집안은 망한다는 격언도 있다. 지금 황제 폐하께옵서 혹은 나의 행위에 대해 반대로 생각할지 모르나 나는 오로지 국가를 위해 진력한 것이다. 그리고 조칙도 통감부의 손을 거쳐서 나오는 것이므로 과연 그것이 황제의 진의인지 아닌지도 믿을 수 없다."

대한제국 정부와 거리 두기이기도 했다. 그러나 부패와 무능, 나라의 이름은 대한제국으로 바뀌었지만 체제는 왕조의 연장으로 민권에 대한 변화는 기대하기 어려웠기에 사실상 외면하는 마음도 없지 않았을 것이었다.

"이토 공을 죽였다고 보호조약이 파기되리라고 생각하는가?"

구연은 비웃음을 머금었다.

"그렇게 생각하지 않는다. 보호조약의 취지는 한국민이 모두 알고 있다. 통감으로 부임한 이등이 행한 바가 거의 잘못된 것이었기에 허다한 인명을 죽였는지 모른다. 그런데 이것을 호소하려 해도 길이 없고 곳이 없으므로, 일본 왕을 비롯하여 세계 각국에 알리는 수단으로 한 것일 뿐 나 개인의 원한은 추호도 없다."

"인명을 빼앗는 일은 참혹의 극치이며 가족과 친척을 비탄에 빠지게 하고, 그 나라에 손실을 준다. 암살의 보도는 세상 사람들을 전율케 하는 죄악임을 알고 있는가?"

"알고 있다."

"그대가 이토 공을 죽인 것도 같은 결과임을 알고 한 일인가?"

"이등을 죽인 것은 인도에 반하는 것으로 믿지 않는다. 이등 때문에 피살된 수만 명을 대신하여 그 한 사람을 죽인 것이다."

"어떻게 이토 공이 수만 명을 죽였다는 것인가!"

"명치유신 때의 변란, 청일·러일 양 전쟁에서 수만 명의 인명을 잃게 하고, 일본의 선왕을 독살하고, 통감으로 한국에 와서는 수만의 한국인을 죽였다."

"어떻게 선왕을 독살한 일을 아는가?"

"책의 이름은 잊었지만 일본인이 쓴 서적에 그렇게 나와 있었다."

"나라가 있으면 전쟁은 피치 못할 경우가 있고, 그로써 인명을 잃는 것은 당연한 일이며, 전쟁은 이토 공 한 사람의 소행이라 할 수 없는 것이 아닌가."

"그럴 수도 있으나 청일·러일 양 전쟁은 한국을 위한다는 명분으로 일으킨 침략이었다."

"한국인이 피살된 것은 폭도를 처형한 것에 불과한 것이다. 잘못 폭도로 간주되어 피살된 자에 대해서는 사실이 발견된 후 금품을 주어 유족을 두터이 위로하였다. 멋대로 선량한 백성을 죽인 일은 없는데 어떠한가?"

"이등이 한국을 위해 인민을 죽였다면, 내가 이등을 죽인 것도 곧 한국을 위한 것으로 결국은 동일한 명분에서 나온 것이다."

구연으로서는 역습을 당한 것이었다.

"그것은 그대의 완고하고 편협한 생각에서 나온 것이다. 사실 관찰을 잘못한 까닭이요, 무지하고 천박한 까닭이다!"

"사람에 따라서는 생각을 달리하고 수단을 달리한다. 나는 이러한 수단이 동양의 평화를 얻는 것으로 믿고 있다. 수단이 옳지 않다 하여 이등이 폭도를 죽였으니, 또한 내가 한국을 위해 이등의 수단이 옳지 않다 하여 그를 죽인 것도 결국 동일하다."

구연은 말문이 막히자 더욱 크게 고함쳤다.

"정부의 행위와 일개인의 행위는 구별이 있다!"

"한국의 현재 제도로는 완전한 정부의 행동이라 할 수 없다. 이등의 손바닥 안에서 모든 것이 이루어지니 그 한 사람의 행위다. 나는 3년 전부터 국민의 진의를 알리기 위해, 만약 자주의 전함과 병력이 있으면 이등을 부근 해상에서 맞아 공격할 생각을 품고 있었다. 그러나 그러한 일은 할 수 없는 것이므로 지금까지 눈물을 삼키고 있었다. 그런데 이번에 겨우 그 목적을 달성한 것으로 나의 이번 행위도 나 개인의 생각뿐만 아니라 곧 한국 2천만여 동포의 대표로 결행한 것이다."

어느 정도 예상은 했지만 이처럼 강고하리라 생각하지는 못했기에 구연은 당황했다. 무작정 강고한 것이 아니라 이론은 정연하고 의지는 반석이니 요지부동일 수밖에 없는 것이었다. 특별한 교육을 받은 것도 없이, 사람들과의 대화와 신문 잡지로 접한 지식만으로 시세의 흐름을 꿰뚫어 국제정세의 이면과 미래까지 정확하게 파악하고 있었다. 뛰어난 머리보다는 옳고 그름을 가려볼 수 있는 밝은 눈과 청정한 마음이 바탕인 듯싶었다.

그래도 구연은 프랑스와 안남(오늘의 베트남), 프랑스와 아프리카 튀니지 간의 보호조약 체결 시에는 무력으로 수도를 탈취하겠다는 협박이 동원된 사례를 들어 한일 간의 보호조약은 가혹한 조건에서 이뤄진 것이 아니며, 국가 간의 일에 어느 정도의 힘 과시는 어쩔 수 없는 것이라고 강변했지만 안중근은 코웃음 쳤다.

"이토 공은 일부 한국민의 반감을 얻었으나 한국의 백년대계를 생각하고 실행한 것이다. 만일 한국을 참으로 병합할 생각이라면 그리 어려울 것도 없다. 만일 남의 재산을 탈취할 때에 그 사람이 자고 있으면 가만히 훔쳐가는 것이 득책임은 아무리 무지한 인간이라도 안다. 일부러 피해자나 이웃 사람들이 경계하도록 하고 탈취하려는 방책을 취할 까닭이 없지 않은가?"

"말이 아무리 그럴듯해도 이등의 행위는 잘못된 것이다. 이등의 경우는 먼저 도적을 경계하러 온 자가 도리어 도적질을 하는 것과 같은 것이다."

"신문은 영리적으로 발행하는 것으로 왕왕 사실의 유무조차 틀리고, 금전 혹은 애증 때문에 기사가 좌우되는 일이 있다. 단지 신문을 보고 사실을 판정할 수 없다. 특히 신문이 정당의 기관지 같은 경우 일부러 반대당에 대해 거짓과 진실을 날조하여 가필하는 등 그 보도가 사실과 동떨어지는 것인데, 그러한 일을 그대는 모르는가."

"일본인은 신문을 믿지 않는지 모르나 지금 한국의 상황으로는 신문을 대단히 신뢰한다."

"신문을 사회의 목탁으로 삼는 것은 신문의 이상(理想)이다. 세상의 문화가 진보함에 따라 그 영역에 도달하는 일도 있으나, 일본의 경우 신문이 시작된 지 30년이 넘었지만 아직 그에 미치지 못하고 있다. 일본뿐만 아니라 3, 4백 년 동안 없었던 일이다. 심지어는 그 유명한 『런던 타임스』 같은 신문도 사실과 다름이 있어 세간을 미혹시키는 일이 있다. 그런데 한국의 신문 사업은 현재 발달이 극히 유치하여 그 잘못이 있음은 당연한 일이다. 이러한 것을 진정 착오가 없는 것으로 여김은 과신이 아닌가?"

"일부 그런 점도 알고 있다. 그러나 먼저는 일본이 신문을 믿어야 한다고 가르치지 않았는가. 오늘은 신문을 믿고 내일은 신문을 믿지 말라고 하는 주장 따위를 나는 받아들일 수 없다. 또한 눈을 밝게 하면 어느 것이 거짓이고 어느 것이 진실인지쯤은 넉넉히 알 수 있다."

마침내 구연이 폭발했다.

"그처럼 설명했는데도 도무지 받아들이지 않으니 어찌 그리 벽창호인가! 깊이 숙고하라!"

모멸에 능욕에 위협까지! '구연이 이처럼 돌변한 것은 결코 제 본심이 아닐 것이다. 어디서 딴 바람이 불어닥친 것이다. 도심(道心)은 희미하고 인심은 위태롭다더니, 그야말로 빈 문자가 아니로구나' 하고 속으로 탄식하니 분이 치밀었다.

"일본이 비록 백만 명의 군사를 가졌고, 또 천만 문의 대포를 갖추었다 해도, 나 안중근의 목숨 하나 죽이는 권세밖에 또 무슨 권세가 있을 것이냐! 인생이 세상에 나서 한 번 죽으면 그만인데 무슨 걱정이 있을 것이냐. 나는 더 대답할 것이 없으니 마음대로 하라!"

천지를 무너뜨릴 것 같은 안중근의 호통에 구연은 물론 죽내 서기, 원목 통역 모두가 기함해 한동안 사방이 쥐죽은 듯 조용했다.

구연은 부끄러움에 한참 동안 고개를 들지 못하고 입술을 떼지 못했다. 처음부터 정녕 원치 않은 일이었다. 그러나 어떻게든 안중근을 파렴치한 살인범으로 만들어야 한다는 성화가 빗발 같아 내키지 않은 마음으로 얼굴에 두꺼운 분을 칠했는데, 아무런 성과도 없이 오히려 그를 더욱 당당하게 만들고 만 꼴이었다. 아니, 성과가 문제

가 아니라 인간으로서, 사내로서, 더구나 법으로 정의를 실현한다
는 검찰관으로서 참으로 무참했다.

서기도 통역도, 서로가 눈을 마주치지 못하는 어색한 침묵이 오랫
동안 흐른 뒤, 겨우 마음을 다잡은 구연이 죽내 서기에게 기록하지
말라는 눈짓을 했다.

"안 의사, 미안합니다. 나도 인간적으로는 안 의사를 존경하오만
내게는 또 다른 입장이 있어 그리했던 것입니다."

정중하게 머리를 숙이는 그의 태도에서 진심을 읽을 수 있었기에
안중근은 마음을 누그러뜨렸다.

"알았소. 그러나 아무리 그쪽의 입장이 있다고 하더라도 지나친
억지나 능욕은 삼가주시오."

"알겠습니다. 다시 한 번 사과드립니다."

신문이 재개되자 죽내 서기도 다시 기록하기 시작했다.

구연은 난지 동맹에 관해 물었고, 안중근은 처음으로 그에 관해
선선히 밝혔다.

"연추 부근의 하리(下里)라는 작은 부락에서 작년 10월인가 12월
인가에 나를 포함해 모두 열두 명이 함께했다."

안중근의 밝힌 명단은 다음과 같았다.

강기순(姜基順) 40세 의병, 정원식(鄭元植, 혹은 정원규) 30세 의병,
박봉석(朴鳳錫) 34세 의병, 유치홍(劉致弘) 40세 농업 의병, 김해춘(金
海春, 혹은 김백춘) 25세 사냥꾼 의병, 김기룡(金基龍) 30세 전 평안도
경무관 의병, 백남규(白南圭) 27세 농업 의병, 황길병(黃吉炳, 혹은 황병
길) 27세 농업 의병, 조순응(趙順應) 25세 농부 의병, 김천화(金千華)
25세 노동자 의병, 강두찬(姜斗鑽, 혹은 강계찬) 25세 노동자 의병 등

열한 명과 안중근 자신이었다.

"그들 중 누가 맹주인가?"

"나다."

"어떠한 의미의 맹서였나?"

"정천동맹이라 하여 국가를 위한 일을 하자는 것이었다."

"연판장을 만들었는가?"

"동맹 취지서를 내가 썼다. 그것을 어떻게 했는지는 모른다."

"동맹할 때 손가락을 잘랐는가?"

"왼쪽 무명지를 절단했다."

"그 피로 한국 국기에 '대한독립' 네 글자를 썼는가?"

"그렇다."

"그 국기는 누가 보관하고 있나?"

"동맹 취지서와 같이 누군가가 갖고 있을 것이다."

안중근이 말하는 동맹 취지서는 '동의단지회 취지서'를 말하는 것으로 내용은 다음과 같다.

오늘날 우리 한국 인종이 국가가 위급하고 생민(生民)이 멸망할 지경에 당하여 어찌 하였으면 좋을지 방법을 모르고, 혹 왈(曰) 좋을 때가 되면 일이 없다 하고, 혹 왈 외국이 도와주면 된다 하나, 이 말은 다 쓸데없는 말이니 이러한 사람은 다만 놀기를 좋아하고 남에게 의뢰하기만 즐겨하는 까닭이라. 우리 2천만 동포가 일심단체하여 생사를 불고한 연후에야 국권을 회복하고 생명을 보전할지라.

그러나 우리 동포는 다만 말로만 애국이니 일심단체니 하고 실지로 뜨거운 마음과 간절한 단체가 없으므로 특별히 한 회를 조직하니, 그 이름은 동의단지회라. 우리 일반 회우(會友)가 손가락 하나씩 끊음은 비록 조그마한 일이나, 첫째는 국가를 위하여 몸을 바치는 빙거(憑據)요, 둘째는 일심단체하는 표(標)라. 오늘날 우리가 더운 피로써 청천백일지하(靑天白日之下)에 맹서하오니 자금위시(自今爲始: 바로 지금부터 시작함)하여 아무쪼록 이전 허물을 고치고, 일심단체하여 마음을 변치 말고 한국의 독립 회복과 동양평화의 유지 목적에 도달한 후에 태평동락을 만만세로 누립시다.

안중근은 순국하기 전 정근, 공근 두 동생에게 단지 동맹 취지서와 한국독립기, 자른 손가락을 찾아 보관하라는 유언을 남겼다. 이에 안정근이 동맹자로부터 그것을 찾아 보관하였다.

그 내용이 처음으로 공개된 것은 독립운동가 계봉우(桂奉禹)가 블라디보스토크에서 발간되는 『권업신문(勸業新聞)』에 1914년 6월 28일부터 8월 29일까지 연재한 「만고의사 안중근」에서였다. 물론 그 자료는 안중근이 제공했다.

그 밖에도 안중근은 국내진공작전 참전을 처음으로 시인했다. 그러나 연추에서 블라디보스토크를 거쳐 하얼빈에 이르기까지 과정에 대한 신문에서는 우덕순을 비롯한 동지들을 보호하기 위한 진술로 일관했다. 특히 대동공보사와의 관계 및 거사 자금과 관련된 신문에서는 이석산을 위협하여 돈을 빌린 것이라는 이전의 진술을 고수했다.

신문이 시작된 이래로 가장 길고 치열한 대립이 끝나고 나자 안중근은 심신의 피로를 깊이 느꼈다.

사살 현장에 대한 정확한 증언

'뭔가 일이 크게 잘못되어가고 있다. 공판도 반드시 잘못 판단될 것이 명확해졌다. 더구나 내가 목적한 바 의견을 진술하지 못하도록 언권도 막으려 할 것이니, 모든 사태를 속이고 숨기려는 것이다. 이것은 굽은 것을 곧게도 만들고, 곧은 것은 굽게도 만들려는 수작이다. 대개 법이란 거울과 같아 털끝만큼도 어긋날 수가 없는 것이다. 이제 내가 한 일은 이미 시비곡직이 명백한 일인데 무엇을 숨기고 감출 것이냐. 세상 인정이란 잘난 이 못난 이를 막론하고 옳고 아름다운 일은 밖으로 자랑하려 하고, 악하고 궂은일은 남이 꺼려하는 것이므로 반드시 숨기려는 것이라. 그것을 미루어 생각하면 알 수 있는 것이다.'

생각이 거기에 미치자 분함을 참을 수 없어 머리가 깨질 것 같은 두통이 밀려왔다.

다음 날인 21일에도 구연은 9차 신문을 위해 안중근을 불러냈다. 안중근이 두통에 시달리는 찌푸린 얼굴로 구연을 노려보았더니 구연은 이미 기가 빠진 듯 눈길을 회피했다. 과연 그날의 신문에서는 불필요한 이념 논쟁이나 착오와 무지의 승복을 강요하지는 않았다.

구연은 이석산, 이강, 유진율 등을 거론하며 거사 자금과 대동공보사의 연결 고리를 찾으려 했지만 안중근은 부인했고, 거사까지의 일정에 대해서는 대체로 사실대로 진술했다. 이어서 우덕순에 대해 물었다.

"우덕순과는 전부터 아는 사이인가?"

"작년 봄경에 알게 되었다."

"처음 만난 곳은 어디인가?"

"블라디보스토크다."

"우덕순은 늘 블라디보스토크에 있었는가?"

"그렇다. 잎담배를 팔기 위해 시내를 돌아다니므로 블라디보스토크에 가면 늘 만날 수 있었다."

"우는 식견이 있고, 일본, 한국 등의 역사에 대해서도 정통한가?"

"그렇지는 않고 인근에 있는 노동자들보다는 나은 정도다."

"청국 글을 읽고 쓸 수 있는가?"

"못한다. 한문도 그리 많이 알지는 못한다."

"조선 역사도 대체로 모르고 일본이나 청국의 역사, 구미 각국의 발달 상황도 모른다면 완전히 무학이 아닌가?"

"학자가 보면 그렇다. 그러나 무식한 자가 보면 우는 유식자가 된다."

"우의 의사는 강고한가?"

"아주 강고하다고는 할 수 없으나 상당한 편이다."

"'이토 공 살해'라는 대 사건에 대해 흉금을 터놓고 상의할 만한 사나이인가?"

"아주 무식자라면 상의를 해도 못 알아듣겠지만 우는 충분하다고 인정했다."

"우에게는 언제 거사에 대해 말했는가?"

"이석산에게 돈을 빌린 다음에 우덕순을 찾아가 일을 말했다."

처음으로 우덕순과의 공모 사실을 인정한 것이었다. 그간 신문에서 구연의 질문을 통해 우덕순이 상당한 진술을 한 것을 알 수 있었기에 불필요한 거짓으로 공연한 의심을 키우면 오히려 그에게 불리할 수 있겠다는 판단에서였다.

구연은 하얼빈에서의 세세한 일정을 캐물으며 이번에는 유동하, 조도선과의 공모를 자백받으려 했으나, 안중근은 가족을 만나러 가는 행로의 통역을 부탁한 것이라며 끝내 부인했다.

"이석산에게서 빼앗았다는 1백 루블은 사실은 대동공보 이강에게서 나온 것이 아닌가? 그것을 감추기 위해 싫어하는 강도의 오명을 뒤집어쓰는 등 사내로서 부끄러운 말을 하는 것이 아닌가?"

구연은 여전히 대동공보에 대한 의심을 거두지 않고 있었다. 그것은 무엇보다 안중근이 강도짓으로 자금을 마련했다는 말을 믿을 수 없었기 때문이다. 조사를 해나가면 갈수록 그는 부탁하거나 설득해서 아니 되면 다른 길을 찾을지언정 결코 위협으로 돈을 빼앗을 성품이 아니었다.

"신문사가 돈을 주었다면 부족하지 않게 주었을 것이다."

"그 신문사는 경제 사정이 좋지 않아 유지하는 것도 곤란한 형편이 아닌가?"

"나는 오늘 진실을 진술하고 있다."

구연은 이강에게 쓴 50루블을 갚아달라는 내용의 편지에 대해 다시 캐물었다.

안중근은 유동하에게 돈을 빌려오게 할 목적으로 편지를 쓴 것으로, 이강이 갚아줄지도 장담할 수 없었고 내심으로는 그 편지가 그에게 도달하지 않기를 바랐다고 진술했다. 스스로 거짓말쟁이가 되기를 자처한 것이었다.

"그대는 국가를 위해서는 일신의 명예는 돌보지 않는가?"

"그렇다."

구연은 속으로 한숨을 삭이고 차이자거우 역에서의 행적 등 몇 가지를 더 물은 후 신문을 끝냈다. 어떠한 방법을 써도 안중근의 입에서 다른 이를 불리하게 하는 진술을 얻기는 불가능하다는 것을 확인했기에 더 이상의 기대는 접었다. 이제는 최종적으로 공소 제기에 대비해 사건 자체에 관한 신문에 소홀한 부분은 없었는지 꼼꼼히 살펴볼 생각이었다.

신문조서에 대한 안중근의 서명이 끝나자 구연은 담배를 꺼내 권했다. 안중근 여전히 찌푸린 얼굴로 담배를 받아 입에 물었다.

"두통은 여전합니까?"

"그렇소이다."

"약을 처방하라고 일러두겠습니다."

"고맙소이다."

"내일도 신문을 해야 할 것 같습니다."

"나는 상관없소이다."

또 무슨 변화가 있어 오늘은 위협과 능욕을 삼간 것인지 모르지만 안중근은 그것으로 족했다. 특히 위협보다도 능욕, 그것도 자신이 아니라 나라를 희롱할 때에는 분함보다 더한 모멸감이 피를 거꾸로 솟게도 하고, 그 펄펄 끓는 기운을 단숨에 얼어붙게도 했다. 사람에게 부모가 있듯이 백성에게는 나라가 그러한 것이었다. 나를 희롱하는 것은 인내할 수 있지만 누군가가 내 부모를 희롱한다면 그것은 목숨을 걸지언정 인내할 수 없는 것이었다. 아무것도 할 수 없는 처지인지라 분개하는 데에 그치고 말았지만, 그래서 더욱 나라의 독립과 부강이 뼈에 사무치도록 절실했다.

다음 날의 10차 신문은 이강에게 보내려 했던 편지에 대한 질문으로 시작해서 이내 사건 행적에 집중되었다. 특히 저격 당시 현장 상황에 대한 신문은 지금까지의 신문 중 가장 세세한 것이었다.

"26일 아침 몇 시에 정거장에 갔는가?"

"아침 6시 반인가 7시 반경으로 생각한다."

"유동하도 동행하지 않았는가?"

"그 사람은 여전히 자고 있었다."

"정거장에 가서 이토 공의 도착을 물었는가?"

"러시아 병대가 사면으로 왔다 갔다 하고 있었으므로 묻지 않았다."

"지금 입고 있는 양복과 외투에 사냥 모자를 쓰고 갔는가?"

"그렇다."

"이토 공의 열차가 도착하기까지 어디에 있었는가?"

"맨 가운데에 있는 찻집이었다."

"이토 공이 올 때까지 그곳에서 차를 마시고 있었는가?"

"그렇다. 또 그 주변을 둘러보았다."

"기차가 도착하고 플랫폼으로 나갔는가?"

"그렇다."

"플랫폼에 나왔을 때 러시아 군인과 환영객은 어떻게 정렬하고 있었는가?"

"오른쪽에 러시아 헌병 장교들이, 그 왼쪽에 청국 군대가 정렬하고, 또 그 왼쪽으로 러시아 문관과 각국 영사들이 있었으나 더 가지 않았으므로 알 수 없다. 또 내가 플랫폼에 들어갔을 때 이등은 이미 걷고 있었고 군악대의 주악이 들렸다."

"군대의 왼쪽 열과 문관의 도열에는 간격이 있었는가?"

"붙어 있어 간격이 없었던 것으로 생각한다."

"그러면 이토 공의 모습을 본 것은 어디서인가?"

"문관이 있는 곳까지 와서 인사가 시작되었으므로 혼잡하여 나는 누가 이등인지 몰라 난처했다. 걸음을 돌려 돌아올 것이므로 병대 쪽으로 가까이 가서 보았더니, 키가 작고 수염이 있는 노인이 맨 앞에 서서 걸어가고 있었는데 모두 그자에게 경례를 하므로 그자가 이등이라고 생각했다. 얼굴은 분명하게 보이지 않았다."

"어떤 틈에서 사격했는가?"

"러시아 병사들의 간격은 한 간 남짓했다. 나는 후열의 병사와 병사 사이에 선 채로, 권총을 오른쪽으로 향해 노인이 걸어가고 있는 곳을 겨냥하여 발사했다. 그때 병대는 모두 받들어총의 예를 취하고 있었다. 그리고 비스듬한 사면이라 병대가 서 있는 곳보다 이등이 걷고 있는 곳이 낮았으므로, 권총을 잡은 손은 수평으로 하지 않고 조금 아래 방향으로 뻗었다."

실전이 제기한 다른 공범의 사격설은 이로써 명백하게 허위임이 밝혀진 셈이었다.

"그대는 이토 공 한 사람만을 죽일 생각이므로 주저하다가 그 호기를 잡으려 하였는가?"

"나는 권총을 발사해본 경험이 있으므로 이등의 곁에 러시아인과 다른 사람이 있었어도 주저하지 않고 발사했다."

"이토 공의 얼굴을 자세히 볼 수 없어 사진과 대조할 수 없었는가?"

"그러한 생각은 하지 않았고 틈도 없었다."

"발사하고 나서 반응이 있었는가?"

"그것은 몰랐다."

"경험이 있으면 그쯤은 알 것 같은데?"

"내가 네 발을 연속하여 발사했는데 외치는 소리도 없이 넘어지지도 않고 다만 서 있을 뿐이었으므로, 다른 사람이 맞은 것 아닌가 하여 거기에 눈을 돌릴 필요도 있었기에 의식하지 못했다."

"그대가 네 발을 연속해서 발사했으므로 러시아 장교가 검을 빼들고 그대를 향해 왔는가?"

"네 발을 쏘았으나 아무도 쓰러지지 않았고 영사단 앞에 일본 신사가 있기에 그들을 향해 세 발을 연속하여 쏘고 또 발사하려 하였다. 그런데 러시아 헌병 두 사람이 나를 잡았으므로 권총을 갖고 있으면 칼로 찌를 것이라 생각하고 곧 그곳에 버렸다."

"세 발을 발사한 신사는 키가 큰 사람인가?"

"그렇다."

"이토 공을 쏘고 나서 방향을 바꾸어 쏜 것인가?"

"그렇다."

"다음 세 발을 발사할 때 그 언저리에 있던 사람은 달아났는가?"

"아무도 달아나지 않고 그곳에 있었던 것 같다."

"헌병이 그대를 잡았을 때 바닥에 엎어졌는가?"

"나도 헌병도 같이 엎어졌다."

"그때 그대는 머리를 두드리며 뭐라 외치지 않았는가?"

"아무것도 말하지 않았고 상처도 입지 않았다."

"그때 그대는 무엇인가 말하지 않았는가?"

"'한국 만세'라고 러시아 말로 외쳤다."

"그렇게 외쳤을 때, 그대가 쏜 사람은 어떻게 하고 있었는가?"

"러시아 군인들에 둘러싸여 보이지 않았다."

"실탄을 한 발 남긴 것은 결행한 후 자살할 작정이었기 때문이 아닌가?"

"그렇지 않다."

"잡히고 나서 그대는 주머니에서 나이프를 꺼내려 했는가?"

"아니다. 러시아 군인들이 꺼냈다."

"이토 공이 죽었다는 것은 언제 들었는가?"

"오늘까지 이등이 죽었다고 알려준 사람은 없다."

"그러나 그 후의 상황으로 보아 사망 여부를 알 수 있었을 것 같은데?"

"일본 영사관에서 신문을 받으면서 짐작하였고, 이 감옥에 와서 틀림없다는 느낌이 들었다."

"이토 공은 그대가 발사한 총알 세 발을 맞고서 15분이 채 못 되어 죽었다."

"병원에도 가지 못하고 죽었는가? 한국인 때문이라는 것을 알았는가?"

"그렇다. 그때 그대가 발사한 총알 때문에 천상 총영사는 손을 다쳐 불구가 되었고, 삼괴남 비서관은 왼쪽 허리를 관통하여 복부에 총알이 박혔는데 어떻게 생각하는가?"

"그런가?"

"남만철도 나카무라 총재도 부상을 입었다."

"그런가?"

"또 한 사람 무로다 의원은 총알이 바지를 관통했으나 부상은 입지 않았다. 어떠한가?"

"그런가."

"한 사람을 죽이고 세 사람을 부상 입히고 두 사람을 위험에 빠지게 한 그대의 행위를 잘한 일이라고 생각하는가?"

"이등 이외의 사람은 가엾게 여긴다."

"이토 공을 죽인 것은 정당행위로 생각하는가?"

"잘못으로 생각하지 않는다."

"암살 자객은 옛날부터 동서 각국에 그 예가 적지 않고, 국가 정치에 관해 생기는 경우가 많다. 나중에 생각하면 피해자나 가해자나 목적은 같은데 다만 그 수단을 달리할 뿐이므로 이러한 비극이 생긴 뒤에 후회하는 경우가 많다. 숙고하면 그대도 정치상의 목적에서 한 것이라 할지라도 그것이 인도에 반하는 일임에는 틀림없다. 그래도 그대의 잘못을 깨닫지 못하는가?"

"나는 인도에서 벗어나고 또 이에 반하는 일을 하였다고 생각하지 않는다. 다만 오늘 유감스러운 점은 내게 살의가 생긴 까닭을 이등에게 알리고 의견을 토론할 수 없었다는 것뿐이다."

"그대가 믿는 천주교에서도 사람을 죽이는 것은 죄악일 텐데."

"그렇다."

"그렇다면 인도에 반하는 행위가 아닌가?"

"천주교에서 사람을 죽이는 것은 그럴 만한 자리에 있는 자 외에는 할 수 없는 일이라는 것도 알고 있다. 또 성서에도 사람을 죽이는 것은 죄악이라고 되어 있다. 그러나 남의 나라를 탈취하고 사람의 생명을 빼앗으려는 자가 있는데도 수수방관한다면 그 또한 죄가 되므로 나는 죄악을 제거한 것이다."

"그대가 믿는 홍 신부가 이번 흉행을 듣고 자기가 세례를 준 자 중에서 이러한 자가 나온 것은 유감이라며 한탄하였다고 한다. 그래도 그대는 자신의 행위가 인도와 교지(敎旨)에 반하지 않는다고 생각하는가?"

안중근은 아무런 답을 하지 않았고, 구연은 그것으로써 신문을 끝냈다.

만국공법에 따른 포로 석방

두통은 이틀이 더 지나고서야 나았다. 그동안 율원정길(栗原貞吉: 구리하라) 전옥이 한 차례 찾아와 안부를 물었고, 중촌 경수계장은 평소처럼 하루에 한 번씩 들려 약을 챙겨주었다. 구연도 닭을 사서 넣어주었을 뿐 신문으로 부르지는 않았다.

안중근은 다시 책상 앞에 앉아 '안응칠 역사'를 이어서 써나가기 시작했다.

1906년 3월, 청계동을 떠나 진남포로 이사해 함흥학교를 세우고 돈의학교를 인수한 일에서 이어졌다. 그 무렵 일어난 국채보상운동과 관련된 기록을 보자.

그때 한국 국민들이 국채보상회를 발기하여, 나도 군중들을 모아서 회의를 하게 되었는데, 일본 별순사(別巡査) 한 명이 와서 물었다.

"회원은 몇이며, 재정은 얼마나 거두었소?"

"회원은 2천만 명이요, 재정은 1천 3백만 원을 거둔 다음에 보상할 것이오."

내 대답을 들은 일본인이 욕설과 함께 비웃었다.

"한국인은 하등 사람들인데 무슨 일을 할 수 있겠소."

"빚을 진 사람은 빚을 갚는 것이요, 빚을 준 사람은 빚을 받는 것인데 무슨 불미한 일이 있어서 그같이 질투하고 욕설을 하는 것인가!"

그러자 일본인은 성을 내며 주먹질을 하는 것이었다.

"이같이 까닭 없이 욕을 본다면 대한 2천만 민족이 장차 큰 압제를 면하기 어려울 것이다. 어찌 나라의 수치를 그냥 받을 수 있겠는가!"

그렇게 소리치고 나도 맞받아 주먹질을 무수히 하자, 곁에 있던 사람들이 애써 말려 싸움이 끝났다.

과연 1907년 이등이 한국에 들어와 '정미 7조약'을 강제로 맺고, 광무 황제를 폐하고, 병정을 해산시켰다. 이에 2천만 인민이 일제히 분발하여 곳곳에서 의병들이 벌떼처럼 일어나자 삼천리강산에 대포 소리가 크게 울렸다.

나는 급히 행장을 차려 가족들과 이별하고 북간도로 향해 도착했지만, 그곳에도 일본 병정들이 막 와서 주둔하기 시작하니 도무지 발붙일 곳이 없었다. 서너 달 동안 각 지방을 더 돌아본 다음 러시아 땅으로 들어가 연추란 곳을 거쳐 해삼위에 이르니, 그 항구도시 안에 한국인이 4, 5천 명이나 살고 있고 학교도 두어 군데 있었으며 청년회도 있었다.

그렇게 가족과 고향을 떠난 뒤 다시는 돌아가지 못하고 이역에서 유랑을 한 지 3년째가 되어가고 있었다.

나는 청년회에 가담해 임시사찰(臨時査察)에 뽑혔다. 어떤 이가 허락 없이 사담을 하기에 내가 규칙에 따라 금지시켰더니 그가 화를 내며 내 귀뺨을 몇 차례나 때렸다. 여러 사람이 만류하고 화해를 권하기에 나는 웃으며 말하였다.

"오늘날 이른바 사회란 것은 여러 사람의 힘을 모으는 것으로 주장을 삼는 것인데, 이같이 서로 다투면 어찌 남의 웃음거리가 아니겠는가. 옳고 그르고는 물을 것 없고 서로 화해하는 것이 어떤가?"

모두가 좋은 일이라 하고 헤어졌는데, 나는 그 뒤로 귓병을 얻어 몹시 앓다가 달포 뒤에나 차도가 있었다.

그곳에 이범윤이 있었는데 러일전쟁 전에 북간도 관리사로 임명되어 청국 군인과 수없이 교전했고, 러일전쟁 때는 러시아 군인을 도왔다. 패전 이후 돌아갈 곳이 없어 블라디보스토크로 들어와 살고 있던 그를 찾아가 의병을 일으킬 것을 권했으나 재정을 마련할 길이 없다며 결단하지 못했다.

또 엄인섭과 김기룡이라는 좋은 사람이 있었는데 담략과 의협심이 뭇사람을 뛰어넘었다. 우리는 형제의 의를 맺기로 해 엄이 큰형, 내가 둘째, 김이 셋째가 되었다. 그로부터 우리 셋은 의거할 것을 결의하고 두루 지방을 돌며 한국인들을 찾아 모아 유세했다.

"한집안에서 한 사람이 부모형제와 작별하고 떠나와 산 지 10여 년인데 살림을 일구어 제법 살 만했습니다. 그런데 어느 날 고향집 형제 중에 한 사람이 와서 '집에 큰 화가 생겼소. 강도가 부모를 내쫓고 집을 빼앗아 살며 형제들을 죽이고 재산을 약탈하니 어찌 통탄할 일이 아니오' 하며 어서 돌아가 구해달라고 사정했습니다. 하지만 그가 대답하기를 '이제 내가 여기서 살며 걱정 없이 편안한데 고향집 부모형제가 나와 무슨 관계요' 한다면 그를 사람이라 하겠습니까, 짐승이라 하겠습니까? 그러면 곁에서 보는 이들도 저런 사람과 어찌 친구를 할 것인가 하고 의를 끊을 것입니다.

현재 한국의 참상이 그와 같습니다. 더하여 그에 분연히 일어난 우리 의병을 폭도라 하여 참혹하게 살육하고 있습니다. 도대체 누가 폭도입니까? 이런 난폭한 정략의 근본은 일본의 늙은 도둑 이등박문입니다. 이 도둑놈을 죽이지 않는다면 한국은 없어지고 동양도 또한 망하고 말 것입니다.

그런즉 오늘, 국내외를 불문하고 남녀노소 할 것 없이 총과 칼을 들고 일제히 일어나, 이기고 지는 것과 잘 싸우고 못 싸우고를 돌아볼 것 없이 통쾌한 싸움 한바탕으로써 천하 후세의 부끄러운 웃음거리를 면해야 할 것입니다."

마침내 출전을 지원하는 이가 나오고, 어떤 이는 무기를 내고, 어떤 이는 의금(義金)을 내어 돕기로 하니 의거의 기초로 삼기에 족했다.

안중근은 그렇게 국내진공작전의 의병을 일으키는 중심 역할을 했고, 대한의군 참모중장이 되었다. 조국을 떠나와 러시아에 들어온 지 불과 10여 개월 만의 일이었으니 그가 어떤 마음가짐으로 얼마나 노심초사하였는지 짐작할 수 있는 일이다.

그때 여러 장교들을 거느리고 부대를 나누어 출발하여 두만강을 건너니, 때는 1908년 7월 중순 무렵이었다.

낮에는 엎드려 숨었다가 밤길을 걸어 함경북도에 이르러 일본 군사와 몇 차례 충돌하니, 피차간에 혹은 죽거나 상하고, 혹은 사로 잡힌 자도 있었다. 그때 일본 군인과 장사치들로 사로잡힌 자들이 있어 그들에게 물었다.

"일본은 러일전쟁 때 동양의 평화를 유지하고 대한독립을 굳건히 한다고 하였다. 그런데 지금에 와서는 그 대의를 저버리고 한국을 억압하니, 어찌 역적 강도의 짓이 아니겠는가. 일본의 신민으로 너희의 생각은 어떤가?"

그들이 눈물을 떨어뜨리며 대답했다.

"우리의 본심이 아닙니다. 사람이 세상에 태어나 살기를 원하고 죽기를 싫어하는 것은 당연한 이치입니다. 더구나 우리는 만 리 바깥 싸움터에서 참혹하게 주인 없는 원혼이 되게 되었으니 어찌 통분하지 않겠습니까. 오늘 이같이 일이 된 것은 모두 이토의 허물입니다. 천황의 거룩한 뜻을 받들지 않고 제 마음대로 권세를 주물러서, 일한 두 나라의 귀중한 생명을 무수히 죽이고 저는 편안히 누워 복을 누리고 있습니다. 우리도 분개하지만 사세가 어찌할 수 없어 이 지경에 이르렀습니다. 그러나 옳고 그른 역사관이 어찌 없겠습니까. 이같이 나라에 폐단이 생기고 백성이 고달픈 데다, 동양의 평화도 돌보지 않으니 일본의 국세가 편안하기를 바랄 수 없습니다. 그러므로 우리들이 비록 죽기는 하나 통탄스럽기 그지없습니다."

말을 마친 그들의 통곡이 그치지 않았다.

"내가 그대들의 말을 들으니 충의로운 사람들이라 하겠다. 내가 그대들을 놓아 보내줄 테니 돌아가거든 그 같은 난신적자를 쓸어버려라. 또 그같이 간휼한 무리들이 까닭 없이 동족과 이웃나라 사이의 전쟁을 획책하려 들면 그 이름을 쫓아가 쓸어버려라. 그러면 열 명이 넘기 전에 동양의 평화를 꾀할 수 있을 것이다."

풀어주겠다는 말에 통곡을 그치고 기뻐 날뛰며 그리하겠다고 약속했다.

"우리들이 군기 총포를 안 가지고 돌아가면 군율의 벌을 면하기 어려울 텐데 어찌하면 좋을까요?"

이에 나는 총포를 돌려주고 덧붙였다.

"그대들은 속히 돌아가서, 뒷날에도 사로잡혔던 이야기는 입 밖에 내지 말고 큰일을 꾀하라."

일본인들이 돌아간 뒤에 장교들이 불평했다.

"어째서 사로잡은 적을 놓아주는 것이오?"

나는 대답했다.

"현재 만국공법에 사로잡은 적병을 죽이는 법은 없다. 어디에 가두었다가 뒷날 배상을 받고 돌려보내주는 수는 있다. 더구나 그들이 말하는 것이 진정에서 나오는 의로운 말이라, 놓아주지 않고 어쩌겠는가."

"적들은 우리 의병을 사로잡으면 남김 없이 참혹하게 죽이오. 또 우리들도 적을 죽일 목적으로 이곳에 와서 풍찬노숙하는 것인데, 애써 잡은 적을 몽땅 놓아준다면 우리들은 무엇을 목적으로 하는 것이오?"

장교들의 분한 마음을 모르는 바 아니었다.

"그렇지 않다. 적들이 그같이 폭행하는 것은 하느님과 사람들이 다 함께 노하는 것인데, 이제 우리들마저 야만의 행동을 하고자 하는가. 또 일본 4천만 인구를 모두 죽인 뒤에 국권을 회복하려는 계획인가. 적을 알고 나를 알면 백전백승이라 했다. 이제 우리는 약하고 저들은 강하니, 악전(惡戰)할 수밖에 없다. 뿐만 아니라, 충성된 행동과 의로운 거사로써 이등의 포악한 정략을 성토하고, 세계에 널리 알려서 열강의 동정을 얻은 다음에라야 한을 풀고 국권을 회복할 수 있을 것이다. 그것이 이른바 약한 것으로 강한 것을 물리치고, 어진 것으로 악한 것을 대적한다는 그것이다. 그대들은 부디 많은 말들을 하지 말게."

내 간곡한 부탁에도 불구하고 여러 사람들의 의논이 들끓으며 이를 따르지 않았고, 장교 중에는 부대를 나누어 멀리 가버리는 이들도 있었다.

그런 뒤 일본 군사와 접전이 있었고 폭우까지 내려 악전고투 끝에 러시아로 돌아온 일은 앞에서 본 바와 같다. 그 고난 중에 안중근이 문득 지어 동지들에게 들려준 시 한 수가 있다.

男兒有志出洋外(남아유지출양외)
사나이 뜻을 품고 나라 밖에 나왔다가
事不入謀難處身(사불입모난처신)
큰일을 못 이루니 몸 두기 어려워라
望須同胞誓流血(망수동포경류혈)
바라건대 동포들아 죽기를 맹서하고
莫作世間無義神(막작세간무의신)
세상에 의리 없는 귀신은 되지 말게

구연의 10차 신문 후 경희명의 조사가 한 차례 더 있고는 한 달이 되도록 아무런 신문이 없었다. 뭔가 일이 이상하게 돌아가고 있는 것이 분명했다. 그리고 그것이 결코 자신에게 유리하지 않은 결과가 될 것임을 알았다. 하지만 안중근은 이를 염두에 두지 않고 '안응칠 역사' 집필에 몰두했다.

비루한 판관

그사이 해가 바뀌어 1910년이 되었다. 1월 14일 블라디보스토크 한인촌에서는 안중근 의사 유족 구제공동회가 열려 기금 모금을 시작했다.

거사 다음 날 하얼빈에 도착하여 남편의 얼굴조차 마주하지 못한 채 일제와 러시아 경찰의 감시에 시달리다가 수이펀허 정대호의 집으로 거처를 옮겼으니, 안중근의 처 김아려 여사를 비롯하여 그 가족을 두고만 볼 일이 아니라는 여론이 일었다. 이제 러시아 및 북만주 한인의 영웅이요, 빛이 된 안 의사의 가족은 동포 모두의 가족이기도 했다. 또한 기꺼이 목숨을 걸고 거사를 실행하여 조국 독립의 불씨를 살리고 동포의 자존심을 일깨워 하나가 되게 했으니, 그 마음의 채무를 갚는 길은 영원히 그를 기억하고 남은 가족들을 내 형제자매처럼 보살피는 것뿐이었다. 이에 대동공보사를 비롯하여 최재형, 이범윤 등 동포 사회 지도자들이 먼저 앞장선 것이었다.

평석 관동고등법원장이 본국에 간 지도 벌써 일주일이 넘었다. 그 목적은 물론 안중근 재판에 관한 내각과의 협의였다. 오늘 오전 창지 국장은 평석 법원장이 곧 돌아올 것이라며 재판을 거론했다.

사건 발생 후 3개월이 넘도록 안중근에 관한 모든 정보를 차단하고 청국, 특히 만주 일원의 여론을 무마하는 작업에 힘썼지만 아무런 소용이 없었다. 오히려 덮으려 하면 할수록 관심은 깊어가고 억측만 커져갔다. 거기다가 외국 언론의 기자들도 아무리 시간이 흘러도 관심을 거두기는커녕 공판이 언제냐며 재촉하듯 날마다 그 날짜를 묻고 있었다. 특히 지난 3개월 동안 변호인 접견은 한 차례만 허용하고 두 동생의 면회에도 제한을 두었기에 외신 기자들 사이에서 인권 문제를 거론하려는 움직임도 있었다. 이에 차라리 공판을 제기하고 재판을 서둘러 끝내는 편이 나을 수 있다는 판단에 따라 평석 고등법원장이 직접 동경으로 가게 된 것이었다.

1월 25일, 구연은 먼저 우덕순과 조도선을 불러 마지막 신문을 했다. 우덕순에 대한 주된 신문 내용은 하얼빈 정보 요원들이 보내온 첩보활동 기밀보고서에 따른, 김형재와의 공모 여부에 대한 신문이었다. 심지어 김형재가 이미 공모 사실을 자백한 것처럼 허위의 유도신문까지 하였으나 성과가 없었다. 조도선도 공모나 혐의 사실에 대해서는 여전히 부인으로 일관했다.

1월 26일, 구연은 유동하를 불러 마지막 신문을 했다. 구연은 유동하가 지금껏 공모 사실을 부인하고 있고, 그에게 실제 범행을 실행하려는 어떠한 행위도 없었기에 기소를 고민하고 있었다. 그러나 이미 외무대신으로부터 유동하를 공범으로 기소하라는 지시가 있었기에 마지막으로 한 번 더 신문한 것인데, 오히려 그는 그동안 안중근이 협박하였다는 등의 진술이 모두 허위였다며 눈물을 쏟기까지 했다. 그러나 구연은 안중근과 함께한 행적, 전보 심부름 등의 정황증거만으로 기소할 결심을 굳혔다. 아니, 그가 자신의 양심으로 할 수 있는 일은 이미 없었다.

구연은 그날 안중근도 불러 마지막 신문에 들어갔다. 역시 하얼빈에서 보내온 기밀보고서에 따른 김형재의 공모 여부에 대한 신문이었다. 하지만 안중근은 공모 사실은 부인했고, 구연은 기밀보고서가 사실이 아닐 수 있다는 판단을 내렸다.

탁자 맞은편의 안중근을 물끄러미 바라보던 구연은 새로 담배 한 개비를 꺼내 입에 물고 피우던 담배꽁초로 불을 붙인 뒤 내키지 않는 기색으로 입술을 뗐다.

"그동안 고생했습니다. 이제 신문은 끝났습니다."

"그렇군요."

남의 일처럼 덤덤한 안중근의 반응에 구연은 멋쩍은 미소를 지었다.

"며칠 사이에 내가 기소를 하면 일주일 내로 공판이 개시될 겁니다."

"검찰관은 누구요?"

"제가 공판에서도 그대로 맡습니다."

"다행한 일이오."

구연이 친절히 대해주기도 했지만 공판이라고 다른 검찰관이 나서면 다시 이념 논쟁과 같은 불필요한 일을 겪을 것 같아서였다. 그러나 구연은 아무런 반응 없이 자신의 생각에 잠겨 있었다. 뭔가 할 말을 망설이는 듯했기에 안중근도 묵묵히 그를 마주 보기만 했다.

한참 만에 구연은 눈길을 피하며 입을 열었다.

"그런데…… 영국과 러시아는 물론 다른 변호사는 일절 허가되지 않고, 이곳의 관선 변호사만 나서게 되었습니다. 양해를……."

차마 말을 끝맺지 못하고 고개를 떨어뜨리는 구연을 안중근은 무연히 바라봤다.

그에게 무슨 탓을 하랴. 내가 전일 변호신고서에 서명하고 나서 상등은 아니더라도 중등의 재판은 되겠구나, 생각하며 일본의 문명함에 경탄하고 나의 망동이 아니었나 하는 생각까지 했었는데, 그것이야말로 어리석은 생각이었다. 상등이건 중등이건, 기대한 것은 목숨이 아니라 거사의 뜻을 밝힐 수 있는 발언권이었는데, 이제는 하등의 판결에 지나지 않겠구나 생각하니 쓴웃음과 함께 앞으로의 일로 마음이 무거워지기도 했다.

1월 27일, 평석 고등법원장은 뤼순에 도착하는 즉시 창지 국장과 구연 검사를 불렀다.

"기소는 즉시 할 수 있겠소?"

"어제 마지막 신문을 했습니다. 아침부터 공소장을 작성하는 중입니다."

"언제쯤 가능하겠소?"

"2월 1일자로 가능할 겁니다."

"좋소, 그렇게 합시다."

잠시 망설이던 빛을 띠던 구연이 굳은 얼굴로 창지를 돌아본 뒤 평석을 정시했다.

"정부의 뜻을 모르는 것은 아닙니다만, 조도선은 몰라도 유동하를 기소하기에는 아무래도……."

평석은 손사래를 치며 구연의 말을 가로막았다.

"그건 염려 마시오. 재판부에서 알아서 할 것이오."

구연의 두 눈이 휘둥그레졌다.

"재판장이 누구기에?"

"지방법원장이 직접 할 것이오."

구연은 보일 듯 말 듯 고개를 끄덕이고 입을 다물었다.

"사건이 사건이니만큼 경륜을 갖춘 분이 신중하게 판단해야지요."

창지의 입가에 의미심장한 웃음이 번졌다.

"법원의 기류를 지켜봤지만 아무래도 젊은 판관들은 믿을 수가 있어야지요. 법관이란 자들이 영웅 심리에 젖어 대사를 바로 보지 못하니, 원."

"지당하신 말씀입니다. 아마 천황 폐하와 외무대신께서도 이제는 마음을 놓으실 겁니다."

혀를 차는 평석에게 창지가 극진한 칭찬을 보내자 두 사람은 서로 연신 덕담을 이어가며 웃음을 그치지 않았다.

공판청구

공판청구서

살인죄 안응칠이라 하는 안중근
살인죄 우연준이라 하는 우덕순
살인죄 조도선
살인죄 유강로라 하는 유동하

위 피고사건을 공판에 붙이기 위해 일체의 소송기록목록과 같이 송치하오니 피고인을 호출하기 바랍니다.

명치 43년(1910년) 2월 1일
관동도독부 고등법원
검찰관 구연효웅
관동도독부 지방법원 귀중

사실의 표시

피고 안중근은 추밀원장 공작 이등박문 및 수행원을 살해코자 결의하고, 명치42년(1909년) 10월 26일 오전 9시 지나, 러시아 동청철도 하얼빈 역에서 미리 준비한 권총을 발사하여 공작을 치사케 하고, 또 공작의 수행원인 총영사 천상준언, 궁내대신 비서관 삼태이랑, 남만주철도주식회사 이사 전중청차랑의 우수족[右手足] 뇌부[腦部] 등에 총상을 입혔으나 위 3명은 죽음에 이르지 않은 자로 함.

피고 우덕순 및 조도선은 안과 공동의 목적으로 이등 공작을 살해코자 하여 동청철도 차이자거우 역에 체류[滯留]하여 예비행위를 하였으나 러시아 위병의 방해하는 바가 되어 그 목적을 수행하지 못한 자로 함.

유동하는 안 등의 결의를 알고 통신 통역의 임[任]을 담당하고 그 행위를 방조한 자로 함.

증거의 표시

1. 수사 서류에 첨부한 목록에 게재한 서류와 물건의 전부
2. 피고사건에 관해 러시아 관할 관아[官衙]가 작성 송치를 받은 원문조서 물건 및 원문에 대한 번역 서류의 전부

이상

2월 1일, 구연은 위와 같이 공판청구서를 작성하여 서명날인하고 관동도독부 지방법원으로 송치했다.

한편 진과 지방법원장은 다음과 같은 결정문을 작성하고 서명날인해 법원으로 보냈다.

결 정

재 러시아 블라디보스토크 아렌쓰기야 가 23번지
러시아 변호사 콘스탄틴·마하일로프
재 청국 상하이 베이징 가 5번지
영국 변호사 E·더글러스

위 자는 안중근 외 3명의 살인피고사건에 대해 명치42년(1909년) 12월 1일자로 피고 안중근을 위해 변호신고를 본원에 제출하였으나, 본원은 형사소송법 제179조 제2항 말단의 규정에 의하여 이를 허가하지 않기로 결정함.

명치43년(1910년) 2월 1일
관동도독부 지방법원
판관 진과십장

구연은 그동안 구속하고 있던 정대호를 구속 취소하고 석방했다. 정대호는 그 길로 수이펀허로 향했다. 구연은 또 정근, 공근 두 형제와 안중근의 면회도 허가했다.

"대호가 오늘에야 석방되었다고?"

두 동생과 마주 앉은 안중근은 정대호의 안부부터 물었다.

"예, 부랴부랴 돌아가시면서도 형수님은 걱정하지 말라고 하시더군요."

"그야말로 아무런 죄도 없이 고생한 사람이니…… 몸은 좀 괜찮더냐."

"예, 크게 상하신 데는 없어 보였습니다. 그런데 그분까지 풀어준걸 보면 재판이 곧 열릴 모양입니다."

"들리는 말로는 한 주일 내로 열릴 것 같더구나. 아, 그리고 변호사는 선임해봐야 소용이 없게 되었다."

안중근의 말에 두 사람은 잘못 들은 것인가 고개를 갸웃했다.

"그게 무슨 말씀인지요?"

"일본인 관선 변호사를 내세우겠다는구나. 지난번에 신고한 영국과 러시아 변호사도 불허되었다."

"저런! 그게 말이 되는 소립니까, 형님!"

정근이 목소리를 높였지만 안중근은 씁쓸한 웃음을 지으며 손사래를 쳤다.

"저들의 생각이 그와 같다면 어차피 변호사야 어느 나라 사람인들 무슨 소용이겠느냐. 내가 알아서 할 테니 더 애쓰지 마라."

법학을 공부한 정근은 가슴을 짓누르는 천근의 무게에도 낙담한 기색조차 내비칠 수 없었다. 영국과 러시아 변호사가 선임 허가를 받았다는 이야기에 어느 정도 공정한 재판이 이루어지겠구나, 하고 기대를 했었다. 그리되면 비록 형님의 죄가 살인이기는 하지만, 사적인 원한이 아니라 공적인 의거인 만큼 극형은 피할 수 있다는 것이 중론이었기 때문이다. 그러나 돌아가는 꼴이 이렇다면 결과를 낙담할 수밖에 없으니 벌써 오열이 터질 것 같았다. 하지만 당사자인 형님의 초연함 앞에서 감히 눈물을 비칠 수는 없는 노릇이었다.

2부

안중근,
평화를 말하다

대한의군 하얼빈 특파대장

　구연이 공소를 제기한 2월 1일부터 재판 전날인 6일까지, 경희명
은 하루도 빠짐없이 안중근을 신문했다. 안중근은 제법 인간적인 교
유를 나누었다 생각했지만 그는 달랐던 모양이다. 다른 범죄 사실이
추가되거나 특별히 새로운 증거가 발견된 것도 아닌데 기소 이후에
피고인을 그토록 집요하게 신문한다는 것은 사법 원칙으로도, 인간
의 도리로서도 할 일이 아니었다. 더구나 사법 절차와는 아무런 관
계도 없는 직분이었고, 검사의 수사 기록이나 공판 기록을 참고하면
될 일이었는데도 불구하고 말이다. 어쩌면 안중근의 심신을 피로하
게 만들어 법정에서의 항변 의지를 무력화시키려는 의도가 있었는
지도 모를 일이다. 참으로 간악한 인종이 아닐 수 없었다.

　마침내 1910년 2월 7일, 아직 해가 떠오르기도 전인 오전 5시가
조금 넘어서 배부하기 시작한 방청권은 6시가 되기도 전에 3백 장

이 모두 동나고 말았다. 그들 대부분은 일본인이어서 일부러 다른 외국인의 방청을 방해하기 위한 수작인가 싶기도 했지만 그들 사이에서도 수군거림이 있었다. 무엇보다 변호인을 국선변호인으로 제한한 것에 대해서는 일본인들조차 거세게 비난했다.

개정 시간인 9시 전에 법정을 가득 메운 방청객 중에는 정근, 공근 형제와 그들이 선임하려 했으나 '변호신고서'조차 제출하지 못한 한국인 안병찬(安秉瓚) 변호사도 있었다. 안병찬은 평안도 의주(義州) 출신으로 대한제국 법부(法部) 주사(主事)로 있으며 '을사늑약'이 체결되자 을사오적 처단 등을 상소했다가 구속되기도 한 의기 높은 이로, 안중근과는 같은 순흥(順興) 안씨 일문이었다. 또 더글러스 변호사와 미하일로프 변호사, 다롄 주재 러시아 영사 부부와 서기관도 있었다. 그러나 기자단을 제외하고 외국인은 그들뿐, 온통 일본인 일색이었다.

한편 아침을 든든히 먹은 안중근은 뤼순 법원 공판정으로 가기 위해 수갑과 포승에 묶인 채 감옥 밖으로 나왔다. 감옥 마당에는 그가 타고 갈, 사방이 나무로 막힌 마차가 대기하고 있었다. 안중근이 마차에 오르자 뒷문을 닫아 건 간수는 발판 위에 올라서 경비에 들어갔다. 그 밖에도 네 사람의 간수가 각각 좌우와 앞에서 경비를 섰고, 마부가 한 사람 있었다.

감옥에서 뤼순 법원까지의 마른 흙길을 한참 동안 삐걱거리며 달린 마차가 멈춰 서자, 뒷문 발판 위에 매달려 서 있던 간수가 뛰어내려 마차의 문을 열었다. 안중근이 내려서자 조금 떨어진 곳에서 그의 사진을 찍느라 카메라 플래시의 불빛이 번쩍거렸다. 주변을 돌아보니 마차 오른편 법원 건물 쪽에 20여 명의 사람들이 호기심 가득한 눈빛으로 서 있었다. 그중 제복 차림에 칼을 찬 이들은 경비에 나선 순검들일 것이고, 개중에는 양복 차림의 기자로 짐작되는 사람들도 있었다. 또 건물 계단 위에서 목을 길게 빼고 지켜보는 사람들도 있었으니 그들은 법원의 관리들로, 그만큼 이번 공판과 안중근에 대한 관심이 지대했던 것이다.

안중근은 그들의 시선을 무시하고 주변을 천천히 둘러보았다. 법원은 야트막한 언덕 위에 석조로 축조된 서양식 건물이었는데, 제법 위엄을 보이려 애쓴 기색은 있었지만 지은 지 아직 얼마 되지 않은 탓으로 근엄함보다는 차가운 기운만 역력했다. 외곽을 둘러싸고 있는, 사람 키보다 조금 높은 담장 밖은 아무것도 없는 황량한 개활지라 법원을 멀리서 보면 을씨년스러운 데다 생민(生民)과는 동떨어진 별궁의 느낌이 들 것 같았다.

간수들은 안중근을 법원 건물 구치감으로 데려갔다. 구치감은 구속된 피고인이 법정에 출두할 때 유치하는 장소로, 그곳에 들어가자 우덕순, 조도선, 유동하 등이 이미 와 있었다. 세 사람 모두와 가볍게 눈짓과 목례로 안부를 나눴는데 그중 유동하는 두려운 기색을 띠었다. 중근은 특히 그를 향해 따뜻한 눈길을 보내며 두려워하지 말라는 뜻으로 고개를 크게 끄덕여 보였다.

오전 9시에 조금 못 미쳐서 간수는 네 사람의 수갑과 포승을 풀고 그들을 법정으로 데려갔다. 모든 피고인은 유죄가 확정되기 전에는 무죄로 추정되어야 한다는 법원칙과, 특히 재판정에서는 신체를 구속하면 아니 된다는 법규에 따른 조치였다.

네 사람이 법정으로 들어서자 객석에서는 잠시 웅성거림이 일었다. 안중근은 정근, 공근에게 눈인사를 보내 위로하고, 안면은 없었지만 그 옆에 앉은 이가 안병찬 변호사임을 짐작할 수 있었기에 그에게도 목례로 인사했다. 더글러스, 미하일로프 변호사는 먼저 한 손을 들어 자신들도 함께한다는 뜻을 표시했다. 중근은 그들에게도 가벼운 미소와 함께 고개를 숙여 감사의 뜻을 표했다. 방청객과의 대화 등 모든 소통 행위를 엄격히 금지한다는 사전 고지가 있었던 것이다.

네 사람은 판관의 법대를 정면으로 바라보고 맨 왼쪽부터 안중근, 우덕순, 조도선, 유동하 순으로 나란히 앉았다. 그 오른편에는 한 무리의 헌병들이 등받이 없는 의자에 앉아 경비에 임했다.

"일동, 기립!"

9시가 조금 넘은 시간, 정리(廷吏)의 구령에 따라 피고인을 비롯한 방청객 등 법정 안의 모든 사람이 의자에서 일어섰다. 그러자 법대 왼쪽 편 출입문을 통해 재판장 진과를 선두로 검찰관 구연, 법정 서기관 도변양일(渡邊良一: 와타나베 요이치), 통역 촉탁 원목의 순으로 네 사람이 들어왔다. 모두 상의로 법복을 입었는데 진과 재판장은 법정에 들어서며 법모를 벗어 손에 들었다. 진과와 구연은 두툼한 푸른색 무명 보자기를 들고 있었는데 공판 관련 서류 뭉치였다. 재미있는 것은 그들 모두 구두가 아니라 일본 말로 '게다'라고 하는 나막신을 신어, '갓 쓰고 구두 신은' 것보다 더 어색한 모양으로 일견 야만스럽게까지 보였다.

그들이 앉은 순서는 피고인석에서 마주 보아 맨 왼쪽부터 도변, 구연, 진과, 원목의 순이었다.

법대 아래 왼쪽에는 관선변호사 수야길태랑(水野吉太郎: 미즈노 요시타로)과 겸전정치(鎌田正治: 가마다 마사하)가 나란히 서 있었다.

"일동, 착석!"

사람들이 의자에 앉느라 잠시 웅성거리던 소리가 잦아들자, 진과는 '이토 히로부미에 대한 살인 및 살인예비, 살인방조 등' 사건의 공판 개정을 선언했다.

먼저 진과의 피고인에 대한 인정 신문(신분 확인)이 있었다.

"성명, 나이, 신분, 직업, 주소, 본적 및 출생지는 여하한가?"

"이름은 안중근, 나이는 만 31세, 직업은 무직, 주소는 블라디보스토크 인근, 본적은 한국 평안도 진남포, 출생지는 황해도 해주이다."

허리를 곧게 펴고 단정하게 앉은 채 조금도 위축되는 기색 없이 굵고 맑은 음성으로 당당하게 답하니 진과는 새삼 안중근을 돌아다봤다.

"이름 우덕순, 나이 33세, 직업 연초상, 주소 블라디보스토크 고순문(高俊文)의 집, 본적 한국 경성 동대문 내 양사동(養士洞), 출생지 충청도 제천이다."

"이름 조도선, 나이 37세, 직업 세탁업, 주소 하얼빈 청조계(清租界) 페가네우리치 가 한국인 김성옥의 집, 본적 함경도 홍원군 경포면(景浦面), 출생지도 같다."

"성명 유동하, 18세, 무직, 주소 수이펀허 정차장 부근, 본적 함경도 원산, 출생지 같다."

이들이 진술한 나이는 만 나이가 아닌 한국식 나이로 그대로 전한다.

피고인들의 답변이 끝나자 구연은 공판청구서의 '사실의 표시'와 같이 피고인들의 범죄 사실을 적시하고, 각각 살인·살인예비·살인방조죄의 심판을 구했다.

225

진과는 먼저 안중근을 향해 물었다.

"그대는 안중근이라 칭하는 자라는데, 안응칠이라 칭한 일이 있는가?"

"본국에서는 안중근이라고 부르지만, 3년 전 블라디보스토크에 이른 이래로는 줄곧 안응칠로 불려왔다."

"그대 또는 집안의 소유 재산이 있는가?"

"아버지의 소유로 수천 석분의 수입이 나는 전답이 있었으나 점차 없어져 현재는 수백 석의 수입이 있을 뿐이다."

"그대는 집을 나온 뒤 자택으로부터 때때로 송금을 받고 있는가?"

"집을 나올 때 조금 가지고 나오고, 그 후는 각 부락의 우인(友人)들로부터 보조를 받는 등으로, 집으로부터 송금을 받지는 않았다."

"그 3년간은 어떤 목적으로 지내고 있었는가?"

"한국 동포를 교육할 계획이 있었고, 한국의 의병으로 국사에 분주했다. 이 생각은 수년 전부터 있었지만 절실히 그 필요를 느낀 것은 러일전쟁 당시이며, 5년 전의 5개조 조약과 3년 전 7개조 조약이 체결되었기에 더욱 분격하여 지금 말한 목적으로 외국에 나온 것이다."

"그대는 한국의 앞날에 대해 어떻게 해야 한다고 생각하는가?"

"1904년 러일전쟁이 일어날 무렵 일본 왕의 선전 조칙에 의하면 일본은 동양평화와 조선 독립을 위해 러시아와 싸운다고 했다. 이에 한국민은 감격하여 출전하기도 했다. 그러나 이등이 통감으로 한국에 와서 강제로 조약을 체결하는 등 야욕을 드러내 적대하게 된 것이다. 하지만 본래 한국은 무력에 의하지 않고 문필로 세운 나라이다."

"그 점에 대해 어떻게 행동할 생각이었나?"

"나는 이등의 그러한 행동은 일본 왕의 뜻에도 반하며 그가 왕을 속인 것이라 여긴다. 그러므로 한국의 독립, 일본과 동양의 평화를 위해서 이등을 없애야겠다는 생각을 일으켜, 그를 사살할 작정으로 블라디보스토크로 와 기회를 기다린 것이었다."

"그리하여 지난 해 10월 26일, 하얼빈 역에서 이토 공작에게 총을 쏴 그를 죽게 하고, 다른 사람들은 상해를 입게 한 것인가?"

"그렇다. 그 일은 3년 전부터 나라를 위해 생각하고 있던 일을 실행한 것이다. 또한 나는 대한의군 참모중장이자 하얼빈 특파대장으로서 독립전쟁으로 개전하여 이등을 사살한 것인데 도대체 왜 이 법정에서 재판을 받아야 하는 것인지 모르겠다. 이는 심히 잘못된 처사이다."

일순 법정에 술렁거림이 일었다. 고함쳐 항의하는 것이 아니라 담담하고 당당한, 장황하지 않으면서도 조리 있는 안중근의 주장은 사람들의 마음에 번개가 내리치는 듯한 충격이 되었다. 사람마다 처한 입장에 따라 생각이 다르기는 하겠지만, 나라의 독립을 위해 개전을 선언하고 그 일환으로 방아쇠를 당긴 것이라면 단순히 살인죄로 의율(擬律)하는 것은, 더구나 일반 법정에서 재판하는 것은 잘못된 처사라는 공감이 일었던 것이다.

"정숙! 정숙하라!"

당황한 진과는 방청객에 주의를 줌과 동시에 말문을 돌렸다.

"그대는 하얼빈에는 언제 왔는가?"

안중근은 질문에 대해 답변했고, 진과는 이후부터 사건 과정에 대해 구연의 신문조서를 확인하는 심문(審問)으로 일관했다.

12시가 되자 진과는 오후에 재판을 속개할 것을 고지하고 휴정에 들어갔다.

"그자의 한마디에 그처럼 법정이 술렁이다니! 어떻게든 안중근의 입을 막아야 합니다."

창지 국장은 집었던 젓가락을 도로 내려놓고 찻잔을 들어 식은 찻물을 벌컥 들이켰다. 생각할수록 속이 타는 모양이었다.

"피의자 신문조서에는 그런 내용이 없었소이다."

진과가 구연을 돌아보며 책임을 미루는 듯 말했다.

"신문 중에도 그런 말을 했지만 일부러 기록하지 않았던 겁니다."

"그건 잘한 일입니다. 이번 사건의 기록은 그야말로 영원하고 중대한 역사 기록이 될 텐데, 불경스럽고 제 멋대로 지껄이는 시건방진 소리까지 모두 그대로 남길 필요는 없지요."

구연의 답변에 창지가 덧붙였다. 그조차 창지와 협의가 있었던 것인지는 알 수 없지만, 구연은 안전과 죽내 서기에게 피의자의 답변 중 심히 불경스러운 부분은 다른 말로 바꿔 조서를 작성함으로써 일본의 품위를 유지하도록 미리 말해두었다. 통역인 원목 역시 그 점을 숙지하고 안중근에게 작성된 조서를 읽어줄 때 고려했다.

"그렇지만 공판조서는 심히 변형할 수 없소이다."

"알고 있습니다. 그래서 그자가 궤변을 늘어놓을 수 없도록 미리 차단해야 한다는 것입니다. 법원장님께서 오늘 재빨리 질문을 돌린 것은 아주 잘하신 처신입니다."

"큰 염려는 마세요. 필요하면 방청객을 퇴정시키고 비공개로 들을 수도 있으니까요."

"그렇지요, 법원장님만 믿습니다."

228

일반 방청객도 그렇지만 특히 외신 기자들을 의식하는 창지는 그렇게 진과를 부추겼다.

사실 일본이 서구식 사법제도를 받아들인 것도 이등에 의해서였다. 1882년, 일본은 유럽 각국의 헌법제도와 그 운영 실태를 파악하기 위해 이등을 대표로 하는 사절단을 파견했는데, 그때 사절단은 독일 비스마르크 총리의 적극적인 후원 아래 독일 헌법을 중점적으로 연구하여 1883년에 귀국했다. 이에 따라 일본의 법제도는 일반적으로 분류되는 '영미법계'와 '대륙법계' 중에서 독일을 중심으로 한 대륙법계 체제를 따르게 되었다. 그러나 사법계의 일반적인 권위의식에 유교와 성리학의 세례를 받은 동아시아 특유의 서열의식이 더해져, 서구 사법제도를 받아들인 지 20여 년이 넘었음에도 공정함의 독자성이나 인권 존중보다는 국가를 정점으로 한 위계체제의 엄격함이 여전히 일본의 법제도를 지배했다. 이를테면 법정 안의 방청객이 앉아서 다리를 꼬기만 해도 정리의 엄중한 질책을 받고 밖으로 끌려 나가기 일쑤였다.

점심 식사를 마친 진과는 오후 1시가 되자 재판을 속개했다.

"그대는 차이자거우로 가는 도중에 우덕순에게 탄환을 주었는가?"

"가는 도중 기차 안에서 주었다. 수량은 대략 대여섯 개 정도 줬다고 생각한다."

"그 탄환은 모두 탄두에 십자형이 새겨져 있었는가?"

"그렇다. 그 권총은 윤치종과 교환한 것으로, 총과 함께 탄환도 받았는데 그 당시부터 십자형이 새겨져 있었다."

"윤치종은 지금 어디에 거주하는가?"

"그는 평안도 사람인데, 지금은 러시아령(領) 각처를 왕래하여 거처가 일정하지 않다. 그와 총을 바꾼 것은 연추에서였다."

"이전에 그 총을 사용한 일이 있는가?"

"받을 당시 연추에서 시험 삼아 쏴본 일이 있다."

"우가 소지하고 있는 탄환보다 그대가 소지하고 있는 십자형 새김이 있는 탄환이 살상력이 강하기에 일부러 준 것이 아닌가?"

"당시는 어느 것이 더 강력한지 몰랐고, 우가 소지한 탄환이 부족하다고 말해주었을 뿐이다."

진과는 계속 구연의 신문조서에 의거해 사건의 진행 과정을 일일이 확인해나갔다.

"그대는 이번에 이토 공을 살해하면 그 자리에서 자살이라도 할 생각이었나?"

"이등을 사살한 것은 사적인 원한이 아니라 한국의 독립과 동양의 평화를 유지하려는 목적이었고, 아직 그 목적을 달성했다고 할 수 없으므로 이등을 죽여도 자살하려는 따위의 뜻은 없었다."

진과는 안중근이 독립과 동양평화 운운하는 것이 거슬렸지만 반드시 필요한 최소한의 심문을 이어갔다.

"그대의 진술과 같이 과연 위대한 목적을 가지고 있었다고 한다면 결행한 후 체포당하지 않도록 도주를 꾀했을 것이라 생각하는데, 그대는 도주할 마음이 있었는가?"

"기대한 목적을 달성하기 위한 행위였기에 결코 도주하는 따위의 생각은 하지 않았다."

"그대는 의병이라고 자처하는데 그 통솔자는 누구인가?"

"팔도의 총독은 김두성이라 부르며 강원도 사람인데 거처는 일정하지 않다. 또 그 부하에는 이강년(李康年), 홍범도, 이범윤, 이운찬 (李運贊), 신돌석(申乭石) 등이 있지만 그중에는 이미 세상을 떠난 사람도 있다."

이는 잘 알려진 독립운동가와 의병활동가를 일반적으로 진술한 것이었다.

"그대의 직속 상관은 누구인가?"

"김두성이다."

"그대는 특파대장으로 하얼빈에 왔다고 말하는데 그것은 김두성 으로부터 지휘를 받았다는 것인가?"

"이번에 새삼 명령받은 것이 아니라 이전에 연추 부근에서 김두 성으로부터 청국과 러시아 일대의 의병사령관으로 투쟁하라는 명 령은 받은 것이다."

"그에 소요될 비용은 김두성으로부터 받고 있는가?"

"개인의 독립전쟁이 아닌데 돈을 요구할 수는 없다. 나는 각 부락 을 돌며 유세하고, 기부해주는 것으로 비용을 충당했다."

하루 종일 안중근만을 상대로 세세한 심문을 한 진과는 오후 늦게 야 1차 공판의 종료와 함께 2차 공판기일을 다음 날 오전 9시로 지 정하고, 피고인들의 출정을 명한 뒤 폐정했다.

우덕순, 품은 뜻을 밝히다

2월 8일 오전 9시, 제2차 공판이 지방법원 형사법정에서 전일과 다르지 않은 구성으로 개정했다.

진과는 어제 이미 안중근에 대한 심문을 사실상 마쳤기에 우덕순에 대한 심문을 시작했다.

"그대는 최초에 우연준이라고도 진술하였는데 어느 것이 진실인가?"

"금년 3월경 수수료 7루블을 내고 러시아 관헌으로부터 여권을 받았다. 나는 러시아 말을 모르는데 그때 관헌의 착오로 연준이라는 이름으로 여권이 나왔다. 다행히 성은 우 씨로 틀리지 않았으므로 그때부터 계속 연준으로 불렸다."

"안중근은 언제부터 알고 있었는가?"

"2년 전 블라디보스토크에서 처음 만난 것으로 기억하는데, 그로부터 시종 만났으므로 자연히 친하게 되었다."

"조도선과 유동하는 언제부터 알게 되었는가?"

"조는 전에 어디선가 만나 면식이 있는 것 같으나 유동하는 이번에 처음으로 보았다."

"그대는 지난 해 10월 21일, 안과 같이 블라디보스토크를 출발했다는데 어찌하여 동행하게 되었는가?"

"그것은, 10월 20일 저녁 무렵 안이 나의 집으로 찾아와 할 말이 있다고 하더니 이등을 살해할 목적을 밝혔다. 이에 그와 동행한 것이다."

"이토 공작을 살해하는 원인에 대해 안은 뭐라고 말했는가?"

"이등이 하는 정책에 대해 한국민 일동이 반대하고 있으니 안으로부터 따로 들을 필요가 없어 묻지 않고 같이 가겠다고 대답했다."

"그대는 이토 공작이 하얼빈에 오는 것을 언제 알았는가?"

"안으로부터 듣기 2, 3일 전에 러시아 신문에 그리 나왔다는 이야기를 들어 알고 있었다."

"그대는 무슨 이유로 이토 공을 살해하려 생각했나."

"1905년 이등이 한국에 통감으로 와 5조약을 만들어 각의에 회부하고 6대신을 강제로 동의케 하였고, 특히 외부대신(外部大臣)의 부서(副署) 같은 것은 당시의 일본인 고문(顧問)에게 시키고 인민이 동의했다고 황제께 상주했으나, 우리 황제는 국민의 여론을 들은 뒤에, 라고 말씀하시고 청허하지 않았다. 그러나 이등은 그것을 일본으로 가지고 가 일본 왕에게 한국민의 희망에 의해 체결하였다고 속이고 세상에 발표하였다. 그것은 한국과 일본의 황제를 속이고 한국 인민을 기망한 것으로 그는 한국민의 륵적(仂敵: 나머지 적)이다. 기타 그가 통감으로 하는 시책은 모두 한국민을 분개케 하였으므로 모두 이등에 대해서는 적의를 품고 있는데 나 또한 다르지 않았다."

우덕순의 의연한 답변에 안중근은 새삼 그를 돌아보며 흡족한 미소를 머금었고, 조도선, 유동하도 가슴이 서늘해졌다.

"그대는 일찍부터 이토 공에 대해 심중으로 분개하고 있었고, 공작이 오는 일을 미리 알고 있었다고 말했는데, 안이 상의하기 전에 무엇인가 계획한 일은 없는가?"

"그때는 단지 이등이 오는구나, 했을 뿐 달리 어떻게 하겠다는 생각은 갖지 않았는데 안으로부터 살해 계획을 듣고 동의했다."

"그대는 늘 총기를 사용하는 것 같지는 않은데, 사격에 대한 경험이 있는가?"

"경험은 그다지 없다. 그러나 원수를 과녁으로 삼고 사격하는 것이므로 그다지 어려운 일로 생각하지 않았다."

진과는 오전 내내 우덕순에 대한 구연의 신문 내용을 일일이 확인했다. 이어 점심시간 휴정이 끝나고 오후 1시에 재판을 속개하여 우덕순에 대한 심문을 이어갔다.

"그대는 차이자거우 역에서 조로부터 다음 날 오전 6시에 이토 공작이 통과한다는 이야기를 듣고 어떻게 느꼈는가?"

"드디어 6시가 되어 이등이 내리면 나 혼자서 죽일 결심을 했다."

"그래서 그날 밤 특별한 준비를 했는가?"

"블라디보스토크를 출발할 때부터 마음의 준비는 되어 있었고, 권총은 안주머니에 넣고 있었으므로 따로 준비할 일도 없었다."

"안은 이번 일은 의병으로서 한 것이라고 말하는데 그대는 의병과 관계가 있는가?"

"안은 의병으로서 했을 것이지만 나는 의군과는 관계가 없고, 다만 국민으로서 실행하려 했던 것이다."

"안은 의군의 참모중장이라고 말하는데, 그 명에 따라 동행한 것이 아닌가?"

"나는 안으로부터 명령을 받을 까닭이 없다. 또 이러한 일은 명령으로 행해질 일이 아니라고 생각한다."

감옥에서 구연으로부터 신문을 받을 때는 서로의 진술을 알 수 없었기에 혹시 다른 이에게 누가 될까 하여 부인으로 일관하다 보니 앞뒤가 잘 맞지 않는 부분이 많았다. 그러나 전일 법정에서 판관의 심문에 대한 안중근의 답변을 직접 들었기에 이제는 숨겨야 할 말과 당당히 밝혀야 할 말의 구분이 가능했다. 우덕순은 가슴에 품고 있던 뜻을 그렇게 밝히고 나니 참으로 속이 후련했다.

진과는 이어서 조도선에 대한 심문을 시작했다.

"그대는 언제 한국을 떠났는가?"

"15년 전에 고국을 떠나 러시아령 곳곳을 돌아다니며 농장의 일꾼, 금광의 광부, 세탁일 등 여러 일을 하다가 지난 8월 하얼빈에 들어왔다."

"그러면 하얼빈에서는 직업이 없었는가?"

"세탁업을 하려고 생각 중이었다."

"안과 우는 이전부터 알고 있었는가?"

"우는 이번에 처음 만났고, 안은 지난 7월경 만난 적이 있었다."

"안은 어떤 용무로 그대를 찾은 것인가?"

"가족을 만나러 관성자까지 가는데 러시아 말을 모르니 동행해달라고 했고, 나는 처가 곧 올 것이므로 오래 걸리는 용무라면 갈 수 없다고 했다. 그런데 사나흘이면 되는 일이라 하여 승낙했던 것이다."

"정대호가 자신의 가족을 데려온다고 한 것이 아닌가?"

"그렇게 말했다."

"그대는 정대호와 이전부터 알았는가?"

"잘 알고 신세진 일도 있다. 또 전에 내가 장사를 하게 되면 자본 등을 되도록 대주겠다고 하였다."

"그대는 어찌 권총을 휴대했는가?"

"금광에 있을 때부터 호신용으로 늘 가지고 다녔다."

"차이자거우 역에서 검거되기 전에 이토 공작이 한국인에게 하얼 빈에서 살해되었다는 것을 러시아 병사에게 들었는가?"

"역에서 소지품을 압수하고 신체를 검색하기에 무슨 사유로 이 러느냐 물었더니, 아침에 하얼빈에서 그런 사건이 일어났고 범인 은 안이라는 사람이며, 이곳에 너희들과 같이 와서 전보를 친 일도 있으므로 체포하는 것이라고 했다. 나는 그 사실을 우에게도 말해 주려 했으나 러시아 병사가 한국말을 사용하지 못하게 해 알려주지 못했다. 그 뒤로 그와 나는 각각 따로 있었다."

조도선 역시 안중근과 우덕순의 답변을 직접 들었고, 두 사람 모 두 자신은 단순히 통역으로 따라 나선 것이라 진술하니 굳이 시인 할 필요가 없었다.

진과는 구연의 신문조서 내용을 일일이 확인하고 재판을 끝냈다. 그리고 3차 공판 역시 바로 다음 날 이어서 열겠다고 고지했다.

평화를 말하자니 귀를 막더라

2월 9일 오전 9시, 진과는 3차 공판을 개정하고 유동하를 심문했다.

"그대는 하얼빈에서 안중근 등과 사진 찍은 일이 있는가?"

"10월 23일 아침, 안이 이발을 하러 가니 같이 가자고 했다. 그래서 우덕순 등 두 사람과 같이 이발소에 갔다가 돌아오는 길에 안인지 우인지 정확하지 않으나 두 사람 중에서 말이 나와 사진을 찍게 된 것이다."

"그대는 진정 안중근이 이토 공작을 암살한 목적으로 하얼빈에 온 것을 몰랐는가?"

"그 일은 조금도 몰랐다."

"그런데 검찰관의 신문에서 10월 25일 밤, 드디어 내일 이등 공작을 살해할 것이라고 말했다고 왜 진술했는가?"

"그때에는 무슨 일인지 몰랐는데, 물음에 대하여 대답하라는 것이었으므로 그렇게 답한 것이다."

"신문에 대하여 부실한 대답을 할 까닭이 없지 않은가?"

"이러저러했지, 하고 물으므로 나는 그저 네, 네 했을 뿐이다."

"그러면 그대는 사건과 전혀 관계가 없는데 왜 처음부터 거짓 이름을 댔는가?"

"26일 아침 9시경, 밖에서 사람들이 이등이 죽었다는 이야기를 하고 있는데, 그로부터 많은 한국인들이 찾아와 안중근이 이등을 죽였다고 말했다. 그러다 얼마 안 있어 러시아 경관이 와서 '유동하' 하고 부르는데 나는 겁이 나서 러시아 말로 '유라노'라고 속였으나 포박되어 입감되었다. 그로부터 일본 관리가 나를 조사했는데 유동하라고 하면 의심을 받을 것이라 생각하여 유강로라고 거짓 진술한 것이다."

일제는 한국 강점기 동안 형사 피의자, 심지어는 명확한 혐의도 없고, 영장도 없이, 예비검속이라는 이름으로 사람들을 잡아들여 장기간 구금하며 박해와 고문을 일삼았다. 또 그 고문은 단순히 위협과 폭행을 하는 정도가 아니라 각종 기구를 동원하는 가혹한 방법이었는데, 손발톱과 치아를 생으로 뽑아내거나 사람을 거꾸로 매달아 고춧가루를 탄 물을 콧구멍으로 부어 넣는 등 실로 상상을 초월하는 여러 가지 고문이었다.

그러나 이등 피살사건에 있어서만큼은 그 어떤 고문도 가하지 않고 식사 등 수용 생활에서의 여러 편의까지 보장했다. 이는 일부 관리와 옥리들이 안중근을 존경하는 마음에서 자발적으로 그리한 것도 있었지만, 기본적으로는 세계적인 관심이 쏠려 있는 만큼 인권을 존중하고 법 절차를 준수하는 문명국 일본의 이미지 제고를 위한 목적이었다. 더구나 이 사건의 경우 사살이든 피살이든 행위 그

자체에 대해서는 안중근이 처음부터 일체를 시인했을 뿐 아니라 증거도 충분하였으니 별도의 자백을 강요할 필요도 없었다.

다만 초기의 의도는 사건을 가능한 한 확대하여 국내는 물론이고 북간도와 연해주 일대에서 활약하는 독립 세력의 뿌리를 제거하려는 것이었지만 그마저 여의치 않았다. 결국 공모가 의심되는 우덕순, 조도선, 유동하만이라도 기소해 온전히 유죄의 선고를 받아내려 했는데, 각 피의자의 진술이 엇갈리자 윽박지르거나, 조서를 작성하는 과정에서 통역에 의존하여 소통하는 언어의 불편을 이용해 일부 조작하기도 한 것이었다. 특히 유동하는 1892년생으로 그때 겨우 만 17세에 불과한 데다 본래 마음도 여려서 마구 윽박질러, 그의 법정 진술대로 무턱대고 예, 예, 하는 대답을 듣고 조서를 작성했으니 문명과는 애초부터 거리가 먼 나라이자 사법부였다.

오전에 잠시 안중근을 대질심문하다가 정오가 되자 휴정하였고, 오후 1시에 다시 속개했다.

진과는 먼저 러시아 재무상 코코프체프에 대한 참고인 신문조서 등 러시아 관헌이 작성한 각종 진술 조서, 천상, 전중, 소산선 등에 대한 진술 조서, 현장을 목격한 여러 증인의 신문조서, 김아려 등에 대한 검찰관의 청취 보고서 등 각종 증거 문건을 피고인들에게 제시해 보여주고 읽어줘 내용을 알 수 있도록 했다. 그런 뒤 그들 증거 문건들에 적시된 각종 사안에 대하여 각 피고인들을 상대로 한 시간여 동안 심문하고, 끝나자 이렇게 물었다.

"피고인들은 그 밖에 본인들에게 유리한 증거가 있으면 제출할 수 있다. 제출할 것이 있는가?"

"없다."

네 사람의 대답이 같았다.

"그러면 각 피고인들은 앞에 보여주고 들려준 서류의 내용과 제시한 증거품에 대해 의견이 있는가? 먼저 유동하가 말하라."

"달리 할 말은 없으니 빨리 집으로 보내주기 바란다."

뜻밖의 대답에 방청석에서는 한바탕 웃음이 일었다. 우덕순과 조도선도 기막힌 표정으로 힐끗 유동하를 돌아보았으나 안중근은 옅은 웃음을 머금은 채 고개를 끄덕였다. 어린 나이에 이만큼 버텨준 것만도 참으로 고마운 일이었다. 몸보다 마음이 더 지쳐 저절로 솔직한 말이 튀어나오는 것을 어찌 탓할 수 있겠는가. 과연 뜻대로 되어 그만이라도 무죄를 선고받고 어서 집으로 돌아가기를 바라는 마음만 간절했다.

"조도선은 어떠한가?"

"없다."

"안중근은 어떠한가?"

안중근은 자리에서 일어섰다. 그동안의 심문 과정에서 여러 차례 의거의 뜻을 밝히려 했으나 질문에만 대답하라는 제한으로 펼치지 못했다. 심지어는 '나에게 말할 기회를 주시오', '나도 말 좀 합시다', '할 말이 많소' 하고 수차례 요청했으나 받아들여지지 않았다.

가벼운 헛기침으로 마음을 다잡고 목청을 가다듬은 안중근은 무겁게 입술을 떼고 신중하게 말을 꺼냈다.

"이번 거사의 목적에 대하여 그 대요(大要)는 이미 말하였다. 그러나 나는 단연코 헛되이 일을 좋아해서 이등을 사살한 것이 아니다. 그것은 나의 큰 목적을 발표하는 하나의 수단으로서 행한 것이므로, 이제 세계의 오해를 면키 위하여 진술하고자 하는 것이 있으니 다음과 같다.

　먼저 이번 거사는 나 일개인을 위한 것이 아니라 동양평화를 위한 것이었다. 이미 말하였듯이 러일전쟁에 임하는 데 있어 선전 조칙의 뜻이 훌륭하였기에 우리 한국 인민은 일본군의 개선을 우리의 개선처럼 기뻐했다. 그러나 이등은 한국 통감으로 와서 5조약과 7조약을 억압으로 체결하고, 우리 황제의 폐위까지 행하였으므로 모두 그를 구적(仇敵: 원수)으로 생각하였다. 따라서 나는 지난 3년간 각처를 돌며 혹은 유세하고, 혹은 대한의군 참모중장으로 싸움터에 나가기도 했다. 이번 거사 역시 한국의 독립전쟁이므로 나는 참모중장 겸 하얼빈 특파대장으로서, 전쟁의 한 방편으로 이등을 사살한 것이니 보통의 자객으로 저지른 것과는 다르다. 그러한 까닭으로 지금 내가 이 법정에서 심문을 받고 있기는 하나, 나는 보통의 피고인이 아니라 적군에 의해 포로가 되어 있는 것이라고 생각한다."

　흐르는 물처럼 막힘없는 그의 유장한 연설은 원목을 통해 일본어로 통역되었으니 방청석의 듣는 이들도 연신 고개를 끄덕였다.

　안중근의 진술이 이어졌다.

　"오늘날 한국과 일본의 관계를 보자면, 한국인으로서 일본의 관리가 되고 일본인으로서 한국의 관리가 되기도 하니 서로 양국을 위하여 충성을 다하지 않으면 아니 되는 것이다. 그렇다면 통감으로 온 이등 역시 한국의 신민으로 취급되어야 할 것인데, 그는 12조약을 억압으로 체결하고 심지어는 우리 황제를 폐하기까지 했으니 이는 신하로서 결코 할 수 없는 일로 불충하기 이를 데 없는 자이다. 또 그로 인해 한국 각처에서 의병이 일어나 일본과 싸우고 있으니 이는 필경 일본 왕을 속여 그 뜻에 반한 까닭이다. 그리고 지금 한국의 법부와 외부, 통신 기관 등은 모두 일본이 대신하기로 하였다는데, 그래서는 한국의 독립이 요원할 것이다. 특히 이등은 앞서 일본인과 한국인을 교사하여 한국의 황후를 시해하기도 했다. 그러므로 이등은 한국의 역적이며 일본의 대역적이다."

원목의 통역이 끝나자 방청석 여기저기에서 탄성이 들려왔다.

"위와 같은 일들은 이미 신문 등에 의해 세상에 발표된 바이다. 반면 우리들은 일찍이 이등이 일본을 위해 세운 공로가 있다는 것을 들어 알고 있다. 하지만 한편으로는 일본 왕에 대해 역적이라는 것도 들어 알고 있다. 그것은 다름 아닌, 지금 명치 왕의 선대인 효명 왕에 관한 것으로 이제 그에 대해 말하고자 한다."

당황한 원목이 재빨리 통역하는데, '고메이'라는 소리가 나오자 방청석의 웅성거림과 함께 진과는 법봉(法棒)을 들어 연거푸 두드리며 소리쳤다.

"정숙! 정숙하라!"

그리고 안중근을 향해 두 눈을 부라리며 목청을 높였다.

"피고 안중근! 그대가 계속 그와 같은 공공의 안녕을 해치는 발언을 한다면…… 우리는 이 법정에서 방청인들을 모두 퇴장시킬 수밖에 없다!"

그러나 안중근은 개의치 않는다는 듯 웃음까지 머금고 진술을 계속했다.

"일본인이 쓴 일본의 책에 나온 바에 따르면 효명 왕은 이등에 의해 독살되었는데……."

다시 법봉을 두드리는 소리가 요란하게 이어졌다.

"정리! 정리는 방청객을 모두 퇴장시켜라! 헌병들, 서둘러라!"

그리고 진과는 일어나 법정을 떠났다.

방청객들의 퇴정이 시작되었는데 일본인들마저 '뭐가 구려서 저러는 거야?'라는 등 비난의 소리를 쏟아냈고, 정근과 공근 형제, 안병찬 변호사는 분을 삭이지 못해 어쩔 줄 몰라 하며 헌병에게 끌려가다시피 쫓겨났다. 더글러스 변호사는 난생 처음 보는 희한한 광경에 혀를 차며 '오 마이 갓!'을 연발했다.

안중근은 생각했다.

'내 말 속에 칼이 들어 있어 그러는 것이냐, 총과 대포가 들어 있어서 그러는 것이냐. 마치 맑은 바람이 한 번 불자 먼지가 모두 흩어지는 듯하여 그런 것이리라.'

법정에 재판 관계자와 헌병만이 남게 되자 진과가 다시 들어와 자리에 앉으니 겸전 변호사가 일어섰다.

"재판장님, 피고 안중근이 진술을 계속하고, 우덕순도 목적을 진술할 수 있도록 허가해주시기 바랍니다."

미하일로프와 더글러스, 안병찬뿐만 아니라 다른 외국인 변호사 세 사람의 변호인 신청도 있었지만 모두 불허하고 세운 관선인데, 그들마저 저리 나오니 진과로서도 어쩔 수 없었다.

"그대가 정치상의 의견을 발표하려고 생각한다면 상세하게 서면으로 제출하면 어떻겠는가?"

안중근은 터져 나오려는 웃음을 억눌러 입가에만 담았다.

"내가 조금 전에 한 말이 무슨 주의를 받을 만한 말도 아니지만, 나는 그런 말을 문장으로 쓸 수 없다. 또 그 추운 옥중에서 쓸 기분도 아니다. 그러나 나는 말하기를 좋아해서가 아니라, 이미 말하였지만 거사의 목적을 발표하려는 것이고, 내가 보고 들은 것을 말하려는 것인데 무엇이 두려워 공개를 금지하는 것인가. 그렇다면 만인 앞에서 의견을 진술할 기회를 차단하는 것이니 나도 진술하지 않겠다. 필요가 없기 때문이다."

"앞서 진술하다 만 의견을 계속 진술하지 않겠다는 것인가?"

"그렇다. 내가 진술하려던 일은 너희가 이미 알 것이므로 공중이 없으면 따로 진술할 필요가 없다."

진과는 난처했다. 법정을 비공개로 하고 피고인이 이에 반발하여 진술을 거부함으로써 조기 폐정된다면 3백 명에 이르는 방청객, 특히 외신 기자들은 더욱 속사정을 궁금해하며 갖은 억측을 내놓을 터였다.

"그렇다면 기타 그대의 이번 흉행 목적에 관해 본건 심리 중에 진술해둘 필요가 있다고 생각하는 일을 진술하라."

"그것은 많이 있으므로 말하겠다. 나는 일본 4천만, 한국 2천만 동포를 위해, 또는 대한제국 황제 폐하와 일본 왕에 충의를 다하기 위해 이번 의거를 실행했다. 나는 한국의 독립을 공고하게 하는 것이 종생(終生: 생을 마칠 때까지)의 목적이며 종생의 일이다. 무릇 세상에는 작은 벌레라 할지라도 일신의 생명과 재산의 안위를 빌지 않는 것은 없다. 하물며 인간된 자라면 그를 위해서 십분 진력하지 않으면 안 되는 것이다. 그런데 이등은 한국에 온 이래로 선제를 폐하고 현 황제에 대하여는 부하 부리듯 대하였으며, 한국 인민은 파리 죽이듯 죽였다. 원래 생명을 아끼는 것이 인정이지만 영웅은 늘 자신의 신명을 던져 나라에 진충(盡忠)하도록 교훈하고 있다. 그러나 이등은 멋대로 타국인을 죽이는 것을 영웅으로 알고 한국과 동양의 평화를 어지럽혔다. 나는 한국의 독립을 공고히 하고, 일본, 청국과 더불어 동맹하여 평화를 부르짖고, 1억 이상의 국민이 화합하여 점차 개화의 성으로 진보하고, 나아가서는 구주(歐洲) 등 세계 각국과 함께 평화에 진력하면 시민이 안도하리라 생각한다. 이에 이등이 있어서는 동양평화를 유지할 수 없다는 판단으로 때를 기다렸는데 마침 하얼빈에서 그 기회를 얻었으므로 일찍부터 목적한 바를 실행한 것이다.”

안중근의 진술이 끝나자 진과는 우덕순을 향했다.

“그대는 진술할 것이 있는가?”

“있다. 러시아 관헌이 작성한 조서 중에, 하얼빈에서 이등이 살해된 것을 차이자거우에서 듣고 대단히 기뻐하며 우리도 동일한 목적으로 와 있는 사람들이며, 이등을 살해한 자는 우리의 벗이라고 말했다고 하였지만, 내가 러시아 말을 몰라 조를 통역으로 개입시켰을 뿐 그는 상관없는 일이다.

또 내가 이등을 연구한 것은 통감으로 왔을 당시이지만, 그때 이등은 일본 정부를 대표하여 한국의 독립을 공고히 하기 위한 것으로 생각했다. 그러나 사실은 그에 반하여 일본 왕의 뜻을 가리고 한일 양국 사이를 어지럽게 해 한국을 오늘과 같이 비탄한 지경에 빠뜨렸다. 작금 서양은 평화를 가장하고 동양을 엿보고 있는 때이므로 순망치한(脣亡齒寒)이란 말도 있듯이, 한국의 금일의 상황으로 봐서는 동양의 평화도 따라서 깨질 것이라고 생각한다. 이런 까닭에 일본 왕의 덕을 가리고 양국의 관계를 해치는 이등을 없애버리면 평화가 유지되리라 생각하고 살해할 것을 도모했던 것이다. 나는 그밖에는 말할 것이 없다.”

제법 의연한 진술을 듣고 난 진과는 다시 안중근을 향했다.

"이상과 같은 정사(政事)에 관한 의견은 사건 재판을 하는 데 있어 더 이상 깊이 말할 필요가 없다고 본다. 그대가 후일 거듭 이를 진술할 뜻이 없으면 심리를 공개해도 지장이 없다고 생각하는데 어떤가? 그래도 다른 날 심리 중에 오늘과 같은 의견을 말할 심산인가?"

타협의 제시였다. 안중근은 껄껄 한바탕 웃고 난 뒤에 고개를 끄덕였다.

"나는 사적 원한에 의해 죽인 것이 아니고 정치상의 관계에서 본 건이 일어났던 것이므로 정치상의 의견을 말할 필요가 있다고 생각한다. 그러나 이제 공개를 금지하게 된 속내에 대해서도 대개 알게 되었고, 또 나도 명성 있는 인물을 헐뜯는 것은 유감으로 생각한다. 이미 말한 것은 필요상 그리했지만 이후로는 그러한 말을 하지 않을 심산이다."

진과는 소리 없이 안도의 한숨을 내쉬었다.

"그럼 금후의 심리에 대해서는 공개금지를 해제하고 다음 기일은 내일 9시로 하니 피고인들은 출정하라."

위협이자 타협이었다. 재판에서도 타협과 위협이라니, 부끄럽지도 않은지. 무엇보다도 말문이 가로막힌 안중근이 가장 가슴 답답하고 허망했을 것이다. 이날의 일에 대한 소회를 그는 '안응칠 역사'에 다음과 같이 적었으니 그 기막힘과 비통함이 절절했다.

　진과 판사가 법률을 몰라서 이러한 것인가. 일왕의 목숨이 대단치 않아서 이러한 것인가. 아니면 이등이 세운 관리라 이러는 것인가. 어째서 이런 것인가. 가을바람에, 술에 취하기라도 한 것인가.

오늘 내가 당하는 이 일이 생시인가, 꿈속인가. 나는 당당한 대한
민국 국민인데, 왜 오늘 일본 감옥에 갇혀 있는 것인가. 더욱이 일
본 법률의 재판을 받는 까닭이 무엇인가. 내가 언제 일본에 귀화한
사람인가.

판사도 일본인, 검사도 일본인, 변호사도 일본인, 방청인도 일본
인! 이야말로 벙어리 연설회냐, 귀머거리 방청이냐!

이것이 꿈속 세계냐. 만일 꿈이라면 어서 깨고, 확실히 깨려무나!

더는 말해서 무엇하랴. 차라리 재판관, 네 마음대로 하라! 나는
아무런 대답도 하지 않으리라.

나흘 만의 결심공판

무엇에 쫓기는 것처럼 날마다 재판을 열더니 과연 2월 10일 4차 공판에서 그 속내가 드러났다.

오전 9시, 재판이 시작되자 진과는 구연에게 결심임을 알리고 구형을 요구했다.

세상에, 세계가 주목하고 있는 그 파장 큰 사건을 다루는데, 연이어 개정한 단 3회의 공판으로 심리를 끝내고, 나흘 만에 결심공판이라니! 명색 지방법원장이라는 자가 권부의 개가 된 것을 당당히 자랑하는 꼴이었으니, 방청인들은 어안이 벙벙했고 참관하던 젊은 법관과 관리들은 혀를 차고 낯이 벌게져 그 부끄러움을 어찌할 줄 몰랐다.

구연도 수치스러운지 고개를 숙인 채 미리 준비한 구형문을 읽어 나가기 시작했다.

피고 각자의 성격을 먼저 읽고, 이어서 범죄 동기를 읽어내려갔다.

"피고 안중근과 우덕순의 범죄는 지식의 결핍에서 생긴 오해로부터 비롯되었다. 자존을 중시하고 일본을 배척하는 신문이나 논객의 말을 무조건 따른 결과, 한국의 은인인 이토 공을 원수로 여기게되었다. 즉 이번 사건의 본질은 복수심의 발로였다. 안과 우는 스스로 영웅을 자처하며 나폴레옹에 비유하기도 한다. 우국지사로 자임하고 있으나 뜻만 크고 실속은 없다. 강도짓을 하고, 외국에서 방랑생활을 하면서 그런 주제에 2천만 한국민을 대표한다고 큰소리치니자기 분수를 너무 모르는 것이다.

일본의 한국에 대한 국시(國是)는 독립의 인정과 옹호이다. 이토공은 통감으로 부임하여 국시에 부합한 정책을 폈다. 이토 공은 일본 개국 이후 가장 뛰어난 인물로 오늘의 일본을 있게 한 주역이다. 공작이 한국에서 자신에 대한 오해를 불식시키기 위해 했던 많은연설이 있다."

가관이었다. 단 한 번도 안중근을 설복시키지도 못했고, 오히려반박에 무색해져 얼버무리기 일쑤였음에도 마치 안중근으로부터들은 것처럼 지껄였다. 심지어는 자기 부인의 거짓말까지 뻔뻔하게했다. 강도짓을 했다는 것은 이석산에 대한 일을 말하는 모양인데,오히려 안중근이 강도짓을 하였다고 해도 그렇지 않을 것이라며 대동공보와의 관계를 의심하지 않았던가.

구연은 이등의 그 연설이라는 것을 장황하게 늘어놓은 후 계속해서 범행 결의에 관한 부분을 읽어갔다.

"안중근은 이토 공에게 개인적인 원한은 없고, 생명을 죽이는 일은 차마할 수 없지만 동양평화와 한국 독립을 위해 살해한 것이라했다. 또 이러한 일을 3년 전부터 계획했다고 말하나, 겨우 블라디보스토크에서 출발하기 전에 결의했다고 볼 수 있다. 정대호에게 처자를 하얼빈으로 데려오도록 부탁한 것은 9월 초이니 그때는 거사의 계획 같은 것은 없었던 것이다.

이토 공의 만주 여행은 10월 19일 처음으로 보도되었다. 안중근은 그날 블라디보스토크에 도착하여 다음 날 대동공보사에서 그 사실을 알게 되었다. 블라디보스토크에 들어간 경로는 안이 권모술수에 능하기에 단정하기 어렵다. 그러나 피고 안의 죄책(罪責)과는 관계가 없으니 더 추궁하지 않았다. 다만 안과 우덕순의 공모는 명백하다. 이들의 진술과 두 사람이 지은 노래, 탄환 배분 등이 그 증거이다.

유동하, 조도선과는 처음부터 공모했다고 보기 어렵고 각각 통역을 핑계로 데리고 간 것은 사실이다. 그러나 하얼빈에서 차이자거우 역으로 향하기 전이나 가는 도중에 공모했다고 할 수 있다. 관련된 여러 진술이 그러하다.

한편 유동하와 조도선 같은 사람을 음모에 가담시켰다고 보기 어렵다는 의견도 있다. 하지만 일이 잘못되었을 경우 안과 우, 두 사람이 책임지고 누를 끼치지 않겠다고 안심시키고, 배일사상을 고무시켜 유혹하면 부화뇌동하여 손발이 될 수 있다. 안이 유와 조의 공모를 한사코 부인하는 것은 그 약속을 지키기 위함이다."

9월 초에 정대호에게 부탁한 일과 블라디보스토크에서 결의한 관계가 무엇인지를 권모술수로 얼버무리고 있다. 또 죄책과 관계가 없어 더 이상 추궁하지 않았다는 소리는 당최 검찰관이 할 소리가 아니었다. 왜냐하면 공소장에는 공소를 제기하는 범죄 사실에 관해서만 기재해야 하는 것인데, 스스로 죄책과 관계가 없다고 하면서도 구연이 앞에 구구절절 그 정황을 늘어놓은 것은 사건에 대해 예단(豫斷)했거나, 거부할 수 없는 지시로 마지못해 따랐다는 자백에 다름 아니기 때문이다. 양심을 속였다는 자백, 혹은 무능하기 이를 데 없음의 자인인지도 모르는데, 검찰관이 거론하는 공모 운운의 판단을 더 따져 무엇하랴!

구연은 이어서 절차법상의 문제를 말하는데 이는 더욱 가관이다.

"본건에 대하여는 먼저 소송법상 당 법원에서 정당한 관할권이 있느냐 아니냐를 결정하지 않으면 안 된다. 본건의 범죄는 청국 영토 내에서 일어났으며, 그 영토 내에서 피고들은 러시아 관헌에 의해 체포되고 또 신문을 받았다. 그러나 피고들은 한국 국적을 가지고 있으며 러시아의 재판관할이 아니다. 그런데 한국은 청국에 대하여 1899년 9월 1일 체결된 '한청통상조약' 제5조에 의하여 치외법권을 가지고 있다. 그러나 1905년 11월 17일 체결된 '한일협약' 제1조에 의해 외국에 있어서의 한국 신민은 일본국에서 보호하기로 되어 있다. 이에 재 하얼빈 일본제국 영사관은 해당 각 법률에 의하여 당연 본건을 관할할 것이나, 외무대신은 관동도독부 설치 법률에 의하여 당 법원에 본건의 관할을 이관하라는 뜻을 명하였으므로 당 법원은 정당하게 관할권을 가지게 된 것이다."

비록 안중근이 그에 관해 거론하기는 했으나 실체는 만국공법 적용과 포로 대우였는데 뒤가 구리니 설명만 장황하고, 이의에 대한 구체적 해명은 하나도 없었다. 더구나 외무대신이 사법권의 관할을 결정하여 명하고, 검찰과 법원은 그에 따랐다는 것을 자백하였으니 일본의 사법부는 허울만 있을 뿐 진정한 삼권분립과는 거리가 먼 것이었다. 차라리 전제(專制)의 체제를 그대로 유지하지, 문명의 허울을 쓰고 비문명을 당당히 뻐기니, 그야말로 딸깍발이, 법복에 '게다'를 신은 그 모습이었다.

"이상과 같이 이미 관할을 가진 이상, 더욱 본건에 적용될 실체법 여하에 대해서는 한국법에 의해야 한다는 의론(議論)이 있을 수 없는 것이 아니다. 그러나 보호조약의 해석상 우리 제국의 형법 일반을 적용하는 것이 정당하다고 믿는다."

공판검사로서 '정당하다'가 아니라 '정당하다고 믿는다'고 말하는 구연의 심정은 어땠을까. 스스로 검사이기를 부인한다는 말과 다름 아니었을 것이다. 훗날 구연 후손의 증언에 의하면 그는 안중근을 매우 존경했다고 수차례 말했다고 전한다. 어쩌면 그날의 공판에서 구연은 이 재판의 부당함과 원천무효임을 그렇게나마 주장하여 후세에 자신의 비루한 양심을 용서받고 싶었는지도 모를 일이었다.

이어진 양형에 관한 의견이다.

"이미 피고들에 대한 범죄의 증빙은 본건 기록 중 피고와 각 관계인의 공술 및 압수물건에 징험하여 충분하다. 피고 안중근이 이토를 살해한 살인기수(旣遂)의 죄에 대해서는 제국형법 제199조 살인죄, 가와카미 총영사, 모리 궁내대신 비서관, 다나카 남만주철도주식회사 이사에 대해 살해할 의사를 가지고 저격하였으나 그 목적을 달하지 못한 세 개의 살인미수 죄에 대하여는 제국형법 제43조, 제44조, 제203조가 해당된다. 이상 네 개의 병합죄에 대해 동 제46조에 의해 살인기수 죄의 범정(犯情)이 가장 무거운 주형(主刑)인 사형에 처할 것을 구한다. 피고 우덕순과 조도선의 안중근과 동일한 목적으로 하였던 살인 예비의 행위에 대하여는 동 형법 제201조에 의해 각 징역 2년 이하에서 무겁게 처단할 것을 구한다. 피고 유동하

는 그 정황을 알고 피고 안중근의 행위를 방조하였던 바 동 형법 제
199조, 제62조, 제63조에 해당되나 동 제68조에 따라 작량(酌量)한
뒤에 가장 단기인 징역 1년 6개월에 처해줄 것을 구한다. 또한 각
피고인들이 범죄에 사용하거나 사용하려 한 각 권총은 형법 제19조
제2호에 의해 몰수할 것을 구한다."

안중근이 구연에게 앉은 채로 물었다.

"나를 사형하려는 이유가 무엇이냐?"

구연은 눈길을 피하며 혼잣말처럼 중얼거렸다.

"그대 같은 사람이 세상에 살아 있으면 많은 한국인이 그 행동을
본뜰 것이며, 일본인들은 겁이 나서 일상을 온전히 할 수 없을 것이
기 때문이다."

그 같은 구연의 구차한 대답에 안중근은 냉랭한 웃음을 한바탕 크
게 터뜨렸다. 차마 웃음으로밖에 대신할 수 없었던 그날의 심정은
'안응칠 역사'에 다음과 같이 기록했다.

이제로부터 옛날에 이르기까지, 천하 각국에 협객과 의사가 끊어
지지 않았는데 그들이 모두 나를 본떠서 그런 것이냐. 속담에 어떤
사람을 막론하고 열 사람의 친한 재판관을 원하기보다 단 한 가지
죄도 없기를 원해야 한다더니 바로 그것이 옳은 말이다. 만일 일본
인이 죄가 없다면 무엇 때문에 한국인을 겁낼 것인가. 그 많은 일
본인 가운데 왜 군이 이등 한 사람이 해를 입었던가. 오늘 또 다시
한국인을 겁내는 일본인이 있다 하면 그야말로 이등과 같은 목적
을 가진 사람이 아니겠는가.

더구나 내가 사사로운 혐의로 이등에게 해를 가했다고 하는데,

내가 본시 이등을 알지 못하거늘 무슨 수로 사혐(私嫌)이 있을 것인가. 만일 내가 이등에게 사혐이 있어 그랬다면, 검찰관은 나와 무슨 사혐이 있어서 이러는 것인가. 만일 검찰관이 하는 말대로 한다면 세상에는 공법(公法) 공사(公事)가 없고, 모두 사정(私情) 사혐에서 나온다고 해야 하는데, 그렇다면 구연이 사혐으로써 나를 사형에 청하는 것에 대해서 또 다른 검찰관이 구연의 죄를 심사한 뒤에 형벌을 청하는 것이 공리에 합당한 것이다. 그렇게 할 양이면 세상 일이 언제 끝나는 날이 있겠는가.

또한 이등이 일본 천지에서 가장 높고 큰 인물이기 때문에 일본 4천만 인민이 모두 경외하는 것이요, 그러기 때문에 내 죄가 역시 극히 중대하여 중한 형벌을 청구하는 것으로 생각하는데, 그렇다면 왜 하필 사형으로써 청구하는 것이냐.

일본인이 재주가 없어 사형 이외에 보다 더 윗등 가는, 극히 중대한 형벌을 미리 마련해두지 못했던가. 좀 더 경감해준다고 생각해서 한 것이 그런 것인가.

나는 천 번 만 번 생각해보아도 이유와 곡절을 분간할 수 없어 의아할 따름이었다.

구연의 구형이 끝나자 변호인 겸전이 일어섰다.

"본건 피고인들의 변론 준비를 위하여 재판 기일을 연기해주시기 바랍니다."

불과 사흘의 심리를 끝으로 나흘 만에 결심 구형이 있었으니 당연한 일이었다.

진과는 구연을 돌아봤다.

"변호인의 신청에 검사는 다른 의견이 있는가?"

"없습니다."

"그럼 변호인의 신청에 따라 변론을 연기하여, 다음 기일은 모레 2월 12일 오전 9시로 지정한다. 피고인들은 출석하라."

변호인들은 단 하루의 연기인데도 아무런 이의 제기도 없이 받아들였다. 모두가 한통속이 된 형식적인 재판일 뿐이었다.

최후진술

2월 12일 오전 9시, 진과는 심리 속행을 선언하고 변호인의 변론을 구했다. 오늘도 여전히 방청석에는 정근, 공근 형제와 함께 안병찬 변호사가 자리하고 있었다.

먼저 겸전이 나섰다.

"본 사건은 세계의 이목이 집중되고 있는 중대한 사건이므로 세계에 모범이 되도록 신중하게 행하여주시기를 정중히 부탁드리는 바이다.

먼저 재판관할권에 관한 문제를 살펴봐야 한다. 본건은 청국 영토 내에서 발생한 범죄이며, 피고는 한국의 국적을 가진 자들이다. 또한 한국 신민은 '한청통상조약'에 의해 청국 영토 내에서 치외법권이 인정된다. 다만 '한일협약'에 의하면 일본은 한국의 위임에 의해 한국을 보호하기로 되어 있다. 그러나 외국에서의 한국민은 한국법령에 의해 일본국의 보호를 받아야 할 것이다. 그러한 까닭에 본건과 같은 경우에 있어서는 한국의 법익을 보호하기 위해서 제국형법을 적용할 것이 아니고, 한국법에 의해야 할 것이다. 그렇지 않으면 위임의 범위를 초월하여 한국의 입법권을 침해하는 결과가 되는 것이다. 그 경우 한국 형법에는 외국에서 행한 범죄에 대해서는 처벌할 아무런 규정이 없어 각 피고를 처벌할 것이 아니다.

다음은 사실론으로서, 설령 검찰관의 논고와 같이 일본 형법을 적용할지라도 조와 유는 일찍부터 러시아에 있었고, 한국은 국적만 가지고 있을 뿐이었기에 거의 한국을 망각한 것과 같다. 이에 그 정황을 알고 범행에 가담하였다고 인정할 만한 증거가 없다. 또 유는 정치사상이 전혀 없고 전일 법정에서 '빨리 집으로 돌아가고 싶다'고 한 발언만으로도 이 같은 중대한 사건에 가담할 수 없는 인물이라는 사실을 알 수 있다. 조는 이토 공 살해 이틀 전, 그의 아내를 부르는 전보를 친 사실에서도 안중근과 내통하거나 유와 함께 가담했다는 논리는 성립될 수 없다.

안중근과 우덕순에 대해서는 그 자백과 증거가 충분하므로 별다른 이견이 없다. 그러나 안은 죽음을 결심하고 범행을 실행한 자로 사형이 그에 대한 징계로서의 의미가 없다. 특히 피고들은 나라를 우려한 나머지 본건 범행에 이른바 그 심사에 참으로 가련한 점이 있으므로 두 피고에 대하여는 될 수 있는 한 작량 감경하여 가벼운 징역에 처함이 상당하다."

재판관할권에 대한 그의 논리는 비교적 명쾌했다. 사실론의 조도선과 유동하에 대한 변론도 간명하고 설득력이 있었다. 그러나 매우 성의 있는 변론으로 보기는 어려웠다.

진과는 원목에게 변론 내용을 피고인 등에게 통역해주도록 하고 휴정했다.

오후 1시 30분에 속개된 재판에서는 변호인 수야가 나섰다. 그는 형량과 관련해 변론했다.

"피고인 안중근은 지식이 부족하여 국가에 충성을 다하는 방법을 오해하고 있다. 실로 동정이 가는 점이다. 오늘 한국의 현상은 존왕양이(尊王洋夷)론이 판치던 유신 전의 일본과 흡사하여, 한국의 배일주의자의 주장은 일본의 지사(志士)와 같다. 안이 이토 공을 살해한 것은 '일한보호조약'을 오해한 때문이다. 일본도 유신 이래 여러 암살사건이 있었다. 그들 피고인과 비교할 때 안에게는 동정할 점이 있다.

검찰관은 안의 죄가 중한데 가볍게 처벌하면 비슷한 사건이 속출할 것이라 말하지만 이는 받아들일 수 없는 망론(妄論)이다. 목숨을 걸고 죄를 범한 자에게는 중형을 가하더라도 아무런 억제력이 없다. 아마 지하의 이토 공도 피고인이 중형을 받는다면 틀림없이 불쾌해할 것이다. 이토 공 역시 젊은 시절 영국대사관에 불을 지르고 존왕양이를 주창하는 등 안과 유사한 행적을 많이 남겼다. 또 본건의 재판에 세계 여러 나라가 주목하고 있다. 과도한 형벌은 그들의 오해를 유발할 수 있다. 따라서 피고 안중근에 대해서는 법정형에서 가장 가벼운 징역 3년을 선택할 수 있다."

감동은커녕 사건의 본질을 전혀 모르는 한심하기 이를 데 없는 변론이었다. 이등은 아무런 생각 없이 우연히 줄서기한 스승을 따라 존왕양이를 외치고, 자신의 출세를 위해 테러와 살인을 서슴없이 행한 것이었다. 반면 안중근은 조국과 동양의 평화라는 숭고한 대의를 인식하고 이를 필생의 과업으로 세워, 그것을 거스르고 해치는 간적에 대해서는 자신의 희생을 각오하고 제거하여, 징벌의 경종과 함께 밝은 길을 연 것이었다. 아무리 법원에 의해 선임되고 같은 일본인이라 할지라도, 법을 공부하고 실현하려는 법조인의 긍지와 양심이 있다면 결코 할 수 없는 비양심적이고 무능한 발언이었다.

수야의 변론이 끝나자 진과는 역시 원목에게 통역을 명했다.

"변호인으로부터 상세한 변론이 있었으니 피고인들은 최종으로 공술할 것이 있는가?"

통역이 끝나고 진과는 먼저 유동하를 가리키며 말했다.

"나는 이등과 기타 일본인에 대하여 모욕하는 따위의 일을 말한 적이 없다. 더욱이 본건에 대해서는 전혀 아무런 관계도 없는데 검찰관의 논고를 듣고서는 유감을 견디기 어려웠다. 마치 아니 땐 굴뚝에서 연기가 나는 격이다."

"조도선은 공술할 것이 있는가?"

"나는 본건과 아무런 관계가 없지만 안으로부터 이야기를 듣고 나도 가담한 것같이 되었으니, 이는 나의 우매한 소치로 별로 말할 것이 없다."

"우덕순은 어떠한가?"

"나는 이등이 일본과 한국 사이에 장벽을 만든 사람이므로 그것을 없애려고 한 것이다. 나의 밝은 뜻으로 가담한 것이니 별로 할 말은 없다. 그러나 금후 일본은 한국인과 일본인 모두를 평등하게 대하고 한국의 독립을 확실히 보장하기를 바란다."

"안중근은 더 공술할 것이 있는가?"

기다리고 있던 안중근은 차분하게 말을 시작했다.

"나는 검찰관의 논고를 들으며 그가 말하는 거짓과 오해에 대해 생각했다. 우선 검찰관은 하얼빈에서 올해 다섯 살 되는 나의 아들에게 사진을 보이고, 이자가 아버지냐고 물었더니 그렇다고 대답했다고 말했다. 그렇지만 그 아이는 내가 고국을 떠날 때 두 살의 나이였고, 그 후 다시 만난 적도 없는데 나의 얼굴을 알고 있을 까닭이 없다. 이 사실 하나만 보더라도 검찰관의 조사와 신문이 얼마나 조악하고 허술한지, 틀린 것인지 알 수 있는 일이다. 또 나의 이번 거사는 개인으로 한 것이 아니고 한일의 관계에서 한 것이라고 분명히 누차 말했다. 그런데 사건의 심리에 있어 판관을 비롯하여 변호인, 통역까지 모두 일본인으로 구성되어 있다. 또 그들 변호사의 변론이라는 것을 통역하여 들으니 도대체 편파적이기 이를 데 없다. 지금 한국의 변호사가 본건의 변호를 위해 여기 와 있으니 마땅히 허가하여 다시 심리하는 것이 옳다고 생각한다.

검찰관이나 변호인의 변론을 들으면 모두 이등의 통감으로서의 시정이 완전무결한데 내가 오해한 것으로 말한다. 이는 심히 부당하다. 나는 오해한 것이 아니라 도리어 너무 잘 알고 있다고 생각하므로 그 시정의 대요를 말하겠다. 먼저 1895년의 5개조 보호조약의 일이다. 그 조약은 우리 황제를 비롯하여 한국민 일반이 보호를 희망한 것이 아니었다. 그런데 이등은 마치 한국 상하와 황제의 희망으로 체결한 것같이 말하고, 일진회(一進會)를 사주하여 찬동하는 운동을 하게 했다. 또 각 대신을 돈으로 매수하여 황제의 옥쇄와 총리대신의 부서가 없는데도 유효한 체결인 것처럼 거짓 선전했다."

안중근의 진술은 러일전쟁의 후과와 그에 따른 의병의 궐기, 의병장 최익현(崔益鉉)의 피검 후 대마도에서의 죽음, 헤이그 만국평화회의 밀사사건, '을사늑약' 체결 등으로 조목조목 유장하게 이어졌다.

원목의 통역이 끝나자 다시 안중근의 진술이 계속됐다.

"이에 개중에는 할복하는 사람도 있었고, 많은 인민과 병사들이 손에 닿는 대로 병기를 들고 일본 군사와 싸워 오늘에 이르렀다. 그로 인해 10만 이상의 한국민이 도살되었으니 이는 모두 이등의 죄이다. 또한 도살도 부족하여 사람의 머리를 노끈으로 꿰뚫어 사회를 위협하는 등 잔학무도하기 이를 데 없는 행동을 하니, 일본이 시정을 바꾸지 않으면 한일 간의 전쟁은 영원히 끝나지 않을 것이다. 이등 그자는 영웅이 아니라 간웅이며, 그 간지(奸智)로 일왕을 속이니, 한국 동포 모두는 그를 미워하고 살해할 마음을 일으키고 있었던 것이다.

한국민은 십수 년을 이어지고 있는 도탄의 괴로움에 세상 그 누구보다도 평화를 원하고 있었다. 그런데 이제는 비단 한국인만이 아니라 일본인도 간절히 평화를 바라고 있다. 나는 한국에 와 있는 일본인을 군인, 농부, 상인, 심지어의 야소교(耶蘇敎, 예수교) 전도사에 이르기까지 두루 만나 대화했다. 내가 들은 그들의 심경을 말해주겠다.

먼저 군인은 고향에 처자를 두고 와 마음대로 돌아갈 수 없는 처지의 고단함을 털어놓으며 이등을 원망했다. 농부는 전쟁의 재원을 마련하기 위한 과중한 과세를 피해 한국에 왔지만, 또 의병전쟁 때문에 마음 놓고 농사를 지을 수 없으니 그 역시 이등이 원인이라며 미워했다. 상인 역시 공산품을 팔아 돈을 벌려고 왔으나 의병전쟁 때문에 도처에서 교통이 두절되어 생존할 수 없으니, 그 원인인 이등을 할 수만 있다면 죽이고 싶다고 분개했다. 전도사는 남의 백성을 학살하는 이등이 참으로 불쌍하니 천제(天帝)의 힘으로 개선시켜야 한다며 안타까워했다.

이처럼 일본인들조차 동양의 평화를 희망하고 간신인 이등을 미워하는데 하물며 한국인에 있어서는 친척이나 친구를 죽인 그를 증오하지 않을 수 있겠는가."

나라의 힘이 커지면 백성이 행복하니 나라의 힘을 키우기 위해서는 혹간 전쟁은 불가피하다고 주장하는 치자(治者)들이 있다. 그들은 백성의 앞날에 큰 부가 올 것이니 행복은 약속되어 있으며, 그래서 그들은 자신을 우러르고, 남편과 자식이 전쟁터에서 죽는 것을 자랑스러워한다고 생각한다. 그러나 착각이다. 아니다. 권력의 힘으로 억눌러 입을 다물게 한 것이고, 자신들도 그것을 안다. 곧 거짓말인 것이다. 백성도 그 거짓말을 알지만 입을 다물고 있는 것뿐이며 마음속으로는 우러르는 것이 아니라 미워하고, 도탄의 삶에 남몰래 피눈물을 흘리며 그 지도자가 어서 죽기만을 바라는 것이다.

전쟁의 진실은, 비유하자면 머리는 나쁘고 마음은 탐욕스럽고 성질은 사나운 사내가 근육을 기른 다음, 좀 만만해 보이는 근육의 사내에게 집적거려 힘겨루기를 하는 것에 불과하다. 근육들의 힘겨루기 결과는 언제나 둘 다 피투성이다. 다만 누가 더 피를 많이 흘리고 적게 흘렸느냐의 차이가 있을 뿐. 그런데도 그 미련하고 성질 사나운 종자들은 제가 피를 좀 덜 흘렸다고 생각하면 으스대고, 간혹 그 과시한 힘으로 약한 이들의 것을 조금 빼앗기라도 하면 큰 부라도 일군 것으로 착각한다. 하지만 자세히 셈을 해보면 몸뚱이는 상처뿐이고 별로 남는 것은 없다. 게다가 이웃의 인심까지 잃어 병이 들거나 상처가 도지는 날에는 그 집안 식구들까지 온통 비웃음을 사고 미움을 받으니, 살아도 사는 것이 아니게 된다.

안중근은 그런 준엄한 진리를 예로 들어 꾸짖은 것인데 아둔한 판관과 검찰관은 그 뜻을 알아듣지 못한 듯했다.

"다시 말하건대 나는 한국 의병의 중장 자격으로 동양의 평화를 어지럽히고 한일 간을 이간하는 이등을 사살한 것이다. 나는 이번 일을 계기로 일본이 한국에 대한 시정방침을 개선하여 한일 간의 평화가 만세토록 유지되기를 희망한다.

변호인의 말을 듣자니, '한청통상조약'에 의거해 한국민은 청국 내에서 치외법권을 가지며, 본건은 한국 형법대전에 의해 치죄할 수 없다고 하는데 그것은 부당하며 우론(愚論)이다. 금일의 인간은 모두 법에 의해 생활하고, 사람을 죽인 자는 누구나 벌을 받지 않고는 살 수 없다. 그러면 나는 어떠한 법에 의해 처벌되는가? 한국의 의병이며 지금 적군의 포로가 되어 있는 것이니 마땅히 만국공법에 의해 처단되어야 한다."

법망에 구멍이 있다고 빠져나가지 않고 처단을 자원하지만 정당한 법정에서 정당한 신분으로 벌을 받겠다는 안중근의 말에, 억지에 졸속 재판으로 일관하는 자들로서는 쥐구멍에라도 들어가고 싶은 심정이었을 것이다.

안중근의 공술에 대한 원목의 통역이 끝나자 진과는 공연한 헛기침으로 민망함을 감추고, 5차 결심공판을 끝냈다.

"선고공판은 모레 2월 14일 오전 10시에 개정한다. 각 피고들은 출석하라."

한국인 변호사의 선임 허가나 만국공법 적용은 귀에 들리지 않은 모양이었다. 아니, 들렸기에 창피해서 더욱 재판을 서둘러 끝내려는 것이었다.

안중근은 일갈했다.

"모레면 일본국 4천7백만 인격의 근수(斤數)를 달아보겠구나! 어디 그 경중 고하를 지켜보리라!"

영웅의 왕관

선고를 하루 앞둔 2월 13일, 안중근은 감옥에서 의연히 '안응칠역사'를 쓰고 있었다. 오후가 되자 청목 부장과 전중이 오더니 면회를 알려줬다. 그들을 따라 면회실로 가니 정근, 공근과 함께 사촌 동생인 명근(明根)이 와 있었다. 명근은 아버지의 둘째 형 안태현의 큰아들로 그날 뤼순에 도착해 곧장 면회를 온 것이었다.

"이게 몇 년 만이냐? 셀 수도 없구나."

"형님은 얼마나 고생이 많으십니까."

명근은 눈가가 벌겋게 달아올라 금방이라도 눈물을 떨어뜨릴 것 같았다.

"나는 걱정 말아라. 혹시 어머니는 뵙고 왔더냐?"

"뵙고 오는 길입니다. 의연하고 강건하시니 염려 마십시오."

"다행한 일이다. 민 주교님은 뵌 적이 있는가?"

"뵙기야 했습니다만……."

명근의 눈살이 저절로 찌푸려졌다. 중근이 종부성사를 받기 원한다 하여 그동안 수차례 청을 했지만 민 주교는 요지부동 허락하지 않고 있었다. 심지어는 이제 중근은 신자가 아니라고까지 하며 홍 신부의 간청까지 물리쳤다.

명근의 모습에 안중근은 가벼운 웃음을 지었다.

"어쨌거나 우리는 신자이고 그분은 신부님이 아니냐."

"그렇기는 합니다만……."

명근은 그렇게 말을 얼버무린 후 더 잇지 못했다. 당장 내일이면 사형이 선고되리라는 것이 중론인데 다른 걱정을 할 여유가 없었던 것이다. 안중근도 그 속을 아는지라 마음을 편하게 해주고 싶었지만 무슨 말을 해야 할지 생각이 떠오르지 않았다.

한참이 흐른 뒤 명근이 조심스럽게 어색한 침묵을 흔들었다.

"내일이…… 선고라고……?"

정근과 공근은 차라리 눈을 감고 고개를 돌려 외면했다.

"아마 들은 바대로 될 것이다."

"설마, 설마요, 형님……."

명근은 기어이 울먹이며 눈물을 떨어뜨렸다.

"죽고 사는 것이 뭐 그리 대수라고. 남아로 태어나 뜻한 일을 이루었으면 그것으로 된 것이지. 다만 어머님보다 먼저 세상을 버리는 것은 영원히 씻지 못할 불효인지라 마음이 무거울 뿐이다."

"담대한 것도 좋지만 어찌 그리 무심하십니까. 형수님도 그렇지만 아이들은 어쩌라고요."

그렇게까지 말할 생각은 없었는데 부지불식간에 튀어나온 말에 명근은 얼른 제 입을 손으로 틀어막았다. 그러나 안중근은 태연히 웃음을 지어 보였다.

"난들 어찌 처와 아이들의 앞날이 걱정되지 않겠나. 그저 천주님의 뜻에 맡기는 수밖에 없는 일이고, 천주의 가호를 믿어야지."

"알겠습니다. 형제들이 힘을 모아 정성껏 돌보겠습니다."

안중근은 고개를 저었다.

"아니다. 아무래도 검찰관의 말이 처음과 달라지는 걸로 보아서는 일본 정부가 재판에 크게 관여하고 있는 것 같다. 만일 나에게 내일 사형이 선고된다면 그것은 판관 개인의 뜻이 아니라 일본국의 뜻일 것이다. 그렇다면 저들이 이등의 죽음을 보고도 병탄할 의사를 바꾸지 않겠다는 것이니, 너희들은 물론 한국의 뭇 남자들은 하나같이 독립을 가장 우선으로 삼아야 할 것이다."

명근과 정근, 공근은 그저 눈물을 지을 뿐이었고 입회하고 있던 청목과 전중은 서늘한 전율을 느끼며 고개를 숙였다.

2월 14일 월요일. 안중근은 감옥에서 든든히 밥을 먹고 평소와 다름없이 태연한 걸음으로 감옥을 나와 사방이 막힌 검은색 마차에 올랐다. 법원에 도착하자 마차의 뒷문을 열어주어 내렸는데, 처음 재판이 시작되던 날보다 훨씬 더 많은 사람들이 안중근을 기다리고 있었다. 그들은 혹은 사진을 찍고, 혹은 저희들끼리 무어라 이야기를 나누고, 혹은 심각한 얼굴로 손에 든 공책에 무언가를 열심히 적기도 했는데, 대부분은 기자로 보였다.

안중근은 간수의 인도로 구치감에 들어가 수갑과 포승을 벗고 법정으로 향했다.

그날도 역시 법정 안은 사람들로 가득 차 빈틈이 없었다. 정근, 공근, 명근을 비롯하여 안병찬 변호사와 미하일로프 변호사의 모습도 보였다. 외국인으로는 각국의 기자들 이외에 러시아 법학박사 야브친스키 부부, 러시아 영사관원 등이 있었다.

마침내 10시 정각이 되자 진과 법원장 등이 들어오고 장내가 정리되었다.

먼저 각 피고인들의 신원을 확인한 진과는 잠시 시간을 두었다가 무겁게 입을 열었다.

"이토 공작 살해사건에 대한 판결을 다음과 같이 선고한다. 주문. 피고 안중근, 사형. 동 우덕순 징역 3년. 동 조도선 징역 1년 6월. 동 유동하 징역 1년 6월."

예상했던 바이지만 일순 법정 안은 정적에 휩싸였다. 특히 우덕순의 형량은 검사의 구형보다 높은 것이었으니 내각과 형량까지 결정한 평석의 지시가 있었음이 분명했다. 진과는 그야말로 허수아비 재판장이었다.

정적을 깬 것은 안중근이었다.

"일본에는 사형 이상의 형벌은 없는가?"

"판결 이유. 피고 안중근은……."

진과가 판결 이유를 읽어 내려가기 시작하자 안중근은 옅은 미소를 지으며 또 말했다.

"이런 판결 결과는 재판 전부터 미리 결정이 나 있었던 것이 아니더냐!"

그리고는 밝은 얼굴로 어깨를 펴고 당당하게 앉아 미동도 없이 판관을 주시했다.

나이 어린 유동하는 울먹거렸고, 조도선은 불안한 표정을 지었다.

우덕순은 원망의 빛 같은 것은 없이 덤덤했다.

긴 판결 이유를 다 읽은 진과가 덧붙였다.

"피고들은 본 판결에 불복이 있으면 5일 이내에 항소할 수 있다. 판결문의 정본, 등본, 초본을 청구할 수 있다. 이로써 본건 재판을 마치고 폐정한다."

안중근, 그는 마침내 영웅의 왕관을 들고 늠름하게 법정을 떠났다.

재판을 처음부터 취재해온 영국 화보신문 『더 그래픽(The Graphic)』의 기자 찰스 모리머가 안중근 선고공판 기사의 말미에 쓴 글이다.

안중근은 이날의 소회를 '안응칠 역사'에서 다음과 같이 기술했다.

내가 생각했던 것에서 벗어나지 않았다. 예로부터 허다한 충의로운 지사들이 죽음으로써 간하고 정략을 세운 것이 뒷날의 역사에 맞지 않은 것이 없었다. 이제 내가 동양의 대세를 걱정하여 정성을 다하고 몸을 바쳐 방책을 세우다가, 끝내 허사로 돌아가니 통탄한들 어찌하랴.

그러나 일본국 4천만 국민이 '안중근의 날'을 크게 외칠 날이 멀지 않도다. 동양의 평화가 이렇게 깨어지니 백년 풍운이 언제 그치리오. 이제 일본 당국자가 조금이라도 지식이 있다면 반드시 지금의 정책을 바꾸게 될 것이다.

돌이켜 생각하면 염치와 공정한 마음이 조금이라도 있었던들 어찌 이 같은 행동을 능히 할 수 있었겠나.

지난 을미년(1895년)에 한국에 와 있던 일본의 공사 삼포오루(三浦吳樓: 미우라 고로)가 병정을 몰아 대궐을 침범하고 한국의 명성황후(明成皇后) 민씨를 시해했으되, 일본 정부는 아무런 처벌도 하지 않고 삼포를 석방했는데, 그 속사정인즉 반드시 명령한 자가 있어 그리한 것이 분명하다. 그런데 오늘에 이르러 나의 일로 말하자면, 비록 개인 간의 살인죄라 할지라도 삼포의 죄와 나의 죄 중 어느 죄가 중하고 경하겠나. 그야말로 머리가 깨지고 쓸개가 찢어질 일이 아니던가!

'내게 무슨 죄가 있느냐, 내가 무슨 죄를 범했느냐?' 하고 천 번 만 번 생각하다가 문득 크게 깨달은 뒤에 나는 손뼉을 치며 크게 웃었다.

나는 과연 큰 죄인이다. 다른 죄가 아니라 내가 어질고 약한 한국 인민 된 죄이로다!

이쯤에서 우리는 우리에게 각인되어 있는 안중근에 대한 이미지를 한번 되돌아봐야 할 것 같다.

먼저 안중근은 우리에게 영웅이다. 또 곧잘 흠결 없는 성인으로 비춰지기도 한다. 그에 관한 다른 소리는 전혀 들어볼 수 없기 때문이다. 맞다, 그는 영웅이다. 그러나 흠결 없는 성인의 반열로 우러르는 것은 좀 문제가 있는 듯싶다.

'안응칠 역사'에서 그는 공부보다는 사냥을 더 좋아했다고 태연히 기술했다. 요즘의 관념으로는 썩 마땅치 않을 수 있다. 또 음주가무를 좋아했고, 기생집에서는 여자에게 매질도 서슴지 않았다고 적었다. 행간 곳곳에서는 불같이 급한 성격도 드러난다. 반면 한 청년회에서는 터무니없이 귀빰을 맞아 귓병으로 달포간이나 고생할 정도였지만 회원의 화합을 위해 조건 없이 화해하는 너그러움과 인내심도 있었다. 이웃의 사건에 앞장서 동분서주하는 여러 사례나, 국내 진공작전 시 포로로 잡은 일본 병사를 군기와 무기까지 들려 돌려보냄으로써 부대가 흩어지게 된 일은, 어찌 생각하면 돈키호테 같아 보이기도 하는 면이다. 그러나 모든 것은 확고한 그만의 원칙에 의한 일들이었다.

원칙의 첫 번째는 대의였고, 그 대의는 나라와 정의였다. 남의 일에 나선 것은 돈키호테여서가 아니라 옳지 못한 일을 외면할 수 없는 정의심 때문이었다.

두 번째는 인간에 대한 사랑과 존중이었다. 천주교에 귀의하며 민권에 눈을 뜬 영향도 있겠지만 그는 천부적으로 사람을 존중했다. 동학군이라 할지라도 양민을 약탈하면 전투를 불사하고, 적군의 포로라도 수용(收容)할 수 없으면 풀어주었던 것이 그 예이고 증거이다.

세 번째는 화합의 평화와 용기였다. 그는 내내 한국과 일본의 평화로운 화합을 희망했고, 개인의 삶에서도 화합을 위해 인내했다. 그러나 그 평화를 절대적으로 해치는 자에게는 목숨을 거는 용기가 있었으니 바로 이등 척살이다.

그러나 목숨을 함부로 버리는 것이 용기는 아니다. 그래서 그도 구체적으로 사형이 구형되고 이를 선고받았을 때는 비감(悲感)에 쌓인 감정을 드러낸 것이었다. 어찌 그렇지 않겠는가. 반드시 두려움은 아닐지라도 억울함은 있었을 것이니. 그처럼 그도 한 사람의 인간이지 결코 완벽한 성인은 아니었다. 다만 그는 두려움이든 억울함이든 비감을 극복하여 끝내는 죽음을 초월했기에 우리에게 영웅이 되는 것이다.

군이 이 같은 사족(蛇足)을 다는 것은 '안응칠 역사'를 읽다 보니 그의 비감에 함께 공감하는 것이 사람의 옳은 도리일 것 같아서였다.

동포에게 고함

　사형이 선고되고 하루가 지난 15일의 아침이 밝았다. 안중근이
지난밤 늦도록 깊은 사념(思念)에 잠겨 있자 마음으로 그를 깊이 존
경하는 간수와 헌병들도 납덩이가 가슴을 짓누르는 듯한 무거움을
느꼈다. 다행히 아침이 되자 그가 평소의 담담한 얼굴빛으로 넣어
준 아침밥 그릇을 말끔히 비우니 비로소 무거움이 덜어졌다.

　안중근이 감방 앞에서 보초를 서고 있던 천엽십칠(千葉十七: 지바 도
시치) 헌병을 불렀다.

　"간수 부장을 좀 불러주겠소?"

　"예, 알겠습니다."

　천엽은 즉시 돌아서 달려가더니 이내 청목 부장과 함께 돌아왔다.
청목은 무슨 일인가 두 눈이 휘둥그레져 있었다. 안중근이 먼저 누
군가를 부른 적은 거의 없었기 때문이다. 더구나 그 엄중한 선고가
있고 난 뒤였으니.

"무슨 일이십니까?"

다급한 청목의 물음에 안중근은 온화한 미소를 지어보였다.

"미안하오만 목욕을 좀 했으면 싶은데 가능하겠소?"

"물론입니다."

청목은 안중근의 말이 채 끝나기도 전에 대답하며 천엽에게 어서 감방 문을 열라는 눈짓을 했다.

그 마음과 뜻을 알 수 있었다. 그에게 어제와 오늘은 항소 여부와 상관없이 하늘과 땅처럼, 천당과 지옥처럼 다른 날일 것이었다. 무엇을 하든 이제까지와는 모든 것이 다른 날의 시작이 될 터였다. 사람의 행동은 겉으로 보기에는 똑같아 보여도 그 마음 바탕이 다르면 그에게는 완전히 다른 것이 되니, 새로이 시작하는 날에 지난 때를 말끔히 씻어버리고, 털어내고 싶은 것이리라.

목욕을 끝내고 감방 안으로 돌아온 안중근은 옷차림을 단정히 한 뒤 책상 앞에 바르게 앉아 붓을 들었다.

동포에게 고함

내가 한국 독립을 회복하고

동양평화를 유지하기 위하여

3년 동안을

해외에서 풍찬노숙 하다가

마침내 그 목적을 도달치 못하고

이곳에서 죽노니

우리들 2천만 형제자매는

각각 스스로 분발하여

학문에 힘쓰고 실업을 진흥하여

나의 끼친 뜻을 이어

자유 독립을 회복하면

죽는 자 유한이 없겠노라.

천천히 글쓰기를 마친 안중근은 조용히 눈을 감고 써 내려간 글의 뜻을 더듬었다.

안중근이 이등을 죽인 일은 하루아침에 결정한 것이 아니라 오래도록 마음에 품었던 일이었다. 그가 반드시 죽어야 하는 것은 본디 탐욕이 강하고 간지(奸智)가 뛰어난 데다 일본 제일의 권세가이니, 살아 있어서는 그가 행할 죄악을 예측할 수 없을 지경이었기 때문이다. 이에 비록 이등을 척살하기는 했으나 이미 그의 탐욕은 일본의 권력자 전반에 널리 전염되어, 그가 사라진 것 하나만으로는 멈추지 않을 듯싶었다. 그 생생한 증거는 바로 공판에서 관동도독부 법원이 보여준 행태였다.

일이 그처럼 되었으니 앞으로도 우리 동포들이 겪을 고초가 어떠할지 눈앞에 선했다. 이에 독립을 되찾을 길을 밤새 고민하니 그 길은 교육과 실업의 진흥이었다. 더러는 지금처럼 국내와 해외에서 무력으로 투쟁할 투사들도 있겠지만, 모든 동포가 그리만 해서는 혹여 독립이 되더라도 나라를 다시 일으켜 세우기가 어려울 것이었다. 아무리 독립을 되찾았다 해도 나라를 바로 세우지 못하면 자유를 잃는 것이고 또 다른 고초의 길이니, 이를 각성하여 저마다의 소임에 충실하고 노력을 다하기를 바라는 뜻이었다.

오후가 되자 형제들과 안병찬 변호사가 면회를 왔다. 안중근은 오전에 쓴 글을 가슴에 품고 면회실로 향했다.

네 사람은 낙담과 비통함이 가득한 표정으로 어찌할 바를 몰라 고개를 떨어뜨리거나 먼 곳으로 눈길을 둘 뿐이었다. 안중근은 허허롭게 웃음을 한 번 웃고 먼저 말을 꺼냈다.

"안 변호사님은 이제 돌아가셔야겠군요. 먼 길을 오셨는데 괜한 헛걸음이 되었습니다."

"돌아가다니요. 항소심에서는 변호를 해야지요. 제 놈들이 아무리 뻔뻔하다 해도 안 의사가 법정에서 그처럼 말했는데 또 관선 변호사만 고집하지는 못하겠지요. 지금, 세계가 주목하고 있습니다."

안병찬은 열을 냈지만 중근은 또 허허롭게 웃었다.

"항소라……."

"왜요? 뭘 망설입니까? 당장 하셔야지요. 이대로 저놈들이 바라는 바를 이루게 해서는 안 되지요."

"허허…… 아무튼 이 글을 동포들에게 널리 알려주십시오."

안중근은 품 안에서 가져온 글을 꺼내 건네주었다.

찬찬히 '동포에게 고함'을 읽은 안병찬은 뭉클하게 치밀어 오르는 뜨거운 기운에 그만 눈물을 비치고 말았다. 그는 불끈 쥔 주먹으로 눈가를 훔치며 다짐하듯 말했다.

"예, 반드시 우리 2천만 동포 모두가 안 의사의 뜻을 받들도록 하겠습니다."

"고맙습니다."

안병찬이 건네받은 '동포에게 고함'은 얼마 뒤 안중근이 순국하기 전날인 3월 25일 『대한매일신문』에 실려 2천만 국민에게 알려졌다.

안중근은 명근에게 눈길을 돌렸다.

"아무래도 정근과 공근은 금방 돌아가지 않을 태세이니 자네는 먼저 돌아가서 어머님을 위로해드려라. 그리고 민 주교와 홍 신부님을 만나 내 종부성사를 성사시키는 데 애써라."

"알았습니다. 꼭 그렇게 하겠습니다."

신심 깊은 형의 간절함에, 명근은 무릎을 꿇어서라도 종부성사를 이루게 하리라 마음속으로 다짐했다.

그러나 그날 민 주교는 드망즈(Demange) 신부를 통해 중국 펑텐의 천주교 대교구장 슐레(Choulet) 대주교에게 '안중근에게 홍 신부를 파견할 수 없다'는 서한을 보냈다.

그동안 뤼순에 와 있던 정근, 공근 형제는 한국의 홍 신부는 민 주교의 방해로 종부성사를 집전할 수 없을 것이라 예상하고, 중국에 주재하는 신부를 상대로 집전할 길을 알아보았다. 민 주교의 서한은 그 과정에서 사정을 알게 된 슐레 대주교가 지난 2월 8일 보낸, '홍 신부가 뤼순에서 안중근에게 성사를 집전할 수 있는 권한을 허락했다'는 내용의 지시에 대한 답변이었다.

한편 안중근의 면회 내용을 전해 들은 구연은 그의 소망을 들어주는 것이 도리라는 생각에, 다음 날인 16일 '안중근과 홍석구 신부의 면담 및 뤼순 감옥에서의 종부성사를 허가한다'는 내용의 전보를 발송했다. 그러나 민 주교는 그 전보에 대해서도 '홍 신부를 뤼순으로 보낼 수 없다'고만 답했다.

관동 최고법원장의 간지

2월 17일 오전에 율원 전옥이 감방으로 안중근을 찾아왔다.

"항소는 마음을 정하셨습니까?"

갑작스러운 걸음도 그렇고 은근한 말투로 보아 속셈이 있는 것 같았지만 안중근은 개의치 않았다.

"글쎄요, 아직은."

"뭐 필요하신 것은 없습니까?"

"예, 감옥에 있는 처지에 뭐 그리 필요한 게 있겠소. 후의에 감사할 뿐이오. 그런데 무슨 특별한 용건이라도 있는지요?"

율원은 멋쩍은 웃음을 흘린 뒤 목소리를 낮췄다.

"제가 다리를 놓을 테니 법원장을 한번 만나보시지 않겠습니까?"

"법원장이라면 진과십장 말인가요?"

"아닙니다. 히라이시 고등법원장 말입니다."

"내가 그를 왜 만나야 하는 것이오?"

"아, 꼭 만나야 한다는 건 아닙니다. 다만 그분이 여기 관동도독부 법원의 최고 책임자이고, 혹시 항소를 하시면 재판장이 될 수도 있으니까요."

안중근은 잠시 생각했다. 그저 다리를 놓아주겠다는 것은 아닐 터였다. 분명 평석이라는 고등법원장이 만나기를 원하는 것이었다. 그렇다면 용건의 첫째는 항소 여부가 될 것이고, 둘째는 항소심에 관한 것일 테니 그들이 가장 불편해하는 나의 주의 주장에 관한 이야기가 나올 것이 분명했다. 굳이 마다할 필요는 없을 듯싶었다.

"좋소이다. 만나보리다."

"감사합니다. 그럼 지금 가시지요."

역시 평석이 기다리고 있는 것이었다.

안중근이 고등법원장실로 들어서자 평석은 놀란 시늉을 하며 자리에서 벌떡 일어나더니, 만면에 웃음을 지으며 안중근을 정중히 맞았다.

"어서 오시오. 진작부터 한번 뵙고 싶었소이다."

"환대해주니 고맙소이다."

"이렇듯 판관의 처지로 마주하지 않았으면 정겹게 술잔을 기울이며 교우할 수 있었을 텐데, 천하대세 탓으로 이러하니 참으로 안타깝소이다."

의례적인 인사말이 이어지는 동안 안중근은 그의 생김새를 찬찬히 뜯어보았다.

반백의 머리를 중처럼 밀어 이마가 넓어보였고, 두 눈은 움푹 들어간 데다 하관이 가팔라 전체적으로는 역삼각형을 이루는 얼굴이었다. 관상으로 말하자면 출세욕이 크고 교활하여 오래도록 신심으로 교류할 사람은 아닌 듯싶었다.

"이번 판결 결과에 대한 소회는 어떠하오?"

"심히 부당한 판결이었소."

안중근은 망설이지 않고 대답했다.

"심히 부당하다…….."

"그렇소. 사형 그 자체가 문제가 아니라 재판의 불공정을 말하는 것이오. 먼저 나는 대한의군 참모중장이자 하얼빈 특파대장의 자격으로서 이등을 적군의 수괴로 여겨 사살한 것이오. 그러니 내게 적용되어야 할 법은 만국공법이오. 그런데 관동도독부의 일본인 재판관이 나를 재판했으니 집주인이 아닌 자가 주인 행세로 사람을 쫓아낸 것과 다를 바 없는 것이오. 또 일본이 문명국이라면 응당 피고인의 변호권을 존중해야 할 터인데 나를 위해 변호인으로 나서겠다는 러시아와 영국, 스페인 변호사는 물론, 내가 선임한 한국 변호사의 변론까지 허가하지 않았소. 그러니 이번 재판은 재판이 아니라 일방적이고 정치적인 장난질과 다름없소."

거침없이 질타하는 안중근의 태도에 평석은 민망함으로 낯이 뜨거웠다. 그러나 노회한 그는 '사형 그 자체가 문제가 아니라'는 말만을 곱씹고 있었다.

지금 일본 정부가 가장 두려워하는 것은 안중근의 '입'이었다. 이미 1심 재판에서 본 것과 같이 그의 유장한 말과 정연한 이론은 외신 기자들이 경탄하기에 충분했다. 심지어는 방청하던 일본인들도 그의 말에 탄복하여 고개를 끄덕이고 재판부를 비난하기까지 했다. 특히 만주 지역 신문들은 공판 과정을 상세히, 그것도 안중근에 대한 동정과 우호를 공공연히 드러내며 보도하고 있었다. 안중근의 '입'은 만주경략이라는 일본제국의 원대한 꿈에 막심한 장애가 아닐 수 없었다. 그래서 하루를 쉬지 않는 연나흘의 짧은 심리와 하루 건너씩 결심과 선고를 하는, 자신이 생각해도 졸속이기 이를 데 없는 낯 뜨거운 재판을 강행하고, 서둘러 덮어 잊히게 하려는 것이었다.

그런데 만약 안중근이 항소하여 2심 재판이 열리게 된다면 이번에는 세계 여론의 눈치를 보지 않을 수 없으니 최소한 그가 원하는 변호인의 선임은 허가해야 했다. 그리될 경우 변호인들은 심리에서 사소한 것 하나마다 쟁점으로 삼아 기일을 최대한 늘릴 것이고, 그에 맞춰 안중근의 목소리가 높아진다면, 생각만 해도 모골이 송연할 지경이었다. 어떻게든 안중근의 항소를 포기시켜야 했다. 그러기 위해서는 무엇이건 들어주고 양보할 생각이었지만, 이쪽에서 먼저 항소포기를 입에 담아 반감을 사서는 안 된다는 것을 평석은 다시 한 번 상기했다.

"충분히 주장할 수 있는 바요. 그러나 이즈음 돌아가는 세계사적 추세나 동양의 현실로 보아서는 일본의 입장도 자못 난처하오이다."

평석의 변명에 안중근은 틀린 생각이라는 듯 고개를 가로젓고 말을 이었다.

"지금의 그 난처함이란 이등과 일본의 그릇된 생각에서 비롯된 것이오. 청국은 예로부터 땅이 넓고 인구가 많은 대국이었소. 그러나 일본은 한국보다는 다소 땅이 넓다고 하나 문명에서 뒤떨어져 예로부터 우리 한국을 통해 문물을 전수받았소. 그런데 명치유신으로 나라의 제도를 바꾸고 서양 문물을 받아들이더니, 한국을 앞서는 이른바 문명국이 되었소. 그때 러시아가 동양에 대한 침략을 획책하여 한국에 발을 뻗으면서 청국 및 러시아와 갈등이 생긴 것이오. 이에 일본은 청국, 러시아와 각각 한 번씩 전쟁을 치러 크게 이겼소이다. 그러나 양 전쟁에 임하며 발표한 선전 조칙의 동양평화와 한국 독립의 정신은 어디로 가고, 오히려 한국 병탄의 야욕을 공공연히 드러내 우리 황제를 핍박하고 국민을 도륙하며, 만주로 진출하려는 속내까지 드러내고 있소.

그러나 생각해보시오. 아무리 오늘날 우리 한국의 힘이 약하다 하나, 2천만 신민이 하나같이 독립과 자유를 깊이 갈망하여 일본인 중에서도 침략을 즐겨하는 사람은 원수처럼 여기는데, 백 년을 간다 한들 그 전쟁이 끝나겠소? 청국도 오늘은 깊이 병들어 있다 하나 수천 년 역사로 거대한 땅과 수억의 인구를 가진 대국인데 한낮 일본의 힘이 조금 강하다 하여 무릎을 꿇게 되지는 않을 것이오. 그러니 이는 공연히 이웃을 괴롭혀, 스스로 멸망의 길로 가는 것이니 어찌 난처하지 않겠소."

평석은 속이 부글부글 끓었지만 한편으로 가슴이 뜨끔하여 진땀이 나고 등골이 서늘할 지경이었다. 당장 고함쳐 말을 멈추게 하고 감옥으로 돌려보내 갖은 핍박에 고문을 가하도록 하고 싶은 생각이 굴뚝같았지만 그럴수록 참아야 했다. 만약 항소심이 열려 법정에서 저와 같은 논리를 또 다시 정연하게 설파한다면, 그때의 사형은 잊히게 하는 것이 아니라 불 위에 기름을 끼얹어 영원히 타오르게 하는 격이 될 것이었다.

"그렇다면 그대는 동양평화를 위해 특별히 생각하는 바가 있소이까?"

안중근은 크게 고개를 끄덕였다.

"물론이오. 먼저는 동양 3국이 힘을 합해야 하는 이유를 말하겠소. 바야흐로 물질문명이 크게 발달했으나 그것이 인간에게 유리하게 사용되는 것이 아니라 인간을 파괴로 이끌고, 도덕을 망각한 채 무력만을 일삼는 바탕이 되었소. 특히 근자에 물질문명에 앞선 서양, 그 가운데서도 러시아 세력은 서세동점의 시세를 따라 동양으로의 진출을 적극 꾀하고 있으니 그것이 동양 3국이 단합해야 하는 이유요. 나는 그 중심이 한때 일본에 있다고 생각했고 일왕을 믿었소. 그러나 이등의 간악한 술수로 일본이 동양평화를 유린하게 되었으니 부득불 처단하지 않을 수 없었소이다. 이제 이등이 없어졌으니 일본은 시정을 바꾸어 동양 3국이 단합하는 데 적극 나서 서양 백인의 세력에 함께 대처해야 할 것인데 그 방책의 대요는 다음과 같소이다.

첫째는 일본이 뤼순을 청국에 돌려주고 중립화하여 그곳에 동양 3국이 공동으로 관리하는 군항(軍港)을 만드는 것이오. 그것은 일본이 야심이 없다는 것을 만방에 보여주는 것이기도 하오. 그리고 그곳에서 3국의 대표가 모여 동양평화회의를 조직하고 항구적인 평화를 도모하는 것이오. 그 재정은 동양 3국 인민들을 상대로, 한 사람당 1원씩 회비를 모금하고, 각국 각 지역에 동양평화회의 지부를 두는 것이오.

둘째는 원만한 금융을 위해 3국 공동 은행을 설립하고, 공동의 화폐를 발행하는 것이오. 그리고 각 지역에 은행의 지부를 두면 3국 경제가 하나가 되는 것이니 이것이 영원한 평화의 발판이오.

셋째는 3국의 청년들로 이루어진 공동의 군단을 만들고, 그들에게 각각 2개국 이상의 언어를 익히게 하는 것이오. 그리하면 서로가 우방으로서의 정이 깊어지고 형제의 정을 느끼게 될 것이니 그만한 평화의 방책이 없을 것이오.

넷째로 일본이 한국과 청국의 상공업 발전을 지도하고 협력하는 것이오. 그렇게 균등한 발전이 이루어져야 그 교역으로 서로가 이익을 키워갈 수 있기 때문이오.

다섯째는 동양 3국의 황제들이 로마교황청을 방문하여 교황을 증인으로 협력을 맹서하고 왕관을 받는 것이오. 그리하면 오늘날 세계 종교인 가운데 3분의 2가 천주교이니 세계만방의 민중이 우리를 신용할 것이오."

여기서 우리는 잠시 당시 안중근 사상의 밑바탕을 살펴봐야 한다.

안중근은 당초 일본과 그 왕에 대한 신뢰가 깊었다. 그것은 실사구시의 정신과 함께 상공업의 발달이 나라 경제의 근간이 된다는 생각에, 앞서 개화에 성공한 일본을 전범(典範)으로 삼았기 때문일 것이다. 또 서양의 근대 정치·행정제도를 받아들여 헌법을 제정하고 그 법 아래에서 입헌군주제를 구축한 것을, 명색은 대한제국이지만 정부의 구조는 여전히 조선 왕조 체제와 다름없는 한국과 비교하여 역시 전범으로 삼았던 듯하다. 그것은 특히 선진제도가 반상의 구별 등 신분차별을 타파하여 널리 인재를 구하는 등 실질적인 민권의 향상을 실현하는 것이기에 천주교를 통해 익힌 그의 민권사상과 맞아떨어진 결과일 것이었다.

그러니 그가 여전히 일본에 대한 신뢰를 포기하지 않고, 일왕에 대한 기대도 버리지 않은 것은 당시 그가 체현할 수 있는 동양 3국 현상의 한계로, 막연히 오늘의 잣대로 난감해하거나 무작정 눈살을 찌푸릴 일은 아닐 것이다.

아무튼 안중근의 정연한 논리에 평석은 진심으로 경탄했다.

"안 의사의 말씀을 들으니 눈이 떠지고 귀가 뚫리는 것 같소이다. 그러나 내가 아무리 마음으로 깊이 동정해도 정부 기관이 하는 일을 어찌할 수 있겠소. 다만 진술하는 의견을 정부에 보고하는 것은 미루지 않을 것이오."

안중근은 심히 고마웠다.

"그럼 만일 허가할 수 있다면, 사형집행 날짜를 한 달 정도만 늦추어주시오. 내가 마음에 담고 있는 '동양평화론'을 한 권의 책으로 쓰고 싶소이다."

평석은 귀가 번쩍 뜨였다. 그처럼 사형집행을 거론하는 것은 항소를 포기하려는 뜻이 있다는 것이었다.

"어찌 한 달뿐이겠소! 설령 몇 달이 걸리더라도 특별히 허가하겠으니 걱정하지 마시오."

안중근은 그의 망설임 없는 화답에 크게 기뻐하며 감사하는 마음을 품고 감옥으로 돌아왔다.

사제의 길

날이 밝자 안병찬 변호사가 면회를 왔다. 항소제기의 기한은 판결 후 5일 이내였으니 어서 결정하여 항소장을 제출해야 하기 때문이었다.

"항소할 마음은 정했소?"

"하지 않을 것입니다."

너무도 확고한 안중근의 답변에 안병찬은 얼굴이 하얗게 질렸다.

"그, 그게 무슨 소리요? 어찌 저들의 무도함에 이처럼 쉽게 굴복하려 하는 것이오?"

"아닙니다. 내가 저들의 불공평한 재판에서 사형을 언도받고도 항소권을 포기하는 것은 죄를 수긍하여 굴복하는 것이 아닙니다. 결과를 뻔히 알면서도 비루하게 목숨을 구걸하는 것처럼 보이면 그것이 진정으로 굴복하는 것입니다."

"아무리 그렇더라도 항소를 하면 기회를 볼 수 있을 것이지만 포기하면 아무런 길도 없소이다."

"이 재판은 법원이 하는 것이 아니라 일본 정부가 하는 것입니다. 처음부터 정해놓고 하는 재판에, 저들이 일본의 관리이고 일본 사람인 이상 달라질 것은 아무것도 없습니다."

"아무리 그렇다 하더라도……."

자신도 뻔히 짐작하는 일이니 더 할 말이 없어진 안병찬은 끝내 울음을 터뜨리고 말았다. 안중근은 그 또한 한문중의 사람이며 의기 높은 지사인지라 그의 시린 감정을 달래주고 싶었다.

"내가 어제 평석이라는 고등법원장과 만났소이다. 그에게 '동양평화론'을 쓰겠다며 사형집행을 늦춰달라고 했더니 기껍게 허락하더이다. 서둘러 글을 쓸 것이니 그것으로써 나는 죽어도 영원히 죽지 않는 것입니다. 그러니 너무 서럽게 생각하지 마시오."

안병찬은 그 말에 더욱 서럽게 흐느끼다가 한참 뒤 울음이 잦아들자 불쑥 말했다.

"과연 시모시자(是母是子)요."

안중근이 흠칫 놀라며 두 눈이 휘둥그레졌다.

"그 어머니에 그 아들이라니, 어머님께 무슨 일이 있는 것이오?"

"아니오, 그렇게 놀랄 것 없소이다. 어머님께 흉한 일이 있는 것이 아니라 안 의사와 같은 말을 하셨기 때문이오."

"……?"

"어머님께서 평양의 제 사무실로 찾아와 안 의사에 대한 변호를 부탁할 때, 그곳 순사와 헌병이 찾아와 문초한 적이 있소이다. 그러나 어머님은 조금도 놀라는 기색 없이 태연자약하게 말씀하시더군요. '중근이는 일본과 러시아가 전쟁을 시작한 이후 밤낮으로 말하고 행동하는 것이 오직 나라를 위해 몸을 바치겠다는 것이었다. 평소에 집에 있을 때도 매사 올바른 생각뿐 사사로운 정을 중히 여기지 않았다. 그래서 집안 식구들도 모두 중근이를 어려워하고 그 뜻을 따랐다. 지난 국채보상운동 때도 중근이는 제 처와 제수들에게 나라가 망하려고 하는데 무엇이 아깝겠냐며 모든 패물을 내놓으라고 했는데, 며느리들도 기꺼이 그 말을 따랐다. 그러니 이번에 중근이가 한 거사는 오래 전부터 생각하고 한 행동일 것이다' 하고 당당하게 말씀하셨소. 이에 일본 순사와 헌병들이 안중근이 한 일로 우리가 놀라고 있는데, 그 어머니의 사람됨도 한국에서 드문 인물이라며 그 후로는 함부로 대하지 않았소."

안중근은 흐뭇한 미소를 지으며 마음을 놓는 눈치였다.

"또 있소이다."

조금은 심술이라도 난 듯한 그의 말투에 안중근은 의아했다.

"말씀해보시오."

"지난번 두 동생분이 올 때 어머님께서는 바른 뜻으로 한 일이니 판결에서 사형이 내려지거든 당당하게 죽음을 택해서 속히 하느님 앞으로 가야지, 구명을 위해 항소하는 따위로 가문의 명예를 더럽히지 말라고 하셨다고 했소이다."

"그런데 왜 정근과 공근은 내게 그 말을 전하지 않은 것이오?"

"내가 말렸소이다. 그리고 두 동생분도 차마 말할 수 없는 일이라 했고요."

그제야 안중근은 비로소 마음의 무거운 짐을 내려놓고 밝게 웃을 수 있었다.

감방으로 돌아와 항소포기서를 작성한 안중근은 율원 전옥을 불러

법원에 제출하도록 부탁했다. 안중근의 항소포기 소식을 전해 들은 우덕순 등 세 사람도 그날로 항소포기서를 작성해 법원에 제출했다.

　결정하고 정리하니 마음이 한결 편해졌다. 안중근은 고요히 정좌하고 '동양평화론'을 어떻게 쓸 것인지 마음속으로 정리했다.

　어느 날 경수계장 중촌이 찾아와 종이를 넣어주며 말했다.

　"안 의사님을 흠모하는 마음에서 글을 한 점 받아 오래도록 간직하고 싶습니다."

　안중근은 부끄러운 기색으로 미소 지으며 고개를 가로저었다.

　"내가 남에게 글을 써줄 만큼 필법에 능하지 못하오."

　"글을 쓰는 분의 정신이 고결하다면 그것을 어떻게 보기 좋은 글씨 따위에 비교하겠습니까. 부디 안 의사님의 의기와 정신을 영원히 귀감으로 삼을 수 있도록, 부탁드립니다."

　간곡하고 정중한 그의 부탁을 더는 거절하기가 민망했다. 안중근은 후세에 웃음거리가 된다 할지라도 어쩔 수 없구나 생각하며 붓을 들어 먹물을 묻혔다.

　　天與不受 反受其殃耳　　(천여불수 반수기앙이)
　　庚戌2月 於旅順監獄中 (경술2월 어여순감옥중)
　　大韓國人 安重根　　　　(대한국인 안중근)

　그렇게 일필휘지로 쓰고 단지한 왼 손바닥에 먹을 묻혀 낙관(落款) 대신 이름 아래에 찍었다.

　"하늘이 주는데 받지 않으면 도리어 벌을 받게 된다는 뜻이오."

"이 글을 반드시 소중하게 간직하겠습니다."

중촌이 글을 받아들고 어찌할 바를 모르며 감격해하자 안중근은 멋쩍은 미소만 지을 뿐이었다.

이 유필은 훗날 철도원으로 전북 이리시(지금의 익산시)에서 근무하던 중촌이 일제 패망으로 일본으로 돌아갈 때, '이 글은 한국인이 가져야 마땅하다'며 평소 친분이 두텁던 김동원이라는 이에게 넘겨줬다. 그리고 1999년, 사람들의 손을 거쳐 유필을 소유하고 있던 제주도의 변호사 강윤호 씨가 이를 '국가지정 보물'로 신청하며 세상에 다시 공개되었다.

한편 뤼순에서 한국으로 돌아온 안명근은 2월 21일, 민 주교를 찾아가 홍 신부의 뤼순 파견을 청했지만 단호하게 거절당했다. 그 뒤로도 몇 차례 더 찾아가 사정했으나 요지부동이었다. 답답한 명근은 홍 신부를 찾아갔다.

"어찌 저처럼 완고하실 수 있습니까?"

"본디 순수 신앙 이외에 정치와 같은 현실 문제에 개입하는 것을 용납하지 않는 분이 아닌가."

"그런 분이 어떻게 지난 11월 4일 일본헌병대 본부에서 거행된 이등 장례식에는 선교사를 세 분이나 대동하고 참석하실 수 있습니까?"

"그저 방문하신 것이지 장례 행사에는 참여하지 않았잖은가."

"그거야 일본의 신도(神道) 의식이라 참여하지 않은 것이지요. 아니, 오히려 그래서 정치적인 행보가 아닙니까. 한국천주교회 명의의 화환을 보낸 것도 그렇고요."

홍 신부는 난처했다. 자신도 민 주교의 독선과 고집에 불만이 많았지만 그렇다고 신부가 되어 신도의 비난에 맞장구를 칠 수는 없는 노릇이었다.

"아무튼 내가 직접 찾아뵙고 한 번 더 허가를 구해보겠네."

그러나 민 주교는 홍 신부를 맞아서도 조금도 뜻을 굽힐 기미를 보이지 않았다.

"주교님, 어쨌거나 안도마는 하느님의 아들입니다."

"무슨 소리요. 난 이미 그자를 신자로 여기지 않고 있소."

"어떻게 그렇게까지 말씀하실 수 있습니까. 안도마가 개인적인 이익을 위해 이등을 죽인 것이 아님을 주교님도 잘 아시지 않습니까. 그가 사형을 앞두고 하느님의 자식이 되고자 종부성사를 청하고 있는 것입니다."

"아니 되오, 허가할 수 없소!"

홍 신부는 치미는 울분을 참을 수 없어 불쑥 내뱉었다.

"하느님이 아니라 일본 통감의 눈치를 보시는 것이 아닙니까!"

민 주교는 움찔했지만 오히려 화를 내며 더듬거렸다.

"이 사람이! 내가 무슨……."

"뤼순 감옥에서 주교님께 저와 안도마의 면담과 집전을 허가한다는 전문을 보내온 것을 알고 있습니다."

"뭐요? 아니, 당신이 그걸 어떻게?"

"뤼순 감옥에도 주교님은 보낼 수 없다고 하셨지만 그들이 제게 직접 다시 전문을 보내왔습니다."

그것은 사실이었다. 며칠 전 뤼순 감옥 율원 전옥 명의로 전보가 왔었다. 아마 안중근의 항소포기를 유도하기 위한 평석의 지시에 따른 것일 터였다.

"뭐라고, 직접? 끙……."

"이 사실이 알려진다면 한국의 많은 신도들이 분개할 것입니다."

신부로서 주교에게 할 수 없는 협박인 셈이었다. 그러나 민 주교는 홍 신부가 그리 하지 않으리라는 것을 알고 있었다.

"좋소. 정히 그렇다면 먼저 그자가 자신의 잘못을 사죄하는 정치적 입장을 밝히도록 하시오. 그럼 허가하겠소."

홍 신부는 말문이 막혔다. 안도마가 절대 그렇게 하지 않을 것을 민 주교도 아는 바이니 결국 어떤 경우에도 허락하지 않겠다는 뜻이었다.

민 주교의 생각은 오직 한국에서의 교세(教勢) 확장, 그것뿐이었다. 그러기 위해서는 여러 가지로 통감의 눈치를 볼 수밖에 없었다. 각종 집회는 물론이요, 교회당을 세우고 확장하는 데에는 더구나 당국의 협조가 필요했다. 실제 통감과 원만한 관계를 유지한 민 주교는 종현성당 앞 도로를 크게 넓히는 성과를 거두기도 했다. 그러나 아무리 신의 사제로서 충실했다 할지라도 인간을 외면해서는 결국 신의 노예에 불과하다는 것을 그는 깨우치지 못한 모양이었다.

홍 신부의 이야기를 들은 안명근은 마침내 마음을 굳혔다.

"그럼 이제는 도리가 없습니다. 펑톈의 신부님께라도 부탁을 해야지요. 저는 3월 2일에 뤼순으로 출발할 것입니다."

명근의 말에 한참 동안 생각하던 홍 신부가 결심한 듯 물었다.

"도마의 사형이 언제 집행된다고 하던가?"

"형님은 당초 사순절(四旬節)인 3월 25일을 원했지만, 얼마 전에는 '동양평화론'을 쓰겠다며 집행 날짜를 연기해달라고 요청해 허가를

받았다니 정확히 알 수는 없습니다. 그러나 일제의 약속을 무작정
믿을 수 없으니 미리 가야지요."

"알았네. 그럼 나도 그날 같이 출발하겠네."

명근의 두 눈이 휘둥그레졌다.

"그럼 주교님이 허가해주실 뜻을 보이신 겁니까?"

"그건 아니고…… 도마는 내게 자식과 같으니 주교님께는 그냥
서찰로 내 뜻을 알리고 갈 생각이네."

"신부님……."

엄격하기 비할 데 없는 천주교 사제의 세계에서 쉽사리 할 수 없
는 일을 홍 신부는 결심한 것이었다. 명근은 감격하며 비로소 마음
을 놓으면서도 홍 신부의 앞일이 어떻게 될지 벌써부터 걱정이었다.

실제로 홍 신부는 안중근의 종부성사 집전을 하고 돌아와, 명령불
복종을 이유로 2개월간 미사집전 금지라는 징계를 받았다. 이에 홍
신부는 로마교황청 재판소에 자신의 정당성을 주장하는 항소를 제
기해 인정받았다. 그러나 1914년 민 주교의 미움을 사 본국으로 쫓
겨났다.

민 주교는 안중근의 사형 집행 후 그 시신을 가족에게 돌려주지
않은 일을 듣고, '그것은 매우 당연하다'는 망언의 논평을 냈다. 또
1911년에는 '신민회'와 관련한 안명근의 고해성사 내용을 홍 신부로
부터 전해 듣고 신부의 '비밀유지' 의무를 저버리고 일본 헌병대를
찾아가 고발해, 그 유명한 "105인사건"의 탄압이 일어나게도 했다.

『동양평화론』 서문

그새 안중근은 '동양평화론'의 대요를 정해 '안응칠 역사'와 병행하여 집필하고 있었다. 그 대요를 살펴보면, 크게 '서(序)', '전감(前鑑)', '현상(現狀)', '복선(伏線)', '문답(問答)'이었는데, '동양평화론' 첫 장에 목록으로 그 다섯을 차례로 적어두었다.

'서'는 말 그대로 머리말이니 본론에 들어가기에 앞서 글을 쓰는 목적과 의의로서 저자의 사상적 배경을 드러내는 것이었다. '전감'은 역사에서 거울로 삼을 것을 말하니, 일본의 잘못을 밝혀 반성의 바탕으로 삼으려는 것이었다. '현상'은 말 그대로 오늘의 현실을 정리하고 분석하려는 것이며, '복선'은 그가 생각하는 동양평화의 구체적인 방안을 제시하려는 것이었다. 마지막 '문답'은 앞에서 밝힌 여러 것들에 대해 묻고 답하는 방식으로 부족한 부분을 보충하고 이해를 도우려는 것이었다.

안중근은 2월에 '동양평화론'의 '서'를 완성했는데 그 시작은 다음과 같았다.

합치면 성공하고 흩어지면 패망한다는 것은 만고에 분명히 정해져 있는 이치이다. 지금 세계는 동서로 나뉘어져 있고, 인종도 각각 달라 서로 경쟁하고 있다. 일상생활에서는 편리한 실용기계 연구가 전래의 농업과 상업보다 더욱 열중해 진행되고 있다. 그러나 새 발명품인 전기포(電氣砲: 기관총), 비행선(飛行船), 침수정(浸水艇: 잠수함) 등은 모두 사람을 상하게 하고 사물을 해치는 기계들이다.

청년들을 훈련시켜 전쟁터로 몰아넣고 수많은 귀중한 생명들을 제사의 희생물(犧牲物)처럼 버려, 피가 냇물을 이루고 살점이 어육처럼 널려짐이 그치지 않는다.

삶을 좋아하고 죽음을 싫어하는 것은 모든 사람들의 한결같은 마음이거늘, 밝은 세계에 이 무슨 광경이란 말인가. 말과 생각이 이에 미치면 뼈가 시리고 마음이 서늘해진다.

그 근본을 따져보면 예로부터 동양 민족은 오로지 문학에만 힘을 쓰고 자기 나라만 조심스레 지켰을 뿐, 한 치의 유럽 땅도 침입해 빼앗지 않았다. 그것은 5대주(大洲) 위의 사람과 짐승, 초목까지 다 알고 있는 사실이다.

그런데 유럽의 여러 나라들은 가까이 수백 년 이래 도덕을 까맣게 잊고 날로 무력을 일삼으며 경쟁하는 마음을 더욱 키워서 조금도 꺼리는 기색이 없다. 그중 러시아가 더욱 심하다. 그 폭행과 잔인한 해악이 서구나 동아(東亞)에 미치지 않는 곳이 없다.

이어서 안중근은 그러한 악에 맞서라고 신이 일본에 힘을 주었고,

한국과 청국은 구원(舊怨)을 접고 응원하였는데, 그 까닭은 개전조칙의 동양평화와 한국 독립이었다. 그러나 러일전쟁에서 승리한 일본은 한국을 억압하고, 만주의 창춘 이남 땅을 조차(租借)를 빙자하여 점거하였다. 이는 용과 호랑이의 위세로 뱀과 고양이와 같은 행동을 하는 것이라고 일본을 질타했다.

또 작금의 서세동점 하는 환난에 동양 3국이 단결하여 극력 방어해야 함에도 일본은 이웃 나라를 쳐 우의를 끊어, 한·청 두 나라 사람들의 소망은 깨져버렸다며 현상과 책임을 일깨웠다.

만약 일본이 정략을 고치지 않고 핍박이 날로 심해진다면 부득이 차라리 다른 인종에게 망할지언정 차마 같은 인종에게 욕을 당하지 않겠다는 결의가 한·청 두 나라에 널리 번져 있다. 즉 백인의 앞잡이가 될 수도 있다는 것이다.

허나 만일 그렇게 되면 동양의 수억 황인종 중에 뜻 있고 정의로운 인사가 수없이 많은데 어찌 앉아서 동양 전체가 까맣게 타죽는 참상을 기다리기만 할 것인가. 이에 나는 동양평화를 위한 의로운 전쟁을 하얼빈에서 개전하고, 담판하는 자리를 뤼순으로 정한 것이었다. 이제 동양평화에 관한 의견을 제출하니, 여러분의 밝은 눈으로 깊이 살펴보아주기를 바란다.

1910년 경술 2월
대한국인 안중근
뤼순 옥중에서 쓰다

'동양평화론'의 '서'는 그렇게 마무리되었다. 안중근은 경술 2월에 썼다고 기록했으나 이는 음력으로서, 양력으로 따지면 3월 어느 날이 될 것이다.

이 글에서 안중근은 황인종과 백인종을 구분하는 시각, 백인종에 대항하기 위해 일본에 거는 기대 등을 망설임 없이 드러내는데, 이 것은 오늘의 관점에서는 조금 난처한 것이 사실이다.

그러나 1866년의 미국 상선 '제너럴셔먼호 사건' 이래로 '신미양 요'를 거친 1882년의 '조미통상수호조약' 등 조선과 서구 국가와의 조약 체결은 대부분 불공정했으며 위협이 동반되었다. 특히 전날 한국의 앞날을 위해 대학교를 세울 방안을 상의하는 데에서 보인 민 주교의 반응은 안중근이 서구인들에게 편견을 가질 수밖에 없는 결정적 원인이 되었다. 그런 현상에서 부동항에 대한 간절한 열망 을 가진 러시아 역시 호시탐탐 한국 진출을 노리고 있었고, 더구나 그들은 육로로 직접 연결되었으니 제일의 위협으로 보지 않을 수 없었던 것이다.

무릇 정치와 외교의 판단은 역사의 흐름과 그 시대의 현상에 따를 수밖에 없는 것이니, 당시 가장 선진화된 일본에 기대하는 안중근 의 시각을, 우리는 이해의 눈으로 보아야 할 것이다.

아무튼 사형 선고 이후 오직 '안응칠 역사'와 '동양평화론' 집필에 만 몰두하는 그에게 뤼순 감옥의 사람들은 비단과 종이를 들여보내 며 안중근의 글을 받기를 간절히 청했다. 안중근은 처음에는 거절 하였으나 그들이 하나같이 진심으로 간청하니 차마 거절할 수 없어 틈틈이 글을 썼다. 다양한 주제를 다룬 그의 유묵은 도합 2백여 점 으로 추정되는데, 오늘날 전해지는 유품 중에서 의미 있는 몇 점을 살펴본다.

東洋大勢思杳玄(동양대세사묘현)

동양 대세 생각하매 아득하고 어두우니

有志男兒豈安眠(유지남아개안면)

뜻 있는 사나이가 편한 잠을 어이 자리

和局未成猶慷慨(화국미성유강개)

평화시국 못 이룸이 이리도 분개한지고

政略不改眞可憐(정략불개진가련)

정략을 고치지 않으니 참으로 가엾도다

欲保東洋 先改政略(욕보동양 선개정략)

동양을 보호하려면 먼저 정략을 고쳐야 한다

時過失機 追悔何及 (시과실기 추회하급)

때가 지나 기회를 놓치면 후회한들 무엇하리오

이등을 척살하고도 잠 못 이루는, 동양평화에 대한 그의 열망이 그대로 담겨 있다.

國家安危勞心焦思(국가안위노심초사)

나라의 안위를 위해 걱정하고 애 태운다

이 글은 특히 앞머리에 '贈 安岡檢察官(증 안강검찰관)'이라 쓰여 있어 관동법원 안강정사랑(安岡靜四郞; 야스오카 세이시로) 검사에게 준 것임을 알 수 있는데, 공직자의 복무 자세를 일러준 의미이다. 유묵은 안강의 유족의 손을 거쳐 1976년 안중근의사 기념관에 기증되었다.

丈夫雖死心如鐵(장부수사심여철)

장부는 비록 죽을지라도 마음은 쇠와 같고

義士臨危氣似雲(의사림위기사운)

의사는 위태로움에 이를지라도 그 기풍은 구름 같다

見利思義 見危授命(견리사의 견위수명)

이익을 보거든 정의를 생각하고

위태로움을 보거든 목숨을 바쳐라

　아래의 글은 『논어(論語)』, 「헌문(憲問)」 편에서 인용한 것으로, 두 글은 안중근의 결의와 의지를 보여주는 유묵이다.

白日莫虛渡(백일막허도)

세월을 헛되이 보내지 마라

靑春不再來(청춘불재래)

청춘은 다시 오지 않는다

一日不讀書(일일부독서)

하루라도 글을 읽지 않으면

口中生莉棘(구중생형극)

입안에 가시가 돋친다

　누구나 교훈으로 삼을 경구이지만 특히 젊은이들이 가슴 깊이 새겨두기를 바라는 마음이 엿보인다.

또 간수 설락정웅(說樂正雄: 시타라 마사오)에게는 '獨立(독립)'을 써주고 '이등을 사살한 것은 조국 대한의 독립을 위한 것이었으니, 일본에 돌아가면 널리 알려달라'고 부탁했다. 설락은 이런 안중근의 정신에 감동하여 이후 평생토록 안중근을 흠모하며 살았다.

영생 영락의 길

3월 7일 뤼순에 도착한 홍 신부는 3월 8일 오전 정근, 공근 형제와 같이 관동도독부 법원을 찾아가 안중근에 대한 종부성사를 허락해준 것에 감사했다. 그런데 문제가 있었다. 종부성사에 앞서 고해성사를 해야 하는데 이는 천주교의 교리상 신부와 신자, 두 사람만의 말하고 듣는 비밀 행사였다. 반면 행형법(行刑法)의 규정은 수형자가 면회를 함에 있어서는 반드시 입회하는 관리가 있어야 하고, 주고받는 대화 모두를 기록해야 하니 서로 충돌되는 것이었다. 한참 동안의 상의 끝에 그에 대해서는 간수가 입회는 하지만 거리를 두어 고해성사를 듣지 않는 것으로 절충되었다.

그날 오후 2시, 홍 신부와 정근, 공근 형제는 안중근을 면회했다.

"신부님! 여기서 신부님을 뵙게 되다니. 이게 꿈입니까, 생시입니까!"

안중근이 그토록 반가워 흥분하는 모습은 간수들도 처음 보는 일이었다.

"그래, 얼마나 고생이 많으냐. 몸은 괜찮은 것이냐?"

"예, 저는 아주 좋습니다. 떠나기 전에 신부님을 뵙지 못하는 것은 아닌가, 마음을 졸였습니다."

그때 간수가 차와 담배를 가져와 두 사람과 정근, 공근 형제에게 권하자 홍 신부는 적이 놀랐다.

"감옥에서 이렇게 후의를 베푸니, 참으로 고마운 일이로구나."

"오늘만이 아닙니다. 제게는 내내 하루 두 번씩 이렇게 차와 담배를 제공해주었습니다."

"그러한가. 참으로 놀라운 아량이구나."

그렇게 잠시 한담에 이어 안부와 위로의 말을 나누더니 한 순간 홍 신부는 정색을 지었다.

"내가 여기 뤼순까지 오기에는 많은 어려움이 있었다. 지금 한국에서는 이번 너의 일에 대하여 여러 의논이 있다. 그로 인해, 심지어는 그 일에 내가 관여한 것처럼 의심하는 신문 기사가 나기도 하였다. 그래서 너의 형제가 종부성사를 여러 차례 간곡히 부탁했음에도 정치적인 오해를 살까 망설였던 것이다. 그러나 뤼순 감옥에서 특별히 면회를 허가한다는 전보까지 받고 보니, 어떤 정치적, 사회적인 의심이나 오해도 사제로서 천명을 받드는 것을 막을 수는 없다는 생각이 들어 결심하고 온 것이다."

"천 번 만 번 감사드립니다, 신부님."

"오늘 내가 이렇게 너를 면회하는 데는 세 가지 뜻이 있다."

"말씀해주십시오."

"먼저는 너는 내게 신앙의 아들이다. 그러니 나는 아버지로서 네가 죽을 때까지 너를 위해 사랑으로 기도해야 한다는 뜻이다. 두 번째는 너의 뜻이 아무리 고결하고 그것이 대의라 할지라도, 교회법에 살인은 죄가 된다는 것을 가르쳐야 한다는 것이다. 또 세 번째는 어느 나라의 국법이든 살인에는 중한 벌이 따르는 것이니, 네 고국의 동포와 교우는 물론이고 모친까지도 네게 사형이 선고된 이상 깨끗이 받아들여 죽음에 임하는 것이 죄를 씻는 길이라 여긴다. 이에 내가 교우와 모친의 위촉을 받아 왔으되, 나는 네가 죽는 순간까지 좋은 신자로서의 자세를 잃지 않기를 바라는 뜻이다."

안중근은 깊이 감동하여 성호를 긋고 고개를 숙였다.

"그 뜻을 받들어 감사하고 명심하겠습니다."

"네가 3년 전 흥분하여 나라를 위해 싸울 것이라며 블라디보스토크로 가려 할 때 내가 너의 성격을 알기에 말렸던 것이다."

그러나 안중근은 흐뭇한 웃음을 지으며 말했다.

"살인이 죄가 되는 것은 저 또한 익히 아는 바이며 죽어서도 명심하겠습니다. 그러나 이등의 사악함은 죽음이 아니면 끝나지 않을 것이기에 하늘을 대신하여 처단한 것입니다. 하지만 그 또한 살인이기에 죽음에는 아무런 불만이 없습니다. 다만 사형을 선고한 법정이 정당하지 않았음으로 다소 분하기는 하나, 이미 기쁘게 죽음을 맞이하여 하느님의 나라로 갈 것을 마음으로 정하고 기다리는 중입니다."

감히 하느님의 사제 앞에서도 제 뜻을 굽히지 않는 것이기는 하나, 그 당당함과 정직함에 홍 신부는 오히려 큰 기쁨을 느꼈다.

"네 기상이 드높은 것을 보니 참으로 흐뭇하구나. 너의 고해성사를 허가받았으니 내일 다시 오마."

홍 신부는 힘껏 중근을 껴안았다. 마치 어머니가 아들을 품는 듯한 자애로움이 가득했다.

고해성사는 다음 날인 9일 오후 2시에 있었다. 입회 간수들과 조금 떨어진 곳에서 홍 신부는 아주 작은 목소리로 하느님의 말씀을 전했고, 안중근은 홍 신부의 귀에 입을 바짝 대고 죄를 고백해 아무도 그 말들을 들을 수 없었다. 고해성사가 끝난 뒤 입회 간수가 그 내용을 물었으나 홍 신부는 교회법에 따라 신자의 고해 내용은 누구에게도 알려줄 수 없다며 거부했다.

"듣자 하니 네 사형집행일이 25일이거나 27일이라고 하는구나. 만일 25일이라면 예수님이 십자가에 못 박힌 날이니 신자가 죽는데 그처럼 좋은 날은 없을 것이다. 그러나 27일은 부활의 날인데 그날 사형을 집행하는 경우는 없으나 만일 그리된다면 고의로 나쁜 날을 택한 것이니 세계 모든 천주교인의 비난을 듣게 될 것이다."

홍 신부의 말에 안중근은 웃으며 대답했다.

"저도 그래서 25일에 집행해달라고 요청했던 것입니다. 그러나 하느님의 품으로 가는데 어느 날인들 무슨 두려움이 있겠습니까."

"의젓하구나. 내일 다시 와서 종부성사를 할 것이니 그리 알아라."

안중근은 홍 신부가 돌아간 뒤 잠시 의아한 생각에 고개를 갸웃거렸다. 다름 아닌 평석 법원장과 했던 약속이었다. '동양평화론' 집필을 위하여 한 달 정도 사형집행을 미루어달라고 요청했고 흔쾌히 응했는데 어찌 저처럼 25일이니, 27일이니 하는 이야기가 나오는 것인지. 처음에 자신이 그리 말한 때문일 수도 있었고, 평석의 마음이 바뀐 것일 수도 있었다. 그러나 마음 한구석에서는 진작 일본인의 말은 신용하지 않고 있었으니 서둘러 쓰는 글들을 마무리해야겠다 생각하고 마음에 두지 않았다.

천주교의 종부성사(終傅聖事)는 일반적으로 병자로서 죽음을 앞둔 신자에게 베푸는 의식으로 지금은 병자성사(病者聖事)라 하는 바, 그 순서는 먼저 고해성사를 받은 뒤 몸을 깨끗이 하여 종부성사를 받고 성체를 영하는 차례였다.

고해성사는 이미 전일에 받았기에 안중근은 10일 아침 간수부장에게 또 부탁하여 정갈하게 목욕하고 종부성사를 행하는 뤼순 감옥 교회당으로 갔다. 교회당에는 가족으로서 정근과 공근을 비롯하여 간수부장 청목, 경수계장 중촌, 전중 등 여러 간수와 관리들이 와 있었다.

홍 신부는 먼저 성경 말씀을 읽고 묵상하는 말씀 전례로 참회 예식을 진행했다. 종부성사를 받는 신자의 죄를 참회하여 주님의 용서를 구하는 의식이었다. 그런 뒤 침묵 중에 안수하며 기도를 올렸다. 이는 성령께서 임하시기를 청하는 의식이었다. 안중근은 지나온 삶에서 저지른 모든 죄를 진심으로 회개하며 마음 깊이 예수 그리스도의 용서와 은총을 빌었다. 홍 신부는 이어서 축성된 성유(聖油)를 안중근의 이마와 두 손에 바르면서 다시 기도를 올린 뒤, 중근에게 성체를 영했다. 성체는 성화(聖化)된 빵과 포도주로 예수님의 몸과 피를 대신하는 것이었고, 영한다는 것은 그 성체로 발현되는 은총을 받는 것이었다. 또한 종부성사에서의 성체는 지상에서 영원한 생명으로 건너가기 위한 마지막 순례의 길에 필요한 노자(路資)로서의 성체였다.

이날 미사에서 안중근은 직접 복사(服事)했다. 복사는 미사에서 사제의 시중을 드는 일을 말하니, 그로서는 더없이 영광된 일이었다.

미사가 끝나고 오후에는 면회실에서 면회를 가졌는데 안중근의 맞은편에서 왼쪽으로부터 홍 신부와 공근, 정근 순으로 마주 앉았고, 홍 신부와 안중근 사이에는 통역 원목이, 또 원목과 중근의 뒤쪽으로 네 명의 간수가 더 앉아 있었다. 이때의 장면을 담은 사진한 장이 뒷날 공개되어 우리의 눈에 익숙한데, 사진에는 '안 의사 중근공이 뤼순구 옥중에서 두 아우와 홍 신부에게 유언하는 모양'이라는 글귀와 그 아래로 (나 죽은 후에 나의 시체는 어느 때든지 나라가 회복되기 전에는 본국에 반장하지 말고 속히 독립의 소식으로 나를 위로하게 하라)라고 쓰여 있으니, 일본인 간수들 앞에서도 당당히 그렇게 유언한 것이 분명할 것이다.

11일, 홍 신부는 한국으로 돌아가기에 앞서 다시 안중근을 면회했다.

이날부터 나흘 후인 3월 15일 '안응칠 역사'의 집필이 끝났는데, 마지막은 다음과 같이 홍 신부와의 만남을 기록했다.

그때 천주교회 전교사 홍 신부가 나의 영생 영락하는 성사를 해주기 위해, 한국에서 이곳으로 와서 서로 면회하니 꿈과 같고 취한것 같아 기쁨을 이룰 길이 없었다.

그는 본시 프랑스 사람으로서 파리에서 신학교를 졸업한 뒤 동정을 지키고 신품성사(神品聖事)를 받아 신부가 되었다. 그는 재주가출중하여 많은 학문을 널리 익혀 영어, 불어, 독일어, 라틴어까지 두루 알았다.

1890년쯤에 한국에 와서 경성과 인천 등지에서 몇 해를 살았고, 그 뒤 1895년 6월쯤에 황해도로 옮겨와 전교할 적에 내가 입교하여 영세를 받았다. 그 뒤에도 오래 같이 있었더니, 오늘 이곳에서 다시 만날 줄 누가 알았을까. 그의 나이는 올해 53세다.

이곳에서 홍 신부는 내게 성교의 도리로써 훈계한 뒤, 이튿날 고해성사를 주었다. 또 이튿날 아침 감옥에 와서 미사 성제대례를 거행하고, 성체성사로 천주의 특별한 은혜를 받으니 감사하기 이를 데 없었다. 이때 감옥소에 있는 일반 관리들이 두루 와서 참례했다.

그 이튿날 또 와서 내게 말하였다.

"오늘 한국으로 돌아가겠기에 작별차 왔다."

그리고 서로 이야기 나누기를 몇 시간 뒤에 손목을 쥐고 서로 작별하는데 또 말하였다.

"인자하신 천주께서 너를 버리지 않을 것이다. 반드시 거두어주실 것이니 안심하고 있으라."

그리고 손을 들어 나를 향해 강복한 뒤에 떠나시니, 때는 1910년 3월 11일 오후 2시쯤이었다.

이상이 안중근의 32년 동안의 역사의 대강이다.

1910년 경술 음력 2월 초 5일

양력 3월 15일

뤼순 옥중에서

대한국인 안중근이 쓰다

『동양평화론』, '전감'에서 멈추다

'안응칠 역사' 집필이 끝나자 안중근은 '동양평화론' 집필에 더욱 박차를 가했다. 이미 완성한 '서'에 이은 '전감'의 시작은 다음과 같다. 당시의 국제 정세를 읽는 안중근의 혜안은 놀라울 정도였다.

전감

예로부터 지금에 이르기까지 동서남북의 어느 주(洲)를 막론하고 헤아리기 어려운 것은 대세의 번복이고, 알 수 없는 것은 인심의 변천이다.

지난 1894년의 청일전쟁을 보더라도, 조선국의 동학당이 소요를 일으킴으로 인해서 청·일 양국이 함께 병력을 동원해서 건너왔고, 무단히 개전해서 서로 충돌하였다.

일본이 청국을 이기고 승승장구하여 랴오둥의 반을 점령하였다. 군사 요지인 뤼순을 함락시키고 황해 함대를 격파한 후 마관(馬關:

시모노세키)에서 담판을 벌여 조약을 체결하니, 타이완을 할양받고 2억 원의 전쟁배상금을 받게 되었다. 이는 일본의 유신 이후 커다란 기념비적 일이다.

청국은 물자가 풍부하고 땅이 넓어 일본에 비하여 나라의 힘이 수십 배나 되는데 어찌 이렇게 패하였는가. 예로부터 청국인은 스스로를 중화대국이라 일컫고 다른 나라를 오랑캐라 이르며 교만했다. 더구나 권신족척(權臣族戚)이 국권을 멋대로 희롱하고, 신하와 백성이 서로를 원수로 삼고 위아래가 불화했기 때문에 이 같은 욕을 당한 것이다.

한편 일본은 명치유신 이래로 민족이 화목하지 못하고 다툼이 끊임없었으나, 외교상의 전쟁이 생긴 후로는 집안싸움을 멈추고 한 덩어리로 단결해 애국당(愛國黨)을 이루니 이와 같은 개가를 올리게 된 것이다.

이때의 러시아의 행동을 기억해야 한다. 당일에 동양함대가 조직되고 프랑스, 독일 양국이 연합하여 횡빈(橫濱: 요코하마) 해상에 위용을 과시하니, 랴오둥 반도가 청국에 돌려지고 배상금은 감액되었다. 그 외면적인 행동을 보면 가히 천하의 공법이라 하겠으나, 속을 들여다보면 호랑이와 이리의 심술보다 더 사납다.

불과 수년 동안에 러시아는 민첩하고 교활한 수단으로 뤼순을 조차하여 군항을 확장하고 철도를 부설했다. 이런 일의 근본을 생각하면 러시아 사람이 수십 년 이래로 펑톈, 다롄, 뉴좡(牛莊: 랴오닝성 해안도시) 등지에 부동항 한 곳을 갖고 싶은 욕심 때문이었다.

그런 뒤, 그처럼 일본이 당한 까닭은 '자기가 치니 남도 친다'는 격으로 먼저 청국을 친 때문이라고 질타했다. 이어서 무술개변(戊戌改變, 혹은 무술변법戊戌變法, 義和團事件) 등 청국의 몸살과 서양 8개국 연합군의 베이징 침공 등을 거론하고, 동양의 일대 수치일 뿐만 아니라 장래 황인종과 백인종 사이에 분열 경쟁이 그치지 않을 징조라고 보았다.

또 만약 러일전쟁에서 한국과 청국이 지난날의 원한을 상기하여 일본군의 길목을 끊고 배후를 치는 등 참전하였다면 결코 승리할 수 없었을 것이라며, 이로써 한·청 두 나라 인사들의 개명한 정도와 동양평화를 희망하는 정신을 알 수 있는 일이라고 일본의 각성을 촉구했다.

그리고 러일전쟁 강화가 포츠머스에서 백인종인 미국의 중재로 이루어져 러시아로부터 큰 배상을 받지 못한 것이라며 경계를 환기시키고, 그 조약에 한국에 대한 일본의 우월권 확보가 거론된 부당함을 질책했다.

만일 이때 일본이 패하고 러시아가 승리해서 담판하는 자리를 워싱턴에서 개최했다면, 일본에 대한 배상 요구가 어찌 이처럼 약소했겠는가. 그러하니 세상일의 공평하고 공평하지 않음을 이로 미루어 가히 알 수 있는 일이다.

지난날 러시아가 동으로 침략하고 서쪽으로 정벌을 감행할 때, 그 행위가 몹시 가증하여 구미 열강이 각자 엄정중립을 지켜 서로 돕지 않았지만, 황인종에게 패전당한 마당에서야 어찌 같은 인종으로서의 우의가 없겠는가. 이것은 인정세태의 자연스러운 모습이다.

슬프다. 그러므로 자연의 형세를 돌아보지 않고 같은 인종의 이

윗 나라를 해치는 자는 마침내 독부(獨夫: 악행을 일삼아 따돌림을 받는 사람)의 환난을 면치 못할 것이다.

여기까지 쓴 안중근은 홀연 언제 닥쳐올지 모르는 죽음 앞에서 몇 자 유언을 남겨야겠다는 생각이 들어 '동양평화론'을 덮어두고 빈 종이를 책상 위에 펼쳤다.

먼저는 어머니에게 보내는 편지를 쓰기 시작했다.

어머님 전 상서

예수를 찬미합니다.

불초한 자식이 감히 어머님께 한 말씀을 올립니다.

엎드려 바라옵건대 자식의 막심한 불효와 아침저녁 문안 인사 드리지 못함을 용서하여주옵소서.

이 이슬같이 허무한 세상에서 육정(六情)을 이기지 못하시고, 이 불초자를 너무도 생각해주시니 후일 영원의 천당에서 만나 뵈올 것을 바라오며 또 기도하옵니다.

이 현세의 일이야말로 다 주의 명령에 걸린 바이오니, 마음을 평안히 하옵기를 천만번 바랄 뿐입니다.

분도는 장차 신부가 되게 하여주시기를 희망하오니 후일에 이르러도 잊지마옵시고 천주께 일생을 바치도록 교양해주시옵소서.

이상은 그 대요이며 그 밖에 드릴 말씀은 허다하오나, 어떻든 후일 천당에서 기쁘게 만나 뵈온 뒤 누누이 말씀드리겠습니다.

위아래 여러분께는 일일이 안부드리지 못하오니 반드시 천주님을 전심으로 신앙하시어 후일 천당에서 만나 뵈옵겠다고 전해주시기 바라옵니다. 이 세상사는 정근과 공근에게 들어주시옵고 반드시 저에 대한 배려를 거두시옵고 마음 편안히 지내시옵소서.

아들 도마 올림

쓰기를 마치니 어머님 생각에 눈시울이 뜨거웠다. 다음으로는 아내에게 썼다.

분도 어머니에게 전하는 글

예수를 찬미하오.

우리는 이 이슬 같은 허무한 세상에서 천주의 안배로 배필이 되고, 다시 주의 명으로 헤어지게 되었으나 또 멀지 않아 주의 은혜로 천당 영복의 땅에서 영원(靈源)에 모이려 하오. 반드시 감정에 괴로워하는 마음 없이 주의 안배만을 믿고 신앙을 열심히 하고, 어머님께 효도를 다하고 동생들과 화목하여 자식의 교양에 힘쓰며, 세상일에 처하여 심신을 평안히 하고 후세 영원의 즐거움을 바라야 할 것이오.

장남 분도는 신부가 되게 하려고 나는 마음을 결정하고 믿고 있으니 그리 알고, 반드시 천주께 바치어 신부가 되게 하시오.

허다한 말은 후일 천당에서 기쁘고 즐겁게 만나서 상세히 이야기할 기회가 있을 것을 믿고 또 바랄 뿐이오.

1910년 경술 3월 24일

장부 안도마 올림

어머니와 아내, 자식들을 생각하자 처음으로 마음이 몹시 착잡하여 안중근은 그로써 붓을 놓았다.

죽는 것이 효도이다

3월 25일의 해가 밝자 안중근은 다시 어제에 이어 유언의 편지를 쓰기 시작했다.

민 주교 전 상서
예수를 찬미합니다.
인자하신 주교께옵서는 죄인을 불쌍히 여기시고 그 죄를 용서해 주시옵소서.
죄인의 일에 관하여는 주교께 허다한 배려를 번거롭게 하여 황공 무지이온 바, 예수의 특별한 은혜를 입어 고해와 영성체의 비적(秘蹟) 등 모든 성사를 받은 결과 심신이 다 평안함을 얻었습니다.
성모의 홍은과 주교의 은혜는 사례할 말씀이 없사오며, 감히 다시 바라옵건대 죄인을 불쌍히 여기시어 천주 전에 기도를 바쳐 속히 승천의 은혜를 얻게 하옵시기를 간절히 비옵니다. 또한 주교와 여러 신부께서는 다 같이 일체가 되어 전교를 위해 매진하시어, 그 덕화가 날로 융성하여 머지않아 우리 한국의 허다한 사람과 열등한 이들이 천주께 귀의하여 우리 예수의 자애로운 적자가 되게 할 것을 믿고 또 축원할 뿐입니다.

1910년 3월 25일
죄인 안도마 씀

홍 신부님 전 상서

예수를 찬미하옵니다.

자애로운 신부님이시여. 저에게 처음으로 세례를 주시고 또 최후에 그러한 장소에 허다한 노고를 불원하시고 특별히 오셔서 친히 성사를 베풀어주신 그 홍은이야말로 어찌 말로 다 사례할 수 있겠습니까. 감히 다시 바라옵건대 죄인을 잊지 마시고 주의 대전에 기도를 바쳐주시옵고, 죄인이 욕되게 하는 여러 신부와 여러 교우에 문안드려주시고, 모쪼록 우리가 속히 천당 영복의 땅에서 흔연히 만날 기회를 기다린다는 뜻을 전해주시옵소서. 그리고 주교께도 편지를 올렸으니 그리 아시기를 바랍니다.

끝으로 자애로우신 신부님이시여! 저를 잊지 마시기를, 저 또한 결코 잊지 않겠습니다.

1910년 3월 25일
죄인 안도마 씀

명근 현제(賢弟)에게 보내는 글

예수를 찬미한다.

홀연히 왔다가 홀연히 떠나니 꿈속의 꿈이라 할까. 이제 꿈속의
날을 끝내고 영복의 땅에서 기쁘게 손잡고 더불어 영원히 평안한
안락을 받을 것을 바랄 뿐이다.

도마 보냄

거기까지 썼을 때 뜻밖에도 정근과 공근이 면회를 왔다며 간수가
감방 문을 열었다. 12시 40분쯤이었다.

면회실에는 두 동생뿐만 아니라 수야, 겸전 두 변호사와 구연 검
사, 원목 통역, 율원 전옥과 중촌 경수계장도 와 있었다.

정근과 공근의 눈에 눈물이 가득했다. 안중근은 그것이 사형집행
의 날이 다가왔다는 의미임을 알았다. 중근이 율원에게 눈길을 돌
리자 죄라도 지은 듯 눈길을 피했다. 평석의 교활함이 새삼 사무쳤
으나 처음부터 반신반의했기에 헛웃음만 짓고 말았다.

이에 관해서는 앞서 3월 19일, 율원이 한국으로 돌아간 경희명에
게 보낸 보고서를 통해 그 정황을 짐작할 수 있다.

안중근은 '동양평화론'을 쓰기 시작하여 현재 서론은 끝났다.

그는 '동양평화론' 완성을 간절하게 바라고, 사후에 반드시 빛을
볼 것으로 믿고 있다. 그러나 얼마 전 논문 저술을 이유로 사형 집
행을 15일 정도 연기해달라고 탄원하였으나 허가되지 않을 것이

다. 이에 '동양평화론'의 완성은 가능하지 않을 것이다.

참으로 간악한 자들이다. 거짓과 약속 파기도 그렇지만 어쩌면 그들은 '동양평화론'이 세상에 나오기를 애초에 바라지 않았는지도 모를 일이다.

"혀, 형님……."
정근은 그렇게 더듬거리기만 할 뿐 더 말을 잇지 못하고 눈물만 떨어뜨렸다.
"괜찮다. 사람은 한 번은 반드시 죽는 것이므로 죽음을 두려워할 것은 아니다. 인생은 꿈과 같고, 죽음은 영원한 것이라고 쉽게 생각하고 있으니 걱정 말아라."
태연한 중근에게 공근이 편지 한 통을 내밀었다.
"누구의 편지냐?"
"어머님이 보내신 겁니다."
중근은 얼른 편지를 받아 조심스럽게 펼쳤다.

아들 중근에게
네가 만약 늙은 어미보다 먼저 죽는 것을 불효라 생각한다면
이 어미는 웃음거리가 될 것이다.
너의 죽음은 너 한 사람의 것이 아니라
조선인 전체의 공분을 짊어지고 있는 것이다.
네가 항소를 한다면 그것은 일제에 목숨을 구걸하는 짓이다.
네가 나라를 위해 이에 이른즉 딴 맘 먹지 말고 죽으라.

옳은 일을 하고 받은 형이니 비겁하게 삶을 구하지 말고
대의에 죽는 것이 어미에 대한 효도이다.
아마도 이 편지가 어미가 너에게 쓰는 마지막 편지가 될 것이다.
여기에 수의를 지어 보내니 이 옷을 입고 가거라.
어미는 현세에서 너와 재회하기를 기대치 않으니
다음 세상에는 반드시 선량한 천부의 아들이 되어 이 세상에 나
오너라.

안중근은 흐르는 눈물을 감추지 않았다. 참으로 뜨거운 어머니의
정이니 어찌 눈물이라도 흘려 감사하지 않을 수 있겠는가.
잠시 뒤 눈물을 훔친 중근은 동생들을 돌아보고 물었다.
"오늘은 이미 늦었으니 사형집행을 하지 못하겠구나?"
"내일 집행이 있을 것입니다."
구연이 대신 대답했다.
안중근은 무연히 고개를 끄덕이며 잠시 생각에 잠겼다.
일제는 당초 안중근이 요청한 대로 3월 27일을 사형집행일로 생
각했다. 그러나 그날은 사순절로 특히 천주교 신자인 그에 대한 사
형을 집행했다가는 세계적인 비난을 사게 된다는 것을 뒤늦게 알고
25일로 변경했다. 그런데 그날은 또 예수가 십자가에 못 박힌 날일
뿐 아니라 순종 황제의 생신인 건원절이었다. 의병투쟁이 날로 심
화되고 있는 한국의 상황에서 경사스러운 날에 사형을 집행하면 그
반향이 자못 심각할 것이라는 의견에 다시 하루를 늦추어 26일로
결정한 것이었다.
안중근이 다시 입술을 뗐다.

"정근과 공근은 오늘이 마지막 면회가 될 것이니 지금부터 내가 하는 말을 빠짐없이 잘 들어라."

"예, 형님."

"먼저는 어머님께 편지 잘 받았다고 전하고 특별히 감사드린다고 말씀드려라. 또한 아들 된 도리를 다하지 못한 불효를 용서 빈다고 말씀드려라. 어머님이 아무리 의연하셔도 마음의 상심이 크실 것이니 너희가 잘 모시도록 하여라."

"예, 명심하겠습니다."

정근과 공근은 흐르는 눈물을 주체하지 못하고 어깨를 들썩거렸다.

"내가 본디는 준생이 어려서 중병을 앓았다가 하느님의 가호로 회생하였다는 말을 듣고, 그 아이를 신부가 되게 하려고 생각했었다만, 몸이 약하다니 감당할 수 없을 것 같구나. 그러니 분도가 그 길을 갈 수 있도록 너희들이 잘 교양하여라."

"예, 그리 하겠습니다."

"장래에 정근이 너는 공업에 종사하여라. 한국은 공업이 발달되지 않았으니 이를 발달시켜야 하기 때문이다. 혹은 지금 한국에서 가장 필요하고 급한 일은 산천을 잘 가꾸어 자연재해를 막고 과실을 얻는 것이니 식림(植林)의 일을 하여도 좋을 것이다. 그렇게 나라의 이익을 먼저 생각해 종사하면 집안의 일에도 도움이 되는 것이다."

"예, 조국 독립이 이루어지면 꼭 그리하겠습니다."

"공근이 너는 고향에서 노모를 모시며 학문에 매진하여라. 이미 아이들을 교육한다니 그 또한 아주 중요한 일이다."

"예, 어머님은 걱정하지 마십시오. 아직 땅이 넉넉하니 어머님이 불편하시다면 다른 곳으로 이사라도 하여 편히 모시겠습니다."

"고맙구나. 내가 전에 말한, 거사 전에 하얼빈에서 찍은 사진은 찾았더냐?"

"아직 찾지 못했습니다. 귀국하면 연해주로 이주할 생각이니 그때 찾아 간직하겠습니다."

"그리하여라. 그리고 연해주에 이르면 장봉금이라는 사람에게 5천 루블을 받을 것이 있으나 그것은 동의회의 돈이니 받아서 주어라. 또 이치권에게 아직 주지 못한 숙박료가 있으니 갚아주고 내 가방과 옷가지 등을 찾아라. 동의회 회원 중에 단지한 손가락 마디와 그때 '대한독립'이라고 쓴 태극기를 가진 이가 있으니 그것 또한 찾아서 간직하여라."

"예, 꼭 갚고 찾아 간직하겠습니다."

"이번 의거에 대한 각국 신문의 논평은 어떠하더냐?"

"한국에서는 관련된 기사에 제한이 많으니 기사가 많지도 않고 공정하다 할 수도 없습니다. 일반 국민들은 잘하였다는 이와 잘못하였다는 이로 의견이 나누어집니다."

안중근은 멋쩍은 미소를 흘렸다.

"그렇구나. 그런데 실로 불가사의한 일이 하나 있었다."

"무엇입니까?"

이제 울음을 그친 정근과 공근이 두 눈을 반짝거렸다.

"내가 블라디보스토크에 도착했을 때 한 미국 신문에 풍자화가 실려 있었다. 한국 미인 한 사람이 서 있는데 그 옆에 일본 사관이 줄지어 서 있고, 그중 한 사관이 미인의 소지품을 약탈해 도망가는데 약탈한 물건이 사법권과 외교권이었다. 하지만 여인의 뒤에는 많은 한국인이 있어 그들이 도망치는 사관을 쏘려는 그림이었다.

내가 하려는 일과 어찌나 일치하는지, 나는 무슨 암시인가 하고 크게 웃었다."

"기이한 일이군요."

귀에 거슬렸던지 율원이 끼어들었다.

"면회 시간에 제한이 있으니 유언을 먼저 말하고 여담은 뒤에 하시지요."

"내 목숨이 꺼져가는 촛불이니 면회 시간을 연장해주기 바란다."

질책하듯 근엄한 목소리에 율원은 입을 다물었다.

"나는 내 의무를 다하였다. 처음부터 각오하고 한 일이니 내 죽음에 대해서는 할 말이 없다. 다시 한 번 말하거니 어머님께 효도하고 형제끼리 화목하여 집안을 화평하게 하여라. 또 내가 편지를 몇 통 써놓았으니 신부님을 비롯한 모든 분들에게 전해주어라. 너희는 내게 할 말이 없느냐?"

"따로 드릴 말씀은 없습니다. 그러나 형님이 분부하신 일에 대해서는 서로 협력하여 잘 되도록 노력하겠습니다. 형님께서 천당에 오르시기를 기원하겠습니다."

두 동생의 말이 끝나자 안중근은 수야, 겸전 두 변호사를 돌아보았다.

"두 분이 어쩐 일이시오?"

수야가 먼저 대답했다.

"지난 번 종부성사 때 저도 참례하고 싶었으나 병이 나서 못 했습니다. 마침 오늘 두 동생분의 면회가 있다기에 변호인의 인연으로 위문 차 온 것입니다."

"나를 그토록 동정해주신다니 고맙소이다."

"이번 사건은 저로서는 이해할 수 없는 일이었으나 당신의 뜻이 길이 전해지도록 노력하겠습니다. 그리고 부디 천국에 가시기를 기원하겠습니다. 천국에서는 언어에 지장이 없을 테니, 나도 뒤에 천국에 가면 당신의 손을 잡고 정을 나눌 수 있지 않겠습니까, 허허."

안중근은 조금 어이가 없었다. 그러나 미워하지 않으려 했다.

"뜻은 고마우나 천국에 가는 것은 외국에 가는 것과 같이 일정한 법이 있소이다. 천국은 천주의 세상이니 귀하도 천주교에 귀의하면 어떻겠소? 그리하면 천국에서 손을 잡고 정을 나눌 수 있을 것이오."

수야는 말문이 막힌 얼굴이었고, 겸전이 나섰다.

"저도 당신에 대해 미즈노 변호사와 같은 마음으로 깊이 동정합니다. 다시는 이 땅에 이런 비극이 일어나지 않도록 노력하겠습니다."

"고맙소이다."

안중근이 간수를 돌아보고 더 할 말이 없으니 그만 끝내자고 하자 율원이 나섰다.

"마지막으로 서로 악수하고 기도하는 것을 허락하겠습니다."

안중근과 형제들은 모두 진심으로 기뻐하고 감사했다. 그리고 무릎을 꿇은 채 서로의 손을 잡고 기도한 뒤 돌아가니 오후 3시 20분 경이었다.

감방 안으로 돌아온 안중근은 다시 붓을 들어 마지막 유언의 편지를 써나갔다.

존경하는 숙부 전에 답합니다

아멘.

보내주신 서신을 접하고 기쁨이 가득하옵니다. 불초 조카의 신상에 대하여는 너무 상심치 마옵소서. 이 이슬과도 같은 세상에서 화복을 불문하고 무슨 일이건 다 천주의 명이온데 인력으로 어찌하겠습니까. 다만 성모님의 바다와 같은 은혜만을 믿고 또 축원하면서 기도할 뿐입니다.

가만히 생각하건대 이번에 특별한 은혜로 모든 성사를 받을 수 있었음은 주 예수와 성모마리아께서 저를 버리지 않으시고 그분의 품속으로 구해 올려주셨음이라 믿으니 자연 심신의 평안을 느꼈습니다. 여러 숙부님을 비롯하여 일가친척께서는 어느 분이시고 상심 마시옵고 성모의 은혜에 대해 저를 대신하여 사례해주시기를 기도하며, 바라옵건대 가내가 서로 일생을 화목하게 편안히 지내시기를 비옵니다.

종백부께서는 아직 입교치 않으셨다는 것을 듣고 참으로 유감으로 견디기 어려운바 진심전력으로 속히 귀의하시기를 권유하옵니다. 이것이 제가 이 세상을 떠남에 임하여 일생의 권고임을 전해주시기 바랍니다. 여러 교우들에게는 별도로 일일이 편지를 내지 못하오니 일동에게 같은 취지로 문안해주시옵고, 반드시 여러 교우가 다 신앙하고 열심히 전교에 종사하시어 우리 한국이 성스러운 교회의 나라가 되도록 매진하시기 바랍니다. 머지않아 우리들의 고향인 영복의 천당, 우리들의 주 예수 앞에서 기쁘게 만날 것을 바라오니, 여러 교우께서도 저를 대신하여 주께 사례 기도하시기를 간절히 바라 마지않습니다.

시간이 부족하여 이만 붓을 내려놓나이다.

1910년 3월 25일 오후 4시 반

조카 도마 올림

안중근의 깊은 신심을 보여주는 편지들이었다. 그는 천주를 향한 믿음의 신앙으로 용기를 얻고, 죽음 앞에서도 초연할 수 있었던 것이다.

순국의 날

1910년 3월 26일. 이등박문이 이역 객지의 차가운 철길 옆에서 피를 쏟으며 꺼꾸러지고 정확하게 5개월, 사형이 선고되고 1개월 12일째 되는 날이었다.

안중근은 아침 일찍 일어나 정갈하게 세수하고, 어머님이 지어 보내주신 하얀 한복으로 갈아입고 두루마기까지 걸치니, 하늘로 날아오르는 한 마리 학이 된 것인가 싶기도 하고 구름 위에 오른 것도 같았다.

시간이 9시에 이르자 중촌과 전중이 와 두 동생과 마지막 면회가 허락되었다고 말했다. 안중근은 이제 이렇게 나가면 마지막이 되겠구나 생각하며 감방을 한번 돌아보고 유언으로 쓴 편지들을 손에 들었다.

감방 문으로 향하던 안중근은 줄곧 경비를 섰던 천엽을 보고 뒤늦게 그가 휘호를 부탁한 일이 생각나 걸음을 멈추고 웃음을 지었다.

"천엽 씨, 일전에 부탁했던 글씨를 지금 씁시다."

천엽은 순간 자신의 귀를 의심했다. 형장으로 가는 사람이 글씨라니! 일전에 염치없이 부탁은 했으나 일이 급하게 돌아가니 마음속으로는 체념하고 있던 참이었다.

안중근이 책상 위에 비단 천을 펴놓고 자세를 바로한 뒤 붓을 들자 천엽은 숨이 멈추는 것 같았다.

爲國獻身 軍人本分(위국헌신 군인본분)
나라를 위해 몸을 바침은 군인의 본분이다

단숨에 써내려간 뒤 여순 감옥에서 대한국인 안중근이 썼다고 적고 예의 손바닥 묵인을 찍었다.

안중근은 천엽에게 글씨를 건네주며 말했다.

"나라를 위한 군인의 본분을 쓴 것이오. 친절하게 대해주어 진심으로 감사하오. 동양에 평화가 찾아오고 한일 간에 우호가 회복되는 날 다시 태어나 만나고 싶소이다. 고마웠소."

천엽은 눈시울이 뜨거워져 목이 메었지만 입을 열었다.

"의사님을 옆에서 지켜보는 동안 많은 것을 깨달았습니다. 일본이 조선의 독립을 위협하고 있는 것에 대해 일본인의 한 사람으로서 깊이 사과드립니다. 의사님 같은 훌륭한 분을 간수하게 된 것이 정말 괴로웠습니다."

안중근 허허롭게 웃었다.

"내가 군인으로 내 일을 수행한 것처럼 당신 역시 당신의 맡은 일을 한 것뿐이오. 당신의 사과는 나에게 정말 큰 선물이었소."

말하고 고개를 숙이니 천엽은 양손을 합장하고 눈물을 지을 뿐이었다.

천엽은 이후 일생토록 안중근의 명복을 빌며 한국과 일본의 평화와 공존을 기원하며 살았다. 이때 쓴 유묵은 1980년 안중근 의사 탄생 백 주년을 맞아 한국에 반환하였다.

면회실에서 두 동생을 만난 안중근은 마지막 유언을 했다.

"내 유해를 오늘 거두어 조국에 가져가는 것은 일본이 결코 허락하지 않을 것이다. 내가 하얼빈에 도착해서 느릅나무가 우거진 하얼빈 공원을 돌아본 적이 있다. 오늘 내 유해를 거두거든 그곳에 임시로 묻었다가 조국의 국권이 회복되면 고향에 가지고 가서 장사를 지내주기 바란다. 나는 천국에 가서도 국권 회복에 힘쓸 것이다. 너희들은 나의 뜻을 동포들에게 전해, 국민의 의무를 지키는 데 힘써주기 바란다. 모두 힘을 합쳐 대한독립을 소리 높이 외쳐 천국까지 들릴 때 나도 환호작약하여 만세를 부를 것이다."

유언이 끝나자 안중근은 간수들의 손에 이끌려 면회실을 나갔다.

정근과 공근은 소리 없이 눈물을 흘렸지만 중근은 태연히 옅은 미소까지 머금고 있었다.

3부

안중근,
안배를 쏘다!

다시 10월 26일, 그 반성의 날

"수상 각하, 수상 각하!"

안배는 수행비서관 고곡이 한참 동안 흔들기까지 해서야 겨우 눈을 떴다.

의식을 잃은 것이 아니라 깊이 잠들었던 것이라 생각한 고곡은 비로소 안도하며 물 잔을 내밀었다.

"한 시간 반 뒤면 하얼빈 역에 도착합니다. 이제 준비를 하셔야 합니다."

안배는 지난밤에 꿈을 꾼 것 같은데, 그것이 너무도 생생해 고곡의 곁에 서 있는 경호 팀장 촌전형을 돌아봤다.

"어젯밤에 경호팀에는 아무런 일도 없었나?"

"예, 물론입니다. 객차 양쪽 문을 지킨 경호원들도 컨디션이 아주 좋아 오늘 근무를 자청해 경호를 보강할 계획입니다."

"열차가 잠시라도 정차한 일은 없었나?"

"없었습니다. 줄곧 시속 4백 킬로미터를 넘나들며 질주했습니다."

"갑자기 왜 그런 말씀을? 무슨 일이 있기라도 했습니까?"

고곡의 염려스러운 눈빛에 안배는 고개를 가로젓다가 문득 생각이 떠올랐다.

"혹시 한국어 방송을 볼 수 있을까?"

"예? 그건 갑자기 왜……?"

고곡은 말을 중단하고 즉시 컴퓨터를 켜 인터넷을 연결했다.

"어느 방송을 찾으십니까?"

"아무거나 상관없어. 한국말만 나오면."

고곡은 한국 국영방송 KBS를 연결했다. 현지 시간으로 막 오전 8시 30분을 넘겼으니 뉴스는 끝이 났고 토크 프로가 시작되고 있었다.

안배는 물끄러미 모니터를 들여다보며 두 귀를 곤두세웠지만 '안녕하십니까?' 이외에는 단 한 마디도 알아들을 수 없었다. 그런데 지난밤에는 한국말을 아무런 불편 없이 알아들었으니 꿈이었던 것이 확실했다. 안배는 비로소 안도하며 이불을 걷어내고 등을 일으켰다.

"됐어. 그만 꺼."

영문 모르는 고곡은 황당했으나 내색하지는 않았다.

침대에서 내려오던 안배는 죽는 시간이 되면 일말의 반성은 하게 될 것이라던 말이 떠올라 흠칫하며 촌전형 팀장을 돌아봤다.

"하얼빈 역의 경호는 어떻게 하나?"

"현재 수행 중인 경호팀 전원이 근접 1선을 맡고, 현지에 미리 도착해 있는 우리 경호팀 전원이 2선 커버를 위해 투입됩니다. 어제 열차 편이 결정된 즉시부터 현장을 파악하고 경호에 들어갔으며,

수행팀도 전송된 동영상으로 동선을 숙지했습니다. 중국 공안에는 3선 경호만 하도록 통보했습니다."

"잘했어. 중국은 거칠기만 하고 세련미가 없어. 믿을 수도 없고."

"차량에 승차만 하시면 경호상의 염려는 없을 것입니다."

"차량에 승차만?"

"갑자기 열차 편을 결정하셔서 급히 본국에서 경호팀을 증원했습니다. 중동부 지역을 제외하고는 공항 이착륙에 문제가 없었던 게 다행입니다."

끼어든 고곡의 말에 안배는 고개를 갸웃했다.

"왜, 하얼빈 역에 무슨 문제라도 있나?"

"아닙니다. 그저 1909년에 안중근이 저지른, 하필 날짜까지 같은 10월 26일이라서……."

고곡은 촌전형의 눈짓에 아차 싶어 얼른 말끝을 얼버무렸다.

"안중…… 뭐?"

"별 이야기 아닙니다. 한국 대통령과 중국 국가주석 등도 예정대로 일정을 소화한다니 서둘러 준비하시는 게 좋을 것 같습니다."

"그건 또 무슨 소리야?"

"상하이 일원에 새벽부터 태풍이 잦아들어 예정대로 비행기가 이륙했다는 보고가 들어왔습니다."

"뭐! 젠장, 기상청 놈들이란!"

"워낙 이상 기후입니다."

벌써 9시가 가까워오고 있었다. 안배는 서둘러 욕실을 향하면서도 뭔가 개운치 않은 느낌에 고개를 갸웃거렸다. 특히 안중…… 뭐라는 이름은 어디서 많이 들어본 듯해 입안을 맴돌면서도 도무지

떠오르지 않는 것이었다. 1909년 10월 26일 하얼빈에서도 뭔가 큰 일이 있었던 것 같은데 그 또한 가물거리기만 했다.

안중근은 8시쯤부터 하얼빈 역사 안에 있는 찻집 창가에 앉아 플랫폼을 내려다보고 있었다. 역사가 얼마나 큰지 여차하면 길을 잃기 십상이었고, 오고가는 각양각색 차림의 여객들은 인산인해를 이루는 데다, 대부분의 사람들이 터무니없이 큰 짐을 들고 있어 여기저기서 부딪히고 걸리며 소란스럽기가 이를 데 없었다. 그 덕분인지 흰색 한복과 두루마기를 걸친 눈에 띄는 차림에도 아무도 그에게 눈길을 주는 사람은 없었다.

일본 수상 안배가 9시면 도착할 것이니 경호에 나선 경찰도 수를 셀 수 없이 많았는데 그들 역시 안중근에게는 눈길을 주지 않았다. 혹시 자신이 그들 눈에는 띄지 않는 것인가 싶어 지나가는 사람과 눈길을 맞춰보면 역시 아무런 반응이 없었다. 기이했지만 안배에게 근접하여 총을 쏠 처지에서는 더없이 고마운 일이었다.

열 개도 넘는 플랫폼 중 어느 곳으로 안배의 열차가 들어올지는 금세 알아낼 수 있었다. 역사와 가장 가까이에 있는 1번 플랫폼이었다. 하나같이 제복처럼 검은색 양복을 차려입은, 일본인임이 분명한 사내와 여자들이 플랫폼 한 곳을 중심으로 일사분란하게 움직이고 있었으니 말이다. 안중근은 그들 모두는 일본인이고, 중국 공안은 역사와 그 바깥을 경비하는 것에 내심 감사했다. 자신의 거사로 제3국인 중국이 외교적으로 난처한 입장이 되는 것은 진정으로 원치 않기 때문이었다. 다만 열차에서 내리는 순간 그에게서 조금이라도 반성의 빛이 비친다면 당장은 거사를 행하지 않고 더 지켜봐

줄 생각이었다.

9시가 가까워지자 플랫폼의 사내들이 분주하게 움직이기 시작했다. 안중근도 찻집을 나와 특별열차가 들어올 플랫폼으로 내려갔다. 플랫폼에는 그새 안배가 열차에 내려서 탑승할 승용차와 밴(van)형의 경호 차량, 선두에서 길을 안내할 중국 공안 차량이 들어와 있었다. 비공식, 비공개였으니 특별한 영접인사나 환영객도 없어 열차에서 내려 승용차에 오르기까지는 30여 초 정도면 충분할 것이었다. 그나마 수행 인사들이 많아 시간이 지체될 수도 있으나 플랫폼에 들어와 있는 승용차는 한 대뿐이니 길어야 1분을 넘지 않을 것이었다.

어디에서 틈을 찾을 수 있을 것인지 신중히 따져보고 있는데 한 경호원이 스치듯 자신의 앞을 지나가면서도 의식하지 못하는 눈치였다. 안중근은 참으로 기이한 일이라 여겼다.

8시 50분, 촌전형 경호 팀장은 안배를 향해 다시 한 번 설명했다.
"열차가 도착하면 수행 경호팀 일부가 먼저 내려 각하를 향한 시선을 각자의 몸으로 차단합니다. 그때 각하께서 하차하시면 나머지 수행 경호원이 뒷방향의 시선을 차단하고, 현장팀은 차량으로 안내합니다. 차량까지는 약 20초 정도의 거리이며 승용차에 탑승하시면 즉시 중국 공안 에스코트 차량을 선두로 각하의 차량과 우리 경호 차량의 순서로 플랫폼을 빠져나갑니다. 역 측면 광장 입구에서부터는 우리 현장팀의 경호 차량 세 대가 좌우와 전방에 각각 보강되며, 중국 공안 오토바이 열 대를 선두로 스무 대의 공안차가 경호를 보강하여 회의장으로 이동합니다. 각하의 승용차에는 제가 앞 좌석에, 고야마 주치의가 옆자리에 탑승하며 다른 수행 인사들은 후발 이동합니다. 비서관이 아니라 주치의가 탑승하는 것은 각하의 장 때문입니다."

안배는 저도 모르게 아랫배로 손이 갔으나 지금은 괜찮았다.

"중국 인사들은 아무도 안 나온다는 것이지?"

"예, 같은 시간 하얼빈 공항에 한국, 중국, 몽골 대통령의 비행기가 순차적으로 착륙하기에 대부분 그리로 나가기도 합니다만, 신속히 역사를 빠져나오기 위해 모든 영접을 거부했습니다."

안배는 고개를 끄덕이기는 했지만 뭔가 지나치게 예민하고 과도한 것이 께름칙했다.

10월 26일 오전 9시 정각, 특별열차 허시에 731호가 하얼빈 역의 1번 플랫폼에 멈춰 섰다.

객차 문이 열리자 비서관으로 보이는 사람을 선두로 10여 명의 경호원이 먼저 내려 객차의 출구를 에워쌌다. 뒤이어 175센티미터의 신장에, 원래 머리가 그런 것인지 헤어스타일 탓인지 좌우 이마폭이 좁고, 양 볼과 눈두덩이 살이 두툼해 늘어질 것 같은 안배가 조금 피로한 얼굴로 열차에서 내렸다. 그는 곧바로 경호원을 따라 승용차로 걸음을 옮기는데 그 뒤 역시 열차에서 따라 내린 경호원들이 질서정연하게 둘러싸 안배를 향한 틈은 보이지 않았다.

안중근이 '거사는 글렀구나' 하고 낙담하는 찰나 힐끔 고개를 돌린 안배와 눈길이 마주쳤다.

안배는 순간, 안중근이라는 이름 세 글자와 1909년 오늘, 이 시간에 하얼빈 역에서 벌어졌던 사건이 한꺼번에 선명하게 떠올랐다.

또한 지난밤의 대화도 초고속 필름처럼 돌아갔는데, 죽는 순간이 되면 일말의 반성은 하게 될 것이라던 마지막 말이 다시금 섬뜩하고 생생했다. 그 모든 것은 멈칫하는 순간의 일이었고, 반성이 아니라 비웃음을 지은 것도 그 순간이었다.

안중근은 안배의 비웃음을 보는 순간 거사를 실행할 각오로 오른손을 품속으로 가져갔다.

한편 안배는 비웃음을 머금는 그 순간, 겹치는 아랫배의 싸늘한 기운에 주춤 걸음을 멈췄다. 빌어먹을 설사! 경호원들은 갑작스러운 안배의 움직임에 초긴장하며 양팔을 뻗어 사방을 가로막는 육탄경호에 임했지만, 아랫배를 움켜쥔 안배는 그 틈을 뚫고 객차를 향해 달음박질쳤다.

권총을 뽑아드는 순간과 틈을 비집고 나와 달음박질치려는 순간의 기막힌 접점. 안중근은 망설임 없이 방아쇠를 당겼다. 탕! 탕! 탕!

천지를 가르는 듯한 총성과 함께 안배는 아랫배를 움켜쥔 그대로 플랫폼 바닥에 꼬꾸라졌다. 하얗게 질린 얼굴의 경호원들은 뒤늦게 쓰러진 안배의 몸뚱이 위로 몸을 던져 후속 사격에 대비한 육탄경호에 들어갔지만, 이미 안중근은 방아쇠에서 손가락을 빼고 번쩍 두 손을 치켜들어 만세 삼창을 외치고 있었다.

"대한민국 만세! 동양평화 만세! 세계평화 만세!"

일본 경호원들이 안배를 받쳐 들고 경호 차량으로 옮겨가는 사이 중국 공안 몇이 권총을 빼어들며 안중근을 향해 달려왔다.

안중근은 권총을 거꾸로 돌려 총신을 잡고 손잡이 부분을 앞으로 하여 다가온 공안에게 내밀었다. 1909년 그날에 사용한 벨기에제 브라우닝 M1900모델인 7연발 권총이었고 실탄은 탄두에 십자가형의 홈이 파진 체코제 할로우 포인트탄이었다.

한 공안이 권총을 건네받고 다른 공안이 수갑을 꺼내자 안중근은 빙그레 웃으며 먼저 양손을 내밀었다. 그 태연한 모습에 멋쩍어진 공안이 멈칫하는 순간 지휘자로 보이는 공안이 고개를 가로저었다.

"도망칠 생각이 전혀 없는 사람이다."

공안은 꺼냈던 수갑을 다시 허리춤에 차고 다른 공안과 함께 안중근의 좌우에서 각각 팔짱을 꼈다. 중근은 그들이 이끄는 대로 '公安 (공안)'이라는 검은색 글자가 선명한 승용차 뒷좌석에 올랐다. 안중근의 좌우에는 공안이 각각 앉았다. 지휘자인 공안이 앞쪽 조수석에 올라 차문을 닫자, 공안 차량은 경광등을 켜고 사이렌을 울리며 플랫폼을 빠져나가기 시작했다. 안배가 실려나간 역사 측면 문을 통해 밖으로 나오자 공안 오토바이 몇 대가 선두를 서고, 공안 승용차가 앞뒤좌우로 호위하여 속도를 내기 시작했다. 마치 안배와 경호를 나누어 받는 것처럼 보이는 광경이었는데, 앞서 달리는 공안 차의 뒷머리에 'HYUNDAI'라는 로고가 선명한 것이 인상적이었다.

한편 안배를 태운 밴형 경호 차량은 선두 공안 차량의 뒤를 따라 인근 병원을 향해 질주하고 있었다. 상처를 살펴 응급처치를 하던 소산선은 안배의 상처가 책에서 배운 이등방문의 피격 상흔과 일치한다는 사실에 경악했다. 다른 점이 있다면 아랫배를 움켜쥐고 있다가 쓰러지며 머리를 바닥에 찧어 출혈이 적지 않다는 것이었다.

안배는 가물거리는 의식 속에서도 다시 한 번 그의 마지막 말이 떠올라 몸서리쳤다. 그리고 뒤늦게 카이젤 수염도 생각났다.

"고, 고야마……."

"예, 수상 각하! 이제 곧 병원에 도착합니다."

"나를…… 쏜 사람은…… 안……중근이다."

죽을힘을 다해 더듬거리는 안배의 말에 소산선과 촌전형은 기함했다. 그리고 설핏 떠오르는 기억을 더듬으니 하얀 두루마기에 카이젤 수염의 그 사내는 책에서 보았던 사형장으로 향하는 안중근의 모습이 틀림없었다.

"내가 반성하지…… 않은 건…… 잘못이었다. 공식……발표에 유언이라고…… 전하라."

뜻밖의 말에 소산선과 촌전형은 서로의 얼굴을 마주 보며 제 귀를 의심했다. 그와 가까운 친구 몇과, 특히 한국을 좋아하는 수상 부인이 진실의 길을 가기를 수시로 간했지만 변하지 않던 그였다.

"내 배 속에 박힌…… 총탄은 빼내주게……제발…… ."

그리고 의식을 놓자 경호 차량이 멈춰 서고 뒷문이 활짝 열렸다.

소산선은 수술실로 향하는 안배를 뒤따랐고, 촌전형은 전신의 기운이 모두 빠진 듯 털퍼덕 길바닥에 주저앉고 말았다.

달라진 중국

수상 피격에 충격과 분노를 감출 수 없다.

일본 정부의 첫 번째 공식 입장 표명이었다.

이어서 외무성의 지시를 받은 주중 일본대사 천상이 중국 외교부를 방문했다. 그를 마주한 것은 중국 외교부 아주사(亞洲司) 사장(司長: 국장)으로 평소 아시아 지역 대사들의 접견 상대였다. 그러나 오늘 같은 중대한 사건 앞에서는 그 직급을 높일 만도 했지만 긴급회의 중이라는 이유로 평소와 같이 했다.

"범인의 신병을 피해국인 일본에 인도해줄 것을 엄중히 요청하는 바입니다."

아주사장은 이미 1909년의 수치를 잊지 말라는 상부의 지시를 받은 터였다.

"먼저 귀 일본국 수상의 피격에 심심한 위로의 뜻을 표하는 바입니다. 범인은 현장에서 우리 중국 공안이 체포했고, 현재 공안과 검찰이 합동으로 신문 중입니다. 신문이 끝나는 대로 그 결과 발표가 있을 것입니다. 우리는 중국 영토에서 발생한 이번 사건에 대하여 세계가 신뢰할 수 있는 재판부를 구성하여, 해당 법률에 따라 공정하고 엄중하게 판결할 것입니다."

"범인은 형사범이 아니라 국사범입니다. 범인을 넘겨주시기 바랍니다."

"영토주권에 해당하는 일입니다. 억지는 과거 역사의 한 번으로 족합니다."

"중국은, 자국을 방문한 외국 정상에 대한 허술한 경호의 책임이 있습니다."

아주사장의 입가에 비웃음이 흘렀다.

"일본의 외교적 입장을 고려하여 자세한 사항은 오해를 받더라도 묻어두려 했습니다만, 과거와 전혀 다르지 않은 태도이니 지금 즉시 기자회견으로 그간의 과정을 발표하겠습니다."

인터폰을 든 아주사장이 단호하게 지시했다.

"대변인에게 지금 즉시 발표하시라고 회견장으로 연락해."

천상은 휘둥그레진 눈으로 더듬거렸다.

"뭘, 뭘 발표한다는 것입니까?"

"귀국 수상께서 먼저 열차 편을 알아본 사실, 우리 주석님의 호의로 특별열차를 제공한 사실, 어젯밤 귀국 경호팀이 추가로 투입된 사실, 우리 중국에 1·2선 경호에서 물러나기를 공식 요청한 사실, 범인이 사격한 지점이 1선 경호 지역인 사실, 수상께서 돌발적인 행동을 취하여 귀국 경호망에 틈이 생긴 사실, 우리 중국은 즉시 병원으로 이송하여 소생에 최선을 다하고 있다는 사실 등입니다."

천상은 당황했다.

"아, 아니, 그렇게 세세한 사안까지 다 까발려서, 뭘 어쩌자는 것입니까?"

"그래서 과거 역사는 한 번으로 족하다고 하지 않았습니까."

"멈춰, 발표를 멈춰주십시오."

"대변인이 대기하고 있어서 이미 발표가 시작됐습니다."

"뭐, 뭐라고요!"

"저희는 더 할 말이 없으니 그만 돌아가주십시오."

아주사장은 먼저 자리에서 일어나 접견실을 나갔다. 천상은 과거 1909년의 역사를 배웠으면서도 이를 반성의 계기로 삼지 못한 것을 뒤늦게 후회했다.

· 아베 수상, 중국 하얼빈에서 피격 수술 중

　범인은 한국인 추정(일본 언론)

· 일본 수상 하얼빈에서 피격, 수술 중

　현장에서 범인 체포 수사 중(중국 언론)

· 일본 안배 수상 중국 하얼빈에서 피격, 수술 중

　일본 측, 외교 의전 무시해 논란 일 듯. 범인 한국인 추정(서방 언론)

· 일본 수상 안배 피격, 하얼빈에서 수술 중

　1909년 같은 날, 같은 장소에서 이등박문 피살 역사 상기

　일본 외교노선 반성의 수정 기대(동아시아 언론)

· 안중근 의사 화신인가!

　하얼빈에서 반성 모르던 안배 피격, 긴급 수술 중

일본, 반성의 계기로 삼아야
외교통상부, 생명에 지장 없기를 기원하며 유감 표명(한국 언론)

세계 언론의 비상한 관심 속에 하얼빈의 병원에서 주치의 소산선의 입회하에 응급 수술을 끝낸 안배는 그날 오후 전용기 편으로 일본으로 돌아와 동경대학교 부속병원 특별실에 입원했다. 소생 여부는 경과를 더 지켜봐야 하는 것으로 알려졌다.

당일 오후 6시. 하얼빈 공안국은 1차 수사 결과를 발표했다.

피의자는 성명을 안중근이라 진술했다. 국적은 한국이라 하나 다른 인적 사항에 대한 일체의 진술을 거부하고 있다. 그러나 범행 사실에 대해서는 증거와 완전 일치하도록 정직하게 진술했다. 단, 범행 동기에 대해서는 법정에서 진술하겠다며 속히 기소해주기를 요청하고 있다. 기이하게도 범행에 사용된 권총과 실탄이 지난 1909년 같은 날, 같은 시간, 같은 장소에서 일어났던 이등박문, 당시 추밀원 의장 피살사건에서 사용된 것과 동일하다. 공안 당국은 검찰과 협조해 빠른 시간 내에 수사를 마무리하여 재판부에 송치할 것이다.

안중근의 사진이 공개되자 세계는 다시 한 번 경악했다. 1910년 사형을 선고받고 형장으로 가기 전에 촬영한 사진 속 모습과 동일하다 할 정도로 외모가 유사했기 때문이었다.
안중근 의사의 무덤이 아직 발견되지 않은 현 상황에서 동일한 듯 보이는 인물의 재등장이 가져온 파문은, 종교적 신이(神異)설에서부터 조작설, 성형수술설 등 온갖 억측이 난무한 상황을 만들어 정작 안배의 안부는 안중에도 없었다.

중국에서부터 일기 시작한 안중근 의사의 재조명은 동아시아를 거쳐 유럽으로 번져나가는 데 일주일이 채 걸리지 않았다.

사건 당일 극심한 분노 속에 대한(對韓) 군사 보복까지 거론되던 일본 내 여론은 사흘 만에 변화를 보이기 시작했다. 계기는 그들이 추종하는 서방 언론의, 사건 발생 전 안배의 비외교적이고 무례하기까지 한 처신이, 일어나지 않을 사건을 불렀다는 따끔한 지적이었다. 부끄러움을 알고 목소리를 내지 않던 일본 국민 다수와 전쟁 국가 반대를 앞장서 외치던 양심적 세력이 결집하자 또 다른 이야기가 흘러나왔다. 안배가 의식을 놓기 전 마지막으로, 반성하지 않은 것은 잘못이었다는 유언을 남겼다는 것이었다.

일본의 우익 세력에게 안배의 유언 소문은 엄청난 충격이 되었다. 그들은 절대 그럴 리 없다며 정부의 공식 부인을 격하게 요구했지만 대장성 장관 실전은 '돌아가신 분이 아니기에 유언을 발표할 수 없다'는 아리송한 답변만 내놓았다. 자연스레 언론의 초점은 현장에서 병원까지 동행한 소산선, 촌전형 두 사람에게 모아졌다.

먼저 말을 흘린 것은 소산선이었는데 자신은 아무것도 들은 바 없다는 부인이었다. 우익 세력은 음모의 기미가 보인다며 초기에 확실히 밝혀야 한다고 대장성 장관을 압박했다. 그러자 다음날 오전, 뜻밖에도 촌전형이 기자회견을 자청했다. 우익 세력은 만세를 불렀다. 무관인 그가 나약한 소리를 할 리 없다는 판단에서였다. 그러나 그는 안배가 그렇게 말하는 것을 분명하게 들었다고 증언하며, 자신이 진실을 밝히는 이유는 그야말로 무관으로서 진실이 거짓으로 바뀌는 것을 묵과할 수 없기 때문이라고 했다.

사건 발생 8일 뒤인 11월 3일, 중국 외교부는 안배 피격 사건에 대한 재판부 구성을 다음과 같이 발표하고, 이례적으로 그 배경도 설명했다.

· 재판관할법원: 뤼순중급인민법원
· 재판장: 쑨원(孫文) 현 뤼순중급인민법원장
· 배석판사: 루쉰(魯迅) 난징기층인민법원장
      캉유웨이(康有爲) 특별임명판사(베이징대 법학과 교수 겸 변호사)
· 검찰관: 장제스(蔣介石) 하얼빈고등검찰원장
· 변호사: 저우언라이(周恩來) 인민법률구제원 고문변호사
      구연 일본 동경고등검찰청 검찰관

배경
1. 재판 관할을 뤼순중급인민법원으로 한 것은 특별한 역사적 배경을 고려하였다.
2. 공교롭게 검찰 및 재판부의 각 구성원 모두가 중국 역사의 저명 인사와 동명이다. 이는 일부러 그리한 것이 아니라, 세계가 주목하는 사건이므로 중국 인민의 높은 존경과 학계로부터 최고의 공정을 인정받는 법조인으로 선출하는 과정에서 생긴 우연이다.
3. 피고인은 일체의 변호사 선임을 거절했다. 그러나 '중죄의 경우

변호인 없이 재판할 수 없다'는 중국 형사소송법 규정에 따라, 인민의 신망 높은 변호사를 관선으로 선임했다.

4. 일본국에서 검찰관을 변호사의 자격으로 피해자 측 변호인으로 추천했다. 이는 중국법에 없는 규정이나 재판정 입정을 허용해 청취와 재판장의 판단에 따라 약간의 질문을 할 수 있게 했다.

5. 본 건 재판의 기일은 해당 법원이 정하며, 재판 과정에 대한 법 정공개는 공판에 지장을 초래하지 않는 범위 내에서 재판장의 결정에 의해 지정 방송의 생중계를 허용하기로 했다.

사건 4주 후인 11월 23일, 동경대학교 부속병원장의 공식 브리핑이 있었다.

"총리의 병세는 총상에 의한 부분이 생명에 지장을 초래하지는 않을 것으로 판단된다. 그러나 피격 후 쓰러지는 과정에서 입은 두부 타박상은 뇌출혈을 유발해 아직 의식을 회복하지 못하고 있으며, 경과를 더 지켜봐야 한다."

다음 날인 11월 24일, 하얼빈고등검찰청은 피의자 안중근을 살인미수의 죄로 뤼순중급인민법원에 공소 제기하며, 이미 수사는 끝나 있었으나 피해자의 사망 여부가 확정되지 않아 죄명 미확정으로 기소를 미루고 있었음을 밝혔다.

11월 25일, 뤼순중급인민법원은 공판을 일주일에 한 차례씩 열어 피고인 및 변호사의 변론 준비에 충분한 시간을 줄 것이며, 제1회 공판기일은 12월 2일로 지정했다. 제1차 공판부터 생중계를 허용하며 해당 방송국은 중국 CCTV, 대한민국 KBS, 일본 NHK, 미국 CNN의 네 개 방송국으로 지정했다. 단, 법정에서 아나운서의 육성 방송은 허락하지 않았다. 방청에 있어서는 사건 관계국인 대한민국 과 일본 양국 대사관에 각 50석의 방청권을 배정하기로 하였다.

세계는 이번 사건과 관련한 중국의 신속하고 합리적인 조치에 전 적으로 수긍하며 박수를 보냈다. 또한 그동안 우려했던 정치, 법제, 인권 등 특정 부분에 대한 우려를 덜었으며, 최고지도부의 의지에 따라서 선진제도 확립이 신속히 이루어질 수 있는 가능성을 확인했 다고 논평했다.

진실하고 공정한 재판

12월 2일, 제1차 공판이 열렸다.

임석한 재판장인 쑨원은 인정 신문을 했다.

"피고는 본인의 인적 사항을 말하시오."

"대한국인 안중근입니다. 그 밖의 사항에 대해서는 진술하지 않 겠습니다."

"진술하지 않는 특별한 이유가 있습니까?"

"가족도 없으니 더 이상의 소란은 번거롭습니다."

쑨원은 잠시 피고인을 측은한 표정으로 내려다보았지만 이내 받 아들이겠다는 듯 고개를 끄덕이고, 장제스에게 고개를 돌렸다.

"검찰관은 공소사실을 공술하세요."

자리에서 일어선 장제스가 공소장을 읽기 시작했다.

"피고인 안중근은 10월 26일 오전 9시, 헤이룽장 성 하얼빈 시 철 도역사 내 1번 플랫폼에서 특별열차 허시에 731호 3호 객차에서 내려 승용차로 향하는 일본국 수상 안배를, 살해할 의사로 품 안에 갈무리하고 있던 권총을 꺼내 세 발을 발사, 모두 복부관통상을 입혔으나 사망에 이르지 못한 행위를 살인미수의 죄로 합니다. 증거는 제출한 공판 서류와 압수한 피고인의 권총 등입니다."

살인의 의사와 목적에 이르지 못한 미수의 결과만을 적시한 간단명료한 공소사실이었다.

쑨윈은 다시 안중근에게 눈길을 돌렸다.

"피고인은 검사의 공소사실에 대해 미리 말할 것이 있습니까?"

안중근은 피고인석에서 일어섰다.

"본인은 일본국 수상 안배를 죽일 의사로 권총을 소지하였고, 틀림없이 죽일 의사로 총을 쏘았습니다. 검사의 공소는 지극히 합당하며 모두 인정하기에 다툴 것은 없습니다. 다만 본인은 안배의 죄상을 이 법정에서 밝혀 본인이 거사한 뜻을 세상에 널리 알리고자 합니다. 허락해주시겠습니까?"

쑨윈의 입가에 미소가 번졌다.

"허락합니다. 그런데 내용이 길 것 같으니 앉아서 진술해도 좋습니다."

"감사합니다."

피고인석에 단정하게 앉은 안중근은 마음을 가다듬는 듯 잠시 눈을 감았다가 진술을 시작했다.

"본 피고가 안배를 죽일 생각을 한 것은 그는 대한민국과 동아시아, 나아가 세계평화에 암 덩어리와 같은 존재라서 이를 제거하지 않고 그대로 두어서는 머지않은 날에 반드시 화근이 될 것이므로 그 죄를 묻고자 한 것입니다. 이제 그 죄를 구체적으로 말하자면,

첫째는 대한민국 독도에 대해 억지 영유권을 주장하는 죄입니다. 독도는 고대 이래로 한반도에 거주하는 한민족이 자신의 땅으로 여겼던 섬입니다. 가장 가까운 울릉도 어민들은 독도를 제 집처럼 여겨 갑작스레 만난 바람의 피항지 등으로 오래도록 이용하고 소유해왔습니다. 특히 512년 신라 지증왕 대에 장군 이사부가 울릉도를 정벌하고 우산도라 하였으니, 그 역사는 1천 5백 년이 넘은 것이며 그에 관한 기록 역시 산재합니다. 그럼에도 한반도 강점기 전후로 억지로 만든 약간의 인연이 있는 것을 빌미로 영유권을 주장하니 이는 도적의 심보와 다르지 않습니다. 안배의 논리대로 하자면 한국은 지리적으로도 일본보다 가깝고, 역사적으로도 인연 깊은 대마도의 영유권을 주장하기에 충분합니다. 그러나 나라 간의 현상을 존중하고 평화를 추구하여 맞대응하지 않는 한국의 인내를 욕심과 근성이 없어서라고 생각하는 자이니 그 죄가 더욱 큰 것입니다.

둘째, 앞서 말한 독도에 대한 부당한 영유권 주장을 비롯하여 과거의 여러 침략 역사 등을 왜곡한 거짓 교과서로 그들의 후손을 교육하는 죄입니다. 교육은 한 나라의 미래입니다. 자랑스러운 역사는 물론 부끄러운 역사도 정직하게 가리키며 반성토록 해야 도적질, 강간, 침략 등 죄가 되는 일을 다시 하지 않게 됩니다. 더구나 일본에도 양심 있는 사람들이 있는지라 독도 영유권 주장의 부당함과 과거 역사의 반성을 말하기도 합니다. 그러니 아직 성숙하지 않은 청소년들은 상반되는 이야기 속에서 혼란을 느낄 것이고, 인간의 심리가 본디 불리한 것보다는 유리한 것을 선호하는지라, 거짓이라는 의심을 품고서도 입에 맞는 역사를 선택합니다. 그렇게 입에 단 사탕만을 위한 진실의 외면에 길들여진다면, 그들이 이끌어갈 미래의 일본은 물론이고 동양과 세계의 평화에 반드시 화근이 되니, 크나큰 죄가 되는 것입니다.

셋째, 나라 간의 약속을 이익에 따라 뒤집고 묵살하기를 밥 먹듯이 하는 죄입니다. 이를테면 한국과 일본은 1974년 한일대륙붕협정을 체결하여 제7광구에 대한 공동 개발을 약속한 바 있습니다. 그러나 대륙붕 경계선에 대한 다른 주장을 내세우면서 약속을 지키지 않는 것과 같은 일들입니다. 모름지기 약속이란 사인 간에도 이익의 다소와 상관없이 그것을 지킴으로써 신뢰가 형성되고, 그로 인해 신용과 우호가 유지되는 것입니다. 하물며 나라와 나라 간의 약속에서야 더 말해 무엇하겠습니까. 그럼에도 이익에 따라 약속을 뒤집고, 더구나 괴이쩍은 이론을 그 근거로 삼기까지 하니 필경 머지않은 날에 큰 분쟁을 일으키게 될 것입니다. 마침내 일이 그리 된다면 다른 나라들까지 신용의 약속이 아니라 사술과 힘만을 내세우려 할 테니, 그 결과는 전쟁의 길밖에 없을 것입니다. 어찌 크나큰 죄가 아니겠습니까.

넷째, 이른바 성노예 사건에 대해 부인과 거짓으로 일관하는 죄입니다. 이는 일본이 일으킨 태평양전쟁 시기에 한국을 비롯한 세계 여러 나라의 무고한 여성을 강제와 사술로 연행하거나 동원하여 위안소에서 성노예로 삼은, 인간이라면 차마 할 수 없는 가장 비인도적인 범죄입니다. 더구나 그 사건의 피해자가 살아 생생하게 증언하고 일부의 증거도 있는 바입니다. 그렇다면 가해국의 수상으로서 먼저 인정하고 사과함으로써 피해자를 위로하고, 공개적으로 반성함으로써 앞날에 있을지도 모를 재발을 막는 것이 당연한 도리입니다. 이치가 그러함에도 안배는 시종일관 갖은 궤변으로 부인하고,

심지어는 세계인이 공감하여 곳곳에서 세워지고 있는 기념비 건립을 막기 위해 로비를 하는 등으로 피해자의 상처를 덧나게 하고 있습니다. 이는 그 처참한 비인도적 범죄의 공범이기를 자처하는 짓이니 하늘도 용서하지 않을 죄입니다.

다섯째, 위와 관련한 이른바 '하야담화', 즉 '고노담화'를 흠집 내고 부인하려 하는 죄입니다. 일본은 아주 오랫동안 자신들의 과오와 죄를 숨기고 부인하는 것으로 일관해왔습니다. 그런데 마침내 당시 관방장관이었던 하야, 즉 고노가 큰 용기와 양심으로 성노예 사건에 국가가 관여한 사실을 인정하고 사과하며, 역사의 교훈으로 삼아 그러한 과거를 결코 반복하지 않겠다는 굳은 결의를 밝혔습니다. 그런데 안배는 오히려 그런 용기와 양심을 터무니없이 흠집 내고 부인하려 하니, 이는 바르게 가려는 나라를 틀린 길로 끌고 가려는 반역과 다름없어 극형도 무겁지 않은 죄가 되는 것입니다."

"이의 있습니다! 남의 나라 일에 반역이니 뭐니 말하는 것은 일본에 대한 모독입니다!"

느닷없이 구연이 끼어들어 소리치자 쑨원은 법봉을 두드려 주의를 환기시켰다.

"구연 변호인은 끼어들지 마시오! 여기는 중국의 법정이고 그대는 재판장의 허락을 받아 진술할 것을 약속했소."

"그렇지만 이 재판은 세계에 생중계되고 있습니다. 일본의 국익을 고려해주시기 바랍니다."

"그대의 나라에서는 국익에 손해가 되면 인간의 기본권도 막는가! 피고인의 모두진술(冒頭陳述)은 기본적인 자기변호권으로 누구도 막을 수 없소. 다시 허락 없이 발언하면 퇴정은 물론 이후 방청도 불허하겠소."

준엄한 쑨원의 경고에 구연은 벌겋게 달아오른 얼굴로 주저앉았다. 방청석에서 터져 나오는 비난의 목소리와 구연의 얼굴을 담으려는 카메라 기자의 발걸음 소리로 잠시 일었던 소란이 가라앉자 쑨원은 안중근에게 진술을 계속하도록 했다.

"안배의 여섯째 죄입니다. 일본은 지난 태평양전쟁 기간 중 귀국인 중국에서 이른바 난징대학살과 731부대 생체 실험 등을 자행하여 무고한 민간인을 30만 명 이상 도살했습니다. 이는 수많은 증언 기록과 사진 등 여러 증거 자료로 드러난 명명백백한 사실입니다. 그러나 안배는 단 한 번의 사죄는커녕 오히려 그것이 과장된 숫자이고 민간인이 아니라 전투 중 발생한 군인의 죽음이라는 등의 궤변과 억지로, 관련국인 중국과 대한민국, 그리고 그 국민들을 조롱하고 희롱하고 있습니다. 어찌 하늘도 노하지 않을 죄가 아니겠습니까.

일곱째, 태평양전쟁을 일으킨 일본의 과오를 반성하지 않는 죄입니다. 그가 만약 한 개인이라면 지난 과거, 이를테면 조상의 죄에 대한 반성을 강요할 수도, 반성하지 않은 죄를 물을 수도 없습니다. 그러나 그는 한 나라의 지도자입니다. 모름지기 나라의 지도자라면 국민의 생명과 재산을 지키는 것을 최우선으로 삼아야 합니다. 그 것은 곧 거부할 수 없는 지도자의 의무이자 책임이기도 합니다. 국민의 생명과 재산에 대한 가장 큰 위협이 무엇입니까? 전쟁입니다. 그렇다면 지도자는 마땅히 과거의 침략 행위를 끊임없이 반성해야 합니다. 즉 반성도 의무가 되는 것입니다. 그럼에도 안배는 일말의 반성하는 자세 없이 과거의 전적지를 방문하여 일본군 위령비를 참배합니다. 그런 점에서 정국신사를 참배하는 것은 매우 엄중한 여덟째의 죄가 됩니다.

정국신사에는 일본의 전범들이 합사되어 있습니다. 그렇기에 국가 지도자는 물론 일정한 권한을 가진 공직자가 참배해서는 아니 되는 것입니다. 왜냐하면 정국신사에 참배하여 전범을 추모한다는 것은 그들의 죄를 죄로 인정하지 않고 위대한 국가적 행위로 생각하는, 즉 대동아공영 운운하던 과거의 영광을 그리워하는 것이기 때문입니다. 그래서 수많은 나라들이 깊은 우려를 표하는 것임에도 안배는 수상으로 재임하며 여러 차례에 걸쳐 공개적으로 참배했습니다. 이는 필요하고, 때가 되고, 힘이 갖춰진다면, 기어이 한 번 더 전쟁을 일으켜보겠다는 각오나 다름없는 것입니다."

안중근은 거기서 말을 멈추었다. 재판장을 비롯한 검찰관, 변호인, 기타 재판 관계자, 방청객 모두는 숨을 죽이고 안중근의 다음 말을 기다렸다. 네 개의 방송국 카메라 또한 안중근의 뒷모습에 고정된 채 멈추어 있었다.

안중근은 양손을 주먹으로 불끈 쥐어 가슴 높이까지 들어 올렸다가 내린 뒤 말을 이었다.

"재판장님. 전쟁을 획책하는 행위를 죄로 규정하지 않고, 그런 자를 법률로 처벌하지 않는 나라가 있습니까?"

쑨원은 빙그레 웃음을 지으며 고개를 가로저었다.

"없습니다."

"또한 그 예비 음모의 행위만으로도 처벌될 것입니다."

쑨원은 이번에는 말없이 고개만 끄덕였다.

"결국 안배는 만국의 죄인인 것입니다. 최근 일본에서는 젊은이들이 제2차 세계대전을 일으켰던 독일의 나치 깃발과 태평양전쟁의 전범국인 일본의 상징 욱일승천기를 높이 들고 도심을 행진하는, 참으로 섬뜩하기 이를 데 없는 일이 횡행하고 있으며, 안배의 부하인 일본 경찰은 그것들을 공공연히 묵과하고 있습니다. 이들은 안배 등 일부 전쟁을 그리워하고 획책하는 지도자들의 못된 세례를 받은 참으로 가엾은 젊은 영혼입니다. 지도자와 경찰이 그와 같은 행위를 꾸짖거나 제지하지 않는 것은 집회와 시위의 자유를 위해서가 아니라, 바로 자신들의 군사를 모집하는 행위이고, 철없는 젊은 이들을 사지(死地)로 내몰겠다는 것이니 곧 아홉째의 죄가 됩니다."

법정에 갑자기 우레와 같은 박수와 함성이 터졌다. 오직 구연 한 사람만이 당혹감을 감추지 못하며 재판장을 쳐다보았으나 쑨원은 함성과 박수가 저절로 그칠 때를 기다렸다.

"자, 마침내 안배는 내각의 해석 변경이라는 정상적인 법 상식으로 용납되지 않는 억지로, 평화 헌법에 똥물을 끼얹었었습니다. 즉 일본을 전쟁이 가능한 국가로 만든 것입니다. 국민의 절반이 넘는 숫자가 반대하는데도 말입니다. 그렇다고 다른 국민은 모두 찬성하는 것이냐? 결단코 아닙니다. 사안에 따라서는 찬성이 더 명확한 의사표시인 경우도 있습니다만, 이번 경우에는 반대가 명확한 의사표시이고 찬성은 반대하지 않거나, 우물쭈물하거나, 관심을 두지 않는 경우일 뿐입니다. 아니, 전쟁은 다수 국민의 찬성으로 행할 수 있는 행위조차 아닙니다. 그것이 열 번째 죄입니다.

열한째, 지금 귀국은 중국명 댜오위다오와 관련하여 일본과 영유권 분쟁 상태에 있습니다. 제가 감히 그와 같은 예민한 문제에 대하여 옳고 그름의 판단을 할 수는 없습니다. 그러나 모든 분쟁은 평화적인 대화로 해결을 시도하는 것이 사람 간에나 국가 간에나 기본적인 원칙입니다. 그런데도 안배의 일본은 어느 날 갑자기 분쟁의 대상이 되고 있는 섬을 국가가 매입하여 국유화했습니다. 이는 귀 중국을 자극하려는 의도로 볼 수밖에 없는 일이니 곧 무력 대결을 획책한 죄입니다."

다시 방청석의 중국인들이 박수와 함께 함성을 질렀지만 쑨원은 즉시 제지했다.

"열두째, 그러한 무력 대결의 목적으로 안배는 자위대의 공격용 무기를 증강하고 있으니 또한 죄입니다. 물론 모든 국가는 자국의 안보를 위해 군대를 양성하고 군비를 확충할 수 있는 일입니다. 그러나 일본은 태평양전쟁의 전범국으로서 자위대가 아닌 군대를 양성하지 않겠다는 약속을 당시 승전국을 대표했던 미국에 한 바 있으며, 그로 인해 평화 헌법을 제정하게 된 것입니다. 이제는 그때와 사정이 변했다는 주장이 있습니다. 하지만 일본은 아닙니다. 다르지 않은 전범국이라도 독일의 경우는 결코 일본과 비교할 수 없습니다. 왜냐하면 독일은 종전 이후부터 오늘날까지 끊임없이 반성하고 사죄합니다. 지속적으로 피해자를 찾아서 보상하고 배상합니다. 히틀러의 저작물 『나의 투쟁』은 독일 내에서의 출판을 불허합니다. 철없는 젊은이들이 히틀러를 회고하면 꾸짖고 제지하고 벌합니다. 그러하기에 독일은 사정 변경을 이웃 나라로부터 먼저 인정받았습니다. 어찌 일본과 비교할 수 있겠습니까.

열셋째, 미국을 등에 업거나 앞잡이가 되어 동아시아의 평화를 불안하게 하니 그것이 죄입니다. 작금 귀 중국의 부상과 함께 미국과의 경쟁은 자못 세계, 특히 동아시아 여러 나라를 불안하게 하고 있습니다. 그 옳고 그름은 앞으로 두 나라가 어떤 행보를 하느냐에 따라 판단할 수 있는 것이니 오늘 말하기는 어렵습니다.

모름지기 이웃의 싸움은 뜯어말리는 것이 인정이고 도리입니다. 그런데 안배의 일본은 경쟁하는 두 나라 사이에서 중재에 나서는 것이 아니라 어느 일방을 편들어, 아니 그것을 기회로 혼자서 상대하기 어려운 이웃 나라와의 경쟁에서 우위를 점하거나, 기어이 한 번 이겨보려는 속셈으로 개가 되는 짓도 마다하지 않는 것이니, 일본 국민에 대한 모독이기도 합니다. 또 그것이 오늘만의 일이던가요. 지난 태평양전쟁을 돌이켜보십시오. 동맹국이자 개혁과 발전의 지원국이었던 미국의 진주만을 아무런 선전포고도 없이 어느 평화로운 일요일 새벽에 기습하여 초토화시키며 일으킨 전쟁입니다. 힘만 있으면 그와 같은 비열하고 배신적인 일을 얼마든지 저지를 수 있는 것이 개의 짓이니, 중국은 물론 미국을 속이기도 하는 일로 죄가 큰 것입니다.

열넷째, 양심적 세력은 박해하고 반인권적 세력은 비호하는 죄입니다. 지금 일본에서는 연일 극우세력의 집회와 시위가 벌어지고 있습니다. 그들은 길을 가는 한국인을 비하하고, 조롱하고, 공공연히 위협합니다. 조선학교 앞에서는 어린 학생들에게 갖은 욕설과 무고한 비난을 퍼붓기를 망설이지 않습니다. 명백한 인권모독이고 유엔헌장에도 위배되는 일입니다. 그럼에도 그러한 불법적이고 반인권적인 세력의 행동을 제지하는 바 없이 방관하거나 보호합니다. 반면 그에 반대하는 양심적 세력의 시위는 제지하고 체포까지 합니다. 어찌 인류의 공적이 되는 죄라고 하지 않겠습니까.

열다섯째, 일본의 후손들에게 터무니없는 욕심과 거짓, 정의롭지 않을 길을 가르치며 전쟁의 열망을 심어주는 죄입니다. 역사 이래로 인간은 후손에게만큼은 바른 것을 가르쳐왔습니다. 그것이 인간이 진보한 바탕입니다. 그렇지만 그러한 노력에도 불구하고 인간은 수많은 고통, 특히 전쟁의 고통을 겪어왔습니다. 그래서 미래는 참으로 두려운 것이고 청년에 대한 교육은 어른이 된 자의 가장 중요한 의무입니다. 그런데 안배는 그 반대의 길을 걷고 있으니, 그가 진정 인간된 자인가 의심스러울 지경입니다. 일본의 미래에 대한 죄, 인류의 미래에 대한 죄로서 지금까지 든 죄 중에서도 가장 크고 무거운 죄입니다.

이상이 본 피고가 거사를 모의하고 실행한 이유입니다. 저에게 만인 앞에서 이러한 저의 뜻을 말할 수 있도록 허락해주신 재판장님의 공정함에 깊이 감사드리는 바입니다."

안중근이 일어나 재판장에게 깊이 고개 숙여 인사하고 자리에 앉자 법정 안에는 다시 큰 박수와 함성이 울려 퍼졌다.

법정 안에 고요가 찾아오자 쑨원은 엄숙하게 말했다.

"다음 재판은 일주일 뒤인 12월 9일에 속개합니다. 피고인 출석하십시오."

재판부가 퇴정하자 안중근도 간수를 따라 법정을 나갔다.

전 세계로 생중계된 안중근의 법정진술은 깊은 감동과 함께 시대의 화두가 되었다. 그러나 미국과 중국이라는 양대 강국의 문제가 거론되었으니 나라마다의 입장에 따라 반응이 조금씩 엇갈리기도 했다. 다만 중국의 법정에서 중국을 거론하는 용기와 이론의 의젓함에 대해서는 모두가 찬사 일색이었다.

12월 9일, 개정을 선언한 쑨원은 자신은 피고인이 이미 공소사실에 대해 모두 시인하여 별로 심문할 것이 없다며 좌우 배석 판사에게 심문의 기회를 줬다.

먼저 루쉰이 질문했다.

"피고는 먼저 피해자 안배에게 반성을 권할 생각은 없었습니까?"

안중근은 가벼운 웃음을 지으며 답변했다.

"안배가 반성한다면 죽음을 면할 것입니다."

애매한 답변이었지만 더 물을 것이 없었다.

"이번 사건으로 일본의 정책이 개선되리라고 생각합니까?"

캉유웨이의 질문에 안중근은 잠시 생각에 잠겼다가 입술을 뗐다.

"한 나라의 시책이 크게 바뀌려면 큰 논란의 과정이 있어야겠지요. 안배가 반성했다는 증언이 사실이라면 큰 논란이 있을 것으로 생각합니다."

루쉰과 캉유웨이 두 사람이 더 심문할 것이 없다고 하자 쑨원은 검찰관에게 순서를 넘겼다.

"피고인은 어떤 이유이건 살인은 중한 죄로 처벌이 무겁다는 것을 알고 있습니까?"

"예, 잘 알고 있습니다. 죽음을 각오한 일입니다."

담담하고 의연한 답변에 장제스도 더 질문할 것이 없다고 하자 쑨원은 구연을 돌아봤다.

"질문할 것이 있소?"

"예, 있습니다."

"그대는 이 법정의 검찰관이 아니니, 그 점을 인식하고 질문하시오."

구연은 재판장에게 감사의 인사를 하고 안중근의 앞으로 가 섰다.

"그대는 마치 우리 수상 각하를 만나본 적이 있는 것처럼 말하는데 그러한가?"

"호칭을 바꿔라!"

안중근은 두 눈을 부릅뜨고 구연을 꾸짖었다.

"뭐, 뭐?"

당황하는 구연에게 쑨원도 언성을 높였다.

"피고인의 말이 옳소. 그대는 이 법정의 검찰관이 아니라는 사실을 잊었는가!"

순간 법정은 비웃음과 야유소리로 요란했고 방송국의 카메라도 구연을 클로즈업했다.

세계적인 망신을 당했다는 사실에 얼굴이 벌겋게 변한 구연은 쑨원에게 먼저 사과하고 다시 질문했다.

"죄송합니다. 피고인은 우리 수상 각하를 만나본 적이 있는 것처럼 진술했는데 그런 적이 있습니까?"

"그건 안배에게 물어보면 될 일입니다."

방청객들의 폭소가 터져 나오자 카메라는 또 구연을 클로즈업했다. 법정을 향해 주 카메라가 설치되어 있었으니 안중근에게는 뒤쪽이고 구연에게는 정면이었다.

물고 늘어져 그 죄라는 것을 흔들어놓고 싶었는데 전 세계에 자신의 얼굴을 정면으로 보여주며 망신부터 사고 나니, 더는 질문할 의욕이 사라졌다.

그가 조용히 변호인석으로 돌아가자 쑨원은 멋쩍은 웃음을 지으며 말했다.

"진실에는 신뢰가 따르는 것이니 이렇듯 간단하게 심문이 끝날 사건에 이처럼 특별법정을 구성한 것은 평화를 추구하는 중국의 의지를 발현한 것입니다. 모든 피고인은 선고를 기다리는 시간이 가장 고통스러울 것입니다. 일주일 후 결심과 변론, 피고인의 최후진술을 한꺼번에 할까 합니다. 어떻습니까?"

검찰관과 변호인이 모두 동의하자 쑨원은 안중근에게도 물었다.

"피고인이 최후진술을 준비하기 위해 거절한다면, 결심만 하겠습니다."

"저는 개의치 마십시오."

12월 16일, 개정하자 재판장은 검사의 구형을 구했다.

장제스는 천 근의 무게를 어깨로 느끼며 비통한 심정으로 일어났다.

"피고인의 자백과 증거물 등으로 보아 살인의 의사는 입증되었습니다. 다만 피해자 생존 여부에 대한 중국 정부의 공식 질의에 현재까지 생존하고 있다는 동경대학교 부속병원장의 답변서에 의해 살인은 그 목적을 달성하지 못한 미수죄에 해당됩니다. 형량에 대해서는……"

말을 멈추고 한참 동안 눈을 감았던 장제스가 깊은 한숨을 토해낸 뒤 논고를 이었다.

"형량에 대해 본 검찰관은 특별한 의견이 없으며 재판부의 판결을 존중할 것입니다."

웅성거림이 일었지만 쑨원을 비롯한 재판관 세 명은 장제스를 이해한다는 듯 고개를 끄덕였다.

이어서 변호인 저우언라이가 일어섰다.

"존경하는 재판장님, 그리고 두 분의 재판관님. 본건 범죄 사실 자체에 대하여는 검찰관과 변호인, 그리고 피고인 역시 아무런 이의가 없는 듯합니다. 그러나 지난 1909년에 기이하게도 같은 날, 같은 시간, 같은 장소에서 다르지 않은 사건이 있었음을 우리는 기억합니다. 그때 우리 중국의 전신인 청국은 재판권을 포기했고, 청국과 한국 간에 체결된 조약에 따라 한국인은 치외법권이 있었기에 그 행사도 사실상 불가능했습니다. 그렇더라도 일본이 그 재판을 관할한 것은 우리를 못내 부끄럽게 했습니다. 어쨌거나 그때 일본은 결코 형사소송법의 규정을 준수했다고 볼 수 없는 재판 절차로 당시 피고인에게 사형을 선고하는 만행을 저질렀습니다.

저는 오늘 변호인으로서 피고인의 살인미수죄를 부인하거나 무죄를 주장할 의사는 없습니다. 법을 적용하는 데 억지가 있어서는 그때의 일본과 다르지 않을 것이기 때문입니다. 다만 정의가 곧잘 외면당하는 시대에, 공공의 이익보다는 개인의 이익이 더 우선되기 일쑤인 세태에, 자신의 나라뿐 아니라 동아시아와 세계의 평화를 염려하는 피고인의 숭고하고 진실한 뜻이 오늘을 사는 우리 모두에게 경책이 되었음을 인정하지 않을 수 없습니다. 특히 피고인은 과거의 안중근 의사와 같은 이름을 쓰고, 당시의 나이와 용모까지 아주 유사합니다. 과학적으로 따져볼 때 그가 다시 살아서 온 것은 결코 아니나, 그와 뜻은 일치하므로 우리 중국 법정이 그때 일본의 죄를 대신 씻어줌으로써 그들에게 반성의 기회를 주는 것을 권하고 싶습니다. 또한 그때 우리 중국이 지켜주지 못한 고인에 대한 의리를 오늘 대신하였으면 하는 바람뿐입니다. 재판부의 판단을 존중하겠습니다."

실로 진실하고 인간의 정을 느낄 수 있는 변론에 법정 안은 숙연한 기운으로 가득했고 개중에는 눈물을 훔치는 이들도 있었다.

　쏜원은 구연에게 물었다.

　"그대는 마지막으로 할 말이 있는가?"

　구연은 쭈뼛거리며 일어서기는 했지만 법정을 가득 메우고 있는 이 숙연함이 방송을 시청하는 수많은 세계인들에게도 번져갔으리라 생각하니 모골이 송연했다. 그렇지 않아도 지난번 발언 한 마디로 세계적인 망신을 샀는데, 지금 여차 잘못 말했다가는 자신이 문제가 아니라 일본의 위상이 바닥으로 곤두박질칠 것이었다.

　"특별히 할 말은 없고 살인미수 역시 중한 죄이며, 우리 수상 각하는 여전히 의식을 회복하지 못하고 있다는 점을 고려하여주시기 바랍니다."

　쏜원은 안중근을 돌아봤다.

　"피고는 더 할 말이 있습니까?"

　"이미 모두 말하였으니 더는 없습니다. 감사의 마음과 함께 존중의 약속을 드립니다."

　"그런데 감방 안에서는 주로 무얼 하며 지내십니까?"

　쏜원의 엉뚱한 질문에 모두가 어리둥절했다.

　"체포된 이후로 몇 차례 신문받은 것을 제외하고는 오늘까지 책을 읽거나 명상을 하고, 규정된 시간에 따라 운동을 하며 지냈습니다."

　"불편한 점은 없습니까?"

　"예, 저를 대함에 과함도 부족함도 없어 마음이 편합니다."

　"면회를 오는 사람은 있습니까?"

　"신청하는 사람은 날마다 있으나 모두 모르는 사람이니 거절할 뿐입니다."

"왜, 만나보지 않고요?"

"번거롭고 폐가 될 것이 뻔하니 어찌 만나겠습니까?"

"허허, 그럼 아는 사람이 한번 면회를 하도록 해야겠습니다."

"……?"

안중근은 영문을 몰라 어리둥절했고 방청석에서는 가벼운 웃음소리가 들렸다.

쑨원은 짐짓 위엄을 되찾아 일주일 후 선고할 것을 고지하고 폐정했다.

세기의 재판

선고공판을 이틀 앞둔 12월 21일, 쑨원 재판장이 작은 소반을 든 간수와 함께 안중근의 감방으로 불쑥 찾아왔다.

"재판장님께서 어쩐 일이십니까?"

"역시 한 번도 면회를 안 하셨더군요. 남들에게 너무 고적해 보일 것 같아 제가 한번 왔소이다. 우리는 아는 사이가 아닙니까, 허허."

쑨원의 눈짓에 간수는 책상 위에 소반을 내려놓고 덮었던 보자기를 걷어 감방 밖으로 나갔다. 소반에는 요리 두 접시와 술 한 병, 술잔 두 개가 올려져 있었다.

안중근의 눈이 휘둥그레지자 쑨원은 껄껄거리며 한바탕 웃었다.

"저도 법관 생활 20여 년 만에 이런 유쾌한 일을 하기는 처음입니다. 그렇지만 장제스 검찰관과 감옥 소장의 특별 허가를 얻었으니 권세로 하는 불법이라 생각지는 마십시오."

안중근은 무슨 할 말이 있어 저러나 생각하며 묵묵히 있었다.

"저기 검은색이 도는 요리는 둥포러우(東坡肉: 동파육)라고, 송나라 때 항저우(杭州)로 좌천됐던 소동파(蘇東坡) 선생이 서호(西湖) 공사를 끝내고 동원했던 백성들에게 만들어 먹였다는 요리입니다. 돼지고기를 덩어리째 소흥주(小興酒), 간장 등과 같이 졸여 만드는데 무청을 잘게 썰어 넣기도 하지요. 백성을 아끼는 선비의 마음이라 준비해봤습니다. 다른 하나는 솬라탕(酸辣湯: 산라탕)이라고 고기와 몇 가지 야채를 식초, 매운 기름과 같이 끓여 만든 국입니다. 인생의 오미(五味) 중에 달고 시고 맵고 짠 네 가지 맛이 들어 있습니다. 쓴 맛은 술 한 잔으로 채우면 될 것이고요."

안중근이 여전히 묵묵부답이자 쑨원은 술병을 들어 잔을 채웠다.

"자, 한 잔 드십시다."

잔을 들어 입가로 가져가며 안중근은 물었다.

"제게 무슨 할 말이 있으신지요?"

쑨원은 단숨에 술잔을 비우고 쓴맛에 찌푸린 듯한 표정을 짓더니 고개를 가로저었다.

"사실은 술맛이 단데 인생의 오미를 채우기 위해 쓴 척했습니다, 허허. 먼저 잔부터 비우시지요."

권유에 안중근이 잔을 비우자 쑨원이 여전히 웃음 띤 얼굴로 대답했다.

"특별히 무슨 할 말이 있겠습니까. 그저 모두진술을 듣고 생각하니 작금의 동아시아와 세계정세의 긴장이 새삼 실감되기에, 선생께는 평화에 대한 어떤 원대한 방책이 있을 듯싶어 한번 듣고자 온 것입니다."

안중근은 망설였다. 생각은 있지만 아직 완성되지도 정리되지도 않은 때문이었다.

"그저 한담한다 생각하시고 마음 편안하게 들려주셨으면 합니다. 모레 공판에서 한 번 더 만나면 또 언제 뵐지 모르는데, 그걸 법정에서 듣자 할 수도 없는 노릇이고요, 허허."

쑨원의 거듭되는 권유에 안중근은 마음을 비우고 말을 꺼냈다.

"대저 세상에는 반드시 우두머리가 되고자 하는 이가 있게 마련인데 현재 귀국 중국과 미국이 그러합니다. 두 나라는 이전에 크게 다툰 적이 없고 오히려 일본이 일으킨 태평양전쟁에서 함께 전쟁을 치른 사실상의 동맹국이었습니다. 물론 그 후 이념이 달라 갈라진 적은 있었지만 어느 날 두 나라가 서로 교류하면서부터는 서로에게 의지하고 나눈 이익이 큽니다. 그럼에도 두 나라가 지금 용호상박을 이루며 때로는 보이지 않게, 때로는 공공연하게 힘을 겨룹니다.

생각해보건대, 이는 첫째로 두 나라가 문화의 바탕이 달라 서로를 제대로 이해하지 못하는 데 그 원인이 있습니다. 나는 동양의 사람으로 중국 문화의 세례를 많이 받은 역사의 후손인지라 귀국을 어지간히 안다고 할 수 있습니다. 귀국 또한 한국에 대해 그러하고요. 아무튼 중국의 역사를 보면 언제나 영토에 대한 욕심이 컸습니다. 그러나 한편으로는 중원의 주인이 모든 영토를 넓힌 것이 아니라 다른 이민족이 점령했다가 물러나면 그 영토까지 아우르는 과정을 거치며 더욱 크게 넓어졌습니다. 한번 넓어진 영토를 포기하려는 민족이나 나라는 없을 것입니다. 그러나 일찍이 명나라 시절에 정화(鄭和)라는 사람이 아프리카까지 이른 대원정이나, 조공(租貢)이라는 제도에서 보듯이 귀국은 명분상의 우두머리를 원하는 경향이 큽니다. 그러나 내가 세상의 주인이고 중심이라 굳게 믿었던 청 말 어느 시기에 갑자기 밀려든 서방세력에 크게 상처 입은 바가 있어 이제는 실제상의 힘을 더욱 믿는 듯합니다.

여기서 잠깐 눈을 돌려 서방을 보면 그들은 예로부터 중국이나 한국과는 달리 실제적인 힘겨루기에 익숙합니다. 서부 개척 시기에 권총으로 대결할 경우 사람을 죽여도 크게 잘못이 아닌 것으로 치부했던 것과 같은 문화의 바탕인 것이지요. 그러니 오늘날 국제 간의 분쟁에서도 반드시 무력을 동원하여 전쟁으로 이기고 짐을 가르려 드는 것입니다. 그런 이들이 동양의 문화를 이해한다는 것은 참으로 장님이 손으로 더듬어 코끼리를 다 아는 것보다 어려운 일입니다. 지금 중국의 군비 확장이 그들의 눈에는 반드시 자신들을 치려는 준비라 여길 수밖에 없는 까닭이지요.

그러나 본디 담장을 높이고 칼을 벼르는 것은 욕심과 더불어 겁이 많은 사람이 하는 행태입니다. 과거에 중국이, 지금에 와서 보면 아무런 의미 없는 만리장성을 구축한 일이나, 지금 서방의 제국들이 미사일의 사거리를 늘리고, 그 미사일을 공중에서 떨어뜨리는 등 온갖 무기를 개발하는 것이 다 같은 이치입니다. 서로 이해하지 못하니 믿지 못하고, 믿지 못하니 힘에 의지하는 것이지요.

둘째의 까닭은 경제의 일입니다. 오늘의 시대는 힘만으로는 진정한 우두머리가 될 수 없고 경제에서 먼저 우두머리가 되어야 하니 금융과 자원이 그 바탕입니다. 지금 서방을 두루 살펴보면 금융을 장악한 세력은 개인이거나 나라이거나 상관없이, 특별히 생산하는 것이 없어도 돈을 이리 굴리고 저리 굴려 재산을 크게 증식할 수 있으니, 이는 남의 돈을 빌려 그 빌려준 사람이 땀 흘려 얻은 것을 갈취하는 것과 다름없습니다. 그런데 그처럼 손쉬운 돈벌이의 주인이 되려면 먼저 돈의 주인이 되어야 하니 나라의 경우 내 나라의 돈을 기준으로 삼기 위해 애쓰고, 결국 마찰이 일어나 서로를 미워할 수밖에 없는 일입니다. 더하여 자원의 문제에 이르면 그것은 가히 생사여탈권을 쥔 저승사자라 할 만합니다. 무엇보다 인류가 쓸 수 있는 자원은 한정되어 있는 까닭이지요. 지금 귀국 주변에서 벌어지는 여러 갈등도 바로 그 때문임을 모르지 않을 것입니다.

셋째는 이런 첨예한 가운데에서 그 틈을 이용하여 제 이익을 도모하려는 세력이 있다는 것인데, 바로 안배의 일본입니다. 안배가 꿈꾸는 과거의 영광이란 다름 아닌 대동아공영과 유사한 망상일 것입니다. 그를 위해서는 무엇보다 귀국을 이겨야 하는데 마침 미국과 중국이 첨예하게 대립하니 이때다 하고 날름 미국에 붙어 이간질하고, 그 힘을 등에 업고 집적거리며 미국이 개입할 한바탕 싸움판을 꾸미고 있는 것입니다. 참으로 교활한 짓이고 위기라 아니 할 수 없습니다.”

안중근이 말을 마치자 쑨원은 술잔을 채워 한 잔 더 권하며 답답하다는 표정을 감추지 않았다.

“참으로 탁월한 고견입니다. 그럼 그것을 타개할 방안은 무엇인지요?”

“아직 그리 구체화되지는 않았습니다만 대요는 말씀드릴 수 있습니다.”

쑨원은 의자를 당겨 안중근의 앞에 바짝 다가앉았다.

“듣고 싶습니다.”

“크게는 한국과 미국, 일본의 군사동맹과 더불어 한국과 미국, 중국의 이중 군사동맹을 형성하는 것입니다. 그렇게 되면 서로가 동맹국으로 얽혀 신뢰하는 가운데 우호를 쌓아갈 수 있습니다. 중국과 일본의 문제에 있어서도 누구든 한바탕 싸움을 하려면 군사동맹으로 서로 얽힌 한국과 미국이 개입하지 못할 것이니, 결국 두 나라가 각각 단독으로 싸워야 합니다. 그리된다면 감히 일본이 일전을 꿈꿀 수 있을까요? 아니면 중국이 꿈꿀 수 있을까요? 더불어 국경을 맞대고 있는 러시아는 네 나라의 군사동맹 앞에서 도저히 다른 흑심을 품을 수 없게 되니 항구적인 평화를 도모할 수 있게 됩니다. 또 그와 같은 이중 동맹을 다른 동남아 나라들과도 체결하여 점차 평화의 선을 넓혀가는 것입니다.

자원의 문제 또한 크게 다르지 않습니다. 어차피 한정되어 있는 자원인데 그것을 누구 하나가 독점하려 한다면 반드시 커다란 전쟁이 일어나 모두가 멸망의 길로 가고 말 것입니다. 그것을 모르지 않으면서도 평화적인 협상에 진심으로 임하지 않는 것은 신뢰하지 못하고 경쟁하는 마음 때문입니다. 그러나 앞에서와 같은 방법으로 신뢰를 쌓아가면 경쟁의 마음이 남아 있더라도 그것은 상대를 크게 해칠 경쟁이 아니기에 양해를 구하고 양보할 수 있을 것입니다. 또한 금융의 문제에 있어서도 어느 한 나라가 자국의 화폐를 기축통화로 만들려 하기보다, 먼저는 한·중·일 3국이 경제공동체 협력을 결의하고, 동남아의 여러 나라와 더불어 공동의 화폐를 만드는 길을 모색하는 것입니다. 그리되면 유럽공동체를 넘어서는 규모로 동아시아 모든 나라가 세계와 어깨를 나란히 할 수 있을 것이니 그것이 항구적인 평화로 가는 첫걸음입니다. 이상이 저의 개략적 생각이나 아직 여러모로 부족하여 더 다듬어야 할 것입니다."

안중근의 이야기가 끝난 뒤에도 쑨원은 오랫동안 눈을 감고 깊은 생각에 잠겨 있었다. 한참 뒤, 쑨원은 무언가 결심한 듯 크게 머리를 끄덕이며 번쩍 눈을 떴다.

"선생은 제가 어떤 판결을 내리더라도 불복하지 않겠습니까?"

"이미 지난 공판에서 말씀드린 바입니다."

"항소를 제기하지 않을 수도 있다는 것입니까?"

"이와 같이 할 말과 내 생각까지 다 밝혔는데 항소할 까닭이 무엇입니까. 살고 죽는 것은 처음부터 염두에 두지 않았습니다."

쑨원은 흐뭇한 미소를 지었다.

"좋습니다. 그럼 우리 오늘은 남아로서 술이나 마십시다."

쑨원은 대동했던 간수를 불러 술을 몇 병 더 가져오라 지시한 뒤호탕하게 웃으며 술병을 들었다. 안중근도 술을 마신 것이 언제인지기억도 나지 않았지만 기꺼이 잔을 들어 쑨원이 따르는 술을 받았다.

12월 23일 오전 10시, 개정을 선언한 쑨원은 먼저 장제스와 저우언라이를 재판석 앞으로 불렀다. 루쉰과 캉유웨이도 쑨원의 좌우가까이로 모여들었다.

"피고가 항소를 하지 않는다면, 검찰관과 변호인은 어찌할 것이오?"

다소 황당한 이야기였으나 두 사람이 서로 눈길을 교환한 뒤 먼저저우언라이가 말했다.

"피고인이 그리 말했습니까?"

"그렇소이다."

"그럼 저도 동의하겠습니다."

장제스가 이었다.

"저도 재판장님의 판결을 존중해 항소하지 않겠습니다."

"알았습니다. 그럼 모두 돌아가십시오."

그런 뒤 쑨원은 배석판사 둘에게 물었다.

"내 결정에 따를 것인가?"

"물론입니다."

모두가 제자리로 돌아가자 쑨원은 방청석을 한번 둘러본 후 무겁게 입을 열었다.

"먼저 피고인과 검찰관, 변호인 모두 본 법정의 판결에 항소하지 않을 뜻을 미리 밝혔음을 고지합니다. 그럼 피고인 안중근의 안배 일본 수상 살인미수죄에 대한 판결을 다음과 같이 선고한다."

법정은 찬물을 끼얹은 듯 차갑게 가라앉았다.

"주문, 피고인 안중근…… 무기징역에 처한다."

"너무 과하다!"

"중국의 수치다!"

법정 여기저기에서 고함이 터져 나왔고, 방송국의 촬영 기자는 휴대용 카메라를 어깨에 메고 안중근의 앞으로 달려와 그 표정을 담았다. 안중근은 아무런 일도 없었다는 듯한 얼굴로 무연할 뿐이었다. 장제스와 검찰관, 두 배석판사는 뜻밖이라는 듯이 벌어진 입을 다물지 못했다.

한참 동안 법정의 소란이 가라앉기를 기다린 쑨원이 판결 이유를 읽어나갔다.

"본건은 사건의 실체와 증거에 대하여는 다툼이 없었다. 그러므로 피고인은 살인미수의 죄로 사형 또는 단기의 유기징역 형 모두 가능했다. 본 법관은 피고인에게 가장 합당한 형을 찾기 위해 깊이 고심하였다. 그러나 우선 그가 개인의 감정이나 이익을 도모한 바 없이 오직 자신의 나라와 동아시아, 그리고 세계의 평화를 위하는 숭고한 뜻에서 결행한 범행이니만큼 사형에는 해당하지 않았다. 가장 낮은 유기징역의 형 또한 결정하기 어려웠다. 왜냐하면 모름지기 옳고 그름과 상관없이 사람은 각각 그 생각하는 바가 다른 데다, 일본의 우익 세력 중에는 지극히 과격한 행동을 즐기는 사람도 있으니 출소 후 피고인에게 위해를 가할 우려가 높기 때문이다. 이에 피고인은 영원히 보호받아야 하나 일반의 행형으로 그를 벌함은 또한 부당한 일이다. 하여 무기징역을 선고하나, 피고인의 수형지는 일반의 감옥이 아니라 동아시아 여러 민족에게 성지가 되는 중국명 장백산, 한국명 백두산 아래의 적당한 곳에 정갈한 주택을 마련하여 그곳으로 한다. 다만 그 조건으로 피고인은 3년에 한 차례씩 동아시아의 평화와 세계의 평화를 위한 방책을 마련하여 책으로 출간하여야 한다. 그에 필요한 학술 회의와 자료, 출간 비용 등은 중국 정부에서 예산을 마련해 지원한다. 범행에 사용된 권총은 몰수한다."

유배형인 셈이었다. 쑨원은 법봉을 들어 천천히 세 번 두드렸다.

와—! 법정에는 일제히 우레와 같은 함성이 울려 퍼졌고 검찰관과 변호인, 두 배석판사도 함박웃음을 지으며 박수를 쳤다. 안중근의 얼굴에도 흐뭇한 미소가 피어올랐다.

이 세기의 재판은 한참 동안 세계를 달구어 인간과 국가, 전쟁과 평화, 갈등과 화해의 공존에 대한 논란이 계속됐다. 어차피 몇 날 며칠 만에 결론 날 화두는 아니었지만 평화와 공존이 인간의 갈 길이라는 것을 다시 한 번 상기하고 공감하기에 충분했다. 그것만으로도 사람들의 얼굴에는 안도의 빛이 가득했고, 어제까지 적이었던 사람도 그런 안도의 눈빛으로 마주 보면 마음을 열어 대화할 사람으로 인식되는 놀라운 변화가 세계의 곳곳에서 일어났다.

몇 달 뒤, 병원에서 의식을 회복한 안배는 총리직의 사임을 발표하며 정계 은퇴를 선언했다. 일본인 중 일부는 안중근과 중국을 원망했으나 대다수의 사람은 전쟁의 우려가 사라졌다며 안도했다. 국회가 해산되고 다시 총선거가 치러졌는데 안배의 노선을 따르겠다는 후보는 모두 낙선하고, 역사를 반성하고 평화를 지켜가겠다는 후보자들이 모두 당선됐다.

잊지 말아야 할 악행의 이름

정근, 공근 두 동생과 이별하고 간수에게 양팔을 잡혀 형장으로 가니 구연과 원목, 율원 등이 여러 간수들과 함께 기다리고 있었다. 안중근은 품속에서 반듯하게 접은 비단 조각을 꺼내 율원에게 건네주고 구연과 원목에게 감사의 눈인사를 했다. 원목이 비단을 펼치니 ─敬天(경천)─ 이라는 글씨였다.

'하느님을 공경하라'는 뜻이니 죽음 앞에서 하느님을 의지하고 믿는 깊은 신앙심의 발현이었다. 율원은 마지막까지 품은 신앙의 글을 자신에게 준 뜻을 생각하니 문득 두려운 마음이 일었다. 이 유묵은 1994년 박삼중 스님이 일본에서 매입하여 환국했고, 2014년 천주교 서울대교구에서 재매입하여 하느님 가까이에 모셔졌다.

"마지막으로 할 말이 있는가?"

율원이 사형 집행문을 낭독한 뒤 두려운 마음으로 최후 유언을 구했다.

어머니가 지어 보내주신 하얀 한복과 두루마기 차림의 안중근은 담담한 낯빛으로 대답했다.

"아무것도 남길 유언은 없으나 다만 내가 이등박문을 사살한 것은 동양평화를 위해 한 일이니 한·일 양국의 사람들은 서로 일치협력해서 동양평화의 유지를 도모하기 바란다."

이에 입회한 모든 사람이 숙연해 감히 안중근과 눈을 맞추지 못하였다.

"자, 우리 함께 동양평화 만세를 부릅시다. 동양평화 만세!"

안중근은 큰 소리로 외쳐 만세를 불렀지만 사형을 집행하려는 그들에게는 가슴을 쏘는 총소리와 같아 경악하거나 온몸을 사시나무처럼 떠는 이도 있었다.

놀란 구연의 급한 눈짓에 간수들은 안중근의 두 팔을 끌어 교수대에 세우고 목에 올가미를 걸었다. 안중근이 약 2분가량 묵도하고 형을 기다리자 한 순간 발판이 아래로 갈라졌다. 1910년 3월 26일 오전 10시였다. 이것으로 1879년 7월(음력)에 태어나 1910년 3월(양력)에 생을 마치니, 향년 31세였다. 바깥에서는 하늘의 눈물인 양 구슬픈 빗물이 떨어지고 있었다.

15분 뒤 입회한 뤼순 감옥 의사 절전독(折田督: 오리타 타다스)이 안중근의 유체를 검안하여 사망을 확인하자 간수들은 새로 짠 나무관에 유해를 입관했다. 당시 일반 죄수들은 바구니에 담아 매장했으니 일제가 그나마 안중근을 배려한 것이었다. 또한 유해를 교회당으로 옮겨 우덕순, 조도선, 유동하의 예배를 받을 수 있게 한 것도 특별한 처사였다. 그러나 일제는 기다리고 있는 정근, 공근 형제에게 유해를 인계하지 않고, 오후 1시경 마차에 실어 수인묘지(囚人

墓地)로 옮겨가 서둘러 매장했으며 그 위치도 알려주지 않았다.

뒤늦게 그 사실을 안 두 형제는 분노하고 절규했다.

"일본의 감옥법 제74조에는 분명히 사형 집행 후 가족이 요청할 경우 사체는 언제든 교부하도록 한다고 쓰여 있는데 어째서 이를 어긴 것인가!"

법학을 공부하고 있던 정근이 따졌지만 일제의 관리들은 묵묵부답이었다.

"나의 형에게 저지른 너희 놈들의 잔학한 악행을 내가 죽어서도 결코 잊지 않을 것이다!"

정근과 공근의 위협이 두려웠던 것인지 마침내 순사와 헌병들이 나서 두 사람을 뤼순 역으로 끌고 가 강제로 열차에 태워 귀국하도록 했다.

죽은 이의 유해가 천만 군사보다 더 두려워 저지른 이 악행에 더 말을 붙이는 것은 사족이 될 터이다.

그날 오후 평석은 안중근 유해 매장이 끝났다는 보고를 받자 축하연을 열겠다며, 5시에 자신의 관사로 사건 관계자들을 초청했다.

이날 주최 측은 평석 자신과 구연 검찰관, 재판관 진과와 대화전(大和田: 다이와다), 통역 촉탁 원목, 서기 도변, 죽내, 애전, 강전(崗田: 오카다) 등이었다.

내빈으로는 관동도독부 경시청장(警視廳長) 좌등(佐藤: 사토), 경시 길전(吉田: 요시다), 전옥 율원, 변호사 수야와 겸전이 초청되었다.

또 일제의 언론인도 초청되었는데 『자유통신』의 중야(中野: 나가노), 『동아통신』의 안제(安齋: 안사이), 『조일통신』의 무등(武藤: 무토),

『만주일일신문』의 귀두(鬼頭: 기토), 『요동신문』의 각전(角田: 쓰노다), 『만주신보』의 실야(失野: 야노) 등으로 모두 스무 명이었다.

이들은 오후 5시에 단체로 기념사진을 촬영하고, 응접실에서 바둑을 두며 시간을 보내다가 6시가 되자 음악이 연주되는 가운데 축하연을 시작했다.

먼저 평석이 인사말을 했고, 경시청장이 축사를 했다. 이어서 뤼순에서 가장 유명한 요정 '파성(巴城)'과 '미광(未廣)'에서 특별히 선발해온 기생들이 들어오자 여기저기서 환성이 터졌다. 술과 여자가 가득한 주지육림의 연회는 성황 끝에 밤 10시에 파했다.

또 안중근 사건의 각 공로자에게는 특별 보상금이 수여되었는데 다음과 같다.

법원 관계자로 진과 150원(圓), 구연 250원, 원목 200원, 애전, 죽내, 도변 각 80원, 평림(平林) 판사, 호전(戶田: 토다) 판사 각 20원.

감옥 관계자로 율원 150원, 중촌 80원, 청목 부장 50원, 전중 등 간수 여섯 명에 각 45원에서 10원까지.

경찰관계자로 길전 50원, 제등(齊藤) 경부 30원, 단야(丹野: 단노) 부장 20원, 경사 산본(山本: 야마모토), 신하(神下: 가미시모), 중촌 각 10원, 순사 연전(烟田: 가마다), 염천(鹽川: 시오카와) 각 10원 등이었다.

그 술이 달게 목구멍으로 넘어가고, 여인의 속살이 부드럽게 느껴지며, 기름진 안주가 맛나던지, 보상금이라는 돈이 황송하게 여겨져 행복하던지, 진실로 물어보고 싶다. 특히 평석은 탈을 쓴 짐승이 아니라 진실로 인간이었던지, 죽음은 어떻게 맞았는지, 후손은 무엇을 하고 사는지가 참으로 궁금하다. 실로 개자식이라 하지 않을 수 있겠는가!

우리는 결코 그들의 이름을 잊어서는 안 될 것이다. 그들의 반성을 믿어서도 안 될 것이다. 그들의 사죄에 섣불리 용서하고 망각해서도 안 될 것이다. 그런 개자식의 유전자를 물려받은 안배와 같은 이가 있기 때문이다. 그나마 그들 중에 살아생전이나 후손에 의해 안중근 의사의 유묵을 한국에 반환한 이들이 있으니 작은 위안으로 삼을 뿐이다.

영원히 기억해야 할 이름들

- **우덕순** [1880년~1950년] _ 이등 사살사건의 공범으로 징역 3년을 선고받고 경성 감옥에서 수감 중, 1908년 국내진공작전 시 검거되어 함흥 감옥에 수감되었다가 탈옥한 것이 드러나 형이 추가되었다. 도합 7년의 옥고를 치르고 1915년 2월 출옥한 뒤 만주로 망명해 독립운동을 계속하다가 수차례 투옥되었고, 감옥에서 해방을 맞았다. 귀국 후에는 대한국민당 최고위원으로 추대되기도 했으나 한국전쟁 중 북한군의 총에 죽음을 맞았다.

- **조도선** [1879년~?] _ 선고받은 징역 1년 6월을 복역했다.

- **유동하** [1892년~1917년] _ 이등 사살사건의 공범으로 선고받은 징역 1년 6개월을 복역하고 나와 아버지와 함께 독립운동을 계속했다. 1917년 봄, 남러시아에서 일제에 검거되어 총살당했다.

- **최재형** [1858년~1920년] _ 안중근 의거 이후 안중근의 가족을 돌보며 독립운동을 계속하다가 1919년 4월 상해임시정부의 재무총장에

선임되었으나 거절했다. 1920년 4월, 일제가 러시아에 출병하자 재러시아 한인독립부대의 사단장이 되어, 치열한 시가전을 전개하던 중 일본군에게 체포되었다. 헤이룽장 성 일본 헌병 본부로 이송 도중 탈출했으나 일본군 추격대의 총탄에 끝내 죽음을 맞았다.

• **김성백** 〔1877년~?〕 _ 이등 사살사건 이후 일제의 감시에 시달리다가 1917년 일크스크로 이주했다. 그러나 하얼빈 '한민회' 회장 김성백은 '반일파 한국인의 수령'이라는 일본 경찰의 보고서가 외교문서로 일본에 보관되어 있다.

• **이강** 〔1878년~1964년〕 _『대동공보』에 이어『정교보』를 발행하는 등 언론 활동과 함께 시베리아 지역을 무대로 독립 활동을 계속했다. 강우규 폭탄투척사건에 연루되어 옥고를 치르기도 했다. 이후 상하이로 가 흥사단 운동을 하며 임시정부 의정원 의장 등을 역임했다. 해방 후에는 임시정부의 명으로 타이완으로 가 동포 선무단장의 임무를 수행했다.

• **이범윤** 〔1856년~1940년〕 _ 안중근 의거 이후에도 만주와 시베리아에서 독립무장투쟁을 지속했다.

• **안병찬** 〔1854년~1921년〕 _ 안중근 의거 후 만주 지역에서 결성된 대한청년단연합회 총재로 추대되어 무장투쟁을 전개했고, 임시정부 법무차장을 역임했다. 이후 고려공산당 상하이지부를 결성해, 1921년 모스크바에서 레닌 정부로부터 독립운동 자금을 받아오던 길에 반대파 공산당원의 손에 암살되었다.

유동하의 출소 이후 행적을 보고 의외라고 생각할지도 모르겠다. 그러나 그것이 진실이다. 그들은 단순한 죄인이 아니라 전장에서

포로가 된 이들이었다. 적의 신문에 적이 만족할 답변을 할 까닭이 없는 것이었다. 오히려 적을 헷갈리게 해서 한시라도 빨리 탈출하여 전장으로 돌아가려는 것이 전사(戰士) 된 자들의 의지이다. 당시 17세에 불과했던 유동하의 법정투쟁은 훌륭한 것이었다.

그들 4인 각각의 진술이 일치하지 않고, 때로는 두루뭉수리로 엉키는 것도 당연한 일이었다. 그래서 일제의 신문조서를 글자 그대로 믿을 수 없는 것이다. 더구나 그들은 통역의 과정을 거치며 후대에 자신들을 부끄럽게 할 진술은 달리 각색했을 것이 분명하다. 안중근 사형 집행 이후 그들이 한 미친 놀음을 보면 분명히 알 수 있다. 그들의 친절도 처음부터 드러내지 않은 회유가 목적이었음이 분명하다. 다만 그들 중 몇 사람은 점차 안중근의 의연함과 사상에 진실로 감복하여 안중근을 존경하고 추모하게 된 것일 뿐이다. 그래서 우리는 안중근을 비롯한 4인의 신문 과정에서 거론된 여러 이름을 잊지 말아야 하는 것이다.

김두성, 유진율, 이석산 혹은 이진룡, 김형재, 김성엽, 김성옥, 탁공규, 김려수, 홍청담, 방사첨, 장수명, 김택신, 이진옥 등이다. 그들이 비록 증거 부족 등으로 법정에 서지는 않았지만 안중근의 의거나 독립투쟁과 전혀 무관하다고는 결코 볼 수 없다. 다만 우리가 오늘날까지 그 행적을 찾아내 공식적으로 기록하고 추모하지 못하는 것일 뿐이다.

일제는 집요하고 치밀했다. 조밀한 그물 같은 정보망을 쳐놓고 자신들에게 조금이라도 위험이 될 만한 인물이면 일거수일투족을 감시했다. 그곳이 러시아 땅이든 중국이든 미국이든 가리지 않고서 말이다. 그런 감시의 눈길 아래에서 투쟁하려니 신분을 숨기기 위해 여러 가지 이름을 쓰기도 하고 증거가 될 흔적을 없애는 것은 불가피했다. 더욱이 그들의 목표는 오직 조국의 독립이었지 훗날의 명예나 생색은 일절 염두에 두지 않았다. 그 고귀한 희생과 공적을 증거가 부족하다며 슬며시 외면하고 있는 오늘의 우리가 감히 명예를 입에 담을 수 있을지 생각해볼 일이다.

안중근의 아내 김아려와 분도, 준생 두 아들이 하얼빈 의거 다음 날 김성백의 집에서 도착하여 일시 머물다가, 수이펀허에 있는 정대호의 집으로 옮겨간 것은 이미 앞에서 보았다. 그로부터 얼마 뒤 유경집은 안 의사의 가족을 그리 둘 수 없다 하여 연해주의 코르지포에 집을 마련하여 살게 하고, 블라디보스토크의 최재형 및 '안 의사 유족 구제공동회'와 함께 그들의 생활을 도왔다.

1910년 10월에는 그들의 주선으로 국내에 있던 어머니 조마리아 여사, 동생 정근·공근 형제와 그 가족들도 코르지포로 이주했다. 이듬해 4월에는 도산 안창호, 이갑(李甲) 등의 도움으로 코르지포에서 10여 리 떨어진 조선인 마을 목릉(穆陵) 팔면통(八面通)으로 옮겨 '열여드레 갈이' 농장을 마련해 일궜다.

목릉시 팔면통은 지금의 헤이룽장 성 무단장(牧丹江) 시와 그 동쪽 수이펀허 가운데쯤에 있는데, 당시는 러시아령이었다. 일제의 추격은 그곳에까지 미쳐 1911년 7월, 안중근이 신부가 되기를 원했던 장남 분도가 일본 밀정에 의해 독살되니 그때 겨우 7세 어린 나이였다. 개울가에서 물놀이를 하고 있던 어린아이에게 독이 든 과자를 먹여 죽일 정도로 안중근이 두려웠던가. 하지만 아무리 두려웠더라도 어찌 인간의 심장이었다면 그 같은 천인공노할 짓을…….

안중근의 가족이 연해주 코르지포로 이주할 때 명동의 수녀원에

맡겼던 딸 현생은 13세가 되어서야 비로소 가족과 합류했다. 그들은 1917년 다시 리콜리스크로 이주하여 농사를 짓다가, 1920년 도산 안창호 등의 도움으로 대한민국 임시정부가 있는 상하이로 이주했다. 그곳에서 정근과 공근은 임시정부의 일원으로 독립투쟁에 매진했다. 조마리아 여사는 끝내 고국 땅을 밟지 못한 채 프랑스 조계지에서 쓸쓸히 영면했다.

1937년 중일전쟁이 발발하고, 그해 8월 13일, 제2차 상하이사변이 터지자 임시정부도 항저우를 거쳐 중국 내륙 충칭(重慶)으로 옮겨가야 했다. 김구 주석은 당시 상하이에 있던 공근에게 안 의사와 그의 가족을 피신시키도록 지시했다. 그러나 공근은 자신의 가솔조차 제쳐두고 김구의 어머니 곽낙원 여사만 충칭으로 모셔갔다. 김구에 대한 충성심의 발로였다.

이에 대노한 김구는 김아려 여사와 그 자녀들을 모셔오도록 명했다. 그러나 상하이에 잠입한 공근은 자신의 가족만 충칭으로 데려가 김구의 노여움을 사 갈라섰다. 이후 1939년 5월에 갑자기 실종되었는데 암살된 것으로 알려질 뿐, 그 시신조차 찾지 못하였다.

안정근은 임시정부의 일원으로 활동하다 1939년 상하이에서 병을 얻었고, 1949년 3월 17일 상하이에서 눈을 감았다.

상하이에 남게 된 김아려와 두 자녀의 삶이 고단했을 것은 미루어 짐작할 수 있는 일이다. 결국 김아려 역시 상하이에서 그 고단한 삶을 외롭게 마감하고 말았다. 딸 현생은 해방 후 귀국하여 대구가톨릭대학 전신인 효성여대에서 불문학을 가르치기도 하다가 1959년 58세를 일기로 눈을 감았다.

가장 비극적이고, 우리를 부끄럽게 하고, 안중근 의사에게 고개들 수 없게 하는 생이 있으니 그것은 안준생의 삶이었다.

상하이사변 이후 상하이에 남아 있던 준생은 처 정옥녀(鄭玉女)의 아버지인 장인의 권유로 마약 장사를 하여 얼마간 돈을 벌기도 한 모양이었다. 그 후 조선총독부의 초청을 받아 1939년 10월 7일, 만선(滿鮮)시찰단의 일원으로 경성에 들어왔다.

10월 16일 준생은 총독부의 주선으로 이등의 차남 이등문길(伊藤文吉: 이토 분키치)을 만났다. 다음 날에는 일제가 이등을 추모하기 위해 지금의 신라호텔 자리에 세운 박문사(博文寺)를 참배했다. 그리고 그 자리에서 이등문길에게 '아버지를 대신하여 깊이 사과를 드립니다' 하는 어이없는 짓을 했다. 물론 총독부가 주선한 화해극이었지만 아버지의 거룩한 정신을 제대로 교육받지 못하고, 어머니와 함께 버림받았다는 서러운 감정에 마약 장사까지 하게 되었으니 어느새 친일사상이 깃들었던 모양이다.

오죽했으면 김구는 '준생은 민족의 반역자니 그를 체포하여 교수형에 처해달라'고 중국 관헌에게 부탁하는 극언까지 했을까. 그러나 지금 우리도 그처럼 당당할 수 있을까 깊이 반성해볼 일이다. 더구나 조마리아 여사와 김아려 여사의 죽음은 그 날짜가 언제인지조차 기록을 찾을 수 없으니 안타깝고 부끄러운 일이다.

그래서 더욱 지금 우리가 해야 할 일이 있다. '조국이 독립되면 나의 유해를 반장해달라'는 안중근 의사의 마지막 유언을 실천하는 일이다. 개발로 일부가 사라지기는 했지만 아직 뤼순 감옥 수인묘지에 남은 모든 유해를 발굴하여 유전자 검사라도 해봐야 하지 않겠는가? 우리의 간절함과 시진핑(習近平) 중국 국가주석을 비롯한 지도부의 용단이 필요한 대목이다.

작가의 말

일본에서 망언이 들려올 때마다 안중근을 떠올렸다. 특히 2012년 12월, 제2차 아베 신조 내각이 출범한 뒤로는 망언이 그 정도를 뛰어넘어 동아시아 불안의 핵이 되고 있다.

일본 자위대의 사실상 자위군으로의 전환, 그에 대한 미국의 묵인과 방조, 끝없이 치닫는 중국과 일본의 힘겨루기, '제국 러시아'로의 꿈과 동진(東進), 자원 확보를 위한 국가 간의 양보 없는 전쟁……. 120년 전 갑오년이 저절로 떠오른다.

저마다 자국의 미래를 생각하는 바이니 어쩔 수 없다고 해도, 일본은 그 경우가 다르다. 공정하게 경쟁하고 언제라도 타협의 장을 펼치려면, 과거에 대한 반성과 진심 어린 사과가 전제되어야 하는데 망언을 넘어 과거의 야욕을 다시 공공연히 드러낸다. 특히, 총리의 입으로 안중근을 테러리스트라 한 것은 끝장을 보겠다는 의지 표명에 다름 아니다. 안중근을 다시 불러낸 까닭이다.

사실 안중근은 내게 오래된 숙제였다. 1996년, 한 극단 연출가로부터 안중근 탄생 100주년 기념극의 대본을 써보라는 권유를 받았었다. 그러나 막연하게 알고 있던 안중근에 대한 접근을 시작하고는 곧바로 손을 놓았다. 그는 거의 성인의 반열이었고, 예수나 붓다의 평전을 감히 인간이 쓸 수 없다는 판단에서였다.

그러나 기어이 책을 쓰며 안중근은 영웅이기 전에 한 평범한 인간이었음을 알 수 있었다. 그것이 이 책을 끝낼 수 있게 한 힘이었다. 맞다. 안중근은 영웅이다. 우리만의 영웅이 아니라 사람다운 사람들의 영웅, 평화의 영웅이다. 그러나 평범한 사람으로서 영웅이 되었음을, 특히 침략의 뜻을 품은 이들은 명심해야 할 것이다. 오늘의 대한민국에도 그이처럼 사람을 사랑하고 평화를 지키려는, 평범하지만 의기 높은 이가 아주 많기 때문이다. 경고가 아니라 반성의 기회가 되기를 진심으로 바란다.

2014년 갑오 광복절 즈음에
광화문에서 김 정 현

책을 쓰며 『안중근자서전』(원제: 안응칠 역사) 및 '신문조서', '공판조서'(안중근의사기념사업회 발행, 채륜 간행), 『동양평화론(외)』(범우사 간행), 『안중근』(박환 저, 선인 간행), 『이토 히로부미』(이종각 저, 동아일보사 간행), 『이토 히로부미』(정일성 저, 지식산업사 간행)를 참고하거나 일부 인용하였음을 밝힙니다.

안중근, 아베를 쏘다

초판 1쇄 발행 2014년 8월 8일
초판 2쇄 발행 2014년 8월 14일

지은이 김정현
펴낸이 정중모
펴낸곳 도서출판 열림원

편집 박은경 김다미 김정래 한나비 조예원 | 디자인 주수현 서연미
제작 윤준수 | 홍보 김계향 | 마케팅 남기성 이수현 | 관리 박지희 김은성 조아라

등록 1980년 5월 19일(제406-2003-026호)
주소 서울시 마포구 잔다리로 2길 7-0
전화 02-3144-3700 | 팩스 02-3144-0775
홈페이지 www.yolimwon.com | 이메일 editor@yolimwon.com

© 2014, 김정현
ISBN 978-89-7063-822-5 03810
● 책값은 뒤표지에 있습니다.